神医帝妃

心有灵犀一点通

第1部【第二卷】

阿彩 著

图书在版编目（CIP）数据

神医帝妃. 第一部. 第二卷，心有灵犀一点通 / 阿彩著. — 北京 ：新世界出版社，2019.4

ISBN 978-7-5104-6733-2

Ⅰ. ①神… Ⅱ. ①阿… Ⅲ. ①长篇小说－中国－当代 Ⅳ. ①I247.5

中国版本图书馆CIP数据核字(2019)第039873号

神医帝妃．第一部．第二卷，心有灵犀一点通

作　　者：阿　彩
策划编辑：张铁成
责任编辑：张晓翠
责任印制：王宝根
出版发行：新世界出版社
社　　址：北京西城区百万庄大街24号（100037）
发 行 部：（010）6899 5968　（010）6899 8733（传真）
总 编 室：（010）6899 5424　（010）6832 6679（传真）
http：//www.nwp.cn
http：//www.nwp.com.cn
版 权 部：+8610 6899 6306
版权部电子信箱：nwpcd@sina.com
印　　刷：三河市金元印装有限公司
经　　销：新华书店
开　　本：710mm×980mm　1/16
字　　数：407千字　印张：18
版　　次：2019年4月第1版　2019年4月第1次印刷
书　　号：ISBN 978-7-5104-6733-2
定　　价：149.80元（全四卷）

目录

【第二卷　心有灵犀一点通】

第一章　撒娇王妃最美丽

没有假山奇石，满眼都是绿意葱葱，处处都透着一股清新的气息，蒙老夫人对林初九的住处还算满意。

一进院子，就看到萧天耀正坐在院门口等她们，脸上的表情瞬时柔和了不少。

萧天耀朝老夫人点头致意，让下人推着轮椅上前，眼神在林初九身上扫了一圈，然后对着老夫人说道："老夫人万福，没能亲自相迎，还请老夫人见谅。"

不得不说，萧天耀的外表还是很具有欺骗性的，这么高傲、冷漠的人主动开口，哪怕是蒙老夫人也有几分惊喜。

萧王爷可不是一个好亲近的主。

蒙老夫人的脸色一瞬间就缓和了，看向萧天耀的眼神也透着温和，恭敬却又不失气度地道："王爷言重了，老身不敢劳动王爷大驾。"

"老夫人是初九的外祖母，也就是本王的外祖母。老夫人不必与本王见外。"萧天耀脸上没有什么表情，可话里却透着善意，尤其是他直呼林初九名字时的自然，更是让蒙老夫人心生好感，心里已有几分相信林初九的话，相信她在萧王府过得不错。

蒙老夫人也不谦虚，笑着应道："既然王爷这么说，那老身就托大了。"萧天耀亲王的身份远远比她高，要是拿身份说事，蒙老夫人不敢保证自己能为林初九撑腰，但现在萧天耀肯承认她长者的身份，蒙老夫人求之不得。

"老夫人随意就好。"萧天耀给足了林初九面子，林初九虽然讨厌萧天耀，可在蒙老夫人面前，她却不想也不敢表现出来，笑盈盈走到萧天耀身后，取代了下人的活："王爷，我们一行人站在门口像什么样子，进去说话吧。外祖母年纪大了，可不能吹风。"

即使没有看到，萧天耀也能想象得出林初九此时的笑容有多灿烂，心里隐隐有几分不满，不满林初九明媚无忧的笑不是笑给他看的。

不过，以后有的是机会！

萧天耀朝老夫人点了点头："老夫人，我们先进去吧。"

"好，王爷先请。"老夫人看到林初九与萧天耀相处融洽，心底越发高兴难抑。

她最放心不下的就是林初九，此时见到萧天耀对林初九很好，蒙老夫人再无忧虑。

一行人进屋后，萧天耀与蒙老夫人就交谈起来。萧天耀并不喜欢说话，大部分的时候是蒙老夫人在说，萧天耀在听，偶尔蒙老夫人问起，萧天耀也会回答。

萧天耀待蒙老夫人说不上多亲切，但也不失尊重，偶尔与林初九互动，也透着默契。蒙老夫人看萧天耀是越看越满意，尤其是确定萧天耀也住在这里后，蒙老夫人就更高兴了。

联想到林初九之前所说的，是她自己要求住在这里，蒙老夫人很大胆地猜测这小两口怕是闹了别扭，林初九赌气住在这里，萧天耀没有办法也跟了过来。

蒙老夫人不好直接说林初九不是，只道："初九，王爷公务繁忙，你平时可要好好照顾王爷，别动不动就使小性子。"

"外祖母，我哪有？"林初九听到这话心里郁闷得不行，但面上却只能笑得灿烂无忧，以免这个年近百岁的老人为自己忧心。

"没有就好。"蒙老夫人很享受林初九撒娇的乐趣，其实萧王爷也很喜欢，竟然眼也不眨地在看林初九。

只是，林初九从来都没有对他撒过娇，甚至一句软话也没有，两人更多的时候像是上下级。以前不觉得有什么不对，甚至还很喜欢林初九乖乖听话的样子，可看到林初九在蒙老夫人面前娇俏可爱的样子，萧天耀内心竟然有几分不满。

林初九要是也对他撒娇，一定会很可爱吧？

萧天耀的思维不自觉地发散了，等到他回过神时，已不知蒙老夫人说了什么，只听得蒙老夫人说道："我这外孙女平时被宠坏了，如果有做得不好的地方，还请王爷多多包涵，我回头一定骂她。"

这话就是说，林初九要是做得不好，你萧天耀别骂，我们自己人会骂。

这是真把林初九放在心坎上，才会说出这样的话来。听到蒙老夫人这话后，萧天耀不仅不生气，反倒为林初九高兴，高兴有这么个长者如此关心林初九。

萧天耀又看了一眼林初九，见林初九眉眼间都是欢快，脸上的表情不自觉地便柔和几分，轻声说道："初九很好。"

这个答案，比回一句"好"更让蒙老夫人欢喜。

眼见午膳时间要到了，蒙老夫人看了林初九一眼，不着痕迹地将人打发走，让林初九去厨房看看，给她准备一道粗粮。

林初九心里明白，蒙老夫人这是有话要私下和萧天耀说，面上不显丝毫，离去的时候却是深深地看了萧天耀一眼，那一眼隐含希冀与请求。

水汪汪的大眼直勾勾地看过来，萧天耀只觉得有什么东西在他心脏上击了一下，钝钝的，却不痛。

蒙老夫人见萧天耀一直盯着林初九的背影，眼中满是欣慰，可等萧天耀回头时，蒙老夫人脸上的笑容已经收起，看向萧天耀的眼神则多了一分探究。

萧天耀清楚，这才是开始。

蒙老夫人也不拐弯抹角，直言道："王爷，明人面前不说暗话。初九是个命苦的，林相是皇上的心腹，林家也不会给她任何帮助，反倒还会拖她的后腿。"

蒙老夫人说话时，一直注意着萧天耀，看到萧天耀没有不满，这才继续道："不过，王爷你大可放心，林家不能成为初九的助力，我镇国公府可以！"

蒙老夫人声音不大，但每一个字都掷地有声。

她的话就代表了镇国公府的态度，为了林初九，镇国公府可以站队。即使明眼人都看得出萧天耀赢面不大，但镇国公府依旧站在萧天耀这一边，因为林初九！

"老夫人对初九的心意本王明白，只是，老夫人不必如此。初九是本王的妻子，自有本王护着他。"他的女人，还不需要别人为她撑腰。

蒙老夫人一时不能明白萧天耀的意思，皱眉问道："王爷这是看不起我镇国公府？"

瘦死的骆驼比马大，虽说她三个儿子都不怎么出息，可老国公留下的底子在那里，无论是官场还是军中，镇国公府都有势力的。虽不能成为萧天耀的最大助力，可也不容小觑。

"老夫人，您想太多了。"萧天耀当然不是看不起镇国公府，这个时候如果有镇国公府的这份助力，对他而言是铁定的好事，只是他不希望他与林初九之间，只剩下利益与算计。

萧天耀没有直接回答蒙老夫人的问题，而是说道："老夫人，本王娶初九并不是为了她身后的势力。"

这确实是大实话，当初萧天耀会娶林初九，的确和林初九背后的势力一点儿关系也没有。所有人都知道，萧天耀娶林初九是因为圣旨，正因为如此蒙老夫人才担心。

"王爷，婚嫁之事，结两姓之好。初九是你的妻子，我们镇国公府与王爷也是在一条船上的人。"明知道萧天耀这条船靠不住，可是为了林初九，蒙老夫人只能赌一把。

萧天耀为蒙老夫人的勇气所折服，可他有他的原则："老夫人，本王很希望能与镇国公府合作，但不是用这种方法。毕竟，未来当家的是初九的舅舅，本王不希望初九的舅舅日后埋怨初九。"

萧天耀话里话外都是为林初九考虑，就是蒙老夫人也不得不说，能嫁给萧天耀是林初九的福气。

要是蒙老夫人知道，萧天耀和林初九相处的实情，恐怕便不会这么说了。

有了萧天耀这些话，蒙老夫人心中的最后一丝不安也消散了。她今天来一是看看林初九过得好不好，二则是让萧天耀看明白，林初九不是孤苦无依，她身后还有镇国公府，别轻视林初九。

现在目的达成，蒙老夫人整个人都放松了下来，同时也露出了疲态。

毕竟是年纪大了，在京城像蒙老夫人这般年纪的老者已经没有几个，就是有那也是病歪歪地躺在床上，像蒙老夫人这般还能外出行走的，几乎没有。

萧天耀见状，立刻吩咐下人搀扶老夫人下去休息，等到午膳时再起来。

蒙老夫人知道自己的情况，也没有拒绝萧天耀的好意。

林初九回来时，就只看到萧天耀，得知蒙老夫人在房间休息，林初九没有过去打扰，而是朝着萧天耀鞠躬道：“今天的事，谢谢你。”

要是没有萧天耀的配合，蒙老夫人不会这么容易相信她的话。

“不必，我们是夫妻。”他今天不是配合，是真心的。可是……他知道林初九不会信。

林初九“呵呵”一声，便不再说话。

既然蒙老夫人不在，林初九也不用装天真、扮欢喜。只是不好用过就丢，萧天耀不走，她也只好坐在这里陪着。

两人相对无语，林初九有点无聊，手指无意识地敲打桌面，脑子里却在想三皇子萧子安的病情。

之前她替萧子安检查过，医圣之心都查不出他的病，也不知道墨神医能不能查得出来。

林初九有医者的通病，遇到疑难杂症不是害怕，而是想要攻克。要不是萧子安的身份特殊，她肯定不要诊金，主动上门为他医治了。

“可惜了……”

“可惜什么？”默不作声的萧天耀突然开口。林初九吓了一跳，一脸茫然地看着萧天耀。

萧天耀很有耐心地重复了一遍：“你说可惜，可惜了什么？”

原来，林初九一不小心，竟将自己的心里话说了出来。

林初九愣了一下才反应过来。要是之前，林初九直接回一句“没什么”就算过去，可今天萧天耀也算帮了她，林初九是一个懂得感恩的人，自然不能像过去一样，便说了出来：“我在想安王的腿疾，不知墨神医能否医好。”

不管墨神医人品如何，医术却是极好的，可惜两人有仇，她没法拜师学艺。

“你在担心子安？”萧天耀眼睛微眯，透着一股危险的锋芒。

林初九还在想萧子安的腿疾，压根没察觉到萧天耀的反应，只是本能地摇头道：“我和安王并不熟，说不上担心，只是好奇他的病症。”虽然医圣之心没有强制要求她医治安王的病，可若能医好还是很有成就感的。

萧天耀身上的杀气瞬间消失得无影无踪，甚至心情极好地说道：“要是感兴趣的话，可以进宫看看去。”

林初九也想呢，可医治过程最忌讳出事，要是她一进宫安王就出事怎么办?

“不用了，我只是无聊想想罢了。”

萧天耀多少知道林初九的顾忌，便没有再劝说，两人又陷入沉默。好在没多久下人就进来禀报，问可不可以传饭。

林初九借机去找蒙老夫人，萧天耀自然知道林初九是在躲他，可他又能如何？

食不言，寝不语。林初九的用餐礼仪很标准，除了时不时给蒙老夫人布菜外，林初九吃得安安静静，倒是蒙老夫人看不过去，让林初九给萧天耀布菜。

林初九没有拒绝，只道："外祖母，王爷他不喜欢吃别人碰过的东西。"

萧天耀有轻微的洁癖，熟悉他的人都知道。

"这样呀……"蒙老夫人一瞬间有些不自在，仔细看了一下，发现萧天耀果然只吃面前几道她和林初九没有碰过的菜。

萧天耀不无责备地看了林初九一眼，放下碗筷道："老夫人别听初九瞎胡说，本王没有那么挑。"只是有一点挑罢了，平时几乎没有人能看出来。

萧天耀不知道林初九是怎么发现的。要知道，他的这个习惯就是流白与苏茶也不知道。

"不挑就好，不挑就好了。"蒙老夫人颇为尴尬，饭菜送到嘴里，如同嚼蜡。

没办法，吃饭遇到萧天耀这样的真的很倒胃口。蒙老夫人年纪大了，本身就吃不了多少东西，这么一来就更吃不下了，没两口就放下了碗筷。

"外祖母？"林初九心里有点儿小后悔，早知道这样她就不多说了。

蒙老夫人却不甚在意，一脸宽和地说道："外祖母老了，胃口也差了，你别管外祖母，自己吃。"

怎么能不管？

林初九表面应承，可没吃两口，也跟着放下碗筷。这么一来萧天耀也没了胃口，一顿中饭草草结束。

人老了，总是爱胡思乱想，看着桌上没怎么动的饭茶，蒙老夫人心底隐隐有那么一点点儿的不安。

按理说，初九和王爷感情极好，她没什么好不安的，可心底的想法却是不受控制。

蒙老夫人并没有久留，用过午膳略作休息便提出告辞。不过，在走之前蒙老夫人寻了个机会，私底下叮嘱了林初九几句，也将她与萧天耀的谈话告诉了林初九。

"初九，萧王爷对人虽然冷淡了一些，可为人却是不错，对你也很有责任心。你们现在是夫妻，不管你们怎么想，这一生都绑在一起了。王爷他是天之骄子，脾气难免大些，平日里你多让着他一点，忍着他一点。"蒙老夫人也想自己的外孙女能恣意妄为，可是……

蒙家与萧王府相差太大，她实在没有那个能力做到让萧王爷向林初九低头，让萧王爷让着林初九。

夫妻俩要和和美美地过下去，总有一方要做出退让，萧天耀不可能退让，那退让的人就只有林初九。

"初九，我知道这门亲事委屈了你，可木已成舟，我们都无力改变，与其追忆过去，不如过好眼下的生活。人心都是肉长的，只要你一心一意对萧王爷好，萧王爷也肯定不会辜负你。"蒙老夫人这是担心林初九放不下太子。

林初九心里暗自责怪自己不争气，为了让蒙老夫人放心，林初九握着蒙老夫人的手，贴在脸上，语气温柔却不失坚定地道：“外祖母你大可放心，我知道自己该怎么做的。”

见林初九这么听话，蒙老夫人满心欢喜：“果然，嫁了人就是不一样，懂事多了。”顺着林初九的长发拍了拍，蒙老夫人满心不舍。

她的外孙女她清楚，要不是出了事，怎么可能会突然变得这么乖。不过，这种变化很好，真要是像以前那样任性，萧王爷也不可能为她着想。

蒙老夫人恨不得将自己这一生的生活哲学全部教给林初九，可先不说林初九能不能全盘吸收，就是全盘吸收了也没有用。萧天耀不是别人，普通夫妻之间的相处之道在他身上不适用。

蒙老夫人唯一能为林初九做的，就是做林初九最坚实的后盾：“记住，你不仅仅是林府的大小姐，也是镇国公府的表小姐。无论发生什么事情，镇国公府都在你身后。”

没见到蒙老夫人之前，林初九一心想要得到蒙老夫人的庇护。可现在真的得到了，她却一点也不高兴。

林初九吸了吸鼻子，重重点头：“外祖母，我记住了。”

蒙老夫人点了点头：“时间不早了，外祖母该回去了。”

蒙老夫人刚松开林初九，便反被林初九拉住了：“外祖母，我舍不得你。”

蒙老夫人拍了拍林初九的脑袋，一脸宠溺道：“都成了亲，怎么还像小孩子一样。”

“别说只是成亲，就是生了孩子，我在外祖母面前也只是孩子。”在亲人面前，她不需要懂事，不需要稳重，不需要去考虑这样做会不会惹对方讨厌，她只要做自己就好。

只可惜，这份轻松是短暂的……

祖孙二人又说了几句话后，眼见天色不早，蒙老夫人就是再不舍也得走。林初九依依不舍地将老夫人送到门口，直到看不到马车的身影，这才一脸失落地折回王府。

曹管家还是第一次见到林初九这般模样，心里不由得暗暗道：原来王妃也是一个普通的小姑娘。

要不是亲眼所见，曹管家真的不敢相信，之前那个抱着蒙老夫人撒娇的女子，会是他们家的王妃。

林初九回来时，萧天耀已经不在花厅，林初九也没有寻他的意思，直接回了自己的房间，打算好好想一想她和萧天耀之间的事。

蒙老夫人说得没有错，如果没有意外，她和萧天耀哪怕是相看两生厌，这一辈子恐怕都要绑在一起，要是萧天耀不允许，她就是离开了萧王府也会被抓回来。

“到底要不要医治萧天耀的双腿呢？”林初九很纠结。

如果她能医好萧天耀的双腿，萧天耀便欠她一个天大的人情。而有这份人情在，她在萧王府必然能过得很好，如果想要离开萧王府，拿这份人情说事，想必萧天耀也不会不同意。

医好萧天耀的双腿，好处有很多，可……到底恨意难消。

就在林初九努力说服自己放下心中的不满，接受现实，老老实实医好萧天耀的双腿时，在宫里的墨玉儿出事了，或者说是安王出事了。

有人用同样的手法，利用墨玉儿暗害安王。墨神医及时发现了，可饶是如此安王也吃了大亏，险些命丧当场，墨神医费了九牛二虎之力才将人救活，可安王的病情却是越来越严重。

经查证，是墨玉儿身上的衣服被特殊的药材浸泡过，与安王所用的药物相冲突，以致安王在被医治过程中血气逆流。

证据确凿，虽然墨玉儿一再否认，说自己不知情，可这改变不了安王因为她而险些丧命的事实。

看着脸色苍白，奄奄一息的安王，周贵妃吃了墨玉儿的心都有了。要不是还用得上墨神医，墨玉儿恐怕早就死了千万遍。

可就是这样，墨玉儿也失去了自由，皇上将其软禁起来，以免她再惹出事端。

一次可以说是意外，两次就是蠢得无药可救了。墨神医就是想要救也不知道该怎么开口，因为他现在也不敢保证，墨玉儿会不会再次被人利用，相同的事会不会再次上演。

他虽然被人称为神医，可并不是神仙，也没有起死回生的能力，要是安王再出事，那他也就不用活了。

消息传到萧王府后，苏茶再一次庆幸墨神医与墨玉儿进宫了，不然出事的恐怕就是萧天耀了。

“墨神医那位大弟子的手段，还真是让人防不胜防。”苏茶查清那件衣服的来历后，不由得出了一身冷汗。

说实在话，要是这事发生在萧王府，苏茶还真不敢保证能防得了他们。

“不过是以有心算无心，他这辈子都在想着报复墨神医，自然不可能没有准备。”此事最让萧天耀遗憾的是，没有牵扯上林婉婷，不然……

他也能帮林初九小小地出一口恶气。

安王险些丧命，墨玉儿被软禁，墨神医也因此失去了帝王的信任。这对墨神医来说无疑是他人生中最灰暗的日子。然而对于银发老者来说，这些远远不够。他要的是墨神医身败名裂，无颜苟活于世。

“师父，这次是我大意了，让他逃过一劫。”秦太医得知事情只成功一半，就知道自家师父定会不满，一出宫就来请罪。

银发老者确实很生气，可他现在还用得上秦太医，就是再不满也不会将怒火发泄在秦太医身上。不仅如此，银发老者还安慰道：“不，你办得很好。和一刀断他生路相比，慢慢割肉更有意思。看他一步步走向绝望，在死亡边缘挣扎也是一件乐事。”

这话是在安慰秦太医，又何尝不是在安慰他自己？他等墨神医身败名裂的那一天等得太久了，哪里还有耐心继续等下去……

秦太医不知银发老者的心事，只道：“师父放心，下次绝不会让他再避开。”

“好，师父相信你。”银发老者压抑着失望咳了一声。秦太医语气关切地问道：“师父，你还好吧？”

银发老者摆了摆手："没事，老毛病了。"可话音刚落，又是一阵猛咳，哪怕是极力克制也压不下去，很快就咳出一摊血来。

秦太医吓了一跳，忙上前为银发老者把脉，却被银发老者拒绝了："我的身体，我自己很清楚。"

拿出帕子，擦拭掉嘴角的血迹，银发老者没事人似的，说道："我这身子也活不了多久了，有生之年能看到他倒霉，我就满足了。"

"师父，你可千万别这么说。你的血海深仇，徒弟一定会给你报的，你一定要好好养身子，徒弟还没有孝顺你呢。"秦太医眼眶泛红，显然对银发老者的感情极深。

银发老者虽然存了利用秦太医的心思，可师徒一场，哪能没有感情。银发老者叹了口气道："你已经很孝顺了。如果不是你，为师也活不到今天。至于为师的身体，你就不用再担心了，等墨神医身败名裂之后，为师自会用这破败的身体最后送你一程。"

至于这一程到底是什么，银发老者没有说，秦太医也没有问。

日子总在不经意间流逝，眨眼间，萧天耀所说的一个月考虑期已经过去二十多天，而林初九依旧没有决断，萧天耀也没有逼她，就好像忘了这事一般。

然而林初九很清楚，萧天耀没有忘，他只是太忙了，忙到没有精力来问她。

墨玉儿害得安王出事，皇上查了许久也没有查到幕后黑手，便将这笔账记在了萧天耀头上，这段时间正疯狂地打压萧天耀派系官员，大牢里已是人满为患。

监察院、大理寺、军务处，这些部门每天忙得像陀螺一样，每天都有人出事，官差每天都要去拿人。

上一个案子还没有审完，又有新的案子出来，证据不足也没关系，先把人关起来再说。

贪污、受贿、冒领军功、吃空饷；打家劫舍、滥杀平民；坑杀俘虏、强抢民女、私分战果；打杀同僚、出卖同伴、抗旨不遵……

经文官们这么一说，东文所有的武官都是人渣，根本没有一个可用之人，他们的存在不是保家卫国，而是吃百姓的肉，喝百姓的血。至于那所谓的血战疆场，也不是为了守护东文的国土，而是为了自己的私欲。

虽说御史弹劾的只有萧天耀的心腹将领，可其他武将也不免兔死狐悲，悲从中来。

他们在战场上用命拼杀，没有死在敌人的手上，没有死在战场上，不料到头来却是死在了自己人的内斗中。

凡是上过战场的将领，没有一个敢说自己没有犯过一点错。萧天耀手下的兵都是纪律严明的，可就是这样，也不免被文官们挑出许多罪名来。

"君要臣死，臣不得不死。"又一名被御史弹劾的武将跪在大殿上，看着那高高在上的皇帝陛下，铁骨铮铮的汉子泪如雨下："青山处处埋忠骨，何须马革裹尸还。我真恨自己当初没有战死沙场，至少还能留一个忠义的名声！"

说者伤心，闻者落泪。当他被御林军拖下去时，偌大的金銮殿安静得没有一丝声音，就连刚刚一脸正义弹劾他的御史大人，这个时候也提不起精神来。

皇上却没有将这些放在心上，今天扳倒的是萧天耀手底下最能干的一员武将。此人若是倒下去，萧天耀在军中的势力将会垮去一半，到时候萧天耀便不足为惧。

胜利在望，皇上很是高兴，可就在此时，宫殿外响起尖锐而急促的通报声："八百里加急！紧急战报！"

一连重复数声，想听不清都难。

"这个时候怎么会有八百里加急战报？"皇上面露不解，可事情紧急也容不得他多想，忙命太监将人传上来。

传信兵刚走进大殿，便"扑通"一声跪在地上，将战报呈上来："皇上，八百里加急。北历五十万大军压境，已连夺我东文三城，我军损失惨重！"

这话刚落，便一头栽倒在地。御林军忙将人抬下去医治，只是他的话却引起了满朝大臣的不安。

"北历大军压境？这是怎么回事，北历已经有好些年没有犯我边境了，此时离秋收尚有一段时日，北历怎么会在这个时候出兵攻打我们？"

"吴大人说得有理，此时正值春种，北历人没道理会在这个点上出兵攻打我们。"

"这个时候出兵，于北历没有任何好处可言。"

……

不太了解军情的几个文官，凑在一起小声嘀咕，对战报持怀疑的态度。

而深知北历情况的武将却是一脸沉默，有几个情绪外露的，隐隐流露出嘲讽之色。

不用想也知道，定是北历人收到消息，得知压在他们头上的大山——战神萧天耀出了事，这才趁机攻打东文，试图从东文讨到一点好处。

只是，这事他们不会说也不能说。他们这群大老粗虽然脑袋瓜子不好使，可也知道皇上有多么的厌恶萧王爷。此时要是将事情真相说出来，只会惹得皇上厌恶自己。

八百里加急战报，北历五十万大军压境！

这个消息来得那么突然，可又那么地理所当然。

萧天耀手握重兵，在东文屹立数十年不倒，怎么可能没有一点手段。

从十五岁起，就手握三十万大军，将三十万大军管理得服服帖帖，怎么可能是良善之辈？

明眼人都能看得出来，北历突然出兵攻打东文，此事必然与萧天耀有关。可是没有人敢说出来，因为萧天耀什么都不用做，只要北历知晓萧天耀伤了双腿，兵权被皇上夺了，北历人就会出兵攻打东文，哪怕是冒险，他们也要一试。

对北历人来说，战死是死，饿死也是死。前者至少有希望图个温饱，说不定还能活下去。

北历攻打东文的事虽然突然，可皇上也不是没有准备。

收到战报的当天，众人着实是慌了一下，就连皇上也吓了一大跳，可很快皇上就冷静下来了。

早在他出手收拾萧天耀时，就已经做好了北历攻打东文的准备。

“朕就不信，偌大的东文就只有他萧天耀能带兵打仗。朕手下人才济济，随便点员猛将，也定能将北历驱逐出境，收回失地！”

皇上信心满满，当天便召集左、右相，还有军务处大臣、兵部尚书、户部尚书议事。

兵马未动，良草先行。要打仗国库首先要有银子，国家首先要有粮食。

户部尚书早有准备，不等皇上开口便陈上折子：“国库的银子和各地的粮仓，可支持八十万大军用一年。”

东文富饶，并不是嘴上说说而已。其他三国加起来恐怕才能和东文相提并论。

“好，很好。有粮草有兵马，朕就不信打不过小小的北历。”粮草充足，皇上的底气就更足了。

兵部尚书也早早地做了安排：“兵器、战马早已备好，可供步兵五十万、骑兵五万人用。所有兵器皆可随时调用。另外，下官已命工匠继续打造兵器，确保前线兵器不断。”

军务处的大臣，也早早得到皇上的暗示，早就将士兵安排好，他们手上可调用的兵马足有五十万之众，这还不包含刚从萧天耀手中接手的三十万大军。

“皇上，萧王爷手上那支人马，可要派上前线？”如果要消耗萧天耀手中的兵马，这是一个极好的机会。

皇上也觉得是个机会，可是：“派他的人去前线，谁领兵？”他刚将萧天耀的心腹关起来，总不能现在就重用吧？

这确实是一个难题。

将大牢里的人放出去是不可能的；从别的地方调人又怕不能服众；从原处升小兵上来，那也是萧天耀的心腹。

军臣商量一番后，最终还是舍不得错过这次机会，一致决定派原属萧天耀麾下的三十万兵马赶赴前线。

“萧王爷手上的兵马曾与北历人交过手，有经验。三十万大军全部派出去。”皇上丢出一个冠冕堂皇的理由，其他人则没有意见。

这些事情敲定后，现在最难选的就是主帅。

北历人有多勇敢善战，四国皆知，要是主帅能力不够，兵马再多也没有用。

“怀德将军周远多次征战，战绩不凡，臣认为他可为副将。”林相开始安插自己的人手。

主帅就算了，承担的责任太大，林相只想安插几个小人物进去混混军功。

右相亦不甘示弱，也推了一个自己的人进去，同样是为副将。

右相是东文的右相，他自己也姓右，叫他右相再正常不过。

两人刚好占了两个位置，起到平衡之势，又能相互监督。重点是，左、右相所推荐的将军都很有实力，皇上没有道理不同意。

当然，左相和右相得了好处，其他人也不会少，只是非重要人物，没有必要在皇上面前提起。

皇上再次询问："主帅可有人选？"这是最重要的人选，不管是左相还是右相，都轻易不敢开口。

皇上等了半天也没有等到答案，脸色顿时有些不好看，林相见状忙开口道："皇上，您看威北侯如何？他是一员老将，有他在军心必稳。"

林相虽然有私心，可他也分得清轻重，他推荐威北侯纯粹是认为此人合适，没有半点私心。

皇上没有同意也没有否认，只道："威北侯今年五十有二。"年纪实在是大了一点。

右相见状，忙道："信义侯刘杰，他父亲当年亦是一员猛将，刘杰本人也熟读兵书，兵法谋略无一不精。"

"刘杰倒是不错，只是……他之前不曾领兵，朕怕他不能服众。"虽然没有直接否决，可也是不同意了。

林相和右相拿不准皇上是什么意思，又推荐了几个他们认为极合适的人选，可全部让皇上否决掉了。

两人暗自一番琢磨，心里隐约明白，皇上心中怕是已有人选，所以他们所提之人哪怕再合适，皇上也能找到理由说不。

有威信的嫌老，年轻的嫌没有经验；有威信又年轻的，又嫌与萧王不对付，调不动萧王手上的兵；年轻又有威信还能调得动萧王手上兵马的，又嫌与萧王走得太近；这简直让人不知如何是好。

林相与右相这两只老狐狸，此时也不得不抛下前嫌，一起思索人选。

两人不愧为老狐狸，这么一碰头就想到了一个极好的人选："镇国公蒙时！"

蒙时，现任镇国公，也就是林初九的大舅舅，算是与萧天耀沾着亲，可又不那么亲近。

在林初九嫁给萧天耀前，镇国公府与萧天耀没有任何交集，当然，林初九嫁入萧王府后，双方也没有多少交集。

不管双方有没有交情，蒙时的身份都摆在那里，凭萧王妃舅舅的身份，原属萧王的那批人马，多少也会给蒙时一点面子。而蒙时本身与萧天耀并不相熟，也不是萧天耀派系的人。

而且，此战蒙时要是赢了，萧王手上的那些人马自然由蒙时接手。反之，蒙时要是败了，那就会耗掉萧天耀那批人。

不管是赢是输，萧王府与镇国公府的梁子都结下了。经此一战，双方怎么也走不到一起去，哪怕中间有林初九为桥梁。

至于林初九会不会因为此事而在萧王府无法立足，在镇国公府被外祖家的人厌恶，那就与他们无关了！

果不其然，皇上属意的人就是蒙时，当林相与右相将蒙时的名字异口同声地报上来后，皇上立刻就点头："蒙时很好。"

至于具体指哪方面好，那就仁者见仁，智者见智了。

第二章　本王就是处事不公

主帅人选就此敲定，当圣旨下达镇国公府时，全府上下都懵了，完全不敢相信自己听到的。

他们家国公爷要上战场？还是主帅？

可是，他们家国公爷好像没有上过战场，而且他们家国公爷走的是文人名士的路线，根本不懂带兵打仗。

第一次上战场就是主帅，真的没事吗？

至于为什么以军功起家的镇国公府，嫡长子却走文人路线，了解了当年的内幕，这事就简单了。

当年，老国公手握重兵，在军中威望甚高，很是被先皇忌惮。后老国公为了保住全家老小的性命，借机交了兵权。

这还不够，为了彻底打消老皇帝的怀疑，老国公打小就不教三个儿子兵法，只将他们教养成文人，不求他们有出息，但求他们能保住性命。

除了三个儿子外，两个嫡亲的女儿也没有嫁入皇亲宗室，嫡长女也就是林初九的母亲，当年本是要远嫁，不过后来出了一点儿意外，便挑上中了状元的寒门子弟，也就是现在的林相。

至于嫡次女，老国公也为她挑了一个寒门探花，只是还没来得及说，嫡长女就死了，而嫡次女则闹着要嫁给林相当续弦，也算是没有嫁入高门。

当年的镇国公府权势滔天，老国公却是急流勇退，虽然丢了权力，却保住了一家老小和百年富贵。

要知道，当年与镇国公府权势相当的几户人家，后来都犯了事，没有一家得以保全。

为了取信先皇，老国公对三个儿子的教导绝对是表里如一，就算他们原本有打仗的天赋，可消磨了几十年，再好的天赋也荒废了。

所以镇国公府上上下下都想不明白，皇上怎么会选他们家大老爷带兵打仗，皇上真的没有弄错吗？

别说旁人想不明白，就是蒙时自己也想不明白，捧着圣旨，蒙时傻愣在当场，完全不知道面前的太监说了些什么，他只觉得脑子嗡嗡作响，无法思考。

宣旨的太监走后，众人折回大厅。蒙时也随着众人往里走，可他此时仍旧像是做梦一样，一点儿也不真实，整个人都是轻飘飘的，如置身云端，眼前的一切都模模糊糊的……

蒙时还没有缓过神来，大夫人就一脸欢喜地大喊道："苍天有眼，皇上终于重用老爷了，这可是天大的好消息。娘、老爷，你们看我们是不是要开祠堂，把这个好消息禀报给列祖列宗知晓，他们泉下有知也定会为老爷高兴，保佑老爷旗开得胜的。"

镇国公只觉得面前的一切都是模糊的，根本没听清大夫人说了些什么，当然也不会回答大夫人的话。

蒙老夫人则是一脸冷笑，看也不看大夫人，视线落到一脸喜色的蒙家二爷与三爷身上："老二、老三，你们也这么想？"

蒙家三个儿子都是老夫人所出，一母同胞的嫡亲兄弟，虽然平时也各有矛盾，可与家族荣辱有关的大事，蒙家三个儿子一定会团结在一起。

见自家大哥被皇帝重用，蒙二爷与蒙三爷当然高兴，恨不得立刻就去祠堂，将这个好消息说给死去的父亲听，可看到蒙老夫人那严厉的脸色，蒙二爷与蒙三爷立刻便打消这个念头："母亲，您不为大哥高兴吗？"

"高兴？这事有什么值得高兴的？"蒙老夫人有时候也很后悔，自己竟没有把三个儿子都调教得精明些，以至于被皇上利用了还傻傻地感恩戴德。

"母亲，你是说大哥这宗差事不好吗？"蒙二爷和蒙三爷心里一震，一个个如临大敌。一直处在混沌状态的镇国公蒙时，此时也是清醒过来，听到这话，眉头微皱，眼巴巴地看向老夫人："母亲，这宗差事背后是不是另有隐情？"

蒙家三个儿子有种种不好，可有一点好，那就是很孝顺蒙老夫人，也听蒙老夫人的话。

要不是这样，蒙老夫人也不敢在萧天耀面前说整个镇国公府都会成为林初九的后盾。

蒙老夫人知道自己的三个儿子不是笨人，只是被养得太简单，许多事情都看不透彻，需要人点醒。

轻轻叹了口气，蒙老夫人说道："老大，你之前从来没有领过实职，更没有上过战场。皇上突然点你为主帅，让你带着五十万兵马抵抗北历大军，你不觉得奇怪吗？"

当然奇怪了，全家上下没有哪个不奇怪，可同时也很骄傲，因为他们家老爷第一次出征就当主帅，这简直是不鸣则已，一鸣惊人。

听得老夫人这么一说，蒙时心中那点儿小骄傲立刻熄灭了，颇为郁闷地说道："儿子就是觉得奇怪，这才不敢相信圣旨是真的。儿子从小就没有学过兵法谋略，连父亲百分之一都不如，哪里担得起这般重任。”

这是大实话，蒙时在高兴自己被皇上重用的同时，又觉得压力极大。

领着五十万大军出征确实很风光，可五十万条人命，还有边境数十万百姓的命全部压在他身上，这担子太重，他背不起呀！

“你能这么想，母亲就放心多了。”蒙老夫人长松了口气，她还真的怕蒙时一激动，执意要领兵出征。

毕竟，没有多少人能经得起这样的诱惑。

“这么说，大哥这宗差事不能接了？”蒙二爷理出了头绪，此时也高兴不起来了。

蒙三爷还有点不舍，嘟囔道：“这圣旨都下来了，哪能由咱们说了算。”

大夫人心里着急，生怕蒙时错过大好的机会，以后别说没有机会掌握实权，说不定还会失了帝心，忙跟着劝说道：“三叔说得没错，皇上连圣旨都下了，哪里能容老爷你不领这差事。再说了，连皇上都相信老爷，我们还有什么好怕的？虎父无犬子，老爷是老太爷的儿子，老太爷当年威镇四国，老爷怎么可能差得了？”

大夫人越说越觉得是这么回事，可还不等她高兴，就听到蒙老夫人怒呵：“老大媳妇，给我闭嘴！”

大夫人会极力劝蒙时出征，这再正常不过。

夫荣妻才能贵，国公夫人的名号虽然好听，可镇国公府只有虚爵没有实权，在权贵重多的京城，一个只有爵位的国公夫人实在算不得什么，就是想捞点好处，拉一下自家娘家也难，不怪大夫人起心思，只是……

蒙老夫人不能接受！

大夫人想要的富贵与权势，是要用她儿子的命去拼！

蒙老夫人别说接受，不撕了大夫人都算好的。

蒙老夫人瞪了大夫人一眼，只一眼就吓得大夫人脸色苍白，连连后退：“娘，我，我说错了吗？”

“怎么？到现在还不知道自己错了吗？你不仅说错了，还大错特错。”蒙老夫人年轻时也是杀伐果断的人物，只是年纪大了便收敛起来。平时看上去和和气气的人，一旦发起脾气来，那怒火绝不是大夫人可以承受的。

大夫人心里早就怯了，可却不想太丢面子，强撑着道：“娘，我错在哪里了？这，这是圣上的旨意，圣上要重用老爷，这不是值得高兴的事情吗？”

“别说得这么好听，你心里想些什么我老婆子清楚得很。”蒙老夫人不顾还有下人在场，直接对大夫人说道，“要嫌国公夫人的诰命配不上你，现在就可以滚回你娘家，我蒙家不留心大的媳妇。”

这话，就差没说要休妻了，而镇国公蒙时却像是没有听到一般，别说出言替大夫人说话，就连个眼神也没有给。

大夫人再也撑不住，“扑通”一声便跪在地上，不管不顾地求饶：“娘，媳妇错了，媳妇知错了，媳妇再也不敢了。”

“知错？你错在哪里了？”蒙老夫人冷笑，浑浊的眸子里迸发出凌厉逼人的光芒。大夫人根本不敢与之对视，只胡乱地道：“媳妇再也不敢多话，再也不敢过问爷们的事，还请娘亲饶了媳妇这一次。”说着说着，眼泪便糊了一脸，说不出来的可怜，可是……

二夫人与三夫人却没有为她求情的意思，两人只低着头权当没有看到。

大夫人这样子实在难看，要是令外人看到，丢的也只是蒙家的脸。夫妻一场，蒙时看不过眼，上前劝说道：“娘，她一介妇人头发长见识短，还请娘别和她一般见识。”

他都抱孙子的人了，这个时候休妻是万万不可能的。

“娘，媳妇知错了，求娘原谅媳妇一次。”大夫人也不顾得脸面，不断地求饶。

此时，大夫人无比庆幸她儿子媳妇不在这里，不然她以后还有什么脸面在小辈面前端长辈的姿态。

蒙老夫人并不是真的要蒙时休妻，不过是借机敲打大夫人罢了，见大夫人实在不成样子，冷声道：“起来吧。”

二夫人和三夫人这才敢上前，将大夫人搀扶起来。

大夫人一起身就急着道：“谢谢娘。”

蒙老夫人并不理她，只道：“老二、老三媳妇，扶你们大嫂下去。以后没事别掺和别人家的事，要是再让我看到你们闲得慌，不把心思用在正途上，我就让你们忙得分身乏术。”

蒙老夫人并没有将话挑明，可个中意思三位夫人却是明白。老夫人是不满她们之前对林初九的态度，这才借题敲打她们。她们要是还不识时务，恐怕后院就会多几个女人，到时候可就真正是分身乏术了。

三位夫人心里发苦，生怕蒙老夫人给她们的丈夫塞小妾，忙不迭保证以后再也不敢了。

打发了三个闹腾媳妇后，蒙老夫人继续说起圣旨的事：“老大，你虽不管政事，可也知道北历的兵马有多强。北历此次发兵五十万，短短五日就攻下三座城池，你有那个自信挡住北历的进攻吗？”

“儿子……没有！”承认自己无能，需要勇气。

知子莫若母，蒙老夫人叹了口气道：“老大，你敢承认自己没有那个能耐，这不丢人不羞耻。放眼东文，敢说自己能做到而又真正能做到的，绝不超过三个人。”

虽然很隐蔽，可这确实是安慰，至少蒙时听到这话后，心里便舒坦了不少，脸上的笑容也能见人了。

“老二、老三，你们两个现在也应该看明白了，不是为娘要阻你们的前程，而是有些事情我们必须得量力而行。”蒙老夫人自知自己活不了多久，到时候这个家还是要交给他们兄弟，便借机教子。

蒙二爷与蒙三爷再没有之前的得意与轻松，一脸忧愁道：“母亲，那皇上为什么要点大哥为主帅？”明眼人都看得出来，他们家大哥没那个能耐。

蒙老夫人沉思片刻，道：“如果我没有猜错的话，此事怕是与萧王有关。”

“萧王？”蒙家三兄弟一脸不解。蒙时主动问道：“此事与萧王有什么关系？初九虽然嫁给了萧王，可我们与萧王并不熟。”

甚至为了避嫌，连初九的婚礼，他们三位舅舅也只是露了一个面，连个招呼也没有和萧王打。

“再不熟，我们两家也是姻亲。”在林初九这件事上，蒙老夫人不仅对三个媳妇不满，对三个儿子也是不满的，只是……

以后初九还要靠这三个舅舅维护，所以即便蒙老夫人再不满，也不会令三个儿子察觉到，以免他们心存芥蒂。

蒙时心头一慌，忙问道：“母亲，皇上是不是见我们与萧王成了姻亲，想要铲除我们家吧？”

“啊？不是吧？”蒙二爷与蒙三爷也都吓蒙了，“初九和萧王的婚事，又不是我们同意的，按说，这事怎么也牵扯不到我们吧？”

这个推断不无道理，只是……

这三人未免太高看自己了，就凭他们还不值得皇上出手。

“你们想哪里去了，你们一无兵权二无实职，皇上怎么也不会动到我们家头上。”功臣之后也就只剩下这么几家了，皇上要是再杀那就是不仁了。

“既然皇上不想动我们，那皇上这到底是什么意思？”蒙时可不相信皇上是看中了他的能力。

蒙老夫人也不能确定，只是猜测道：“许是和萧王交上去的兵马有关。”

“呃……”蒙时一脸呆滞，自嘲道，“皇上莫不是认为，萧王手底下的那些人，会听我的命令吧？”

皇上也未免太高看他了，如果真是这样，那这宗差事还真是一件倒霉事。

蒙时纯粹是自嘲，可却是说得八九不离十，只是……

“就算我们明白皇上的用意又如何，圣旨已下，大哥就是再不愿意也不能抗旨啊。”察觉到事情真相远不如表面美妙时，蒙二爷心里沉甸甸的。

蒙三爷也好不到哪里去，一脸愁容地看向蒙老夫人：“娘，那我们现在该怎么办？”

怎么办？

蒙老夫人苦笑道：“此事事关重大，又牵扯到萧王。我们暂时按兵不动，看看萧王是什么意思。”

“和萧王接触？这样好吗？皇上会不会不高兴？”不怪蒙时这么想，实在是……

现在的萧王，谁沾上都倒霉。

“三十年河东，三十年河西，谁知道明天会是怎样？萧王也不可能一辈子都倒霉。”蒙老夫人可不认为萧天耀会就此沉寂下去。

北历发兵的时机实在是太巧了，要说这里面没有萧天耀的身影，蒙老夫人死都不信。

蒙时不以为然道："萧王还有翻身的可能？"一个武将却废了双腿，萧王要怎么翻身？

"武将，只要有仗打，就有东山再起的可能，你们千万别小瞧萧王。"蒙老夫人说得隐晦，至于三个儿子有没有听懂，那蒙老夫人就不管了。

左右，凭着有初九与萧天耀的关系，只要萧王不出事，蒙家就怎么也不会倒。

"话是这样说的没有错，可萧王的腿是硬伤。"蒙时不是不相信自家老娘，而是事实摆在眼前。

"萧王不可能一辈子都起不来。"蒙老夫人对萧王极有信心。

就是没有信心也不行，谁让她外孙女嫁给了萧王。

见得蒙时一脸的不赞同，蒙老夫人不等他开口，就决断道："此事就按我说的办，你们这几天都别外出。"

"儿子遵命。"虽仍不解，可蒙家三个儿子已经习惯了老夫人发号施令，倒也没有太抵触，见得老夫人面露倦色，三人极有眼色地告辞。

三人一走，蒙老夫人又立刻精神起来："来人，笔墨伺候。"

蒙老夫人亲自给萧天耀写了一封信，表明蒙家对此事的态度，并告诉萧天耀，蒙家会全力配合，只要萧天耀说得出，他们蒙家就做得到。

萧天耀正在和苏茶商量应对的方法，就收到了蒙老夫人的来信，看完信后，萧天耀的神色柔和了几许。

蒙老夫人对林初九可谓是全心全意地呵护，为了林初九真的是什么都愿意做。

有这么个疼她的外祖母，林初九何其有幸！

"你们也看看。"萧天耀随手将信给了流白。

苏茶和流白看完信后，好半天都没有说话。

他们很清楚萧天耀并不是要给他们看信，而是借此机会告诉他们，林初九身后有一尊大佛护着，他们日后切不能轻视林初九。

萧天耀对林初九也算是用心良苦。

片刻后，苏茶笑着说道："如果王妃的外祖家肯帮忙，我们倒是可以省下不少的琐事。"没有说镇国公府，也没有说蒙家，特地说是林初九的外祖家，这就足以表明苏茶的立场。

"不，本王不希望蒙家领兵。"蒙家肯帮忙是好事，但萧天耀并不想将蒙家牵扯进来。

流白不解道："难道还有比蒙家更好的人选吗？"蒙家愿意配合，这场战事他们就能将损失减到最低。

"没有，但蒙家不可以。"蒙老夫人为了给林初九撑腰，可以牺牲蒙家的名声与利益，他欣赏蒙老夫人的果断，并不表示他要接受。

流白立刻明白了萧天耀的意思，不无郁闷道："王爷，你不能公私不分。"

萧天耀一个冷眼扫过去："流白，你是在质疑本王的决定？"

"不敢。"流白嘴上说着不敢，可却是一副不服气的样子。萧天耀也不理会他，转而看向苏茶："你呢？你也和流白一样认为本王公私不分？"

"不，"苏茶毫不犹豫地摇头，"王爷要是应下那才叫公私不分呢。蒙家本就是因为王妃才肯帮王爷，若是没有王妃在，蒙家是绝不会投向王爷的。"

作为臣子，蒙家的富贵已是顶了天，再也不可能往前一步，也不能往后一步。蒙家根本没必要参与皇权斗争，不管萧家哪个人坐在皇位上，都不会对蒙家出手。

流白却不赞同："没有王爷，蒙国公根本不可能被皇上点为主帅。"所以，还是蒙家占了天耀的便宜。

"你以为这对蒙国公来说是好事？你以为蒙国公愿意做这个主帅？"苏茶真不明白流白的脑子怎么可以钝成这样，你名字叫流白又不是脑子叫流白……

说得好听，这叫忠心耿耿，勇于直谏，可事实却是木讷愚笨，完全没有药救。

苏茶已经把话说到这个份上，可流白依旧坚信是蒙家沾了萧王府的便宜："要不是因为王爷，皇上一辈子也想不起蒙国公，更不可能重用他。"

苏茶都快要抓狂了："蒙国公是什么人？满京城谁不知道他文不成，武不就，一心只做富家翁，他根本没有野心也没有那个能力。皇上点他为主帅，并不是重用他，而是借他的手，消耗王爷带出来的兵马。"

"这个我知道的。"流白酷酷地应道，"我又不是笨蛋，怎么可能看不出来？"

"既然你知道，还说什么蒙家占了王爷便宜？"苏茶觉得自己被耍了。

苏茶说得没有错，可流白也有他自己的坚持："他因为王爷而被皇上点为主帅，又领着王爷一手训练出来的人马。只要赢了这场战争，他便能名利双收，这还不叫占便宜，什么才叫占便宜？"

"这么说也没有错，"苏茶都快被流白绕晕了，"可蒙国公根本没有能够打退北历大军的实力。"

"这是他自己无能，机会送到面前抓不住，能怪得了谁？"流白冷哼一声，嘲讽意味十足。而这一次苏茶没有反驳，因为……

流白说得也有道理。

蒙时要是有能力的话，他完全可以借此机会上位，可现实是，蒙时没有这个本事！

苏茶发现，他这次还真辩不过流白，立刻转移话题道："王爷，要是此次领兵的人，不是我们自己人，那我们手上的三十万兵马可就危险了。"

无论是谁领兵，无论出于什么目的，都会先动用萧天耀一手带出来的三十万兵马，因为萧天耀一手带出来的兵，是四国最强的！

想要赢得这场战争，不管是谁当主帅，都一定会让萧天耀带出的人冲在最前面！

想要完成皇帝暗中交代的任务，也必须得让这支队伍冲在前面！

萧天耀一手带出来的兵，四国最强这没错，可要是没有一个好的将领，没有一个了解他们作战风格的将领，那再强的士兵也无法将自己的全部实力发挥出来。

兵熊熊一个，将熊熊一窝。苏茶和流白不用想也知道，若是没有萧天耀领兵，那三十万人会损失得多么惨重，而这份损失他们真的承受不起。

流白之所以劝说萧天耀，就是希望萧天耀能借蒙家尽可能地保住这三十万人。可惜，萧天耀做的决定，任何人也无权质疑。

苏茶问的问题，也是流白此刻关心的问题，两人齐刷刷地看向萧天耀，等待他的回答，可是……

萧天耀却没有给他们一个肯定的答复，而是说道："主帅是谁，不是由本王决定的，而是由皇上决定的。"他能做的，就是不管主帅是谁，都要保住他的人马。

这个答案，根本无法让苏茶与流白安心，苏茶还能沉得住气，流白就不行了，跳起来道："王爷，那可是三十万条人命呀，你真的不管他们吗？"为了一个蒙家，置自己同甘共苦的兄弟于不顾，这真是他所认识的萧天耀吗？

"本王什么时候说不管他们的死活了？"流白管得太多了。

"那你……"流白还要说，却被苏茶打断了："此事王爷自有定论，你别管太多。"他相信天耀不是个儿女情长的人。

"可是……"不问清楚，他根本睡不着。

"哪有那么多可是，跟我走。"苏茶见萧天耀脸色不霁，也不管流白愿意与否，拖着流白便往外走。

"你拉我走哪去，我话还没有说完呢。"

两个人已经走出了很远，但萧天耀依旧能听到流白的抱怨声。

"说什么说，都说了王爷既然这么说，肯定是有应对之策的。"苏茶气得不行，要不是看在兄弟一场的分上，他真心不想管流白的死活。

"既然有应对之策，怎么就不能和我们说一声，也好让我们安心。"

流白固然有许多缺点，但有一点却是所有人都比不上的，那就是他对萧天耀的忠心，没有任何人可以比，就是苏茶也不行，只是……

如果流白再这么拎不清，他就是再忠心也无用。萧天耀不需要打着为他好的幌子而干预他做决定的人。

萧天耀一个人坐在书房里，直到天黑才让人通知林初九，让林初九等他，他有话要和林初九说。

一个月之期只剩两天，林初九多少也能猜到萧天耀找她做什么，可她还没有想好要怎么办！

好吧，林初九承认自己是在逃避现实，不到最后一刻就是无法下定决心。

诚如林初九所想的那般，萧天耀进来后，所说的第一句话就是："想好了吗？"

林初九没有吭声。萧天耀又道："如果没有想好，那就由本王来替你做决定。"

林初九依旧不吭声，安安静静地坐在那里，脸上没有一丝多余的表情。萧天耀也不在意，自顾自地道："皇上下旨，命镇国公蒙时为主帅，率领五十万大军前往边境，抵抗北历的进攻。"

林初九这下淡定不起来了，抬头看向萧天耀："北历和东文打起来了？"闺阁中的女子真是太惨了，这么大的事情她居然一点儿也不知晓。

"嗯。东文连失三城，守城士兵溃不成军，根本不是北历的对手。"萧天耀很好心地多说了两句，让林初九看明白北历与东文这一战有多么残酷。

"北历这个时候攻打东文，与你有关？"虽是询问，用的却是肯定的语气，不等萧天耀回答，林初九又道，"想来也是，皇上步步紧逼，王爷你又怎么可能没有一点儿脾气？"

"那些不重要。"萧天耀并不在乎林初九怎么看他，"现在你可以选择，是医好本王的腿，还是让你的舅舅出征。"

为了帮助林初九下决定，萧天耀特意补了一句："你应该明白的，凭你舅舅的本事，别说立功，能活着回来都是奇迹。"并非萧天耀看不起蒙时，这的确是事实。

"你赢了！"林初九没有想到萧天耀会用这种方式逼她点头，心里有说不出来的愤怒，可偏偏又不能拿萧天耀怎么样，只能硬生生憋在心里。

她舅舅的能耐她也清楚，萧王说得很实在，并没有贬低半分。

萧天耀唇角轻扬，淡笑道："你也没有输。"他想要做的事，至今还没有做不到的。同样，他萧天耀要得到的人，也没有得不到的。

林初九没有好气地哼了一声，问道："你打算怎么安排我舅舅？"

"想要让一个人当主帅很难，可想要一个人不当主帅却是再容易不过。"萧天耀轻轻地摩挲着右手大拇指的扳指，漫不经心地问道，"你喜欢重病还是重伤？"

萧天耀总是这样，看似给了林初九选择，实际上林初九根本没有选择，只能按着他的心意回答。

林初九没好气地道："一接到圣旨就病重，说出去有谁信？"她真的是越来越讨厌这个男人了，尤其是他浅笑轻扬的样子，怎么看怎么惹人烦。

"那就只有重伤了。"林初九越是生气，萧天耀嘴角的笑意就越发的浓烈，"你什么时候给本王医治，本王就什么时候让镇国公意外受伤。"

又是威胁！

林初九都快要气炸了，她长这么大就没见过比萧天耀更可恶的男人。

"怎么？做不出决定？要不要本王替你决定？"萧天耀无比恶劣地再次逼迫。林初九气呼呼地道："明天。"

"好，本王等你。"萧天耀满心都是愉悦。

和面无表情、情绪不显的林初九相比，生气的林初九明显可爱多了，也鲜活多了。

林初九之前一直没有下定决心，可心里明白萧天耀容不得她说不。既然现在事情已成定局，她也没什么好想的，更不可能后悔，只能专心地做好这件事。

墨神医给萧天耀医治时，林初九一直都陪同，她对萧天耀的腿伤比墨神医还要了解。

墨神医这人虽然自私卑劣了一点，可医术确实不错，就算是林初九也得承认，哪怕有医圣之心的帮助，她也不是墨神医的对手。

本来，萧天耀的腿经过墨神医的悉心医治后，已经渐渐有了好转的迹象。如果墨神医继续医治下去的话，不出三个月萧天耀就可以自由行走。只可惜发生了龙魄事件，又加上皇上横刀抢人，墨神医就没办法继续为萧天耀医治了。

第二天，萧天耀过来时，发现林初九什么都没有准备好，眼中闪过一抹不满。

林初九并没有将萧天耀的反应看在眼里，随便拉了一把椅子，在萧天耀对面坐下：“手伸出来。”

同样是大夫，萧天耀对待墨神医时各种礼遇，凭什么到她身上就得卑躬屈膝，又不是她求着喊着要为萧天耀医治。

萧天耀伸出手来，同时将自己的警告说了出来：“初九，别惹本王生气。”他生气的后果，不是林初九所能承受的。

“我答应的事就一定会做到。”林初九扣住萧天耀的脉搏，闭上双眼，脑子里却在查看医圣之心的诊断结果。

墨神医之前给萧天耀制定的医治方案非常地合理，这一个月下来，吴大夫只是照本宣科，萧天耀的腿伤也没有恶化。

在墨神医为萧天耀医治前，林初九只有三到五成的把握，现在却有七成甚至以上的把握。

林初九收回手，一脸严肃地说道：“淤堵清了，血块也在消散，只要将体内的瘀血疏导出来，双腿恢复的可能性便是七成，至于能不能正常行走，那得看后续的复健。”

“你要怎么做？”萧天耀需要知道林初九的医治方案，这无关信任，只是他习惯将一切掌握在自己手中。

“在你的腿上开两个小口子，将堵住的血块清除。”林初九也不隐瞒，主要是这事隐瞒不了。

每一个字分开念萧天耀都认识，组成到一起也能听明白，可里面的意思却让萧天耀很是不解，不由得皱眉道：“说具体些！”

“这说不清楚的，给我一只兔子，我做给你看。”和萧天耀打了这么久的交道，林初九哪里不明白萧天耀这人疑心有多重，她要是不证明给萧天耀看，他恐怕也会想尽办法弄明白。

与其让萧天耀去查她，那还不如自己主动表露出来。

“去，抓十只兔子来。”萧天耀大手笔地下令。林初九没好气地白他一眼：“我不杀兔子，一只就够了。”

“给你养着玩。”他下达的命令，即便是错的也不会收回。

左右不影响大局，真要养也不用自己动手，林初九懒得理会时不时就抽风的萧天耀，起身道：“我回房做个准备。”

回到房内，林初九命翡翠几人在屏风外面候着，从医圣之心里面取出常用药材，放入药箱。

箱子是林初九特制的，空间不大，但布局合理，连盖子内侧的每个角落都放了东西，整齐有序，即使满满当当也不会显得零乱。

东西收拾好后，林初九提着沉甸甸的箱子往外走，出去时翡翠上前接过，却被林初九拒绝了：“我自己来。”

墨玉儿的事便是一个教训，救人的东西最好还是别让外人碰。不出事还好，但凡出点什么变故，最后背黑锅的只有她。

提着箱子回到花厅时，林初九脑门上沁出一层薄汗。萧天耀眼眸微敛，责怪道：“怎么不让下人动手？”

说话间，萧天耀便从下人手里接过一块蓝色的手帕，可不等他递过去，就见林初九自己抬手，用袖子擦掉了额头上的细汗，动作自然熟练，绝对是做过千百次以上。

真是粗鲁！

萧天耀一脸无奈地摇头，眉眼间却是淡淡的笑意。

他不讨厌这样的林初九。

只是，手上的帕子却是递不出去了，萧天耀只好拿来擦自己的手。却不想这个掩饰性的举动，在林初九眼中成了娘气和洁癖的表现。

不多时，曹管家亲自来报，兔子送来了，整整十只，又大又肥，全是纯色的，没有一根杂毛，绝对漂亮。

林初九听得嘴角直抽：她又不是养宠物，只是拿来练手的好不好？整那么漂亮还不是得躺在床上等她下刀子。

萧天耀却很满意，转而问林初九：“放在哪里？”

“拎一只出来，其他的你自己处理。”林初九长这么大还没有养过宠物，不是不喜欢，而是没那个精力。

“其他的，送到王妃房间。”萧天耀替林初九决定了，林初九看了他一眼，倒也没有反对。

她若不喜欢，可以丢出去，没必要为这种小事和萧天耀争。

萧天耀这人霸道惯了，她要是事事都说出来，这日子绝对没法过。

曹管家还以为萧天耀让人寻兔子只是为了逗林初九开心，作为萧王府最懂主子心意的十全管家，在挑选一只出来时，特意挑了一只毛发纯白的小兔子。

只见小白兔干干净净，肉嘟嘟的，小模样别提多憨态可掬，格外讨人喜欢。曹管家献宝似的道：“王妃，你看还喜欢吗？”

林初九伸手戳了戳，点头道：“还成。”就是胖了点，不知道一刀切下去，会不会切到脂肪。

听得林初九这话，曹管家越发笃定自己做对了，正准备让人给小白兔洗个澡，就听林初九说道：“给它喂半碗麻沸散，然后将腿毛褪了。”

“啊？”曹管家傻愣在原地，有点不能理解林初九的意思。

“没听清？”林初九好脾气地重复了一遍。曹管家继续犯傻，不过这并不妨碍他执行林初九的命令。

一炷香后，兔子的腿毛褪了，麻沸散也起了作用，小白兔正呼呼昏睡，曹管家特意用大盘子装着，看上去就像清蒸大白兔。

林初九检查了一遍，确定麻沸散达到了她想要的效果后，对着萧天耀道：“去外面吧，这里光线不好。”外面的阳光正好，并不刺眼，医治外伤最方便不过。

萧天耀没有意见，轻轻点头，让曹管家准备，只是……

要准备什么呢?

“一块白布，一张桌子，放到外面就好。”

林初九的要求很简单，曹管家很快就安排好了。

林初九出去看一眼，觉得那桌子的高度太矮了，又让侍卫寻了几块石头，将桌子垫高，这才满意地回来。

将台子布好，林初九从药箱里取出一件干净的外袍套上，又将头上的发饰取下来，用同色的布巾将头发包起来，以免长发散乱，行事不便。

准备工作做好，林初九便指着长台，让萧天耀过去。

萧天耀看了林初九一眼，那一眼若有所思。林初九不以为然地瞪了回去，双手环抱，态度倨傲，大有萧天耀爱配合不配合，她正好不想侍候的意思。

萧天耀摇了摇头，无声一笑，配合地走了过去……

第三章　月影一出天下无藏

林初九工作的时候非常专注，此时此刻，她的眼中除了台子上的白兔外，再也没别的，职业操守高得令人由衷折服。

只是演示，并不是真正的治疗，不到半个时辰林初九便做完了要做的，而这个过程中，垫在兔子身下的白布，甚至没有染到一点儿的血。

看着白兔腿上伤口最后变成了一条细缝，萧天耀不禁对林初九多了几分信心。

“很好。”这两个字，就说明萧天耀同意用这种方法医治，只是……

“本王不用麻沸散。”他绝不容许自己像个死人一样躺在那里任人宰割。

本以为林初九会拒绝，不想林初九满口应下：“好呀，不用麻沸散就不用。”她还可以用罂粟来麻痹萧天耀的痛觉，萧天耀能拿她怎样？

至于事后萧天耀会不会气得杀了她呢？

说真话，林初九一点儿也不担心。

今天的医治才是开始，萧天耀想要和常人一样行走还离不开她。而且，萧天耀为了能康复都走了九十九步，最后一步怎么可能会因这么一点小不满就放弃？

萧天耀根本不知道此刻的林初九在想些什么，他正想着要如何说服林初九同意让吴大夫参与，结果还不等他开口，就听到林初九道：“能不能请吴大夫给我打个下手，我一个人忙不过来。”

打下手是真正的打下手，绝不是客气的说法。

想什么有什么，真是困了就有枕头垫，萧天耀当然不会拒绝。

林初九见萧天耀这么好说话，便继续提自己的要求：“如果可以的话，能不能重新建一间房子，房子要用最好的木头，要做到防尘防虫，窗子不要纸糊的，最好用琉璃，屋顶也用琉璃，屋内多设置一些烛台，你也看到了，我要做的事情很精细，对光线要求很高。”

“可以。”这些对萧天耀来说都不算什么，“三天内，本王给你想要的一切。”他就怕林初九什么都不跟他要。

“那再打一张这样的台子好了，高度就和这张桌子垫起来的高度一样，至于长度与宽度？能躺一个人就好了。”林初九想了想，开口道。

“还有吗？”萧天耀承认，他确实是觉得林初九的要求太多了，有故意找麻烦的嫌疑。

“就这些了。”其实还有的，可看到萧天耀那冷绷着的一张脸，林初九默默地收了回来。

左右不算什么精细的医治，要求不用太高，基本达标就可以了，以后她自己有能耐了可以再改建。

萧天耀扭头看向曹管家：“听清楚了吗？”

“听清了，全听清了，小人这就去办。”曹管家躬身上前，得了萧天耀的准话，转头就走，却被林初九叫住了：“等等，把这只兔子带下去。”

“呃……今晚加餐吗？”曹管家抱着兔子，傻傻地问了一句。

林初九无奈道：“它还没有死，养两天就好了。”曹管家这是多想吃兔肉啊？

“呃……”曹管家也知道自己问了一个傻问题，抱着兔子头也不回地离开了。

清场完毕，林初九就着清水洗净双手，抽了一块干净的帕子擦了擦手，顺手解下绑在头上的布巾。

盘在长布里的长发瞬时倾泻而下，乌黑的发尾在半空中打了个半圈，明明隔了一张桌子的距离，萧天耀却不自觉地伸手，想要抓住什么，却是什么也没有抓到。

心里怅然若失，可还不等他调整好情绪，就听到林初九说道：“你什么时候安排好我舅舅的事？”

本就觉得心里空落落的，听到这话，萧天耀直接黑脸了：“你心里只有镇国公府？”这女人到底要把他置于何地？

心情不好，语气自然差了许多，林初九不懂萧天耀这是怎么了，一脸疑惑地看着他：“我说错了什么吗？”

这是他们之间的交易，她已经开始履行自己的承诺，萧天耀也应该完成他所说的条件，这不是自然而然的事吗？

“你没错。”萧天耀也察觉到自己的语气不对，暗自吸了口气，压下心中的烦躁，“两天后给你答复。”

说完，头也不回地离去，留下一头雾水的林初九站在原地直发呆：难不成，男人每个月也有那么几天？

萧天耀是个行动派，他应下的事就一定会做到，蒙家的事对他来说不过抬抬手而已，小意思。

两天后，林初九收到消息：蒙家三兄弟外出遇伏，蒙时身上中了一剑，虽不致命，可没有十天半个月的疗养绝对下不了床。蒙家二爷和三爷则在混乱中摔断了腿，太医诊断过后，确定不会致残，但得调养三个月。

不用说也知道，这必然是萧天耀的手笔，林初九特别无语地看着他："你就不能温和一点儿吗？"用这么凶残的狠招，万一把人整废了怎么办？

"这不是没事吗？"多疑的皇上会相信他这是在报复镇国公府吗？

没错，萧天耀根本没隐藏自己的动作，皇上只要一查就能知道是他动的手。

此举，也算是给皇上一个警告，免得皇上真以为他废了便迫不及待地清洗他的心腹。

他能容忍皇上将他的人关起来，却不能接受皇上斩杀他的心腹。皇上若敢妄开杀戒，那他就敢搅得皇城不得安宁。

皇上收到蒙家三兄弟出事的消息时，气得直接将桌上的砚台给砸了："萧天耀……好大的胆子，居然在京城行凶杀人，他将朕置于何地？"

"皇上息怒，此事尚无定论，不一定是萧王所为。"林相硬着头皮开口道。

没办法，不管是受伤的还是行凶的，都和他有关系，他就是想撇清也要看皇帝乐不乐意。

"不是他还能有谁，放眼东文，还有谁敢在天子脚下行凶，不想活了吗？"这点儿自信皇上还是有的。东文在他的治理下，虽不至于绝对太平得路不拾遗夜不闭户，但皇城脚下确实没人敢闹事，何况是这等刺杀？

像是为了证明皇上的话，就在这时，东文的密探首领求见，呈上他们查到的消息："凶手乃萧王隐卫，对方并没有隐藏身份的意思。"

很显然，萧天耀不仅做了，而且还明晃晃地告诉皇上这就是他做的，根本不怕皇上会找他麻烦。

"果然是他，在东文也只有他才敢不把朕放在眼里。"刚刚已经气过了，现在确定是萧天耀后，皇上反倒没有那么生气了。

萧天耀的桀骜不驯他不是第一次见识，早就已经习惯了。要不是萧天耀一再挑衅他的权威，他也不会想方设法地想要弄死他。

密探首领不敢吭声，单膝跪在地上等着皇上下令，结果等了半天就只等来一句："萧王府给我盯紧了，朕要知道萧王的一举一动。"

密探首领听到这话差点哭了，别说盯萧王，就是萧王府的举动，他也不一定能盯得上呀。

当然，这种话他肯定不会跟皇上说，只能硬着头皮应是。

密探首领下去后，林相也不敢吭声，老老实实地跪在那里请罪。

虽说他与萧王不亲近，可怎么说萧天耀也是他的女婿，万一皇上想多了怎么办？

皇上确实很生气，可看着林相可怜兮兮的惨样，想到这些年来林相的忠心耿耿，也就没有再和他计较："起来吧。"

"谢皇上，吾皇万岁万岁万万岁。"林相知道自己这关是过了，以极其夸张的姿势匍匐在地，重重地磕了个响头，以示自己的激动和皇恩浩荡。

皇上嘴角微抽，可看着林相跌跌撞撞地爬起来，又觉得他一把年纪也不容易，最终也没有再说什么。

林相起来后，也不敢说什么表忠心的话，直接说起正事："皇上，现在的情况，蒙家三子都已无法领兵，势必要重选主帅。"

"威远侯徐达。"皇上缓缓开口，说出自己心中的最佳人选。

林相脑子一转就明白个中原委，忙道："皇上英明，徐家满门忠烈，徐侯爷更是骁勇善战，有徐侯领兵，北历不足为惧。"

皇上也很满意自己的决定："徐达曾与北历交过手，胜负在五五之数，朕相信他能当此重任。"

皇上这次挑选的主帅，确实没有掺杂私人感情在里面，萧天耀收到这个消息也很满意："徐侯为人方正，由他领兵不必担心。"

"徐达此人光明磊落，确实不会故意针对咱们的人，可难保皇上不会暗下黑手。"苏茶习惯未雨绸缪、周密安排，做最坏的打算。

"是谁都一样。"除非萧天耀自己做主帅，不然无论哪个人，都得听命于皇上，都会拿他的人铺路。

流白心里还有气，所以今天没吭声，免得自己一出口就惹得萧天耀不高兴。

没有流白添乱，苏茶与萧天耀的效率更高。两人正在商量要怎么做才能逼皇上放人，让他的那些旧属回到原职，随大军一同赶赴前线。

有了那些中层将领在，他们就不用担心三十万人马的生死了。

只是，要让皇上放人，还准他们官复原职，这并不是容易的事。皇上本就是有证据在手才会下令拿人的，也算是依法办事，很难找出破绽来。

"既然不能翻案，那就将所有人都拖下水。常年在外征战的将军，有几个没有冒领军功没有私分战利品的？就算他们没有，他们手底下的人就没有吗？他们的子女亲眷也没有吗？本王就不信，给我往死里查，有点儿什么蛛丝马迹那就是罪证！"

这是最好的法子，萧天耀之前不用，那是因为没有战事。就算整个武将系统都乱了，皇上也有时间慢慢安插新人进去，根本不会影响大局，而且还能帮皇上除了军中毒瘤。

现在不同，北历与东文这一战少说也得打上一年半载，而在此期间，不管是南蛮还是西武都会虎视眈眈，只要东文一乱，这两国必然会趁乱打劫。

苏茶听到萧天耀的话，顿时眼前一亮，可随即又暗淡下来："这么短的时间内，我们根本收集不到那么多的证据，况且我们的人手也很有限。"

他们手上的势力再大也无法和整个国家抗衡。皇上可以调动整个东文的力量，可以不受控制甚至光明正大地培养密探，而他们不行。

"我们人手不够，自然有人人手够。"这一点萧天耀比苏茶更清楚，他根本就没有想过自己去查。

苏茶立刻就懂了萧天耀的意思，问道："你是说请天藏阁出手？"

如果是天藏阁出手，那就没有问题。

月影一出，天下无藏！

天藏阁是四国最大的情报组织，不属于任何一个国家，号称四国之中没有他们不知道的事，也没有他们查不出来的秘密。

只要出得起银子，他们甚至可以帮你查出皇上今天穿的亵裤是什么颜色，晚上睡了哪个妃子……

天藏阁的幕后主人是谁，至今无人知晓。据说有中央帝国的背景，所以四国即使痛恨天藏阁的存在，也不敢拿它怎样。

天藏阁有四大特使，他们持月影银牌，各国皇帝都得给他们一点儿面子。

当然，天藏阁也不可能和四国对着干，他们与四国的关系都还不错，原则是不插手四国之事，如若逼不得已，插手四国皇帝之间的事，也不会偏袒任何一方。平时四国皇帝需要什么情报，只要不涉及两国之间的根本利益，他们也都乐意给皇上点儿面子。

要是真有人出银子打听皇帝的私事，他们前脚给了对方消息，后脚就会把消息卖给皇上。

为雇主保密、不得出卖雇主消息？天藏阁根本就没有这一条，他们是靠情报为生的，有人出银子他们什么消息都卖，你要不乐意就别来天藏阁，天藏阁不稀罕你这么一个雇主。

没错，天藏阁就是这么牛！

所以，除非不得已，一般人都不会去找天藏阁，免得给自己找不自在。而天藏阁也不在意，他们收费极高，本身就是走高端路线，做别人所不能。

当然，天藏阁虽然号称无所不知，可也有几个人的消息是他们不敢卖的。

比如四国那几个武神，天藏阁就不会自寻死路地去卖他们的消息，还有战神萧天耀的消息，除非四国皇帝问起，不然他们也是不会卖的。

天藏阁虽然不怕武神，可也不会轻易得罪。至于萧天耀？说起来也是天藏阁的一个耻辱。

当年，天藏阁将萧天耀的消息出卖给一个爱慕他的女子，那女子利用天藏阁的消息，差点儿就爬上了萧天耀的床。

萧天耀一怒之下，单人独骑闯到天藏阁，直接将天藏阁在东文的特使打成重伤。

天藏阁不是没有报复回去，可是……

萧天耀虽然还没有冲破武神的屏障，但实战能力却不比武神差。萧天耀当时就放出话来，说天藏阁要战，他就陪天藏阁战到底，他倒要看看是天藏阁厉害，还是他手上的三十万大军厉害。

遇到萧天耀这种又横又不要命的，天藏阁再横也没有办法，只得后退一步。此后，也不是没有人学萧天耀，对天藏阁放出狠话，可天藏阁被打了一次脸，还会允许再次被打脸吗？

再说了，也不是人人都是萧天耀，不是人人都能发挥出武神的实力。更何况天藏阁自己有四个武神坐镇，何所畏惧？！

可不管天藏阁事后如何嚣张，他们被萧天耀打脸都是事实。经此一事后，天藏阁与萧天耀之间的矛盾，虽不至于不可调和，但双方也确实有点儿老死不相往来的意思。

这次萧天耀会找上天藏阁，苏茶和流白还是挺意外的。不过，此时天藏阁是他们最好的选择，苏茶和流白很聪明地没有问萧天耀怎么会想到找天藏阁帮忙。

苏茶和流白的执行能力一向很高。苏茶管银子，流白熟知江湖恩怨。天藏阁也算是江湖中人，流白当天夜里就带着百万银票，以萧天耀的名义求见天藏阁东文特使。

东文特使对此非常意外，不敢让人久等，立刻让人请了流白进来，得知流白的来意后，东文特使更是笑成一朵花了。

“萧王的事就是我天藏阁的事，两天内我们天藏阁必将消息奉上。至于银子的问题就不必了，我们天藏阁与萧王也算不打不相识，这个消息就当我们天藏阁送给当初萧王成婚的贺礼。”

和银子比，萧天耀找天藏阁买消息才是重点。当年萧天耀损了天藏阁，令天藏阁威名大损，要是将萧天耀主动找天藏阁买消息的事情暴露出去，天藏阁何愁找不回场子？

其实，来之前流白与苏茶就想到了这个可能，所以他们也有对策：“我们家王爷不缺银子。天藏阁要是想给我们家王爷送新婚礼物，就当不知此事好了。”

“萧王不想旁人知道他在天藏阁买消息的事？”东文特使眼皮眯缝，微微沉吟。

流白一向不擅长猜心，既然左右都是不懂，索性就不管其他，自顾自地道：“不，我们家王爷行事光明磊落，从不惧人知晓。我们家王爷只是讨厌麻烦，要是天藏阁给王爷带来了麻烦，他也不介意回馈天藏阁点什么，免得天藏阁太闲。”

这绝对是威胁，若在萧天耀双腿没有被废时，天藏阁听到这话还要掂量一二，可现在？

“萧王想给我天藏阁添麻烦恐怕不是什么容易的事吧？”东文特使长得胖乎乎的，脸上时刻挂着和气的笑容，许多人都会被他的外表所骗，以为他是一个好人。事实上，东文特使就一笑面虎，他脸上的笑容多讨喜，下手就有多黑。

流白嗤笑一声：“看样子天藏阁的消息也不是很灵通啊。”这话看似什么也没说，可实则却又说了很多。东文特使不由得敛住笑容，问道：“流白少侠这话什么意思？”

“字面上的意思。”流白自知心机不强，也藏不住话，并不与东文特使纠缠，起身，将百万两银票拍在桌上，“银票且放在这里，两天后我来取消息。至于天藏阁想要借我家王爷立威的事，我奉劝特使一句，我们家王爷脾气不好，耐性有限，日后还请特使多多担待。”

当年，萧天耀揍的就是这位东文特使，这个时候流白说“担待”就等于是在说等着被揍。

想到当年被萧天耀当沙包一样踢得满天飞，东文特使忍不住便打了一个寒战。

他承认自己有些怕萧天耀，更不想再被揍一顿，可若是错过这么好的机会一雪前耻，那他……可能很长一段时间都要失眠。

萧王，果然让人讨厌。他终于明白东文皇帝为何会不惜一切代价也要弄死萧天耀了，因为他也很想这么做。

在四国，想要弄死萧天耀的不知凡几，东文和天藏阁甚至出动过武神对萧天耀下手，可同样没有得手，由此可见萧天耀此人有多么的可怕!

“真想弄死萧天耀啊。”林初九现在也是想要弄死萧天耀大军中的一员。

林初九之前借了吴大夫做助手，为了让吴大夫在医治时能帮上忙，她这两天一直在给吴大夫做特训，好让吴大夫到时候不会手忙脚乱。

医理这种事，一通百通，吴大夫本身就是大夫，林初九只简单地阐释下医治的过程，吴大夫便明白了，在林初九的指点下，甚至可以独立解剖小白兔，林初九本以为这紧急教学很快就会结束，可是……

萧天耀不知哪根神经抽了，居然跟来和吴大夫一起学。

如果萧天耀安安分分地听着，或者天赋高些，一点就通，那林初九也就忍了。左右教一个是教，教两个也是教，可偏偏萧天耀不仅不安分，医学天赋还极差，一个再简单不过的问题，林初九解释了好几遍萧天耀才能勉强听懂。

花费了三天的工夫，把萧天耀一个什么都不懂的人，教到了可以去药房做小医童的水平，萧天耀终于放过了她。

重新获得自由的林初九，一刻也不敢在萧天耀身边多待，一得到“特赦”就跑出去，亲自查看曹管家为给萧天耀治病、按她的要求重新搭建的药房。

林初九对药房的要求很简单，宽敞、明亮、干净、全部木制。这点儿要求别说曹管家亲自出马，就是王府一个下等的小奴仆也能办得漂漂亮亮，叫林初九挑不出半丝错来。

林初九亲自去查看了一遍，发现没哪里需要改动，便让曹管家用醋擦拭一遍，再用艾草熏熏屋子，晾一天再用。

刚建好的屋子，只要木头的湿气不重，都可以即刻入住。更别提曹管家为了盖好这屋子，用的都是上好的金丝楠木。

金丝楠木耐腐防虫，质地坚硬，且木性温和，冬暖夏凉，香气清新宜人。只有皇家才有资格用。皇上的龙椅龙床还有平时用的书桌，全是由金丝楠木打造的。

当然，萧天耀用的也全是上好的金丝楠木，而且萧王府还有不少存货，要不是这东西足够多，曹管家也舍不得用金丝楠木建房子。

好在屋子不大，用料也算不得太多，不然曹管家指不定要心疼死。要知道，这屋子王爷这辈子估计也就只用一次，以后就是荒废的命。

所有的东西准备齐全，吴大夫该学的也学会了，可以开始为萧王治疗了。

林初九一大早就去找萧天耀，先为他做了一个全身检查，确定没有问题后便请萧天耀去刚建好的小木屋。

吴大夫早已在此地候着，见到萧天耀和林初九过来，忙上前行礼道："王爷，王妃。"

"东西都检查了吗？"林初九昨天晚上便将会用到的器具与药剂放进去了，这个时候只要人到就行。

"检查了，都没有问题。"吴大夫再三保证。林初九点了点头，推着萧天耀往里走。

到了外间，林初九并不急着进去，而是先去洗手、换衣服。

外间地方不大，换衣服的地方只能用帘子隔起来，吴大夫见状忙退了出去，至于萧天耀？

萧天耀没有回避的意思，林初九也没有说什么，好歹是夫妻，虽不曾同房，但只是换个衣服而已，林初九还不至于矫情到不能接受。

为了方便给萧天耀医治，林初九脱去飘逸碍事的长裙，而是像男子一样换上长衣、长裤。

干净利落又贴身的长裤长衣，自然比宽松飘逸的裙装要方便，萧天耀感觉确实如林初九所说的那样便利，也就没有多说，点了点头，示意林初九可以推他进去了。

将萧天耀推进干净明亮的木屋内，林初九将所需要的药材一一摆放整齐后，又调整了台子的高度，对着萧天耀说道："王爷，我知道你能走两步，我扶你躺上去。"

要是萧天耀拒绝，他就等着让别人抬上去吧。

"嗯。"萧天耀怎么也不可能让人抬，不管是人前人后，他的骄傲都不容被践踏。

萧天耀的双腿虽然可以受力，却撑不了太久，林初九不敢拿他的腿冒险，搀扶起萧天耀后，很自觉地承担了大部分的重量。

等到将萧天耀扶到高台上时，林初九已累出了汗。

萧天耀看着不胖，可真的好重。

喘了两口气，待到心跳平静下来后，林初九让萧天耀躺平，递了一粒药丸给萧天耀。

"王爷，需要你配合一下。"林初九将药丸递到萧天耀嘴边。

"什么药？"萧天耀知道林初九不敢毒死他，但说不出来历的东西，他不会进口。

"和你说不清楚的，王爷放心，我不会弄死你。"她要是告诉萧天耀，这颗药丸的麻醉效果比麻沸散还好，萧天耀还会配合吗？

"你不说清，你以为本王会配合吗？"萧天耀笑得很冷。林初九轻叹了口气："王爷，我要将你的腿切开，这个过程很疼的，我需要你保持一动不动，这颗药丸就是起这样的效果。"

"本王会怕痛吗？"萧天耀不屑冷哼，很不满林初九对他的不信任。

"王爷你是不怕痛，远比一般人能忍。但是……你能保证我将你的双腿切开后，你腿上的肌肉能一直保持放松状态而不僵硬吗？"痛可以忍，但身体的反应怎么控制？

不怕痛，并不表示不知道痛。

他确实不敢保证，可他也不希望自己失去知觉："你确定，只是让本王的腿没有知觉，而本王还能保持清醒？"

林初九重重点头："我确定。"为了让萧天耀配合，林初九眼也不眨地撒起谎来。

"好吧，本王姑且信你一回。"林初九的样子实在不像是撒谎，而且他之前就是因为不相信林初九，这才害得她身心都是伤痕累累，所以，这一次他选择相信。

"多谢王爷的信任。"这一次，我一定会辜负你的信任，"你闭上眼睛，放松心情，好好休息，很快就好了，到时候我叫你。"

林初九一脸淡定，没有一丝骗人的心虚与不安。看到萧天耀配合，放松身体后，林初九将药丸塞到萧天耀的嘴里，静等药丸起效。

药丸很快就起了作用，萧天耀只觉得眼皮越来越重，脑子昏沉沉的，特想睡，他起初还以为是自己躺着太舒服所以想睡觉，可很快就发现不对劲。

萧天耀的第一反应就是跳下高台，可他刚一动就被眼疾手快的林初九发现了。林初九直接扑在他身上："王爷，别动，我不会害你的。"

软软的身子覆在身上，轻轻的呢喃从耳边扫过，萧天耀只觉得一阵酥麻的触感扫过心尖，然后下一秒就放弃了反抗。

好吧，他信林初九！

"多谢王爷的配合，放轻松些，很快就好了。"为了不让萧天耀乱动，林初九整个人都趴在萧天耀身上，头枕在萧天耀的肩膀处，说话时自然就对着萧天耀的耳朵。

耳根处麻麻痒痒的，却不让人讨厌，萧天耀顺从身体的本能，反手抱住林初九：好软！

娇躯在怀，萧天耀不免心猿意马。同时他那昏沉的大脑，此刻更加地沉重，于是萧天耀高速运转的大脑变得迟钝起来……

总算安抚住了。

林初九暗暗松了口气，心里默算麻醉剂起作用的时间。

没有让林初九等太久，麻醉剂此时已经起作用了，只是……

未想萧天耀在昏迷前突然清醒了下，由于嘴巴被面罩挡住，萧天耀无法说话，可眼神却如刀锋般冰冷，一道道地射向林初九，无声地告诉她：你死定了！

虽然早有预料，可迎上萧天耀那杀人般的眼神时，林初九还是吓得直接趴在萧天耀的身上，好半天才爬起来。

"呼……真是一个可怕的男人。"想到萧天耀昏迷前的眼神，林初九忍不住便打了个寒战，暗自祝愿医治顺利，不然萧天耀肯定不会放过她。

林初九深吸了口气，低头，看着即便陷入深度昏迷，却依旧凌厉骇人的萧天耀，林初九心底有那么一丝丝的担心：萧天耀醒来后不会吃了她吧？

她觉得这个可能性很大，因为萧天耀昏迷前的那个眼神，真的好可怕！

林初九摇了摇头不敢再想，她要是再想下去，今天就没法给萧天耀医治了。

“吴大夫，你可以进来了。”林初九深吸了口气，朝门口唤了一声。

“来了。”吴大夫高声应了一句，和林初九一样，先把一身衣服换了，穿得干干净净这才走进来。

“把手洗干净，反复洗三遍。”林初九看了一眼吴大夫的手，还算满意地点了点头。

很好，指甲都剪掉了，指缝里也没有污垢，勉强符合她的要求。

等吴大夫准备好后，林初九丢了一把剪刀给他：“将王爷的裤脚剪了。”

依林初九的本意，直接把萧天耀的裤子全脱了完事，只留一条底裤，可想到药丸的事已经坑了萧天耀一把，林初九就没有那个胆了。

好吧，她承认她的胆子真的不大，也很怕萧天耀发火。

“呃……王妃，剪到哪个部位？”吴大夫拿着剪刀，却不敢下手。

王妃真是太坏了，要是让王爷知道自己把王爷的裤子给剪了，害王爷露出光溜溜的大腿，那王爷不得杀了他。

剪到哪个部位？

这倒真是一个问题。

既能让萧天耀接受，又令她觉得可以的部位，还真不好找。

林初九停下手中的动作，走到萧天耀身边，先是在膝盖处比画了一下：“好像还不够。”又往上，落到大腿根部，“似乎太短了，估计王爷不能接受。”

这是……把王爷当死人吗？

吴大夫握着剪刀的手抖了抖，一脸崇拜地看着林初九：王妃就不怕王爷醒来后秋后算账吗？

“这里好了。”林初九再次比画了两下，终于确定了位置。

距离大腿根部半个巴掌的距离，不会露出不该露的东西，也不会妨碍她做事，只是……

“会不会留得太短了？”吴大夫拿着剪刀却不敢下手。

剪的人是他，到时候等王爷醒来，万一舍不得责怪王妃，那会不会把错全记他身上？他可不想背黑锅呀！

“留得再长就没有办法做事了，王爷大腿和小腿都有血块，都要动刀子。”真以为给萧天耀医治腿和切小兔子的腿一样简单？

吴大夫要真觉得有这么简单，那行医几十年不是白废了？

“明白了。”涉及专业知识，吴大夫只有屈服的份儿。

见林初九转身走了，吴大夫忙双手合十，对着萧天耀鞠躬作揖，嘴里念念有词。

林初九扭头便看到这一幕，不由得哆嗦了一下：她怎么看都觉得吴大夫这是准备把萧天耀全部解剖的节奏。

吴大夫可真有胆，她也想把萧天耀给解剖了，可真心……没那个肥胆。

“咔嚓，咔嚓……”吴大夫三两下就把萧天耀的裤子剪了，正好比着林初九所画的线，一分不多，一分不少。

“王妃，你看可以了吗？”吴大夫一脸紧张，就像是做了坏事的小孩子。

林初九扭头看了一眼：“可以了，把王爷腿上的腿毛剃了。”说完就将剃毛刀递给吴大夫，并且教他怎么用。

本来，这事在医治前就要做好，可是……

林初九真不敢保证萧天耀会同意，所以，她只好先斩后奏。

“王，王妃，真要剃王爷的腿毛？”吴大夫捏着剃毛刀都快哭了。

王爷醒来后，自己一定会死得很惨，一定会！

“你连王爷的裤子都敢剪，剃个腿毛算什么？”林初九说得云淡风轻，可吴大夫知道这是威胁，这是赤裸裸的威胁呀！

“王妃，明明是你让我剪的。”怎么可以把责任全部推到他身上？

他真的……好无辜呀。

林初九一脸严肃地点头：“是这样没有错，可具体操作的人是你。你以为王爷不会放过我，就能放过你吗？”

“王妃，我，莫非我这是上了贼船了？”吴大夫听明白了，他现在只得乖乖听话，紧抱林初九的大腿，不然左右不讨好，他真的就只能撞墙自求多福了。

“不是，我们这是为王爷好。”林初九一本正经，说得还真像那么一回事，“你想想，若依王爷的性子，要是知道我们要做这些，他会同意吗？”

“不会。”吴大夫想也不要想便回答。王爷这个人骄傲得紧，怎么会容许自己昏迷不醒地躺在那里任人宰割？

“这不就是了，我们要给王爷医治就必须得做这些，可是王爷又不同意，不肯配合，那怎么办才好？为了王爷的身体着想，我们只能用一些特殊的办法。”林初九拍了拍吴大夫肩膀，安慰道，“特事特办，我想王爷能理解的。而且，就算有什么事，也有我在前面顶着，还责怪不到你头上。”

有了林初九这话，吴大夫是彻底安心了，当下不再纠结，林初九叫剃毛就剃毛，叫给萧天耀脱衣服就脱衣服，左右出了事也有王妃在前面顶着。

助手如此配合，林初九也省事多了，很快就准备好了要用的药材与器具：“吴大夫，准备好了吗？”隔着口鼻罩，声音有些含糊。可吴大夫却听出了林初九语气中的郑重与凝重，用力点头道：“准备好了。”

“好，那我们开始。”师父说，每一次动刀子的医治都伴随着极大的风险，必须慎重对待。

林初九深深地呼了口气，将心中的不安与紧张压下，再次睁开眼时，目光一片清明，她在萧天耀腿上画出了一条线，接过吴大夫递来的刀子，沿着线切开……

前面的步骤吴大夫都见过，和给小兔子动刀子的方法一样，只是萧天耀腿上的伤口更深更长罢了，可到了后面吴大夫却是看不懂了。

只见林初九手上拿着一把小钳子，也不知在伤口处寻些什么，只看到她的手速极快，额头上的汗珠不断浸透出来，明明没有做什么力气活，可却是一副很累很累的模样。

“擦汗！”林初九的声音拉回了正在神游的吴大夫，吴大夫一个机灵，立刻拿起一旁的软布将林初九额头上的汗珠擦掉。

还来不及放回去，便听林初九又一个命令下发：“铁钳。”

“来了。”铁钳递到林初九手里，同时将她手上的柳叶小刀取回来。

接下来，吴大夫完全没有时间多想，林初九几乎每隔几秒就需要新的用具，吴大夫虽然熟悉了各种药材、所需用具与医治过程，可真正开始医治，还是不免有些手忙脚乱，跟不上林初九的步调。

错了两次后，吴大夫越发紧张，可林初九却没有减缓速度的意思，甚至她手中的动作越来越快，到最后快得吴大夫都看不清姿势，只能看到一个个的残影。

看着林初九双手飞快地移动，吴大夫的脑子里此时只有一个想法，那就是：王妃应该是妙手空空的传人吧？

妙手空空是小偷，据说手速极快，能从热油锅里抓出铜钱而不伤手。

好在，吴大夫适应了这种节奏后，就没有再犯错了，与林初九配合得也极为默契，可不等吴大夫享受这种默契，林初九就放下手中的柳叶小刀，深吸了口气：“可以了，将血块引导出来就好了。”

紧接着，吴大夫都来不及理解这是怎么回事，就见林初九已将一截事先准备好的竹管插入切口处，然后便看到凝成块状的黑血块往外流。

这么神奇？

吴大夫嘴巴大张，好半天都合不拢嘴……

林初九没有给吴大夫太多的时间消化他看到的东西，转而拿起笔来，在萧天耀的小腿内侧划了一道线，而这道线就是落刀的点。

“神了。”吴大夫自言自语。林初九瞪了他一眼，吓得吴大夫忙收回眼神，再次进入到紧张而富有节奏的医治中……

第四章　我们睡在一起

四个时辰！

林初九足足忙了四个时辰，才将萧天耀双腿处的血块与淤堵清理干净。而在这四个时辰中，林初九连口水都没有喝，等到她将最后一处伤口缝合好后，双手已在控制不住地发抖，身子也摇摇晃晃。

“王妃，你没事吧？”吴大夫忙上前扶住林初九。

事实上，他也累得不行，可到底比林初九好一些，他的工作量没有林初九那么大。

“没事，休息一下就好了。”林初九扶着木台站稳身形，声音很虚弱，一听就知道累得不轻。

深吸了口气，缓过那阵疲劳后，林初九强打起精神说道：“吴大夫，你先出去安排王爷养伤的地方，我在这里陪着王爷。”

这明摆着就是要支开吴大夫，吴大夫也是聪明人，什么也没有问便退了下去。

谁不会留两手呢，师门绝学当然不能轻易外传。王妃要是什么都教给他，那才叫奇怪呢。

吴大夫走后，屋内就只剩下林初九和萧天耀两人，林初九检查了一遍，确定萧天耀没有这么快醒来后，立刻从医圣之心里拿出药丸，捏开萧天耀的嘴，强制将药给喂了下去。

片刻后，林初九又为萧天耀诊断了一番，确定他没有生命危险，便将吴大夫叫了进来，让吴大夫安排人送萧天耀回房：“吴大夫，王爷今晚是危险期，我来守夜，你把人送到房间后就去休息，明天早上来换我去休息。”林初九疲惫地说道。

“王妃，你的身体吃得消吗？”吴大夫看着林初九苍白的脸色，心底隐有不安。

林初九的身体状况他是知道的，林初九本身就中了慢性毒药，身体比一般人要差，再加上因为龙魄事件折腾得她满身是伤，身子骨就更差了。

林初九一顿，苦笑道："今晚很关键，吃不消也得撑着，不然王爷要是出事了，你我都得陪葬。"

"唉……"吴大夫知道林初九说的是实情，也就不再劝说，"好，那我这就送王爷回去，王妃你先去洗个澡吃点东西，可别王爷好了你又累倒了。"

"放心，我自己就是大夫，还能照顾不好我自己？"林初九说得轻松，可吴大夫很清楚，这话完全是敷衍人。

医者不自医，大夫反倒是最容易劳累致死的。

林初九收拾好木屋，交代曹管家安排人将木屋彻底清理一遍后，便回到自己的院子。泡了个热水澡，这才觉得舒服多了。

精神好了，胃口自然大开，可林初九不敢多吃，她怕吃得太饱了倦意上头。勉强吃到六分饱时，林初九便放下了碗筷。

倒不是她有多自律，而是她要对自己的病人负责。有时候，大夫一个很小的疏忽都会令病人致命。

吃饱后林初九并没有立刻动身，而是稍作休息，让翡翠一炷香后叫醒她。

吴大夫本以为送昏迷不醒的萧天耀回房再简单不过，可不想事与愿违……

"王，王爷，你，你醒了？"看到眼神清明的萧天耀，吴大夫立刻就明白了。

什么昏迷不醒，什么任人宰割，全骗人的好不好？王爷清醒得很。

他要倒大霉了。

"本王不应该醒吗？"萧天耀面对吴大夫可没有那么好的耐心。那冰冷的声音，凌厉的眼神，吓得吴大夫全身直哆嗦，不停地摇头："不，不是……"

"收起你那孬样，本王有话要问。"连林初九一个女人也不如，真是没胆。

"是，是是是。"吴大夫悄悄抹了把冷汗，佝偻着身子站在床边，一副随时都要跪下请罪的样子。

没办法，一想到自己今天剪了王爷的裤子，剃了王爷的腿毛，他心里就一阵不安。

萧天耀斜睨吴大夫一眼，见吴大夫冷静下来后，这才问道："把你今天看到的事全部给本王说一遍，不得隐瞒。"

"啊，王爷你不是清醒的吗？"吴大夫看似冷静，可脑子依旧在打结，不然也不会说出这样的话来。

萧天耀怎么可能回答他这么愚蠢的问题，冷着脸道："让你说就说。"

"是，是。"吴大夫不知道萧天耀什么时候醒来的，当下不敢欺瞒，便把他进去后所发生的事一一说给萧天耀听。至于剪裤子和剃腿毛的事，必须得记到王妃头上，他只是执行者。

当然，很有良心的吴大夫倒也没忘在萧天耀面前为林初九说好话："王爷，你可千万别怪罪王妃娘娘，王妃娘娘也是为了您好。为了医治您的腿，王妃娘娘整整四个时辰一刻也没有停，等到最后收针时，小人看到王妃娘娘的手都在发抖。这也就是王妃年轻，要换作小人，连握了四个时辰的刀，手早就不稳了，哪里还能坚持到最后。”

“闭嘴，不需要你多说。’他有眼睛，能看到林初九被累成什么样子，需要再说一遍让他愧疚吗？

“是，是，小人不说，小人不说。”吴大夫偷偷用眼角扫了一下，发现萧天耀虽然语气恶劣，可脸色却很平静，心中不禁窃喜连连。

果然，搬出王妃娘娘就能大事化小小事化了。以后，这府上的格局怕是要变了，他可得抱紧王妃的大腿才好呀。

吴大夫脸上的笑容十分猥琐，他自以为掩饰得极好，殊不知萧天耀全部看在眼里，只是不屑于和他计较罢了。

萧天耀早就知道吴大夫什么性子，所以他用得很放心。

“扶本王起来。”虽然人醒了过来，可有麻醉效果的药丸对他的身体还是造成了一定的影响。吴大夫说他腿上开了四个口子，可他却感觉不到痛。

“是，是。”吴大夫瞬时收敛起脸上的表情，一脸正经地上前。这变脸的速度，与……林初九有一拼！

坐起身后，掀起盖在腿上的被子，入眼所见不是包扎整齐的伤口，而是光溜溜，一根汗毛也看不到的双腿。

看着那白皙得如同病弱书生的双腿，有那么一瞬间，萧天耀的脸部剧烈扭曲：“你做的？”

“小人，小人只是按王妃的命令行事。”吴大夫承认他是故意的，可这话打死也不能说。

“是吗？”凌厉的眼神扫向吴大夫，似能洞察人心。吴大夫不敢与之对视，忙低下头：“小人不敢欺瞒王爷。”

“量你也没有那个胆。”萧天耀指了指腿上包扎的白布，不容拒绝地道，“拆开！”

“王妃说……”

“拆！”

“是，是，是，小人这就拆。”识时务者为俊杰，吴大夫自认是俊杰，他绝不会与王爷唱反调。

吴大夫手脚麻利地将伤口上的绷带拆掉，露出微微泛红，像蜈蚣一样蠕蠕爬行的缝合口子。

“真丑。”萧天耀嫌弃道。

真难伺候，也亏得王妃受得了你，幸亏你的腿伤不归我管，不然我肯定要少活十几年。吴大夫心中腹诽。

等了半晌，没见萧天耀开口，吴大夫只得硬着头皮询问道：“王爷，可以包起来吗？王妃说不能拆的。”

“全拆了！”

"啊？"王爷发疯了？

吴大夫猛地抬头，对上萧天耀那双黑洞似的眸子时，又慌忙别开。

他错了，他就不该管王爷是不是作死，他只要负责听命就行了，至于事后王爷会不会因此出事，那就不是他需要关心的事了。

反正有王妃在！

为了将功补过，吴大夫闷不吭声，飞速地将绷带全拆了，露出大腿内侧与小腿内侧的伤口。

四道口子分别有手指般长，因缝合的人细致，看上去并不严重，至少萧天耀就是这么认为的："丢了，不用包扎。"缠了一层又一层，难受得紧。

吴大夫张了张嘴，还是将涌到嘴边的话吞了回去。

王妃很快过来，让王妃伤脑筋去。

扶着萧天耀躺了下去后，吴大夫拿起拆下来的绷带，欠身离去，可是……

一开门，就看到正抬手准备敲门的林初九。

"王，王妃？"吴大夫也不知道自己心虚个什么，见到林初九的第一反应，居然是将手上的绷带藏到身后。

可惜，他还是慢了一步，林初九已经看到了。

"你拆的？"林初九当即黑了脸，眼睛似有火焰喷发出来。

"是，不，不是，不是。"吴大夫先是点头，后又摇头，到最后他自己也糊涂了。

"到底是还是不是？"林初九都快气炸了。

她就洗个澡吃个饭的工夫，吴大夫居然把萧天耀腿上的纱布给拆了，这不是给她添乱吗？

"不是，不是。"吴大夫坚定地摇头。

"不是你拆的，那是谁拆的？王爷他自己吗？王爷这个时候还醒不过来吧？"

"我，我……"冤枉呀！

吴大夫快哭了，他不敢说呀！

"算了，我自己进去看。"林初九推开吴大夫，往里走。

屋内，只有躺在床上的萧天耀，看样子麻醉还未过去，人还没有醒。

"吴大夫。"林初九眉头微蹙，站在原地一动不动。

"王妃……"吴大夫快哭了，指着床上的萧天耀，不断地给林初九挤眉弄眼。

林初九看到了，大约也猜到了，可是……

她不敢冲萧天耀发火，所以吴大夫只得自认倒霉。

林初九此时也顾不得尊敬老人，冷着一张脸呵斥道："吴大夫，你知不知道你犯了多大的错误？王爷的伤口很深很深，而且此时极易感染，你将绷带拆开后，王爷有七成的可能会因为外伤而发热，要是因此烧坏脑袋谁负责？就算不会烧坏脑袋，你也应该知道要是伤口感染，那王爷的这两条腿可能就真废了！"

“我，我不是……”吴大夫委屈得要哭了，可偏偏他不敢解释。

王妃，你怎么就看不懂我的暗示呢？

“不是？不是你就害王爷？我知道吴大夫你没有害王爷的心思，甚至觉得拆掉绷带能让王爷舒服一些，可是……”林初九一顿，转头看向躺在床上的萧天耀，“不懂装懂才是最害人的，自以为是才是最惹人讨厌的。你不知道问题的严重性也不请教一下行家就擅自决定，你知不知道这样会给别人带来多大的麻烦？”

吴大夫傻愣愣地僵在原地，看着林初九的背影，再次擦了把汗。

他还以为自己会被王妃冤死，看样子王妃什么都知道。

想来也是，要是没有王爷的命令，他哪里敢拆王爷的绷带。

知道自己不会被冤死，吴大夫狠狠松了口气，生怕林初九说得太过会引起王爷不悦，吴大夫忙上前认错，保证自己再也不敢了。

林初九发泄一通后，心里的那把怒火也烧得差不多了，再说这事也不是吴大夫的错，林初九也就不再纠缠，只让吴大夫去木屋拿她的药箱来。

萧天耀的伤，得重新包扎。

“王妃，我这就去。”吴大夫跑得飞快，出门时差点被门槛绊得摔一跤，好不容易才站稳，又撞向那梁柱，那一声巨响，林初九光听着就觉得疼。

“吴大夫还真是老当益壮。”站了四个时辰，动作还是这么的敏捷，真是叫人羡慕呀！

林初九摇头轻笑，可当她转头看到躺在床上，假装昏迷不醒的萧天耀时，又笑不出来了。

这男人，真的……让人不知道该说他什么好。

生气归生气，林初九可不敢真拿萧天耀的身体开玩笑。

林初九伸手摸了摸萧天耀的额头，沉着脸道：“发烧了，还好温度不高。”

“嗯。”萧天耀应了一声，高冷得不行。

轻叹了口气，林初九认命地掀开被子，看到萧天耀的刀口上沾了棉絮，林初九一点儿也不意外。

要是不沾到才奇怪呢。

“这么任性，跟个孩子似的。”林初九没好气地嘀咕道，她实在气不过，又在萧天耀腿上戳了一下，抱怨道，“身体是你自己的，你就不能配合一下吗？”

戳了半天，见萧天耀一点儿反应也没有，林初九一脸不解：“该不会是真昏睡过去了吧？”

林初九搭上萧天耀的脉，片刻后，终于不得不承认，萧天耀是真的昏睡了过去。

“好吧，这次是我误会了你，还以为你之前是装睡。”不管萧天耀有没有听到，林初九都诚恳地道歉。

此时，正好响起敲门声……

敲门的人是吴大夫，他来给林初九送药箱。

吴大夫不知道里面的情况，但直觉告诉他王爷不好惹，于是将药箱往林初九怀里一塞人便跑了：“王妃，我明天一早来换你。”

林初九好笑地摇头，关上门后，提着药箱往里走。

萧天耀的伤口上沾了脏东西，需要再次清洗，为了不让药渍弄脏床单，林初九只得在萧天耀腿下铺一层油纸。

对于林初九来说，萧天耀是男人可也是病人。对病人，林初九没有那么多的男女大防，小心翼翼地避开伤口，一手抱起萧天耀的腿，一手将油纸铺好。

这对林初九来说是再正常不过的事，可对萧天耀来说却是肌肤相亲，再亲密不过的接触。

嫩滑的小手抚在他的腿上，呵出的热气洒在他的腿间，有那么一刹那，萧天耀的身子僵住了，似有一种不受控制的冲动袭上心头。

林初九，你害人不浅！

萧天耀咬牙切齿，恨不得将林初九推得远远的，可是……

不等他行动，林初九就松开了他，一瞬间让他感觉心头空荡荡的。

与这种失落相比，他宁可受煎熬！

可是，没有机会了！

此时，林初九已经在给他清理伤口，往伤口上抹药。

萧天耀怅然若失，可骄傲的他也不可能在这个时候开口，让林初九靠近一点，再靠近一点……

闭上双眼，静静地平复自己的心情，享受这难得的安宁和林初九细致的照顾。

萧天耀看不到林初九此时的神情，但他却能想象出她认真的表情和轻柔的动作，棉团与伤口相碰，如羽毛般轻拂，不痛，只让人觉得痒痒的……

绷带从腿间缠绕，似乎没有了之前的束缚感，也没有之前那般让人无法忍受。

萧天耀心想，让吴大夫拆掉绷带果然是一个英明的决定，哪怕因此被林初九指桑骂槐地损了一顿，也不觉得有什么。

林初九认真地给萧天耀包扎好伤口，又继续给他喂退烧药。

林初九无比庆幸医圣之心里面的药都是药丸状，捏开萧天耀的下巴，往嘴里一丢，最多再给他喂点水，不用担心他吞不下去或者吐出来。

没错，林初九给萧天耀喂药的动作就是这么的粗鲁，好不容易真正睡着的萧天耀，就这么硬生生被林初九捏醒了。

下巴被捏得生痛，萧天耀猛地惊醒，睁眼就狠瞪林初九一记：“你就不能轻一点儿！”声音嘶哑，似乎被什么卡着了。

“咦，你醒了？”林初九的反应完全不在状况内，“正好，再喝点水，还有三个药丸，自己吞了。”

林初九动作飞快地倒了杯水，搀扶着萧天耀坐起来，将水杯递到他的嘴边："喝点水，润润嗓子。"

萧天耀大半个身子都靠在林初九身上，本能地张嘴，林初九顺势喂下，然后不等萧天耀开口，又将手里的药丸塞到萧天耀的嘴里："张嘴。"

白皙修长的手指就在嘴边，萧天耀遵从本心，张嘴含住……指尖的药丸。

这期间不免会碰到林初九的手指，那冰凉的触感令萧天耀颇为满意，只有一点让萧天耀很不爽，那就是——被人占了这么大的便宜，林初九居然一点儿反应也没有。

这女人，真想一口咬掉她的手。

"好了，你好好休息，要是有哪里不舒服就叫我。"林初九扶着萧天耀躺下，细心地替他盖好被子。

从头到尾都没有问萧天耀的意见，而萧天耀发现，他居然真的很听话地合上眼了！

这简直是……不可思议！

萧天耀眉头紧锁，可想到林初九那苍白的脸色，还有微颤的右手，心中又有几分不忍。

算了，看在这女人累得不行的分上，今天就不和她计较了。

萧天耀安静地配合，林初九细致周到，两人之间难得没有争执与冷嘲，也没有让萧天耀觉得心烦的冷暴力，这令他心情颇好，觉得自己的退让也算有了收获。

一夜相安无事，不想半夜时，萧天耀突然喊道："扶本王起来！"

林初九此时正趴在桌上，睡得不怎么安稳，听到萧天耀叫人，立刻上前问道："怎么了？"声音带着刚睡醒的慵懒，双眼蒙胧，没有清醒时的冷静淡然，看上去迷糊又惹人疼。

萧天耀耐着性子重复了一句："扶本王起来。"

"起来？"林初九迷糊的大脑瞬间清醒，"不行呢，你现在还不能起身。你要做什么？我帮你。"

腿上还有四道口子呢，萧天耀怎么能起来？

"你帮本王？本王要小解，你要怎么帮？"萧天耀恶劣地开口，摆明了是要刁难林初九。

"小解？"林初九听到小解时着实愣了一下。

原来萧王爷也是人，也会有三急，她还以为高冷的萧王，就是那高居神坛不吃不喝的男神呢。

"怎么？没听清？"萧天耀眼中闪过幸灾乐祸的笑意，林初九一看就知道萧天耀打的什么主意，想要看她尴尬难堪，做梦吧！

"我听清了，不就是小解嘛，你等一下。"这种小事还能难得倒她？

"好，本王等着！"他倒要看看林初九不扶他下来，该怎么帮他？

不就是小解嘛，这有什么好难的。虽然她是第一次这么照顾伤者，可林初九相信这么点小事还难不倒她。

直接将尿盆放在床上，林初九动手就去解萧天耀的裤子。萧天耀脸色一变，猛地按住林初九的手："你在干什么？"

"解开你的裤子呀，你不是要小解吗？不解开裤子怎么小解？"林初九无视萧天耀的黑脸，拍掉萧天耀的手，一本正经地道，"王爷，别扯这么紧，你又不是黄花大闺女，我都不在意，你在意什么。"

好吧，林初九承认她就是故意的，但萧天耀又能拿她怎样？

有本事你站起来，自己去小解呀！

"你还是不是女人？"萧天耀牙关紧咬，耳根微微泛红。

"这和我是女人有什么关系？"她承认自己虽然有故意的成分在，可真没有别的心思，萧天耀对她来说就是病人。

大夫嘛，什么器官没有见过。真要什么都计较，那她以后就不用给男子看病、医治了。

"动手解男人的裤子，这是女子该做的事吗？"萧天耀黑着脸训斥道。

林初九收回手，好脾气地解释道："解别人的裤子当然不行，可解你的裤子应该没有那么严重吧？怎么说我们也是夫妻啊。"

萧天耀后续还要做复健呢，要是一直这么注意男女大防，那她什么也不用做了。

"你说得有理，我们是夫妻。"听到林初九的解释，萧天耀心情好转，可仍有一点不爽，"你以前帮别人解过吗？"这个很重要，要真有的话，他不介意亲自动手，杀了……那个男人。

"怎么可能，谁有那个荣幸让我亲自看护？你当我是丫鬟呀。"林初九没有说谎，她在林家再不受宠，那也是林家大小姐，林相和林夫人还不至于让她去侍候别人。

"原来，本王是唯一一个。"莫名其妙的，萧天耀的心情因为林初九的这句话而雀跃起来。

不过，即便是这样，萧天耀也不准林初九解他的裤子："你别告诉我，你想让本王用那个东西小解？"

萧天耀指着放在床边的尿壶。

林初九发现了萧天耀的抗拒，可这和她有什么关系？

林初九一脸欢快地说道："对呀，你现在不能移动，只能在床上小解。你要是觉得不好意思我可以背过去，你自己应该可以动手的。"

萧天耀不高兴她就高兴了。

萧天耀的脸越来越黑，也不说话，只用一双黑漆漆的眸子冷剜林初九，那眼神……

林初九背后一寒，总觉得萧天耀发现了她的小心思。

好吧，她承认自己有恶整萧天耀的意思，可她没有坏心思呀，纯粹是公事公办。

林初九轻咳一声，好心问道："王爷，还要小解吗？"

一直憋着，就不怕憋坏吗？

林初九一脸戏谑，眼中满是看好戏的神情，萧天耀就是想要当作没有看到也不行。

忍了又忍，实在忍不下去，萧天耀指着门口，一字一字道："林初九，给本王滚出去！"

他真的很怕自己会忍不住，一把掐死这个胆敢捉弄他的女人！

识时务者为俊杰，林初九觉得自己是俊杰，所以一见萧天耀发火，她马上很识相地滚了出去。

至于萧天耀要如何小解，有没有用那尿壶，那林初九就不知道了。反正她再度进来的时候，萧天耀已经小解完毕。

知道萧天耀因小解一事而不高兴，所以林初九进来后只字不提刚才的事情，就像之前的小解风波不存在似的。萧天耀也绝口不提，两人很默契地揭过这一茬。

萧天耀从吴大夫口中得知林初九为自己医治的过程，有些不解，问道："你明明能为本王清除体内的血块，为何之前不早说？"早说的话，他就不用去惹墨神医那个麻烦了。

"啊？"林初九没想到萧天耀现在还会问这个问题，愣了一下才道，"我之前不是解释过了吗？是墨神医用药替你疏通的筋脉与血管。要是没有墨神医的前期医治，我只有三成的把握，风险性极大，未必能成功。"

萧天耀听完，似笑非笑道："你的话，本王该信吗？"

这是要秋后算账吗？

她还以为萧天耀忘了呢。

林初九暗道不好，脑子里瞬间闪过无数个理由，可总觉得不好，时间紧迫，林初九没法，只得装可怜！

林初九后退一步，眼中闪过一抹哀伤，语气幽怨地说道："我的话，你什么时候信过？"

明明知道林初九是装的，可听到林初九的控诉，看到林初九哀怨的眼神，萧天耀的胸口还是堵得难受。

扭头看向床顶，萧天耀闷声道："本王信了你，你辜负了本王的信任。"

"我没有对你用麻沸散。"林初九当即就知道装可怜这招管用了，于是，低头，扯衣角！

她就不信这样还挑不起萧天耀心中的愧疚！

"你以为换个名字，就能糊弄本王吗？"效果一样，叫什么名字又有什么关系？

"不是糊弄，王爷要是不信也没有关系。"林初九本身就不擅长装可怜，装了半天也不见萧天耀有个眼神，不免有些气馁，一屁股坐到椅子上，赌气道，"王爷要是不信我，可以去请太医来看看王爷你的身体有没有因此受损。要是觉得找太医麻烦的话，王爷给我一颗毒药也行，等三个月后你的腿好了再给我解药。”

“本王都还没说什么，你倒是一大堆的理由。”萧天耀被林初九气笑了，“毒药也是随便能吃的吗？吃了解药身子骨也会受损，你难道不懂这些吗？”

“我这身子，还在乎受损吗？”想到自己这虚弱的身子，林初九郁闷地趴在桌上。

虽说她的身体能调理好，可绝对需要上年的工夫，而且中途还不能出什么太大的意外，想想都觉得累。

萧天耀一怔，眼神晦暗。要不是林初九提起来，他都快忘了，这般活蹦乱跳的林初九，其实没有几年好活的。

一想到林初九没有几年可活，萧天耀就觉得胸口疼得难受，像是有人拿着利器一下一下地戳他的心。

萧天耀右手紧紧按住心口，深吸了好几口气，这才平静下来，而他平静下来的第一句话就是：“林初九，待东文事了，本王带你去中央帝国求医。”依中央帝国的医术，肯定能医好林初九。

“中央帝国？”林初九懒懒地回了一句，一动不动地道，“不是说要武神以上才能进入中央帝国的吗？”她又不是修武道者，这辈子也不可能进入武神，再说了，她的身子她自己可以医好，去求别人干吗。

“本王一定会成为武神，到时候带你去中央帝国。”这点自信萧天耀还是有的。要不是皇上下黑手，他此时已是武神。

林初九无所谓地道：“到时候再说吧。”等你成了武神，指不定早就忘了我是谁。

这么敷衍？这是信不过本王？

萧天耀眉头微皱，却没有解释。

中央帝国他是一定要去的，不管是为了林初九，还是为了他自己。

他会用实际行动来告诉林初九他没有骗她。

林初九忙了一天，着实是累了，和萧天耀说话的时候眼皮就一直在打架，不多时便趴在桌子上迷糊了过去。

萧天耀看着，不由得笑出声来。抬手轻打一个响指，一黑衣人悄无声息地出现，单膝跪在地上：“主子。”

“把人抱上来。”为了让黑衣人相信自己听到的话没有错，萧天耀往里挪挪，留出半个床位给林初九。

让他抱王妃？

黑衣人起初以为自己听错了，见到萧天耀的动作后才明白，不是自己听错了，而是他们家王爷，真的下了这么奇葩的命令。

他真要将王妃抱上床，王爷事后不会杀了他吗？

黑衣人面无表情地执行萧天耀的命令，内心却是一千匹战马在狂奔。

这……真是他们家冷酷无情的主子吗？

怎么感觉这么的无理取闹呢？

他真觉得自己在做梦，可暗暗掐了一下自己，很痛！

姿势僵硬地将林初九抱到床上后，黑衣人片刻也不敢多留，转身就跑了，速度之快就是萧天耀也叹为观止。

萧天耀的床很大，别说两个人，就是再加两个林初九也能睡得下，而且还不会碰到对方，所以萧天耀也不担心林初九会踢到他的伤口。

这是他们第一次同床共枕！

看着躺在自己身侧的女子，萧天耀的眼神柔和几许，随手扯过被子盖在林初九身上，犹豫了许久，最终还是伸手，欲将人搂入怀里，可不知是巧合还是什么，萧天耀刚伸出手，林初九便翻了个身子，朝床外滚去，距离萧天耀越发远了。

萧天耀的手僵在半空，可他却没有生气，反倒是笑了出来，因为……

林初九那僵硬的身子，泄露了她在装睡的事实。

是的，林初九没有睡着。她虽然累狠了，趴在桌上迷糊了过去，可心里一直记得自己要看护萧天耀，她并不敢真的睡死，脑子里一直绷着一根弦。

林初九不知道黑衣人什么时候出现的，也没有听到萧天耀的命令，是黑衣人过来抱她时，她才彻底醒了过来。

知晓萧天耀命人将她抱到床上后，林初九整个人都不好了。

她是要装睡呢？还是……

林初九纠结得不行，根本不知道该如何面对萧天耀，那就只能假装自己睡着好了。反正萧天耀的床大得很，她占一个小角落也不会压到萧天耀的伤。

林初九一直都知道自己睡相很乖，绝不会乱动，可是……

谁来告诉她，为什么被子、枕头上全是萧天耀的气息？

谁来告诉她，萧天耀的气息为什么无孔不入？

谁来告诉她，为什么闻到萧天耀的气息，她就完全不想睡了？

简直，惨无人道。

她此时不仅不想睡，脑子还越发清醒，满脑子都是萧天耀，就好像萧天耀无处不在一样。

好吧，萧天耀本人就在她身侧！

林初九为了不受萧天耀的影响，便假装翻身，趁机滚到床角去，躲萧天耀远远的……

果然，属于萧天耀的气息淡了，她也就安心了。

身子慢慢放松，虽然不敢睡着，可却也能好好休息一下。

萧天耀看着林初九的身子从僵硬到放松，气吸从杂乱到平稳，正等着林初九自己滚过来，可一个时辰过去，林初九仍维持着之前的姿势，一动也没有动，想要将人拉到怀里，可又不敢太用力，怕惊醒了她。

“林府竟如此苛待你？”萧天耀看着林初九的背，一脸不解。

按理说，在林府那样的环境里长大，林初九没道理连睡个觉都这么拘束。

林初九的睡姿一点也不像养尊处优的大小姐，反倒像是在慈恩堂长大的孤儿，打小挤在小小的方寸间，连翻身也不敢。

萧天耀试了几次，依旧无法将林初九拉到怀里，只得放弃。

反正，他们有的是时间……

林初九醒来时，发现自己好好地睡在角落里，没有滚进萧天耀怀里，心下大安。

果然，才子佳人的话本都是骗人的，除非别有用心，不然睡得好好的两个人，怎么可能就滚到一块去了？

林初九翻身下床，伸了一个懒腰，活动了一下睡得僵硬的四肢。一回头就对上萧天耀高深莫测的眼神。

林初九也不觉得尴尬，大方地朝萧天耀点了点头："王爷，你醒了，有没有觉得哪里不舒服？"

萧天耀期待的温情与害羞完全没有，只有公事公办。

"没有。"心里不舒服，这个能医吗？

"那我给你检查一下。"林初九坐在床旁，给萧天耀诊了个脉，确实如萧天耀所说的那样，他的身体没什么问题，已经度过危险期，只有一点低烧。

"还有一点发热，王爷要注意一些，别再拆了绷带。另外吃食方面也要以清淡为主，就是公务再忙也要休息好。最重要的一点，王爷千万别让双腿受力，有事就叫下人，否则刀口要是绷开就不好了。"林初九其实很想说：王爷，大小解什么的，还是让下人服侍你在床上解决吧！

当然，这话打死林初九也不敢说出来。

林初九又说了几点注意事项，直到吴大夫过来换班，林初九这才打住。

"吴大夫来了正好，我回去休息了。"虽然昨晚睡了一会儿，可此时的林初九看上去依旧憔悴得很，脸色惨白惨白的，没个三五天恐怕恢复不了。

"嗯。"没有一句温情的话，只是轻应了一声。反倒是吴大夫，特地说了几句关心的话，并且很殷勤地将林初九一直送到门口，一脸不舍。

呜呜呜……他真的不想和王爷单独相处呀！

这个霸道的男人，真的好可怕！

吴大夫看着林初九离去的身影，万般不情愿地转身。在转身的刹那，表情火速调整好，然后一脸木讷地朝王爷行礼："王爷，要传人进来服侍您梳洗吗？"

王妃真的是太不尽职了，居然不服侍完王爷用膳就走！

萧天耀对吴大夫可没有多少耐心，用完早膳后便把人打发走了。完全无视林初九走之前的警告，命人推轮椅过来。

萧天耀身边的人从来都把他当神看，完全没有想过他的身体会不会撑不住，也就不存在劝说的事。

同样，对于萧天耀来说，这么点小伤也完全不需要在意，他曾经伤得比现在重数倍，不依旧带着五千人马杀出重围大获全胜？不过是腿上开了两道口子，要不是双腿现在还站不起来，萧天耀连轮椅都不需要。

例行处理完公务后，流白就过来了。

“王爷，这是天藏阁送来的情报。”天藏阁还是很给萧天耀面子的，没有让流白去取，而是直接送到流白手里。当然，天藏阁不免也打探了几句虚实，拐弯抹角地探问萧天耀的情况，全部被流白机警地挡了回去。

“拿来，”萧天耀接过，随意翻看了几页，“天藏阁果然名不虚传，消息很详实。”大大小小的犯罪记录赫然入目，就连谁府上的下人所犯之事也一一记录在册，这百万两银子，花得很值。

“天藏阁的消息一向真实可靠，就怕……”后面的话流白没有说，可未尽的意思萧天耀却明白。

就怕天藏阁前脚递给他们消息，后脚就出卖他们，而这种事天藏阁绝对做得出来。

天藏阁从来都不是一个讲信誉的地方，诚如流白所想，东文特使将消息给了流白后，转身就去见皇上，将萧天耀在天藏阁购买东文大臣和武将罪证的事和盘托出。

天藏阁想要弄死萧天耀以洗刷耻辱，可又忌惮萧天耀的实力，稳当起见，便想借刀杀人。

东文皇帝自然明白天藏阁的意思，可那又如何？

天藏阁虽然有些小心思，可确实是帮了他。

“替朕谢谢你们阁主，这个情朕承了。”天藏阁的消息来得太及时了，皇上完全有时间布局，好令萧天耀即便拿着罪证也无法在朝廷上捅出大事来。

“皇上言重了，这么多年来，皇上对我们天藏阁照顾有加，此事是我们应该做的。”东文特使笑道，胖嘟嘟的肉脸挤成一团，说不出来的喜感，可却没有人敢嘲笑他。

东文特使将来意表明后，便不再久留。不过离去前特意给了皇上一个暗示，那就是皇上要是再次对萧天耀出手的话，他们天藏阁会无条件支持。

萧天耀得罪的人，真不是一般的多！

皇上对此自然很乐意，他决定先发制人。

收到消息后，皇上当即就命密探监视与萧天耀交好的官员，同时监视各大御史，绝不让萧天耀有机会将罪证送到朝廷上来。

哪怕萧天耀手上有罪证又如何，只要这些证据永远不曝光出来，那就是一堆废纸。

除此之外，皇上还让人给那些个官员透露消息，告诉他们萧王手上有他们的罪证，正准备弹劾他们。

大人物有大人物的方法，小人物也有小人物的手段，别看三五品的武将平日里不显山不漏水，可当他们全部凑在一起，为了自己的性命和前途拼命时，那股力量也不容小觑。

皇上一连串的命令下达下去，几乎将萧天耀的路全部堵死，萧天耀手上拿着罪证也一样无路可走。

皇上的动静不小，即使刻意隐藏风声还是走漏了出去，苏茶收到消息后急忙赶到王府。行色匆匆，侍卫想要阻拦，可见到苏茶一脸严肃后，硬是没人敢上前拦路。

苏茶心里焦急，埋头往前走，压根没有发现侍卫的异常，于是……

他很不幸地撞到了林初九教训萧天耀的画面。

“王爷，你到底是有多不爱惜自己的身子？早知道你压根就不把自己的双腿当回事，我何必那么费心？”

“完全不配合，医了和没医有什么两样？”

“没有下一次了，下一次伤口要是再裂开，我再也不会处理。”

林初九都快气炸了！

她不过睡了一个上午，萧天耀腿上的伤就裂开了。

不是拆了绷带，而是整个伤口裂开，缝合线直接断在肉里，血肉一片。

最让林初九气愤的是，萧天耀压根不记得自己的伤口是什么时候裂开的，等她发现时，血都结了块！

她现在是知道了萧天耀有多不怕痛，可萧天耀不怕疼不代表伤口裂开对他没有影响。

“墨神医是大夫，医治过程长达数个月你都能全程配合，为什么就不尊重一下我呢？我也是大夫，你凭什么糟踏我的心血？”林初九险些将手上的药盘砸在地上。

萧天耀欺人太甚，根本就没有给大夫应有的尊重！

她真的很想将药盘一砸，说不医了，可是……不能！

她与萧天耀的约定里，是她医好萧天耀的腿。她必须得完成交易，不然倒霉的一定还是她。

发泄过后，林初九抹掉脸上的泪痕，蹲在萧天耀身侧，将萧天耀血淋淋的伤口清理好，重新换药包扎，只是这一次没有再缝合。

起身，看着面无表情的萧天耀，林初九心头的火气噌地一下就往上冒，于是……

就有了苏茶看到的那一幕。

这是苏茶第一次见到有人敢指着萧天耀的鼻子骂，而萧天耀居然不生气。

一定是他进来的时机不对！苏茶忙后退数步，再次上前……

这次果然对了！

林初九见到苏茶过来，立刻闭上了嘴，默默地收拾东西，从苏茶身侧走过。

“王妃。”苏茶叫了一句，却没有得到林初九的回应。

苏茶神色尴尬地站在原地，扭头看向萧天耀，却见萧天耀没事人似的，指着对面的位置道：“坐。”

苏茶坐下后，小心翼翼地问道：“王爷，你还好吧？”刚刚王妃好像骂得很凶啊。

“嗯。”平静的语调，足以昭示一切。

苏茶再次怀疑自己刚刚是不是幻听了，莫非王妃根本没有骂王爷？

只是，这种事苏茶哪里敢去求证，只能憋在心里，那感觉别提多难受了。

为了转移自己的注意力，苏茶果断说起正事："皇上应该是从天藏阁收到了消息，我们根本没有办法将这些罪证递到朝堂上。"

"不必送到朝上。"萧天耀一开始就没有想过要用正常的渠道揭发那些官员的罪证。

正常的渠道全部掌控在皇上手里，他把罪证呈给皇上看，有意思吗？

"那我们怎么办才好？"花百万两银子才买来的罪证，总不能不用吧？

萧天耀右手食指轻轻地敲打着扶手，漫不经心地道："将这些东西印上千份。明天……本王就要看到。"

"你是要……"全城散播？

"没错，本王要让全京城的老百姓明天都能看到这些罪证。"民意不可违，皇上也不是想做什么就能做什么的。

皇上能堵他上折子的路，还能堵住天下百姓的悠悠众口吗？

"这么做，会不会太大了？"苏茶已经可以想象皇上会气成什么样子。

"你怕了？"萧天耀眼眸轻抬，冰冷的眼神直视苏茶。

苏茶慌忙摇头："没有。"他现在就是怕也没用，他已经绑在萧天耀的这条船上很久了，船沉了，他也没有好下场。

"不怕……便好。"萧天耀收回视线，眼中的寒意却不减半分，明明是坐在轮椅上，可却给人一种坐在龙椅上的张狂与霸气。

苏茶不是第一次见到这样的萧天耀，可每次见到，苏茶都忍不住会害怕。这样的萧天耀如帝王睥睨群臣，如战神藐视苍生，那周身的肃杀之气，令人兴不起丝毫反抗的念头，令人不由自主地匍匐在他脚下。

一夜之间印制千份以上的罪证，这是一个非常浩大的工程。苏茶和流白忙得连喘气的时间都没有，萧天耀也没有好到哪里去。

苏茶和流白只需要负责印制罪证便可，萧天耀却要提前安排好一切。

这个时候，出不得半点差错……

第五章 翻手为云覆手为雨

天刚蒙蒙亮，京城里做生意的小摊小贩就已经推着木车出来，在街上占好位置，一一摆开。

卖豆浆的、卖馄饨的、卖包子的、卖稀饭的……还有卖瓜果蔬菜的。不多时，就将宽敞的街道挤得满满当当。

当豆浆的热气、馄饨的香气飘散出来时，街上的人流也越来越多，落魄的书生、讨生活的汉子，家里条件尚可的人家……这个时候都会出来买份早食、买点瓜果蔬菜回去。

这就是人间烟火。虽然世俗，但令人觉得心里充实，很有存在感。

一切和平时没有什么两样，挎着篮子出来的妇人们，偶尔见到熟悉的人便会打个招呼，看到新鲜水灵的瓜果也会挑三拣四地买两个，为一文钱而讲很久的价。

落魄的书生们，坐在油腻腻的饭桌旁，高谈阔论，说着祖上的荣光。走南闯北的汉子们聚在一起，说着自己一路上的见识，虽有夸大的成分在，可却让不少没有出过京城的人大喊开了眼界。

就在众人以为今天也和以往的每一天都一样时，意外发生了！

“快，快看，好多纸，好多纸。”

不知是谁叫了一句，等到众人反应过来时，就看到一张张的宣纸如雪花般从天空中飘落而下，有好事者跳起来，伸手去抢……

纸可是好东西，这东西金贵着呢，一般人可买不起。上面写了字也没有关系，不能用来写，还能用来包东西不是，再不济还能当草纸用。

有人带头，跳起来抢的人就更多了，不过更多的是落在人的头顶上，落在地上……

“上面有字，这是什么东西？”某个不识字的孩童将纸拿倒了，歪着小脑袋，一脸认真。

“范举子，你快来看看这上面写的是什么？”某个小摊贩拿了一张纸，恭敬地奉到一落魄书生面前。

那书生一脸得意，见到四周有不少的人正看着他，等着他念出来，脑门一热，也不管上面是什么东西，张嘴就念道：“九门提督好幼女，在城外渺云庵圈养幼女无数。右相三年前失踪的小孙女便是被九门提督圈养在渺云庵，任意狎……狎……”

落魄书生后知后觉，这才意识到自己读的是什么，当即惊出一身冷汗，后面的内容再也念不下去，忙将手中的纸张丢弃：“我的娘呀，这是什么东西呀？”

随意丢了两个钱，权当早食钱，落魄书生跑得飞快。

而围在他身边的人发现了不对，一个个惨白着脸，手上的纸就像是烫手的山芋，连忙丢开。

“死小子，快，快丢了，我们快回去。”

“这可是杀头的大事，快，快，回家去。”

“这生意我不做了，送你得了，我要收摊了。”

……

无论是小商小贩，还是出来买东西的妇人，一个个如临大敌，抱着自家孩子就跑，很快地本来熙熙攘攘的大街变得冷冷清清，只留下散乱了一地的废纸。

同样的情况在京城几条主干道都上演了一遍，除了大街上，各家酒楼，茶肆客栈也不例外。尤其是读书人云集的书院，这些罪证在地上也是随处可见……

朝中所有的大臣，无论什么派系，清早醒来，桌上必有一张写满了罪证的大纸，上面清清楚楚地写了几位官员所犯下的重罪，还有证据。

南安郡王在道庙用处子血炼丹；九门提督在渺云庵关押幼女；镇远将军在葵园偷埋尸骨。右相的儿子与人争风吃醋，当街打死一书生，最后让下人顶罪；林相府上的管家，为了一块祖传玉佩灭人满门；陈将军强占弟媳，纵容手下杀害无辜百姓；刘将军为了圈地，直接灭了一个村庄……

诸如此类的罪证不知凡几，一件件一桩桩都是血与泪。除了罪证外，还有几桩风流韵事，比如福寿长公主养面首的锦园，兵部侍郎养小倌的花楼。

初看到这张写了朝中数十位大臣罪证的纸张，并没有人相信，只当有人在闹事，故意抹黑朝廷。

可当一群“正义之师”带人冲到渺云庵，从地下密窑里拖出一个个双眼无神，枯瘦如柴，被凌虐不堪的小女孩后，众人就是不信也得信。

一间小小的密窑，居然关了二十几个小女孩，最大的不过十五，最小的才八岁。而这些女孩子一个个目光呆滞，见光就躲，非常害怕别人靠近，尤其是男人。

好在，这群“正义之师”还不算无良，并没有将这群小女孩作为展视品，而是立刻脱下外衣，盖在她们身上，寻了温柔的妇人，将这群女孩安置好。

除了渺云庵外，还有胆大者冲进葵园，打伤了葵园看守者，从地下挖出一具具的白骨来。白骨有男有女，还有几具刚刚腐烂，看着像是不久前才埋下去的。

葵园遭了殃，道庙也没有好到哪里去，南安郡王手握重权，却痴迷长生之道，一群热血之士，在道庙里找到数十个被当成血奴养的少女。这些少女，手腕上都有至少数十道伤口，脸色惨白如幽灵，一个个双眼呆滞，没有一丝神采。

……

当这些藏污纳垢的据点被人一一挖出来后，再也没有人敢说那突然从天而降的纸片上在胡说八道！

“老天爷开眼，这是老天爷开眼啊，要惩罚恶人。”有年迈的老者跪在自家门口，朝着皇宫的方向叩头。

“我的儿呀，我的儿呀。”

“我的乖囡囡，娘错了，娘错了，娘就不该贪图几两银子，把你给卖了。”

“苍天呀，你开开眼，劈死那些畜生不如的东西吧。”

……

受害者家属痛哭流涕地跪在衙门外，企求官府还他们一个公道，还他们死去的儿女一个公道。

各大书院的学子聚在一起，准备为民请命，求皇上严惩凶手。

当世名家、大儒痛心疾首，写长赋痛斥官员无道。

前后不过一个时辰，消息却在京城传遍，皇上就是想捂也捂不住。

皇上收到天藏阁的消息后做了周密的安排，只是他千想万想，怎么也没有想到萧天耀会这么无耻，直接将手上掌握的罪证，以这种惊世骇俗的方式暴露出来。

皇上收到消息后怒不可遏，立刻派人镇压，可是晚了。事情一旦暴露出来，想要抹除干净可没那么容易。

皇上的人在一个时辰内，将萧天耀派人“撒”的纸张全部收回，可却收不回众人看在眼里记在脑子里的东西。

密探首领进宫复命，保证京城再也看不到这种写了朝中大臣罪证的纸。至于萧天耀手中还有多少，那就不得而知。

皇上看着手边的那一大沓写着朝中大臣所犯之罪的宣纸，当场脸黑如锅底：“这就是朕的好臣子，你们可真是给朕长脸了。”

所谓水至清则无鱼，皇上自然知道手底下的人不可能都干净，可却没想到这些人这么过分，完全目无法纪。

“臣等知罪。”议事殿下，以林相和右相为首的官员齐齐跪下。

林相和右相本人并没有犯什么错，可他们的家人、仆人有罪，这个时候也只能请罪。

除了家人犯事外，右相最小的孙女还被九门提督给糟蹋了，请完罪后，右相又上折子状告九门提督，要求皇上严办。

本来，右相为了家族清誉，是不想承认被九门提督糟践的女孩是他的孙女，奈何对方直接将人送上门来，他就是想不认也不行。

认了，自然要讨回公道！

“老臣恳请圣上为老臣做主。”右相痛哭流涕，一大把年纪却哭得像个孩子似的。皇上虽然满腔怒火，可看着还是极为不忍。

众朝臣中，并不是只有右相一个苦主，见右相哭成泪人，这些人立刻醒悟了，一个个跟着求皇上为他们做主，把自己塑造得凄惨无比。

而其他犯了事但不严重的官员，也一个个跟着附和，要求皇上严惩九门提督等人。

人不为己，天诛地灭。像九门提督和镇远大将军这类罪行，摆明是死路一条，不把他们推出来平息皇上的怒火和百姓的不满，推谁出来？

本来，皇上召集重臣，就是为了解决眼前这事带来的恶劣影响，可不想臣子们主意不出，反倒要他主持公道，这简直是……

这还不够，右相等人还没有安抚下来，太监又来禀告，福寿长公主进宫向皇后哭诉，说驸马要与她和离。

天家的公主从来没有和离的，公主行事张狂，驸马只能忍下；而驸马要是做错事，直接就没命，公主完全可以再嫁。

福寿长公主养小白脸的事不是什么秘密，毕竟是枕边人，驸马怎么可能一点儿也不知情。一直以来不过是装糊涂，左右外人不知道，面子上不受损。现在，萧天耀直接将福寿长公主养面首的事情暴露出来，驸马要是还能忍那就不是男人了。

福寿长公主的驸马也不是什么普通人，他本身是西北侯的嫡幼子。先皇当初为了拉拢西北侯，这才招其幼子为驸马。

西北侯嫡幼子也知道这场婚事不过是一场政治联姻，即使对福寿长公主不满，面子上也还过得去。现在福寿长公主的丑事暴露出来，西北侯嫡幼子便忍不下去了，和离是必须的。

外面的骚乱还没有平息下来，内乱又起，皇上头痛不已，只得先遣散朝臣，回后宫去安抚福寿长公主。

西北侯手握重兵，这个时候不能出事，还是要以安抚为主。

众臣依言退下，右相步履蹒跚，看上去就像老了数十岁。刚走到宫门口，就见下人来报：“老爷，小小姐，小小姐醒来后，不堪受辱，撞柱死了。”

右相一听，惊呼一声，一头栽倒在地……

“太医，太医，快叫太医。”

宫门外一阵慌乱，众人齐齐围在右相身侧，此刻，哪怕是与右相不和的林相，也上前帮忙，太医来时也在外面候着。

当然，林相表面一脸担忧，心里却暗骂右相这个奸贼，遇事就装病，简直是孬种。

林相承认他也想装病，免得被卷入风波中，可他没有右相这么“走运”，他既不是受害者家属，也没有右相狠心，轻易就让嫡亲孙女“撞柱而亡”。

什么不堪受辱，撞柱而亡，骗骗外人还行。像林相这等老油条，用膝盖想也能明白，右相的小孙女必然是因为家族名声而被迫“自杀”的。

牵一而动百。这次的事情非常恶劣，即使皇上强势镇压，也依旧无法阻止消息的肆虐蔓延。事情闹到这个地步，皇上可以下令不许百姓议论，可要就此揭过也不现实。

九门提督等人恶行累累，皇上就是想要包庇也不行，他必须得给朝臣、给天下百姓一个交代，不然民心动乱，就真的内忧外患了。

皇上，也不是想做什么就能做什么的。

萧天耀虽然待在萧王府一步未出，外面发生的事情却是了如指掌。

可以说，事情完全按照他预料的那般发展，皇上迫于压力，不得不将萧天耀所列的官员全部收押起来，并下旨严办。

当然，这点损伤根本动摇不了皇上的根基，虽然此次倒霉的都是重臣，皇上要提人补上这些位置也就是张张嘴的事情。最让皇上头痛的是，萧天耀手上的罪证远不止这些。

按照天藏阁的说法，萧天耀搜罗了大大小小百余名官员的犯罪证据，这次放出来的不过是十之一二。

萧天耀没有一次性放出来，除了不想得罪朝中所有的大臣外，更多的还是想要拿这些东西，跟那些犯事的大臣谈判。

有这些证据在手，皇上几乎可以看到，那些个大臣一个个向萧天耀妥协的画面。

“该死。”皇上一拳捶在桌子上，鲜血从指缝中沁出，可他却不觉得痛。

皇上很清楚萧天耀这是在威胁他，他要是继续针对萧天耀的心腹，那些大臣要是不倒向萧天耀，或者不肯乖乖闭嘴，萧天耀就敢将所有人的罪证，以广而告之的方式公之于众。

必须，要将萧天耀手上掌控的证据拿回来！

必须，要找到萧天耀印制罪证的地方！

必须……

很多事必须要做，可惜事与愿违。密探们经过三天三夜的追踪，只查到了印制罪证的据点，可那里除了一些印刷模板外，空无一人。

密探们又经过三天三夜的追踪，终于找到了在京城散播罪证的人手，可那些人全是江湖中人，别说他们打不过就跑，跑不过就自杀，便是抓了活口回来，也无法将罪名冠到萧天耀的头上。

萧天耀动手时早就将自己撇了个一干二净，皇上想要借此抓他的辫子几乎不可能。

人，只有在被打疼了后才知道怕，皇上也不例外。

手底下的密探查了好几天也没有找到余下的罪证，更别说查到萧天耀参与此事的罪证，皇上就是想要办萧天耀也没有办法。

眼见京城乱成一锅粥，局势越来越紧张，皇上为了朝堂的安稳，不得不狠退一步。

他不退也不行，就算他能撑住不退，他底下的那些犯了事、证据很有可能落到萧天耀手中的臣子也不同意。

没有人想和九门提督、安南郡王他们那样身败名裂，能活着，能体面地活着，谁愿意去寻死？

要打击对手有的是机会，不急在这一时。

皇上强压下心中的憋屈，以雷霆般的手段，严惩了九门提督、安南郡王和镇远将军等人后，又下令命大理寺审理之前关押的武将，真要犯了大事便革职查办，些许小事皆以证据不足释放。

从抓人到放人，前后不过十余天的时间。可对于那些关在大牢里的武人和他们的家人来说，每一天都是煎熬，他们还以为这次死定了，却没想到他们居然无罪开释。

出了狱，那些个武将得知事情的前因后果后，一个个对萧天耀感激不尽，越发地坚定了追随萧天耀的步伐。

士为知己者死，萧王在关键时刻没有丢弃他们，这样的主子值得用命追随。

这些武将在军中都是有实职的，既然他们没有犯罪，自然是要官复原职。虽然皇上很不乐意，可这个时候皇上真的不想再出什么乱子，为了安抚萧天耀，也只得默许他们回到军中，随大军远赴前线。

前线战事吃紧，京中局面刚刚平定下来，皇上便下旨任命徐达为主帅，率五十万大军前往边境，抵御北历。

为激励众将士，皇上亲自到城外为徐达和大军饯行，预祝他们得胜归朝。

大军出发后，外患可以暂时放心，皇上便有了更多的时间处理内乱，平定之前“罪证”一事带来的恶劣影响。

在皇上的高压下，京城的舆论风向由声讨九门提督等人，改为谈论东文与北历的战事，无论是大街还是小巷，都没有人敢再谈论之前的事情。

只是，百姓好控制，萧天耀却不好对付。萧天耀手上握有能动摇东文官场的重要物证，皇上若是不想天下大乱，不想再受萧天耀的威胁，就必须得把东西取回来，只是该怎么取呢？

皇上每每想到自己被萧天耀威胁的事，感觉就像吃了几百只苍蝇一样恶心，同时也更憎恨天藏阁惹是生非。

“朕就不信奈何不了你。”皇上重重地一拍桌子，眼中闪烁着冰冷的寒光。

成功反击，逼得皇上退让，苏茶和流白虽然很累，可更多的却是高兴。不过，高兴之余，两人又不免有些担心：“皇上吃了这么大的亏，恐怕不会就此罢休。”

流白点头：“我们手上的这些罪证，其实就是一把双刃剑，能杀敌可也会伤己。”如果让人知道他们手上还有许多大臣、武将的罪证，那些人恐怕会铤而走险。

“必须尽快想个妥善的办法处理掉这些东西，不然我们也会有危险。”苏茶沉脸道，眼中闪过一抹担忧。

俗话说得好，阎王好惹，小鬼难缠。要真把那群人逼急了，指不定会干出多么疯狂的事来。

萧天耀漫不经心地听着，直到苏茶与流白说完，这才开口道：“烧了！”

“啊？”苏茶一愣，以为自己幻听了。

“烧了。放消息出去，就在今晚！”左右，他也没打算将东文朝臣一网打尽。

这些人确实不是个东西，可谁能保证新上任的官员就是个东西？

与其再培养一批饿鬼吸食百姓的血肉，不如让这群吃饱了的待着，而且有九门提督他们的事在前面，那些犯了事的官员也会把皮绷紧一点，不敢太过放肆。

“全烧了？一点也不留？”流白颇为心疼。

这可都是银子啊，白花花的银子买来的，就算不用来威胁人，卖出去也是一笔大收入。

“全烧了。”萧天耀毫不心疼。

区区百万两银子便扳回一局，很值！

众官员的罪证握在手上不能用，那就是一个烫手山芋，要不赶紧处理干净，指不定会带来什么麻烦。

苏茶和流白当天夜里就去布置，悄悄命人将消息传出去，说萧王要将从天藏阁买来的消息全部烧毁。

当天夜里，地处京城东大街的安平书斋起火，无人员伤亡，可里面的藏书却全部付之一炬。

经查，这家书斋前不久刚刚转手，店主是一个外地人。不过着火后却没有人去官府报案，也没人出面认领这间书斋。

于是，众人恍然大悟，这间书斋应该就是萧王的了，被烧掉的也不是什么书籍，而是东文一干官员的罪证。

当然，也有人不信，比如皇上。他不认为萧天耀会这么轻易地将足以威胁他和朝臣的东西烧掉，皇上派人查证，结果证明萧天耀真把他手上的罪证全给烧了。

像是为了给萧天耀背书一样，天藏阁隐晦表示，大家可以安心，萧天耀确实是将那些罪证烧了。

天藏阁虽然龌龊，可他们从不提供假消息，朝臣们听到这个消息后终于能够睡个安稳觉，再不用整天想着要如何弄死萧王，一切似乎又回到从前，可又有什么变得不同了……

“天藏阁怎么会为萧王背书？”皇上很不高兴，他好不容易才布好局，打算借那些武将之手对付萧天耀，现在就因为天藏阁的一句话，一切都成了泡影。

“天藏阁一向忌惮萧王，他们此举应该是为了弥补之前出卖萧王的过错。”密探首领将自己的猜测说了出来。

而这个猜测十有八九是真的，只是天藏阁之前并不怕萧天耀，怎么突然又妥协了呢？

天藏阁到底知道了什么？

“去查一查萧王的双腿怎么样了？”天藏阁绝不会忌惮一个双腿皆废的萧天耀，除非……萧天耀的腿好了！

皇上猜得没有错，萧天耀的腿好了！

林初九怎么也想不明白，就凭萧天耀那般糟蹋自己的身体，他的伤怎么可能恢复得这么好？

“这怎么可能！”这才多少天？

十天不到的时间，对于普通人来说身上连拆线的时间都没有到，萧天耀的腿却好了。

这简直是要逆天！

“没有什么不可能的。”萧天耀现在已经可以告别轮椅直接行走，只不过为了掩人耳目，他还是坐在轮椅上罢了。

“这根本不符合常理。”即使事实在眼前，林初九依旧接受不了。

正常人怎么可能有这么强悍的恢复能力，萧天耀简直不是人！

林初九目瞪口呆的傻样取悦了萧天耀，想到林初九之前还气呼呼地指责他糟蹋身体的样子，萧天耀一本正经道：“本王……本就不该用常理来判断。以后别再胡乱指着本王的鼻子瞎骂，免得传出去让人笑话。”

“你……”林初九的脸唰的一下就红了。

是气的，也是羞的。

她真是狗拿耗子多管闲事，她以后要还管萧天耀的事，她就把“林”字倒过来写。

不管林初九觉得多么地不可思议，萧天耀的腿一天好过一天都是事实，复健这种事根本不需要提上日程。

林初九蹲在萧天耀身旁，仔细研究完他的伤口后，不由得感慨：“人和人真是没有办法比，和我一比你都不是人了。”

这才半个月，萧天耀的双腿就能行动自如，要不是那四道浅色的疤痕，林初九甚至都怀疑他的腿从来都没有伤过。

这都几天过去了，这姑娘怎么还是一副见鬼的表情？

萧天耀不由得轻轻摇头，拍了拍林初九的小脑袋，哄道：“是你医术好。”

“算了吧，我知道自己有几斤几两重。”虽然医圣之心给她记了十点贡献点，可她一点儿也不高兴。萧天耀的腿完全是自己好的，与她没有关系。

遇到这样的病人，连药钱都要少赚很多，想想都不开心。

“你很厉害。”萧天耀说道，若是没有林初九，就算他恢复能力惊人，现在也好不起来。

“看在你诚心夸我的分上，我就勉为其难地受了吧。”林初九起身，拍了拍手道，“好了，王爷你的腿为好了，什么时候搬出去？”

为方便照顾，萧天耀这段时间一直住在她的院子。

萧天耀神色微变，若无其事地道：“过两天。”

“好。”只要答应搬出去就好，至于两天后还是三天后搬，对林初九来说没差别。

林初九得到想要的答案后，也不想留下来讨人嫌，随意寻了个理由便出去了，萧天耀也没有挽留。

只是，两天，三天……这都五天过去了，林初九也没有见到萧天耀搬出去，反倒等来一份莫名其妙的邀请。

“王妃娘娘，福安公主送来帖子，邀你四月十二去参加她的生辰宴。”翡翠进来，奉上一张样式精美的帖子。

“福安公主？”林初九在脑海里搜寻了一下，这才记起这号人物，“圣上的嫡亲妹妹，嫁入崔家的福安公主？”

“是的。”福安公主是皇室唯一一个下嫁的公主，其他的公主都是招附马、建公主府，只有福安公主和普通女子一样嫁入崔家。

林初九隐约嗅到了一丝阴谋的意味，不由得问道：“最近发生了什么事？”

她知道萧天耀前段时间做了一件大事，只是具体是什么她并不知晓。

她待在萧王府，只要萧天耀不想让她知道的事，她就半点儿也不可能知晓。

翡翠听到林初九问这个，不禁在心中暗暗道：王爷果然料事如神，居然猜到王妃会往外面的事上想。

翡翠不敢怠慢，便将前段时间闹得沸沸扬扬的事，一一说给林初九听，不过翡翠没有说这些事与萧天耀有关，只重点强调：“驸马因为福寿长公主养面首的事暴露出来，他一怒之下与长公主和离了。福安公主与长公主一向亲近，这段时间福安公主经常进宫陪长公主。”

林初九这下还能有什么不明白的？

“王爷造的孽……要我来承担？”林初九敢拿自己的脑袋赌，长公主养面首的事绝对是萧天耀暴露出来的。

翡翠支支吾吾不敢应。

有些事，心里明白就成，不能说出来呀！

林初九也不为难翡翠，把玩着手中的请柬，漫不经心道：“王爷怎么说？”

“王爷说，王妃娘娘想做什么都行，天塌下来，他也兜得住。”他们家王爷，最不缺的就是霸气！

林初九满意地点头：“有王爷这话我就放心了，给福安公主回帖，我会准时到。”

福安公主是当今圣上的嫡亲妹妹，深得皇上喜爱，与皇后的关系也是极好的，她的生辰宴要么不办，要办必然是奢华盛大。

林初九自从嫁进萧王府后，除了进宫谢恩，就没有在京中社交圈中露过面，这是她第一次以萧王妃的身份出现在正式场合，说什么也不能丢萧王府的脸。

当然，这些话是翡翠等四个丫鬟说的，而且说得很隐晦。

许是因为上次被林初九罚了跪，翡翠等四个丫鬟安分了不少，尤其是珊瑚，每次看到林初九都小心翼翼的，生怕林初九不高兴。

其实，林初九很想告诉珊瑚，她真的想太多了。她当时确实不高兴，可该警告的警告了，该罚的也罚了，只要珊瑚不再犯错，她就不会揪着过去不放。

翡翠四人又不是她的心腹，她才不在意这四人忠不忠心。

到了四月十二这天，翡翠四人一大早就给林初九梳妆打扮。

衣服是绣娘刚缝制的，首饰也是重新打的。不管样式还是用料，都配得上林初九的身份。

不是林初九浪费，这实在是没办法。林夫人给林初九的陪嫁虽好，可那些衣服林初九穿在身上不伦不类的，别说翡翠四人，就是不怎么在乎衣着的林初九自己看着都别扭。

萧王府绣娘的手很巧，衣服裁剪得非常精致合身。鲜亮的大红色衬得林初九明艳动人，衣摆和衣袖处若隐若现的金色花纹，彰显出林初九身份的尊贵。

金丝线绣的黑色宽腰带，巧妙地勾勒出林初九的弱风柳腰；略有些宽大的衣袖更增雍容华贵，随着林初九的动作，衣袖时不时在半空中漾起，勾勒出一股说不出来的韵味。

翡翠四人不是第一次见林初九如此隆重的装扮，可每次见到都要忍不住赞上一句好看。她们家王妃，真是高雅端庄，雍容大方。

她们家王妃虽然年纪小，周身的气度却丝毫不弱，比之皇后、公主也不差，那什么福安公主想要在这上面压倒她们王妃，恐怕要失望了。

"王妃娘娘，你今天一定能艳压群芳。"翡翠发自内心地赞美道。

按理说，福安公主是寿星，她是今天的主角，林初九本不应该穿得这般张扬高调，可明知对方来者不善，林初九还要避让什么呢?

没哪个女人不喜欢看到自己漂漂亮亮的样子，林初九也不例外。看到镜中端庄貌美的女子，林初九不由得露出一抹笑颜，玩笑似的说道："艳压群芳就没必要了，左右我都成亲了，不需要艳光四射地去寻个好夫婿，得把机会留给未成婚的待嫁小姑娘。"

翡翠四人见林初九心情好，也不由得打趣道："一等一的好夫婿已经被王妃您自己寻到了，那些未婚的小姐指不定怎么羡慕王妃您呢。"

萧天耀是好夫婿?

这得多昧着良心才能说出这样的话来?

林初九心里不以为然，可面上却也没有表露出来，白了翡翠一眼，笑道："就你嘴甜。"

屋外，萧天耀听到林初九主仆打趣的话，不由得露出一抹浅笑。

等到林初九装扮完毕，已是半个时辰后，屋外早就没了萧天耀的身影，打死林初九也想不到，萧天耀之前来过。

王府外，马车、车夫、护卫早已在候着待命，比之林初九当初进宫有过之而无不及。

翡翠四人先一步出来，将林初九路上可能用到的东西全部搬上马车。除了带上另外两套正服做备用外，还特意带了一套骑装，以备不时之需。

福安公主的寿辰宴，并不是在崔家举办，而是在城外的万福园。

万福园是皇上御赐给福安公主的园子，“万福”二字也是皇上亲笔题名，由此可见皇上有多重视这位嫡亲妹妹。

万福园与皇家狩猎场灵兽苑只有一墙之隔，翡翠四人特意带上骑装马靴也不是没有原因的。

和上次进宫一样，萧天耀对林初九外出一事并不过问，林初九也不觉得有什么奇怪。她和萧天耀与其说是夫妻，不如说是不得不凑在一起过日子的两个陌生人。

林初九觉得这样正好，翡翠四人却觉得挺郁闷的，在门口左顾右盼，等了半天也没有见萧王派个人出来问候一声。

唉……亏得她们之前还在王妃面前夸王爷是一等一的好夫婿，不想转眼就暴露了实情。

府外，翡翠四人望眼欲穿；府内，曹管家也急得不行，忍了又忍，最后还是没有忍住，大着胆子敲开书房的门。

“王爷。”曹管家不断地给自己打气。

“何事？”萧天耀头也不抬。

皇上虽然妥协，将他的心腹全放了出来，可这并不表示他就可以高枕无忧，三十万大军的生死仍旧压在他肩上，他根本不敢松懈。

曹管家心里直打鼓，还是硬着头皮问道：“王妃娘娘第一次参加正式的宴请，王爷，你看要不要交代王妃什么？”

怎么也要表示一下你对王妃的重视呀，王爷！

“王妃需要吗？”曹管家最近太闲了吗？居然有闲情逸致管这些琐事。

“呃……”曹管家被噎住了。

他们家王妃连皇后都能轻易摆平，似乎真的不需要。可不需要不表示王爷就可以不管不问，王妃怎么说也是女人呀，王爷多关心一下王妃也是应该的。

萧天耀见曹管家一脸扭曲，不耐地道：“你想说便去说……”

曹管家却以为萧天耀想通了，高高兴兴地应了一句，也不顾自己老胳膊老腿，欢天喜地地跑到府外，可是……

“王妃呢？”马车去哪里了？

门房答道：“王妃早出发了。”

得，王爷的好，又送不出去了……

第六章　生辰宴下马威

在京中比福安公主身份尊贵的人不多，而比她更得圣宠者几乎没有。福安公主的生辰宴根本没人敢迟到，大家都早早地就赶到了，生怕惹福安公主不喜。

当然，林初九并不在这一列，福安公主虽然是萧天耀的皇姐，但与萧天耀的关系一向不好。

甚至因为皇上的原因，福安公主与萧天耀也算是对立阵营，林初九准时到就已经是给福安公主面子，提前到那岂不是打萧天耀的脸？

林初九是掐着点出门的，算是最晚的，一路上也没遇到一个去参加福安公主生辰宴的夫人或小姐。

可林初九主仆五人并不着急，并且还因为城外路途颠簸，特意让车夫慢点走。万福园距离灵兽苑很近，两地离内城却有一段距离，走了半个时辰才堪堪走了一半路，林初九无聊得直打哈欠，让翡翠寻本书给她打发时间。

王府的马车做工精良，车夫行得又慢，坐在里面稳当得很，并不晃眼。

翡翠给林初九寻了一本话本，说的是落魄书生与官家大小姐相识相爱，最后私奔的美好爱情，才看两页林初九就牙酸了。

正准备将书丢给翡翠，却听到一阵急促的马蹄声由远及近，拉车的马受了惊，嘶吼一声，马车也跟着颠簸了一下。

“出……”

后面的话还未及出口，就听到对方高喊道：“让开，让开！八百里加急！八百里加急！”

会动用八百里加急的必然是大事，萧王府的车夫来不及请示林初九，忙将马车赶到边上让路，侍卫亦是纷纷避开，给对方让道。

嗒嗒嗒……

三匹骏马从林初九等人身边跑过，渐行渐远，很快就听不到声音。

车夫这才跳下马车，跪下请罪。

林初九并非无理取闹之人，让车夫起来继续前行，别耽搁了去万福园的时辰。

她不想早到，可也不想迟到，平白给人留下话柄。

马车继续前行，平稳依旧，只是林初九的心绪却发生了变化。

林初九听到八百里加急后，心里有些不安，总觉得会有什么事要发生。

这种不安挥之不去，抵达万福园后，林初九的心依旧是一跳一跳的，就连翡翠几人也看出了异样，以为林初九是怯了，忙上前道："王妃，我们没有晚到。"王妃明明连皇后都不怕，怎么这会儿就胆小了呢？

林初九没有解释，只是点头道："我知道。"

林初九也知道这样不行，她必须得调整好自己的情绪，不能让人看出异样。

闭上眼，深吸了口气，暂时压下心中的不安，林初九露出一抹从容矜持的笑容，搭着翡翠递过来的手，优雅而淡定地下了马车。

萧王府的马车还未到，就有下人提前来通知了，依林初九的身份，这个时候该有人出来迎接的。

可直到林初九走到万福园的大门口，依旧不见出来迎接她们的人。而立在门口的侍卫，则像是不认识林初九一样，完全没有放行的意思。

"王妃？"翡翠脚步一顿，面上显出几分不满。

这是轻视，对林初九的轻视，也是对萧王府的轻视。

林初九莞尔一笑，毫不在意道："递上请柬。"

"是。"翡翠知道林初九的性子，当下不敢多言，依规矩将请柬递到侍卫手中。

侍卫目光轻蔑地扫了林初九一眼，高傲地接过请柬，慢悠悠地打开，然后……"扑通"一声跪在地上，忙不迭地磕头："小人不知萧王妃驾到，有所怠慢，小人罪该万死，请萧王妃高抬贵手饶小人一命。"

这戏，演得真假！

林初九轻笑，不紧不慢道："确实该死。"

"小人知罪，请王妃恕罪。"侍卫不断地磕头，很快就将脑门磕破，地上留下一摊血迹，看上去就像是林初九在仗着身份欺负人。

"王妃……"翡翠四人心道不好，可刚开口，就见福安公主正领着一群贵妇人走了过来。

"这是怎么了？谁惹我们萧王妃不高兴了？"人未到，声先至。

福安公主的声音柔和圆润，温婉如水，不知情者还以为她是一个容易相处的大好人。

林初九并不动身，待到福安公主一行人走近时，这才淡淡开口道："公主万福。"

按说，林初九的身份比福安公主要高，可福安公主是萧天耀的姐姐，林初九只能主动开口。

“萧王妃客气了，萧王还好吗？”福安公主点头轻笑，不管心里如何想，面上总是得和和气气。

“给王妃娘娘请安，娘娘万福。”福安公主身后的夫人们，年纪都能当林初九的母亲了，可现在却必须给她请安，因为林初九无论身份还是辈分，都不是一般的高。

“免礼。”林初九坦然受之，没有丝毫的不适应，就如同她当初可以毫不别扭地跪下行礼一样。

伟人创造环境，能人改变环境，像她这种庸人只能努力适应环境，而她一向做得不错。

双方见礼后，福安公主并不请林初九进去，而是指着正跪在林初九面前不断磕头的侍卫道：“这是怎么了？这下人莫不是冲撞了萧王妃？说起来也是本宫的不是，下人递消息进来时，本宫正好拿出皇兄赏赐的礼物给众位夫人欣赏，这才晚了一步，萧王妃你可千万别往心里去。”

福安公主一脸笑意，温婉宜人的眉眼没有一丝恶意，可嘴里的话却极尽犀利。

拿皇上压她？

不知道她家王爷向来和皇上对着干吗？

林初九一脸轻蔑地道：“福安公主言重了，看门狗罢了，不过是按主人的心意行事，本王妃怎么会放在心上？”

“请萧王妃慎言，属下虽然身份低微，但和王妃一样，也是人生父母养的。”跪在地上的侍卫突然间抬起头来，只见他血糊了一脸，看上去好不凄惨狰狞。

“怎么伤成这样？天哪！”福安公主身后的夫人们顿时一个个失声惊呼，甚至有几个说道，“萧王妃，虽说侍卫是下人，可你也不该动不动就打骂。打骂奴才哪里是我们这等人家会做的事。”

“萧王妃，你看他都伤成这样了，你就大人不计小人过放过他吧。再说他说的也没错，下人也是人，你怎么能，怎么能说他们是狗。”

“萧王妃，你虽然贵为亲王妃，身份尊贵，可也不该出言辱人，下人怎么了？下人就该任你打骂吗？下人就不是人吗？没有他们，哪儿来你的富贵生活？”

刚开始众位夫人还说得有些温和，可见到福安公主不开口阻止后，一个个的言辞便犀利起来。

“听说萧王妃未嫁前就是嚣张跋扈的主，啧啧啧……这成了亲怎么还是这样，难怪王爷不喜欢，这要不是圣旨赐的婚，说不定第二天就要被休了呢，呃，娶不娶都说不好。”一年轻黄衣夫人，一副痛心疾首的模样，指着林初九批评一通。

而她一说完，一直没有开口的林初九突然道：“来人，掌嘴！”

众人还没反应过来这是怎么回事，就见林初九身后的丫鬟，轻巧地挤开众位夫人，来到刚刚说话的那位夫人面前，抬手就朝对方的脸上甩了两巴掌。

啪……啪……

“这，这是怎么了？”挨打妇人身边的人，一个个吓得连连后退，满眼惊恐地看着林初九。

怎么一上来就动手？

“萧王妃，你在干什么？快，快停手。”福安公主像是受到巨大的惊吓一般，柔弱地靠在丫鬟身上，大声叫道。

林初九扫了一眼，冷笑道：“继续打。”

“是。”珊瑚得令，继续动手。

“啪啪”的巴掌声脆响连连，直接把那位夫人打懵了，好半晌才反应过来，“扑通”一声跪在地上，强忍着脸上的灼痛，哭着求饶道：“王妃饶命，王妃饶命……”

“饶命？”林初九嗤笑一声，“本王妃嚣张跋扈，本王妃刁蛮任性，本王妃凭什么饶你？”

“妾身错了，请王妃高抬贵手！”那夫人一张嘴就是一口血，疼得五官都扭曲起来。周围的人看着不忍，纷纷唏嘘。林初九却漫不经心道：“继续打。”

想做出头鸟，想踩着她讨福安公主和皇上的欢心，那就要做好被打的准备。

“是。”珊瑚忙将人拉起来，继续打……

福安公主这才知道林初九是认真的，忙道：“住手，住手，你们都是死人呀，还不快把人拉开。”

随手指了两个下人，福安公主又气急败坏地对着林初九道：“萧王妃，你无端端在本宫的万福园动手打人，你还有没有把我这个皇姐放在眼里？”

“皇姐这是要亲自动手教训这两个冲撞我的下人吗？”林初九厉声反问。福安公主气得身子直颤：“他们怎么冲撞你了？本宫看得清清楚楚，明明是你无理取闹欺负人。”

“皇姐，你该请太医过来看看了，你的眼神真不怎么样，明明是这两人冲撞我在先，这要是在萧王府，这样的下人王爷都是直接打死的。”林初九说完后，看向身后的翡翠，“我说得对不对？”

翡翠很聪明地回道：“王妃说得对，王爷说但凡惹王妃不高兴的，随王妃打杀。”在林初九身边待久了，翡翠也学会了王爷说怎样怎样。

“萧王妃，这里是本宫的地方，不是你的萧王府。”福安公主气得脸色发白，她没有想到林初九居然这么飞扬跋扈，三言两语就要逼她打杀下人。

“我知道这是皇姐的万福园，所以我才没有让下人打杀他们，就等着皇姐你为我出气呢。”林初九顺着杆子往上爬，也不叫什么公主，左一句皇姐，右一句皇姐，显得两人多亲近似的。

福安公主直接被她气笑了：“萧王妃，打狗也要看主人，我的万福园还轮不到你来指手画脚。”当着她的面要打杀她的下人，还真当自己是个东西了。

“唉……”林初九轻叹口气，低头对着仍跪在她脚边的侍卫道，“你看，就连你家主子也说你是狗，你让我说你什么好呢？”

侍卫身子一颤，头埋得更低，地上那一摊血迹慢慢向外扩散，猩红刺眼。

众人被噎得说不出一句话来，门口有着片刻的死寂，福安公主的脸色更是忽青忽白，恨不得找个地洞钻进去。

她们刚刚义正辞严地指责林初九，说她不该辱骂侍卫是看门狗，可现在……

刚刚说话的夫人们一个个低下头去，眼神闪烁，不敢与之对峙。

林初九轻笑一声打破这份死寂，道：“今天是皇姐的生辰，不宜见血，皇姐就饶过这两个不长眼的东西吧。”

不宜见血，那你还把人打得满脸是血？

这简直就是得了便宜还卖乖，福安公主气得差点吐血。

大家都是有身份的人，有些事也不好闹得太难看，林初九给了福安公主台阶下，她即使心里不顺，现在也得顺着下，免得闹到最后大家都难堪。

福安公主让人搀扶那位受伤的夫人退下后，像是什么也没有发生似的，笑盈盈地迎接林初九进园。

要论装林初九也不差，与一干三四十左右的妇人走在一起，半点儿也不怯。再加上她今天装扮得极耀眼，不知情者还以为她才是今天这场宴会的主角呢。

喧宾夺主抢主人风头这等事，也就林初九能做得出来了，可偏偏那些知道她跋扈张狂性子的人，都觉得此举理所当然。

林初九素来如此，哪能因为一嫁人就变成温驯乖巧的小绵羊？

万福园占地极广，直接圈了一座山头进来，掩映在青山绿水间，沿途虽然有人工雕琢的痕迹，却也最大限度地保存了它原始的面貌，风光旖旎，浑然天成，看着多了几分野趣，让人不由得流连忘返。

没有人不喜欢美景，林初九自然也是喜欢的，不过，她今天可不是为观景而来，看了两眼后便将注意力拉回，时不时与福安公主说上几句话。

福安公主许是心里憋了一口气，一路上不断地拿皇姐的身份说事，再加上林初九辈分虽高年纪却小，福安公主言辞中不免带着长者教训的口吻，简直就是拿林初九当家中子侄辈来指责。

不过是嘴上占占便宜，林初九本不想与她计较，可福安公主却当林初九怕了，越说越起劲，到最后甚至说到林初九死去的母亲。

“有其母必有其女，本宫真不明白，皇兄怎么会把你指入皇家。你母亲当年与一个陌生男子在外一待就是半年，也不知……”

“闭嘴！”林初九脚步一顿，厉声打断福安公主的话。

福安公主不想林初九这么胆大，顿时吓了一跳，缓过神后，不由得笑了：“你叫本宫闭嘴？你好大的胆子，莫不是仗着有萧王给你撑腰，就不将本宫放在眼里？”

“我叫你闭嘴，不需要任何人为我撑腰。”林初九眼眸微冷，眼角的余光扫向福安公主身旁的两个妇人。

那两人是崔家的媳妇，福安公主的嫂嫂。

好大的口气，这是不把皇家公主放在眼里？

众人目瞪口呆地看着林初九，完全没有想到她成婚后比成婚前还要狂妄，这胆子也太大了吧。

“张狂、愚昧，简直是丢尽皇家的脸面，本宫今天就好好教教你什么叫皇家典范！”福安公主扭头对身后的下人道，“黄嬷嬷，去告诉萧王妃嫡姐说话时她该是什么态度。”

“是。”福安公主身后一老嬷嬷应声上前。可不等她走来，林初九就笑了：“什么时候，皇家媳妇轮到你们崔家人来教训了？”

这话，自然是对福安公主的两位嫂子说的。

能嫁入崔家的女子绝不是蠢妇，“扑通”一声就跪了下去：“王妃恕罪，臣妇不敢。”

“你们确实不敢，可有人敢。”林初九冷冷地看向福安公主，这个“有人”指谁，不言而喻。

福安公主一脸难堪，却强自镇定道：“怎么，我这个皇姐教训弟媳也有错？”

“说错也没错，只不过……”林初九话锋一转，“嫁出去的女儿泼出去的水，皇姐你似乎忘了你不是招驸马而是下嫁。在祖谱上你已是崔家妇而不是萧家女。莫不是皇姐从来不认为自己是崔家媳妇，一直觉得自己还是皇家的公主？”

这话满满都是陷阱，怎么答都是错，福安公主深吸了口气才道：“本宫就算嫁入崔家，也是皇上亲封的福安公主。”

“皇姐你怎么说就怎么是，左右我又不是崔家人，崔家人怎么想与我何干。”林初九不着痕迹地在崔家人心中埋下一颗种子，至于会不会发芽长大，那就与她无关了。

转头看向崔家的两位媳妇，林初九亲自上前，将二人搀扶起来道：“崔家乃一流世族，底蕴深厚，就是圣上也称赞崔家乃士族典范。两位夫人如此大礼我可受不起，快快请起。”

受不起还等人跪了半天才扶起来？

福安公主气得紧紧掐着下人的手，指甲都掐进对方的肉里去，可仍旧不解气。

林初九才不管她，扶着崔家两位夫人继续往前走，言辞中透着友好。

这两位才是崔家正儿八经的媳妇，其中更有崔家长房长媳。这两位就算平日不敢表露出来，可心里也不会满意被福安公主压一头的事实，林初九相信，只要有机会，这两位一定很乐意将福安公主踩下去。

林初九无视福安公主，拉着崔家两位夫人走在前面，完全不将福安公主这个主人放在眼里，亏得福安公主理智尚存，虽然气疯了，可到底没有再说什么，只是脸上的笑容僵硬得很。

一行人来到花园后依次落座，福安公主不敢在座位上让林初九没面子，她的位置仅次于主位，而主位是福安公主留给福寿长公主的。

林初九刚落座，就听到太监尖细的声音响起："长公主驾到！"

"皇姐来了。"福安公主脸色一喜，忙上前迎接，有不少的夫人也跟着去了。

这是讨好长公主和福安公主的机会，可不能错过。

不过，崔家的两位夫人却没有动，另外还有几位老夫人也没有动，甚至在听到长公主来后，脸上闪过一抹不喜。

想来也是，这些夫人们个个出身名门，打小就受着最严格的教育，像福寿长公主这种养面首的女人，她们实在瞧不上。

要知道，这里可不是女人地位极尊贵、公主养面首成风的大唐。而且就算是大唐，公主养面首也同样被人鄙夷，只是没有人敢当面说罢了。

福寿长公主在一干女子的簇拥下雍容而来，说来也是巧了，福寿长公主今天穿得也是一件红色裙装，只不过样式更加繁复，做工更加精细，一看就是费了功夫的。

福寿长公主虽然已经四十多岁，可保养得极好，看上去就如同二十八九的少妇人一般。一袭红装将她的曼妙身材勾勒得完美毕现，真是半老徐娘，风韵犹在，凹凸有致，婀娜多姿，浑身散发着成熟女人的妩媚韵味。

福寿长公主今天就是冲着林初九来的，萧天耀不仅毁了皇上与西北侯的结盟，还毁了她的名声，她不能拿萧天耀怎么样，这口气怎么也要在林初九身上发泄出来。

福寿长公主一进来便高声道："萧王妃何在？本宫来了这么久，怎么到现在还不见萧王妃来给本宫见礼？"

凤眼一挑，气势十足，明显来者不善。

福寿长公主并非下嫁而是招驸马，不管是和离前还是现在，她都是皇家公主，还是圣上亲封的长公主，身份可谓尊贵至极。

林初九是亲王妃，论身份与长公主相当，可她不是皇嫂而是弟媳。不说尊卑，就按长幼林初九也是要给长公主行礼的。

林初九之前没有起身已是失礼，现在长公主直接点了林初九的名，林初九就是再不满意也得出来给长公主见礼。

听到福寿长公主的问话后，一干夫人齐刷刷地看向林初九，不远处的小姑娘们也悄悄地望了过来，等着这位年轻的萧王妃服软。

可不想，林初九并没有如众人所想的那般起来给长公主赔罪，而是一脸平静地坐在那里，神色淡然道："对不起！长公主，临出门时，我家王爷特意嘱咐过我，让我见到你就像没看到一样，不必行礼。我是个笨的，年纪小也不知事，王爷怎么说我就怎么做，还请长公主恕我无法给你行礼了。"

至于为什么要离长公主远一点呢？

在场的都是聪明人，不需要多说，大家都懂的。

福寿长公主顿时气得不行，瞬间就被转移了注意力："这真是天耀说的？他居然敢……”

萧天耀这话无疑是往她伤口上又狠狠地扎了把刀。

林初九老实地点头：“王爷是这么说的，王爷是我的丈夫，出嫁从夫的道理我还是懂的，王爷的话我自然要遵从。”

“天耀……好好好，本宫记住了。”她与萧天耀之间，不死不休！

林初九腼腆一笑：“王爷要是知道长公主惦记他，一定会很高兴的。”

噗……众夫人差点喷茶。福寿长公主根本不是这个意思好不好？装傻装到这个地步，萧王妃也是独一份了。

一拳打在棉花团上的福寿长公主，保养得宜的脸瞬时扭曲了一下，冷冷地丢下一句：“高兴就好，以后有的是他高兴的机会。”

这话信息量颇大，林初九权当没有听懂，并不接话。

福寿长公主气得直咬牙，可偏偏又奈何不了林初九，林初九是她弟媳，不给她见礼顶多就是无礼，根本挑不出大错来。

福安公主忙柔声劝说道：“皇姐，你别生气了，萧王妃不过一个孩子，你还指望她能懂什么？”

这明显是在贬低林初九，可林初九却浑不在意，一脸淡然地坐在那里，并不接话。

长公主冷哼一声，走到主位旁，目光厌恶地看了林初九一眼：“什么脏的臭的都能上桌，福安你也真是太不挑了。”

明眼人都知道长公主这是在说林初九，可林初九却继续没事人似的，淡淡地道：“确实！”

话落，就见林初九起身，走到桌尾，停在一紫衣夫人面前，那位夫人忙起身：“王妃……”

“夫人，你能跟我换一个位置吗？”林初九问道，声音不大，却足够这一桌子的人听到。

啪……福寿长公主一拍桌子，厉喝道：“林初九你什么意思？”居然要换座位，这是嫌恶她了？

林初九有什么资格嫌恶她？

“长公主，我家王爷除了叫我见到你就当没看到一样外，还让我离你远一点儿，免得被带坏了。”林初九一脸诚恳，完全不像撒谎的样子。

翡翠和珍珠四人悄悄捂脸：王妃，这么坑王爷真的好吗？福寿长公主要恨死王爷了。

“你说什么？”福寿长公主一脸扭曲，咬牙切齿地问道。

林初九很配合地重复一遍：“长公主，我家王爷说，让我离长公主你远一点儿，免得被带坏了。”音量比刚刚高了两分。

这一桌本就是主桌，在座的个个都是有身份、有脸面的贵夫人，长公主虽然尊贵，可其他人的身份也不会太差，听到林初九这话后，众人一阵沉默，只当没有听到，完全没有打圆场的意思。

事实上，她们也想离长公主远一点儿。长公主现在的名声真的不大好听，只是碍于长公主的身份，没有人敢提起罢了。

一而再再而三地挑衅她，萧天耀夫妇欺人太甚！

长公主咬牙切齿地问道："真的是天耀说的？他居然敢这么说我？他忘了我是他长姐吗？他眼里还有没有我这个长姐？还懂不懂尊卑长幼？"

林初九看似什么都没有说，可实则什么都说了。

本来，她长公主的事没人敢说，这些夫人就是心里再不高兴，面上也得奉承她。可林初九这句话无疑是将她身上的遮羞布扯了下来，让她赤裸裸地露在众人眼前。

桌上的气氛为之一凝，就是旁边几桌的夫人，也一个个尴尬得不行。

福安公主倒是想挺身而出为长公主说句话，可崔家长媳悄悄拉了拉她，朝她摇了摇头。

福寿长公主本身德行有亏，这个时候帮她只会将自己也卷进去。皇家丢得起这个脸，他们崔家却丢不起这个脸。

福安公主知道长嫂这是为自己好，可心里还是有些不满。

林初九一脸无辜："我说错什么了吗？长公主好像生气啦？"

这个时候年纪小的优势就展现出来，林初九那人畜无害的天真样，也实在让人挑不出半点毛病来。

没有人回答林初九的话，她也不觉得尴尬，自顾自地道："王爷说得没有错，我果然很笨，连长公主为什么生气都不知道。看来王爷让我离长公主远一点儿是对的，长公主这么聪明的人，她要是把我卖了，我恐怕还会欢天喜地数银子呢。"

面对福安公主的挑衅，她盛气凌人地反击；面对福寿长公主的找茬，则是天真单纯地应对。在场的众位夫人都是人精，哪里不知道林初九是在装，可敢装会装也是本事。

气氛为之一凝，林初九和长公主谁也没有退让的意思，崔家大夫人不由得叹了口气。

福安公主毕竟是崔家的媳妇，要是寿辰被毁，丢脸的也是崔家，崔家大夫人不管情不情愿，这个时候都要出来打圆场。

崔家大夫人无视众人尴尬的神色，走到林初九身边，笑着道："长公主和萧王妃刚刚到，还没有看到皇上给福安公主的生辰礼呢。听说那物件是中央帝国的东西，平时可不多见。"

崔家大夫人在一众夫人中颇有脸面，她一开口立刻便有人附和道："对对对，萧王妃是得去看看，那物件可有意思了。"

"我刚刚还没有看够呢，正好沾萧王妃的光再瞅几眼。"有几个听了林初九的话后也不想与长公主靠太近的夫人，以此为借口跟着起身。

崔家大夫人见气氛总算缓和了，暗暗松了口气，笑着对林初九道："王妃，那我们这就过去？"

“好。”林初九也不想与福寿长公主两看相厌，便顺水推舟随着崔家大夫人走了。

桌上其他几位夫人也颇有眼色地跟着起身，留下长公主一个人孤零零地坐在主位上……

皇上赐给福安公主的礼物是一块巨大的屏风。最稀奇的则是屏风上的图案，不是平常看到的绣品，而是会动的图。

屏风上的溪水会流动，树叶会落下，鸟会飞……

最最稀奇的则是，这面屏风上的图案，会随着春夏秋冬的四季变化，每一季都各有风光。

“果然是个稀罕物件。”饶是林初九也觉得此物不凡，真心地赞美道。

“听说这是中央帝国送来的，四国独一份，皇上可真疼福安公主啊。”

“福安公主可是皇上的嫡亲妹妹呢，就算嫁人又如何，皇上对福安公主的荣宠丝毫不减。”

这话绝对是冲着林初九说的，崔家大夫人心中一跳，担心林初九生气，却见林初九像是没听到似的，脸上的笑容不减半分。

林初九察觉到崔家大夫人的视线，朝她安抚一笑，表示自己不会计较。

开玩笑，真当什么人都值得她当回事吗？

要不是福安公主和长公主的身份摆在哪里，她只会当对方是狗叫，连理都不会理。

看完圣上赐给福安公主的礼物后，一行人复又折回宴席，她们回去时长公主已经不在，林初九便也不提，在原来的位置上落座。

福安公主请来的客人，自然是与她亲近的居多，之前一起去看屏风是为了缓解尴尬，而现在事情平息下来，这些人也不会出言挑衅林初九，可也不会主动与她说话，于是……

偌大的宴席上，就见林初九一个人坐在那里，连个理会她的人也没有。

要换作旁人定会觉得难堪、不自在，可林初九却不，她乐得清静，慢条斯理地享用着桌上的美食，欣赏那些个千金小姐的才艺表演。

福安公主今天请的并不全是各府的当家夫人，也有许多妙龄女子，这些姑娘随母亲前来，大多不会单独准备寿礼，皆是以才艺献礼。

当场作画，当场写字，当场跳舞，当场抚琴……水平都极高，有几个出众的更是赢得满堂喝彩，而福安公主也大方，对这些当场献艺的姑娘皆有重赏。

给福安公主献艺的都是未出嫁的小姑娘，除了讨福安公主喜欢外，再来就是想借这个机会露露脸，说不定便能找到一个好夫家。

按说，这些小姑娘献艺，与林初九这个已婚妇人没什么关系，可偏偏就有不长眼的人找上林初九。

“萧王妃，我接下来表演的节目需要人配合，你能帮我一下吗？”一青衣小姑娘跳了出来，明亮的眼眸里闪烁着大无畏的光芒，不无挑衅地看向林初九。

翡翠在小姑娘开口时，就附在林初九的耳边道：“程将军府上的嫡幼女程笑琪，姐姐嫁入了镇远将军府。前段时间犯了事，被流放到边疆。”

简单点说，还是萧天耀造的孽果。

程笑琪话一出口，场上有着片刻的安静，众人都看看那姑娘，再看看林初九，没有一个人出来打圆场。

程笑琪见林初九半天不答，下巴轻抬，挑衅道：“萧王妃，你不敢吗？放心，不会有危险的。”

林初九依旧不理会，只是似笑非笑地看着对方，那眼神就像是在看个不懂事的孩童。

她虽然不比这位姑娘大几岁，可她的身份摆在那里，她需要应一个小姑娘的挑衅吗？

一再被人忽视，程笑琪一脸恼意：“萧王妃……”

可这次话才开头，就被翡翠打断了：“哪家的野丫头，这么不知礼节，王妃也是你能乱叫的？”

“我在和萧王妃说话，你是个什么东西？滚开。”程笑琪出身武将家族，又是家里最小的女孩，自小娇生惯养，跋扈得很。

翡翠当然不会和一个不知天高地厚的小姑娘置气，语气不屑道：“你又当自己是个什么东西，也有资格与王妃说话，叫你母亲来！”

“这是我自己的事，哪里需要我母亲出面。萧王妃身份尊贵，可我也不差，凭什么不可以和萧王妃说话。萧王妃要是怕了就直说，我也不会勉强萧王妃的。”程笑琪一脸倨傲，也不知是真不懂还是假不懂。

翡翠不屑和一小丫头计较，朝福安公主作揖道：“公主，这就是您的待客之道？”

被人点名问上，福安公主也不好再看热闹，笑着对林初九道：“萧王妃，今日是我的生辰，左右孩子们闹着玩，你也别往心里去。”

“皇姐说笑了，小孩子罢了，和她计较未免失了身份。”林初九开口，语气漫不经心，没有高人一等的冷傲，可却让程笑琪觉得很难堪。

从头到尾，林初九都没有把她当回事。

小女孩的自尊心实在受不了，“扑通”一声跪在福安公主面前：“公主，我有一份特别的礼物要献给您，为此在家里偷偷练了半年有余，恳请公主给我一个机会，让我可以送出来。”

“你这孩子，倒是有心了。”福安公主一脸慈爱，“准，本宫准了。”

程笑琪立刻转恼为笑，一脸欢喜地道：“公主，我这份礼物需要请人配合，不知可否请萧王妃帮我一个忙？”

福安公主没有应下，而是一脸为难地看向林初九：“萧王妃，你看……”

林初九看着福安公主与程笑琪一唱一和，轻笑道：“公主还真是童心未泯呢，居然任由一个小孩子胡闹。”等了这么久，也没有见到程夫人出来，可以肯定程夫人肯定不在现场。不然，程家夫人也绝不会放任程笑琪挑衅她。

林初九不无同情地看向程笑琪：可怜的孩子，被人利用了还不知道。

福安公主只当听不懂林初九话中的意思，笑道：“过生辰不就图个乐呵嘛，本宫对这孩子的礼物还是挺期待的，不如萧王妃你就配合一下，让本宫看看这孩子到底准备了什么特殊的礼物？”

“说来听听。”林初九没有拒绝，可也没有同意。

程笑琪却没听懂，只当林初九应了下来，站起身后简单地说了一下规则后，便让人去取她的弓箭来。

“萧王妃你放心，我在家练习了半年，绝对不会失手。”程笑琪眼中闪着不怀好意的光芒。

福安公主笑着附和：“确实挺有意思的，萧王妃你说呢？”

林初九淡淡一笑，并不接话，可也没有阻止程笑琪的动作。

程笑琪的礼物与其说是别出心裁，不如说极度危险……

第七章　不好惹的萧王妃

程笑琪说她寻得能工巧匠，为福安公主做了一种特别的烟花。这些烟花的引线是用特殊材料制成，并不需要用火点燃，只需要用特殊的箭射中引线，烟花便可点燃。

因这些烟花的特殊性，无法落地，也在地上竖立不稳，需要人用手端着，程笑琪希望这个端烟花的人是林初九。理由是烟花炸开时极美，只有林初九这样的美人才能展现出烟花的美。

当然，程笑琪也说了，那烟花并非火药，所以不会伤人，至于是什么材质，她就要保密了。

准备这么齐全，林初九可不认为这是程笑琪一个小女孩所能做到的。福安公主为了让她出糗，还真是费尽心机。

很快地，东西拿了上来。

程笑琪没有撒谎，特殊的“烟花”的底部呈锥子形，确实无法稳当当地放在地上。

“萧王妃，请……”程笑琪接过下人递来的弓箭后，笑得不怀好意。

“萧王妃，麻烦你了。”福安公主也笑着施压，其他夫人自然是乐得看好戏。

“呵……”林初九笑了一声，正欲起身，就听到翡翠焦急地道：“王妃，不可。”这明显就是一个局。

就是没有危险又如何，在利箭射来的那一刻，没有人会不害怕。到时候，林初九一旦露出害怕的表情，难免会被人奚落嘲讽。

而且，这烟花也不知道是什么材质，万一炸开时伤着人怎么办？

再说了，这种事不怕一万就怕万一。万一福安公主为了弄死林初九，特意让程笑琪“失手”呢？

用一个小姑娘的命换萧王妃的命，再划算不过了。

“没事。”林初九抬手，让翡翠退下，起身道，“今天是皇姐的生辰，怎么能让皇姐不高兴呢。”

林初九接过下人递来的“烟花”，落落大方地走上表演的台子。程笑琪见林初九走过来，双眼一亮，握弓箭的手紧了紧……

只要，只要她按公主的要求杀了林初九，父亲和哥哥就没事了。

众人紧张万分地看着走上台去的林初九，福安公主脸上的笑容也是越发温柔明媚。

可下一秒，众人就傻眼了！

林初九走上表演台后，并没有走到指定的位置，而是快步朝程笑琪走去，速度之快就是程笑琪也没有反应过来。

等到程笑琪反应过来时，林初九已经走到她面前，只得讷讷道：“萧……”

只说一个字，程笑琪便感觉自己的胳膊一麻，握在手上的弓箭就这么被林初九给抢走了：“乖，真听话。”

林初九夸了一句，将手上的“烟花”塞到程笑琪手中：“拿好了，手别抖。”

转身，走到程笑琪对面，拉开手中的弓箭，箭头对准程笑琪：“程小姐，举起来！”

“这，这怎么回事？”一干人尽皆傻眼了。

怎么一个眨眼的工夫，台上的两人就调了位?

“萧王妃……”福安公主不满地叫了一声。林初九连个眼神也没有给她，只道：“公主别急，你不是想要看程小姐精心准备的礼物吗？很快就能看到了。”

“不，不是……”程笑琪看着手中的“烟花”，丢也不是，不丢也不是。

“程小姐，你还愣着干什么，把烟花举起来，本王妃手都快酸了。”为了证明自己的话，林初九特意晃了晃手中的弓箭。

“萧王妃，不是让你射箭。”福安公主强忍着怒火提醒道。

程笑琪也反应过来，拿着烟花就朝林初九走去：“萧王妃，我是请你来帮我拿烟花的。”

“站着别动，不然……我要是一不小心失了手，可就划破你那漂亮的脸蛋了。”林初九举了举箭，威胁的意味十足。

程笑琪脸色一白，吓得不敢再动。

福安公主眉头皱得死紧，可不等她开口，就听林初九道：“公主，我只答应帮忙，怎么帮忙是我的事。反正你只是想看程小姐的礼物，怎么看不是看呢？”

话落，又晃了晃手中的箭：“程小姐，本王妃的耐心有限，快把烟花举起来。”

“我，我……”箭头直指自己的面门，程笑琪双腿不由自主地颤抖起来。

“程小姐别怕。本王妃的箭术可是王爷亲自教的，就算你不相信我，也要相信咱们东文的战神。”林初九又一次无耻地拉萧天耀当挡箭牌，翡翠四人再次捂脸，心里为萧王爷默哀。

王爷，我们对不起你呀，又让王妃败坏你的名声了。

“我，我不是怕。”

“程小姐将门虎女，怎么可能会怕？”林初九“诚心”地赞美道，程笑琪根本没有退路。

底下的夫人们有心想说太危险，别玩了。可想到之前对林初九应下时，她们一个劲地说不危险，这个时候怎么也不好打自己的脸吧？

程笑琪求救地看向福安公主，却见福安公主别过脸去，根本不看她。

程笑琪身子一晃，眼中闪过一抹悲哀，她知道自己没有选择。咬牙闭上眼皮，程笑琪张开双臂，露出“烟花”上那一个红点的引线：“王妃，我准备好了。”

林初九要做的，则是让箭头从那个红点上擦过，点燃烟花。

这事情说起来容易，可真正做起来却不容易，尤其是——林初九根本不会用弓箭！

别看林初九花架子搭得漂亮，可事实上她根本没学过射箭，别说射准，能将箭笔直地射出去都是难事。

这……这真是一个忧伤的问题。

林初九拉开弓，却不敢松手。

射伤了程笑琪不算什么，只要说一句“失手”，谁敢说她半句？怕就怕她手中的箭还没有射出来，就落了下去，那就丢人丢大发了。

她刚刚可是说了，她是战神萧天耀亲手教出来的，要是连箭都射不出去，那不是丢了萧天耀的脸？

林初九半天不射出去，不仅她自己着急，就是看台下的夫人们也着急。只是林初九笑意盈盈稳稳当当拉弓的样子，实在是太具欺骗性，看台上不懂武的夫人们一时半刻也看不出林初九是装的，只当林初九在故意折腾程笑琪。

程笑琪的母亲不在，与她家亲近些的夫人们倒是想帮忙，可看福安公主的意思，明显是抛弃了程笑琪这颗棋子，她们此时开口也是送上门给林初九损。

众人这么想着，就更没有人会说话了。程笑琪等了半天也不见林初九射箭，小心翼翼地睁开眼睛：“王妃……”你到底射不射呀？

“咦，怎么歪了？程小姐，你的手别抖呀！”林初九眼眸轻转，计上心头。

“我，我没有抖啊。”可不知道怎么的，手的确抖得更厉害了。

萧王妃的眼神好可怕呀，这是要杀了自己吗？

“抖得这么厉害，万一我误伤了你怎么办？”林初九不无责备地看了程笑琪一眼，收起弓箭朝程笑琪走去。

“王，王妃，你要做什么？”程笑琪吓得直发抖，可双脚却像是生了根一样，怎么也动弹不了。

“帮你调整一下位置，你这样我很容易射偏。”林初九笑得很温柔，可程笑琪只觉得可怕，因为她发现她的双手好像没法动了。

“手怎么这么僵硬？你不是说这烟花散开时很美吗？人美烟花才能更美，笑得好看一点儿。”林初九捏了捏程笑琪的脸，完全把对方当成小孩子。

程笑琪露出一个比哭还要难看的笑容。

看台下的夫人们见得林初九故意刁难程笑琪，一个个别过脸去，不忍直视。

福安公主此时对什么烟花一点兴趣也没有，在程笑琪算计林初九不成反被算计时就不再管看台上的事。

可怜的程笑琪就像一个玩偶，林初九拿着手中的箭当教鞭，时而让她伸手，时而让她收回，又让她转两圈，不听话就拿箭尖戳她。

小姑娘脸皮薄，很快就羞红了脸，眼中蓄着的泪，眼见着就要落下来。

林初九这才勉为其难地放过她："好了，笑开心一点儿，这样才对得起公主的期待。"

临走前，林初九又替程笑琪调整了一下双手的高度："双手稳住，我要准备射箭了。"

转身，手中的箭"啪"的一声打在烟花的引线上……

"轰……"的一声巨响，程笑琪手中尖筒似的东西猛地炸开，一阵白色烟雾喷薄而出，装在里面的彩色纸片冲上天空，炸开，又纷纷落下。

"啊……"程笑琪尖叫一声，另一只手上的烟花筒"啪"的一声落地，又一声巨响，烟花炸开，似蝴蝶状的东西随着一阵白烟从里面喷发出来，在台子上空散开。

程笑琪和林初九站在中间，只见漫天花雨纷纷，匹练道道，轻舞飞扬，围着两人旋转，那画面美不胜收……

当然，前提是忽略掉因惊吓而跌倒在地的程笑琪，还有她那极度破坏美感的尖叫声。

这两筒烟花与其说是烟花，倒不如说是礼花来得准确。筒里用特殊手法压了许多树叶和蝴蝶状的彩纸彩绫，一旦引开，压力喷发出来，压在里面的精美物事便会喷向天空……

林初九站在最中间，看着漫天飞舞的彩花，闻着那若有似无的香气，脸上的笑意越发的浓烈："真的很美，味道也很特别。"

在场的众人中，唯一一个有心情欣赏这些礼花的人，恐怕也就只有林初九了。

而程笑琪之前的话也没有错，林初九站在中间真的很美，萦绕在她周身的"蝴蝶""树叶"衬得她衣袂翩翩，飘飘似飞，美如误落凡尘的天宫仙女。

"真美，真该让王爷也过来看看。"翡翠四人一脸陶醉，恨不得将这一幕画下来，让她们家王爷看到。

"是呀，要是王爷来了就好了。"珊瑚不断地点头配合。

礼花最美的时刻，便是它喷上天空、纷纷落下的那一刹那，而待到它全部落下，便是废纸一堆，再不复之前的绚烂迷人。

待到礼花落下，林初九随手丢掉手中的弓箭，拍了拍身上的碎纸片，看也不看瘫坐在地上的程笑琪，转身就朝台下走去。

众夫人你看看我，我看看她，不知是要夸烟花好看，还是夸林初九好看，直到福安公主说了一句很美，众夫人这才收起尴尬，纷纷赞美。

“程小姐果真有心，这烟花真是美不胜收。”

“萧王妃也很美，站在烟花中，真是仙子下凡。”

众人你一句我一句地夸着，至于跌坐在地上的程笑琪？大家集体忽视掉了，还是福安公主给下人使了个眼神，这才有人上前将她扶了下去。

接下来，众位闺秀继续为福安公主登台献艺，就好像刚刚的事情没有发生一般。只是……

这个时候，谁也没有心思再欣赏她们的才艺，尤其是福安公主！

福安公主根本无心看台上的表演，时不时扫向林初九，见林初九不复之前的精神，不由得笑了出来。

此时的林初九，右手端着一杯果酒，左手撑着脑袋，手指轻动，杯子里的酒来回晃动，好似要流溢出来，可下一秒却又晃了回去。

脸颊因酒意而泛着苹果红，眼眸亦蒙上一层迷蒙，这样的林初九慵懒而无害，让人不由自主地放松了戒备。

福安公主没看到台上小姑娘表演了什么，可那位小姑娘表演完后，福安公主却很高兴，直夸好。

“确实很好。”林初九低低地附和了一句，声音太小，几近呢喃。翡翠和珍珠没有听清，还以为是林初九在叫她们，忙弯下腰问道：“王妃，你在叫我们吗？”

“是呀，叫你们……”林初九开口，声音带着一丝嘶哑，“我有点头晕，扶我下去休息。”

这个时候，该醉了吧？

要是再不醉倒，福安公主可就不放心了。

林初九脸色通红，眼神迷茫，面露醉意，一看就知道是喝高了！

翡翠四人一脸无语：王妃你不知道自己没有酒量吗？居然在这种场合把自己弄醉，这简直是让人不知道说什么好。

叹气归叹气，该做的事还是要做。翡翠叮嘱珍珠三人照顾好林初九，自己则去找来万福园的下人，让对方给她们准备一间房，好让林初九可以休息。

不管是什么样的宴会，主人都会为客人准备休息的地方，翡翠这么问并不突兀，对方满口应下，让翡翠稍等。

片刻后，福安公主身旁的大丫鬟过来，请翡翠去问话。

翡翠早就猜到福安公主会来问，不等福安公主开口，便先说道：“我家王妃多喝了几杯果酿，有些不适，请公主安排一间厢房，好让我家王妃休息片刻。”

福安公主听罢，眼带关心地道：“可是醉了？园子里就有太医，本宫让太医给萧王妃看看？”

“多谢公主，王妃并没有醉，只是略有不适，稍作休息就好。”翡翠婉言拒绝。

开玩笑，福安公主明显不安好心，请来的太医也不知道会不会使坏？到时候，太医开了药，万福园的下人熬了药，那她们家王妃是喝还是不喝？

“没事就好。”福安公主也不勉强，吩咐身侧的丫鬟道，“锦玉，你带萧王妃去潇湘馆休息。”

“奴婢遵命。”一绿衣丫鬟走了出来，看她的举止派头，不卑不亢，彬彬有礼，应是福安公主身边得用之人。

福安公主安排好人手后，又对翡翠道：“锦玉是本宫身边得用的人，些许小事都可做主，有什么需要只管跟锦玉说。”说完，又严厉地叮嘱锦玉：“切不可怠慢萧王妃。”

敲打一番后，福安公主这才放人。

林初九从进来就是众人关注的重点，她离席自然会引起众位夫人的关心，不过在场的夫人却不敢问出来，只是露出一个若有所思的眼神。

潇湘馆建在一片竹林中间，屋子全部由竹子建成，四周温凉清静，是休息的好去处。翡翠和珍珠看了一眼，对四周的环境颇感满意，朝锦玉道了谢后，便扶着林初九进厢房休息。

拆了发髻，脱了外衣，翡翠和珍珠服侍林初九躺下：“王妃你好好休息，奴婢就在外面候着，绝不会有事。”

后院都是女子，林初九带来的侍卫并不能进来，林初九现在的安危只能靠翡翠四人。

“好。”林初九声音清亮，完全没有醉意，要不是她眼神迷蒙，脸颊通红，翡翠四人都要怀疑林初九是不是在装醉。

翡翠与珍珠出去时，珊瑚与玛瑙正在和锦玉说话，见到翡翠出来，三人立刻噤声。锦玉小声道：“王妃睡下了吗？”

“多谢锦玉姑娘关心，王妃已经睡下了。”翡翠代为道谢。锦玉忙道不敢：“这都是我该做的，如果没有别的事，我就先回去复命，公主还在等着呢。”

“锦玉姑娘慢走。”翡翠将人送了出去。临分别时，锦玉好像刚刚才想起来似的，忙道：“对了，湘馆里有小厨房，小厨房里有常用的材料，几位姑娘要是想用什么直接吩咐下人就好，要是不嫌烦的话也可以自己动手。”

吃食是要入口的东西，最容易让人钻空子，要是能自己动手，无疑会安全许多。珊瑚知道潇湘馆有小厨房后，立刻说道：“我去厨房看看有什么好吃的，提前给王妃准备上，免得王妃醒来后饿着。”

福安公主的生辰宴是一整天，下午不知还要做什么，林初九不可能一直缺席，要是能给林初九煮一份醒酒汤便再好不过了。

“快去快回。”珍珠不放心地叮嘱了一句。

珊瑚当然知道万福园不安全，一脸严肃道：“放心，我会小心的。”

珊瑚说自己会小心，快去快回，可是……

一炷香的时间过去了，珊瑚没有回来。

两炷香的时间过去了，依旧没有看到珊瑚的影子。

“珊瑚莫不是出事了？”玛瑙一脸担忧。

翡翠也很担心，可她是四人当中的大姐，她不能慌。翡翠语气肯定道：“不会有事的，我们再等等。”

珍珠和玛瑙知道，翡翠这话安慰的成分居多，可她们要保护王妃，根本不敢乱动。

屋内，林初九在翡翠和珍珠出去后，便立刻睁开了眼，只是……

她的脸颊越发地通红，眼神也越发地散乱无神。

没错，她中招了！

林初九也不知道什么时候中的招，医圣之心并没有提醒她。不过，凭她的猜测，应该是礼花炸开的时候。因为只有那个时候，她接触到的东西和其他人不同。

由于医圣之心一直没有提醒她，林初九便大胆猜测，福安公主给她下的应该是混合药。沾到一种药不会出事，需要接触到两种或者三种以上才会产生反应，而医圣之心就是因此而没有发出预警的。

“果然是步步惊心，从一进来就开始算计我。”林初九在自己腰间掐了一把，根据自己的身体反应，林初九不用检查也知道自己中的是媚药。

“福安公主还真是好妹妹，这么迫不及待地要我出丑，为长公主出气。”

平息丑闻的最佳方式不是强压，而是制造出另一个更大更劲爆的丑闻。

如果今天前来参加福安公主生辰宴的夫人们，亲眼见到萧王妃与数男……还会有人记得长公主的丑闻吗？

“阴险！”林初九暗骂一声，深吸了口气，平息心中的怒火与欲火，从医圣之心取出解毒的药丸服下。

为了尽快清除体内的媚药，林初九特意加重了药量。

药效要发挥作用还需要一点时间，为了让自己保持清醒，林初九用银针扎在大腿上，以痛感维持清醒的头脑。

很疼，不过效果很好，而且还不会留下伤疤。

银针扎入皮肤，林初九吃痛，脑子清醒了三分。这时她服下的药丸也起效了，感觉身上的燥热感已经淡去大半，只是身体还很虚弱。

林初九知道，福安公主安排的人差不多要到了，接下来会有一场硬仗要打，她必须得保持体力，这样才能逃出去。

至于翡翠几个？

林初九是不指望了，福安公主既然设了局，又怎么可能不调开翡翠她们？

只是……

“这么破的身体，该怎么跟人打架呢？”

林初九按了按自己仍然眩晕的脑袋，不由得露出一抹苦笑。

林初九猜得没有错，翡翠和珍珠她们几个都出事了。

潇湘馆的小厨房就在另一头，不过百余米的距离，一炷香的时间足够来回一趟，可珊瑚一去大半天都没有见着人。

翡翠和珍珠实在担心，只好让玛瑙去看一眼，要是遇到珊瑚了，不管有没有出事都立刻带着珊瑚过来，结果玛瑙也没有回来。

这下，两个姑娘还有什么不明白的?

“我们中计了。”翡翠和珍珠脸色大变，“珍珠，放求救信号，我去扶王妃出来。”

翡翠转身就往屋里走，珍珠则拿出信号烟，正要放出去，却见两个黑衣人突然从屋顶上蹿下，抬手就朝两个姑娘面门劈去。

“小心！”翡翠和珍珠有一点防身本事，极快地躲开，可也失去了闯进屋子的好机会，而珍珠手上的信号弹则直接落在地上。

“啪……”信号烟还未燃起，就被一黑衣人踩坏，“拦下她们，别让她们有机会搬救兵。”黑衣人抬手就与翡翠过招，同时吹起一声口哨。

“不好，他们叫人来了。”翡翠完全不闪躲，任由对方攻向她，同时取出怀中的信号弹，可黑衣人的武功比她高出不止一个等级，她还没来得及丢出去，人就被打晕了。

“主子有令，不能要她们的命，不能有外伤。”弄死了林初九的丫鬟就太明显了。

“是。”另一人用同样的手法将珍珠打晕。

两个丫鬟刚倒下，就见四个大汉从竹林中走出来。这四人长得人高马大，一脸凶相，可见到两个黑衣人后，却乖得像孙子一样。

“里面的人交给你们，你们可知道怎么做?”黑衣人冷傲道。

“大人放心，小的们知道怎么办。”四个大汉笑得猥琐而淫邪。

“很好，进去吧！”

黑衣人一脚踹开房门，看了一眼，确定林初九正躺在床上，冷哼一声便离开，另一位黑衣人则朝小厨房的方向走去。

林初九的四个丫鬟，当然要在一起。

黑衣人一走，四个大汉便急不可耐地冲进屋里：“我长这么大还没有见过王妃长什么样子呢。”

“这辈子能尝到王爷的女人，就是死也值得。”

四个大汉一进屋就急急地朝床上的林初九扑去……

在他们眼中，林初九一个中了媚药的弱女子，那就是待宰的羔羊，没有一丝战斗力，他们完全不需要防备……

“王妃娘娘，老子来了……”身形最为高大的一个大汉，挤开身边两人，率先扑了上去，本以为会抢得先机，可不想……

此时躺在床上将自己卷在被子里的林初九，突然跳了起来，将手中的瓷瓶砸向面前的大汉。

大汉没有防备，躲避不及，当下被砸了个正着，瓶子破裂，液体落在脸上，“嗤”的一声，一阵白烟冒起，酸臭腐蚀的气味瞬间蔓延开来。

“啊……”大汉用双手捂着脸，痛苦地大吼大叫，“有毒，有毒！这娘们身上带了毒！”

当然，倒霉的并不止他一个，慢他半步的同伴，同样享受到了这个待遇。林初九将手中装了毒液的药瓶，不断砸向那四个大汉，那四个大汉毫无防备，被林初九砸了个正着，脸上、手上……凡是被药瓶砸中的地方皆是又痛又热，手指上的肉都直接掉了下来。

“啊……贱人，贱人。”四个大汉反应过来后，立刻就朝林初九扑去，可一移步，脚心又传来熟悉的疼痛。

“啊啊啊……”四个大汉又跳又叫，拼命地伸手去抓伤处，顿时便将伤口抓得血肉模糊。

林初九将手中的瓶子砸完后，将床上的被子卷在身上，又将床垫和枕头丢在地上，翻身下床。双脚踩在厚厚的床垫上，林初九不敢停留，快步扑向距离自己最近的大汉，右手一抬，手中的柳叶小刀直接扎进对方的心脏，抽刀出来时，不忘朝对方的颈脖划去。

她力气小，可她是大夫，知道从哪里下手能让人瞬间毙命。

趁你病，要你命！

林初九凭借灵活的反应，用同样的手法解决掉另外两个人。那两人到死都想不明白他们怎么会死到一个小姑娘手里。

一连解决了三个大汉后，林初九有些气喘，正想去杀最后一个大汉，可对方却先一步朝林初九扑来。

比身手，比力气，林初九都不是大汉的对手，她之所以能一口气解决那三人，纯粹是因为对方没有防备，被她杀了个措手不及。而现在，最后一个大汉反应过来了，林初九根本不占优势。

见对方扑来，林初九狼狈地躲开，却不小心被脚下的垫子绊倒，“扑通”一声摔倒在地。

大汉见状，狰狞大笑：“臭女人，你死定了。”

此时，最后一个大汉的半张脸和双手都被腐蚀了，左眼珠子挂在眼眶外，双手露出白骨，看上去比恶鬼还要吓人。

可林初九却连眼也不眨一下，在对方扑过来的瞬间，左手一扬，将一把白色的粉末撒向对方。

这也就是林初九，要换作普通的姑娘，见到这么个鬼东西就算不吓晕也要吓得哇哇大叫，哪里还能冷静地想法子脱困。

“啊……”大汉双手挥舞，连连后退，想要避开，可是晚了！

“咚咚咚……”大汉后退三步，然后昏倒在地。

林初九长吁了口气：“效果真好。”就是分量少了一点儿，要是分量够的话，她都不需要用毒了。

危险暂时解除，可林初九却不敢就此松懈下来。在原地休息片刻后，林初九爬起来，一刀解决了最后那个大汉，这才朝屋外走去。

她知道翡翠和珍珠没有死，她必须得尽快将两人弄醒，早些离开这个鬼地方。

黑衣人不知出于什么考虑，下手并不重，林初九取出药后，很快便弄醒了翡翠和珍珠。

“王妃？”翡翠和珍珠惊叫，“你没事吧？”

林初九厉声呵斥：“别鬼叫，快起来，福安公主的人快到了。”

像是为了证明林初九的话一般，她才刚刚说完，就听到竹林外有人高喊：“刺客，有刺客，快，刺客朝潇湘馆跑去了。”

“萧王妃在潇湘馆，快，快过去，绝不能让萧王妃出事。”

……

“咚咚咚……”

脚步声由远及近，光听声音就知道来人不少，隐约还能听到几个妇人的声音。

这阵仗……

“抓刺客？怕是来捉奸的吧？”

林初九冷笑，示意翡翠和珍珠快起来，这个地方可不是久留之地。

翡翠和珍珠相互搀扶着起身：“王妃，这里左右都是竹林，我们去哪里？”

“去哪里都行，只要不待在现场。”不管是捉奸现场，还是杀人现场，都不是什么好地方，离得越远越好。

再说了，她现在还不想让太多人知道那四个大汉是她杀的。

底牌这种东西，能不让人知道最好别让人知道。只有这样，关键时刻才能保命。

林初九走在前头，翡翠和珍珠互相搀扶着跟在后面，这个时候她们也不敢提玛瑙与珊瑚了，要找人也得先等她们脱险。

林初九和翡翠三人刚走开，万福园的侍卫就赶到潇湘馆，看到房门大开，侍卫长大喊一声：“不好了，刺客冲进了萧王妃的房间。”

“快，萧王妃出事了，萧王妃出事了。”

明明什么也没有看到，可却喊得有鼻子有眼，喊完话后才往房间里冲。

然后，侍卫长一进去就傻眼了……

“萧，萧……”王妃人呢?

“呕……”有胆小者直接吐了出来。

“怎，怎么回事？刺客呢？”不明真相的侍卫们，见到屋内的惨况后，你看看我，我看看你，完全不明白怎么回事。

不是捉拿刺客吗？怎么刺客没有见着，却看到了案发现场?

萧王妃人呢?

地上死的四个又是谁?

不知真相的侍卫站在房间里，一时半刻也不知道该出去还是该查找线索，而侍卫长直接愣在当场，完全不知道怎么办才好。

而此时，福安公主正按着预定计划，在众侍卫的保护下，带着一票夫人走了过来，人未到声先至："萧王妃怎么了？你们给本宫听着，一定要保护好萧王妃，不管发生什么事都要以萧王妃的安全为主。"

福安公主带人进来，众侍卫纷纷退开让路。

"啊……"

福安公主大叫一声，原本计划里也有这么一出的，可那是看到林初九与人苟合后她吃惊大叫，而不是因为看到死人而大叫。

"怎么，怎么回事？"福安公主脸色煞白，全靠身后的丫鬟搀扶着才没有倒下去。

直到此刻，侍卫长才回过神来，单膝跪下："属下也不知怎么回事。"

那四人……福安公主认得，正是她安排奸污林初九的人，而现在人死了，林初九却不在。

"你……混蛋！"福安公主气得不行，抬脚就朝侍卫长的心窝踹去。

侍卫长不敢反抗，摔倒在地，只听得"嗤"的一声，侍卫长突然捂着胳膊，惨叫着打滚，"啊啊啊……"

福安公主身后的夫人们，听到屋内的响动后也跟着走了进来，一看到屋内血肉一片的惨样，就有好几个尖叫一声直接晕了过去。

"我的天啊……"胆大者也是一脸惨白，吓得连连后退，与身后的人撞在一起。

"这到底是怎么了？"没有看到现场的人好奇地想要进去，却被人拉住："快，快别进去。死人，里面有好多死人，死得好可怕。"

"死人？萧王妃呢？莫不是萧王妃被人杀了？"有脑子转得快的夫人，立刻反应过来，而她的话一出，有几人已吓得脸色发白。

冷眼旁观福安公主羞辱萧王妃不算什么，可要是萧王妃死在这里，萧王爷不能拿福安公主抵命，但她们可就不好说了。

"不是，是……刺客，刺客被人杀了，死得好惨。快，快别看了，我们快走。"看到现场的夫人不想惹事，忙不迭往外走。

没看到的人倒是想要一探究竟，可福安公主却不给她们这个机会，转身，寒着脸面对众人："我记错了，萧王妃不在潇湘馆，她在满香园休息，本宫已让下人过去照看，众位夫人不必惊慌，萧王妃不会有事的。还有，这不是什么刺客，是侍卫眼花了，是我府上的下人喝了酒，发酒疯互相斗殴，让众位夫人受惊了。"

"哦，哦哦哦……"几位夫人傻傻应是，根本不敢反驳。

福安公主又道："府上的下人不成体统，出了这等丑事我实在羞愧，还请众夫人帮我隐瞒一二，只当什么事也没有看到，免得外人知晓后说我府上不成规矩。"

这是要封口了！

众位夫人心里立刻明白过来，不管笑不笑得出来，这个时候都挤出一个笑容，有机灵的立刻道："我们不过是来竹林转转，什么也没有看到。"

"是，是，是，我们只是来竹林看风景，什么也没有看到。"跟着福安公主来的几位夫人，都是年轻者，身份一般，平日里多有巴结福安公主，这个时候自然不敢不听福安公主的话。

"多谢了。"福安公主满意地点头，"我们都回吧，她们该等急了。"

说完便大步往外走，众位夫人忙给她让道，然后跟着往外走。

有聪明者大概猜到了福安公主的计划，笑了笑后什么也没说。

聪明人最聪明的地方，就是知道也不多说。

此时，林初九与翡翠三人并没有走远，她们就躲在竹林里，见得福安公主带着人走了，林初九说道："走，我们去找珊瑚和玛瑙。"

想要完全从这件事中撇干净，她们主仆五人必然得完好无损地出现在宴会上。

"她们两个去了小厨房，接着人就不见了。"翡翠说出自己的线索。

"去小厨房看看。"潇湘馆就这么大，林初九不认为福安公主会把人丢远。

毫不意外的，林初九在小厨房找到了被打晕的玛瑙与珊瑚，用同样的方法将两人弄醒后，主仆四人正好借着小厨房的水梳洗干净。

林初九身上的衣服沾了血和灰，却好在不是外衣，只要她们回去取外衣套上，再找机会换一身衣服就可以了。

林初九的外衣还在潇湘馆，安全起见，只有翡翠一个人过去，林初九四人在小厨房等她，要是翡翠没有回来，她们四个也不能去找。

翡翠一向是个细心的人，因为林初九的衣服沾了酒水，翡翠怕熏着林初九，脱下来后就晾到另一间屋子，希望能散掉一些味儿，这个时候正好方便去取。

虽然翡翠的身手不是黑衣人的对手，可要避开普通侍卫的耳目却也不是难事，翡翠很快就潜入屋子，将林初九的衣服收了起来。

屋顶上，两黑衣人将翡翠的动作尽收眼底，只是他们却没有动作，直到翡翠出去了，才见其中一人开口问道："大哥，为什么不让我阻止她？"

"阻止她做什么？难道我们还能故伎重施引人来捉奸？真要这样做，公主的脸面就丢光了。"不说并不表示心里不明白，事情若是做得太过了，就是公主也兜不住。

成功拿到衣服后，翡翠四人忙服侍林初九换上，又为她重新梳洗。

林初九的底子不错，心理素质也很好，此时完全不见遇事后的惊慌与杀人后的不安，只是略作收拾便已是容光焕发，不见一丝萎靡。

"王妃，好了……"翡翠的声音比以往略高了几许，听着杀气腾腾的。

这丫头估计是气狠了。

"我们走，看看福安公主还有什么招？"林初九拍了拍衣袖上不存在的灰尘，噙着一抹冷笑，走出了逼仄的小厨房。

福安公主算计林初九不成，反倒损失了四个手下，还在自己的生辰当天见了血光。哪怕面上再不当回事，心里也是恨得牙痒痒。

福安公主原本对林初九谈不上讨厌，只是不喜欢罢了，之所以会对林初九出手，纯粹是受福寿长公主所托，毁了林初九，好叫萧天耀难堪，可现在福安公主却恨不得将林初九碎尸万段，以解心头的那口郁气。

福安公主回来时，戏班子正在演《麻姑拜寿》的戏码。戏子见到福安公主进来，忙朝她拜寿，福安公主的心里再恼火此时也不得不笑着打赏，坐下来与众夫人一同看戏。

随着福安公主一同过去的那几位夫人心里明镜似的，可福安公主做戏做了全套，半路上就有下人来回报，说亲眼看到林初九在满香园休息，因为林初九睡着了，便没有上前打搅。

有这话在，就算心里明白林初九不在满香园，面上也不能表露出来，众位夫人只当什么也没发生，满脸笑容地坐下看戏，对潇湘馆的血案绝口不提。

福安公主自然也就陪着众人坐下，只是她的眼睛在看，心神却不知飞往何处了。

直到一青衣小太监出来，福安公主这才来了精神。

不多时，青衣小太监就走到福安公主身后，凑到她耳边悄声道："公主，萧王妃无事，媚药无效。"

福安公主脸部微微扭曲，深吸了口气才平静下来："知道了，收手！"哪怕心里再不甘，这个时候也不能再动。

"是。"青衣小太监和来时一样，悄无声息地退下，没有引起任何人的注意。

半个时辰后，台上的戏唱完，福安公主见天色不错，便询问众位夫人的意见，是要继续看戏还是去逛万福园？

她得把人带走，才好让人去寻林初九。

第八章　媚态横生的萧王妃

万福园占地面积极大，景色极佳，有很多地方可以游逛，而且有些景观乃万福园独有，旁的地方是看不到的，众人当然是要去游园了。

再说了，之前发生那么一出事，林初九到现在都没有露面，知情的几位夫人心里不安，此时哪有心思看戏。

有几个活泼外向的小姑娘已经在那边讨论起来："我想去听水阁，听我姐姐说万福园的听水阁可美了。亭子建在水中央，通往听水阁的小道平时都收在水中，只有要过去时才让它露出来。听水阁四面有四架水车，水车一动便将水吸上去，再落下……从听水阁看过去，就如同水帘洞天，太阳一照，五光十色，不知有多美。"

小姑娘的声音不小，走在前面的万福公主正好听到，当即表示道："看样子你们是对我的听水阁感兴趣了，正好今日阳光灿烂，我们就去听水阁看看。"

正好，林初九就在听水阁，也该让她出来露个面了，不然这些人还以为她把萧王妃弄死了呢。

众夫人没有意见，有几位则在心里默默地道：公主，你快让我们看到萧王妃吧，不看到我们心里难安呀！

"咦，听水阁有人？"还未走近，就有眼尖的丫鬟看到听水阁的人影。

福安公主挥了挥手："去，看看是谁在听水阁。"

下人上前，在岸边双手轻拍一声，立刻有粗使奴仆去推动机关，将沉入水底的小道升将起来。

"真的是从水底升起来的呀。"不谙世事的少女天真地笑道。

有几位猜到坐在听水阁的人是谁后，也笑得温婉。

萧王妃安全出现，她们就不用面对萧王爷的怒火了，至于福安公主和萧王妃之间的龌龊呢？

众位夫人权当没有看到。

小道浮出，不等仆人过去，坐在听水阁的林初九便带着翡翠四人走了过来。

“萧王妃？”福安公主故作吃惊，“你不是在满香园休息吗？怎么来听水阁了？”

福安公主脸色不变，丝毫没有事情败露后的不安与紧张。

“真巧，公主和众位夫人也来了。”林初九没有拆穿福安公主的谎言，笑着道，“我睡醒了便准备去找公主，路过此地见风景绝佳，问过仆人后确定可以过来，这才在亭子里小坐片刻。本想看一眼就回去，结果景色太美，一时就忘了时间。”

林初九脸上的笑容淡淡的，一看就是敷衍的笑，福安公主脸上有些挂不住，崔家大夫人见状忙打着圆场道：“万福园的听水阁是出了名的美景，王妃看得忘了时间再正常不过。”

崔家大夫人之前被福安公主打发走了，并不知道潇湘馆的事，当下只是从林初九和福安公主两人的态度中发现了不对劲。

林初九笑着点头：“确实，公主的万福园如同宝藏，一不小心就迷了路，还容易遇到奇奇怪怪的事，不知众位夫人可有同感？”

呃……场面一时间安静下来。

大家都听得出来林初九是话里有话，不过真正明白她话中意思的，便只有福安公主和去了潇湘馆的那几位夫人。

几位知情的夫人本就心虚，对上林初九的那双似能洞悉一切的眸子时，一个个面露尴尬，垂眉敛目，不敢与林初九对视。

这般姿态一做出来，使得不知情者也隐约猜到了些。

福安公主本想装作听不懂糊弄过去，见状不得不道：“万福园占地极大，就是我这个主人也没有全部走完，萧王妃会在万福园迷路再正常不过。萧王妃要是想逛万福园，最好让下人引路，免得去了不该去的地方。”

福安公主心性坚定，自是不会受林初九的话影响，态度落落大方不说，还反将林初九一军，直指林初九在别人家的园子乱走动。

林初九当即变脸，厉声说道：“公主，我虽不是出自世族名门，可也自小家教甚严，从小受名师教导，该有的礼仪我一样不缺，我还真做不出来在别人家园子乱逛这种事。”

“是吗？要不是乱走，你又怎么会在这里出现？”福安公主反讽，一脸的不屑。

林初九面露愠色，皱眉道：“公主的听水阁并不是我想过去就能过去的，若是没有府上的下人帮忙，我又怎能坐在亭子里？公主说这话莫不是不欢迎我？既然公主不欢迎我，我现在就走便是。”

总算让她找到理由先走了。林初九想也不想，抬腿就往外走……

“这，萧王妃……”众位夫人傻眼了，完全没有想到林初九居然毫不顾忌福安公主的脸面，说走就走，一时间都愣住了。只有崔家大夫人反应过来，忙上前拉住林初九：“萧王妃别生气，公主只是说说而已，没别的意思，你千万别往心里去。”

林初九这个时候要走了，旁人岂不是要说他们崔家不懂待客之道？

“是吗？公主……”林初九转身，看向福安公主，态度明确。

她要福安公主亲口承认！

福安公主是真的要吐血了！

林初九算个什么东西，居然要她当众否认自己的话，简直是……不知所谓！

福安公主真的很想对林初九说，你现在就滚出去，可还未张嘴就收到自家大嫂警告的眼神。

福安公主心中怄气，要她当众认错那是不可能的。

啪……福安公主一甩衣袖，转身朝听水阁走去：“你们不是要来看水帘吗？走，本宫让人放给你们看。”

几位夫人面面相觑，一时间不知该如何是好。

崔家大夫人顿时下不了台，僵在原地……

“夫人，快松开我的手，我该回去了。”林初九轻轻地推开崔家大夫人，一脸正色道，“夫人，从我出嫁后，我就是萧王妃，我始终记得自己的身份，我的一言一行都代表着萧王府的脸面。士可杀不可辱，我自己可以受委屈，但萧王妃的脸面不能让人踩，今天我必须要离开！”

这话听着没什么，可要结合林初九之前的话，不免让人想到福安公主即使嫁入崔家依旧当自己是萧家的公主，完全没有当自己是崔家妇，行事从来不顾崔家的脸面与感受。

就拿针对林初九这件事来说，福安公主完全不用得罪林初九和萧王，可她却因为长公主，不顾崔家不插手朝堂事的立场，处处针对林初九，置崔家利益于不顾。

福安公主当即白了脸色，心中升起一股不好的预感，张嘴就想反驳，可卷了卷舌尖又不知道该说些什么。

“萧王妃，实在抱歉，是我们崔家招待不周。”崔家大夫人的脸色也好看不到哪里去，明明是福安公主闯的祸，现在却要她低三下四给人道歉。

她虽不是皇室公主，可也是出身名门，嫁的还是崔家长子，算起来也不比公主差太多。

林初九见好就收，话说到这里就够了，朝着崔家大夫人点头一笑：“崔夫人，我身子不适，先行回去了。”

这算是给足了崔家大夫人面子，崔家大夫人脸上总算好看了几许：“萧王妃，改日我再登门拜访。”

“好。”林初九朝众一笑，转身就走。

翡翠四人冷哼一声，无比轻蔑地扫了众人一眼，快步跟上林初九。

“这……”生辰宴还办吗？

好好的一个生辰宴，却接二连三出事，现在林初九又半途离席，谁还有心思赏景？可福安公主却不肯散席，就好像什么也没有发生一样，笑着领众位夫人与小姐去听水阁。

碍于福安公主的面子，众位夫人不敢多说什么，可脸上的笑容实在自然不起来，就是那些个不太知情的小姑娘，也一个个手足无措，不敢再嬉闹。

福安公主看到这一幕郁闷得不行，可她绝不容许自己的生辰宴因为林初九的离席而中断。福安公主硬生生忍了下来，一脸欢快地为众人介绍听水阁的景色。

众位夫人见福安公不惜放下身段也要让生辰宴继续，一个个忙收敛心神，努力将之前的事淡忘，卯足精神奉承福安公主，只求福安公主别因为之前的事记恨她们。

一个有心，一个有意。在双方的配合下，差点就冷场的生辰宴再次热闹起来，崔家大夫人看着被众人围在中间的福安公主，不由得摇了摇头。

“我累了，先下去休息。”她要去查一查潇湘馆到底发生了什么事，怎么一个个都怪怪的？崔家大夫人没有跟任何人打招呼，悄悄离席。

而此时，萧王府的书房内，萧天耀、苏茶和流白各占据一角，各自忙着自己手上的事，只是苏茶却怎么也无法静下心来。

一下午，苏茶时不时就抬头看萧天耀一眼，一副有话要说，可又不知该不该说的纠结样。

一两次萧天耀还能忍了，可苏茶一个下午不知道看了他多少次，萧天耀实在忍不住，“啪”的一声将笔拍在桌上：“苏茶，有话直说。”

“是呀，苏茶你怎么了？”神经极粗的流白也发现了苏茶的不对劲，从一堆卷宗中抬起头来。

“我……”苏茶欲言又止，萧天耀实在受不了他，拿起笔不想理他，却听苏茶道，“我担心王妃，我总觉得拿王妃当诱饵引周肆出来太冒险了，万一荆池没有及时赶到怎么办？周肆那种人可不会因为王妃是女人就对她手下留情。”

因为苏茶这话，屋内有着片刻的死寂。

从听水阁走出来，林初九一直绷着身子，保持优雅的形态和尊贵的气势，直到上了马车这才松了口气。

“呼……一直端着，真累！”她真不明白后宫的那些女人们怎么能整天戴着面具过日子？

“王妃，要不要我们给你捏捏？”离开万福园后，翡翠四人也稍稍放松了。

她们总算不用担心下一秒就被人算计了。

“不用，你们也累了，好好休息。”林初九摇头拒绝，语气急切地对车夫道，“车夫，快走。”这鬼地方她一刻也不想多待，越早离开越好。

林初九毫无形象地靠在马车上，自己提起水壶倒了一杯水：“以后什么公主的宴请，通通拒绝。不仅东西不能吃，水都不能喝，一喝就着道。”真是渴死她了。

一杯喝尽，林初九又倒了一杯，一连喝了三杯这才缓过来。

翡翠四人刚放松的神情不禁再次绷紧，担忧地问道：“王妃，你之前出了什么事？”

“福安公主给我下了媚药，不知道混在什么里面，总之我中了招。”自己吃了这么大的亏，当然不能隐瞒了，她还指望萧天耀帮她报仇呢。

要知道，她今天可是在为萧天耀挡灾。

“媚药？王妃你还好吧？”翡翠四人怒火中烧，眼中杀意顿现。

福安公主好大的胆子，连她们家王妃也敢动，不知道她们家王妃是王爷心尖上的人吗？

福安公主真是作得一手好死，真以为自己是皇上嫡亲妹妹就没人能奈何她吗？

林初九真不想回答翡翠四人的白痴问题，她当然没有事，要有事的话还能好端端地坐在这里吗？

要知道，她中的可是媚药，一旦发作无法控制。

林初九白了她们一眼，翡翠四人这才反应过来，尴尬地低下头来：“王妃，对不起，我们问了蠢问题。”

“你们也是关心则乱，不过，这件事我们必须得记下，福安公主这次敢对我用媚药，下次就敢用毒药，对王爷用毒药，我们可不能这么轻易放过她。”林初九真怕这几个丫头会因为对方没有得逞就不当一回事。

要知道蓄意杀人，即便没有成功那也是有罪的。

今天这事说起来还真不是一般的凶险，要不是她有医圣之心的帮助，她不知道自己会有多惨。

想到医圣之心先前曾帮她挡了皇后的绝子药，今天又救她免受春药的毒害，林初九对医圣之心也有了好感。

医圣之心除了时不时强制她救人外，平时对她只有好处没有坏处，要没有这么一个宝贝在，她早就被人啃得连骨头都不剩了。

“绝不能轻易放过福安公主，必须让她为今日之事付出代价。”四个丫头当然不会就这么算了，一个个放狠话，说是要福安公主好看。

林初九满意地点头，就是要让她们同仇敌忾，这样她们在给萧天耀打小报告时，才能带上个人感情，将事情说得更严重。

“忙了一天我也累了，我趴着睡会儿，到了你们叫我。”林初九面露疲色，知道还得一个时辰才能回城，她也不想干耗时间。

翡翠隐约知道林初九在屋内做了什么，心里明白她确实是累了。虽然她怎么也想不通，林初九一个弱女子是怎么杀死四个大汉的，可这不妨碍她崇拜林初九。

因为林初九要睡觉，车夫只好再次放缓速度，以免颠着林初九，好让他们的王妃睡得舒服一些。

只是，林初九睡得并不安稳，脑子里全是血淋淋的画面，不断地重现着她杀人的情景。

鲜红的血喷出来，溅在她脸上，又黏又稠，让人恶心想吐。刀尖刺破皮肉的声音，更是让她头皮发麻。

林初九此时处于半昏迷状态，脑子晕沉沉的，她知道自己在做梦，知道自己很累，可就是清醒不过来。

该死！

林初九真的很想骂人，可她骂不出声音，更无法让自己从噩梦中醒来。

就在此时，马车侧翻了！

拉车的马突然惊叫起来，猛地停下，前蹄立起，马车因为惯性往前一栽……

“啊……”翡翠四人尖叫一声，险些摔飞出去。

“真出事了？”林初九刚从噩梦中惊醒，毫无防备，直接就被颠簸的马车甩了出去。

“王妃……”翡翠四人手忙脚乱地去拉，可是晚了，只能眼睁睁地看着林初九被甩飞出去。

林初九在马匹嘶鸣时已经醒了，只是身体反应不及时，只能任马车将自己甩出去。知道自己逃不掉被甩出去的命运后，林初九非常冷静，双手抱头，试着调整自己的身体，以便落地时能减缓冲击力，摔得轻一点。

扑通……林初九侧摔在地，万幸的是落在一片泥草上，没摔得头破血流。

林初九在地上打了三个滚便稳住了，左胳膊被尖锐的石尖划出一道血痕，火辣辣地灼痛，不过没有骨折之类的重伤。

“我的命真大呀。”林初九不敢浪费时间，飞快地爬了起来，三两下就将沾了泥水的外衣脱掉。

“王妃受惊了，属下罪该万死。”护卫忙跑了过来，单膝跪在林初九面前请罪。

林初九眉头微蹙：“发生了什么事情？”她还以为遇到伏杀了呢，差点把她给吓死。

“车马受惊。”护卫的话极少，态度还算恭敬，“王妃，此地离京城尚远，还请王妃即刻上车，我们尽快回京。”

很明显，侍卫察觉到了不对。

想来也是，王府的马都是经过特训的战马，怎么可能轻易受惊。林初九想到自己回来的路上那种不好的预感，不由得皱眉，二话不说就朝马车走去。

她还不想死！

“王妃，你没事就好，奴婢该死。”翡翠四个跌跌撞撞地从马车上下来，四人虽然没有摔下来，可身上脸上都有不少伤。

“没事了，先回去再说。”

“王妃，马车好了，可以走了。”车夫喊道。

“走？”半空中突然惊起一道粗犷的男声，不怀好意道，“哪里走？”

……

萧王府的书房里，因为苏茶的话而突然陷入死寂，谁也没有开口的意思。

苏茶说完后便默默地看着萧天耀，希望他能给出一个保证，可是……

萧天耀能说什么？

再完美的计划也不能保证没有意外发生。

萧天耀唯有沉默。

流白见气氛僵住，颇有几分不安，小心地说了一句："不可能那么巧吧？"

"谁能保……"苏茶后面的话被一阵"扑楞"声打断，听这声音是……

"信鸽？"苏茶忙起身，将窗子打开。一只灰色羽毛、毫不起眼的信鸽飞了进来，落在萧天耀的面前。

"不会真出事了吧？"流白傻愣愣地起身，心中有种不好的预感。

萧天耀眉头拧紧，飞快地拆下信鸽腿上的信筒，打开一看，脸色瞬时就变了，完全忘了自己还在装瘫，一拍桌子，猛地起身往外走。

"出什么事了？"苏茶和流白察觉到事情不对，忙跟上去。

萧天耀头也不回地道："林初九提前离开了万福园。"

"什么？"苏茶脸色一白，僵在原地。

林初九提前离席，那……荆池就赶不过来了！

林初九死定了！

苏茶身子一晃，眼中闪过一抹悲伤，可很快又冷静下来，看到萧天耀头也不回地往外走，飞快地跑了出去，冲着萧天耀的背影大喊道："王爷，你不能去。"

"流白，拦住王爷！"苏茶大喊。

"好。"流白这个时候也反应过来了，足尖一点，轻然跃起，伸手去拉萧天耀，"王爷你别急，王妃不会有事的，荆池一定能赶上，你别冲动呀！"

"滚开。"萧天耀脚步不停，回头就给流白一击。流白不得不后退避开，等到他再追过来时，已不见萧天耀的身影。

流白气急败坏，朝着虚空大喊："你们快拦住王爷，他现在还不能出去。"

萧天耀在外人眼中还是双腿不能行走的残疾，这个时候现身，无疑会给他们带来巨大的麻烦。

"王爷，我们都很担心王妃，可是……你不能冲动呀，你想想前线的三十万大军，想想他们的家人和孩子。王爷，求你了，你别去！"苏茶不知道萧天耀现在人在哪里，但他坚信萧天耀能听到自己的话。

"王爷，求你了，你别去！"

……

这是一场有预谋的伏杀！

来人就是一直紧盯萧天耀和林初九不放的杀手周肆！

杀手有杀手的职业道德，他们接了任务唯有完成，除非是死了，不然他们绝不会轻易放弃。

周肆知道杀手榜排第一的荆池一直在追杀他，这段时间为了躲避荆池的追杀，他甚至躲在深山老林里不敢出来。

要不是这一次收到消息，知道萧王妃要出城参加福安公主的生辰宴，又知道荆池被他师弟叫走了，周肆也不敢出来。

周肆的任务是刺杀林初九和萧天耀，既然杀萧天耀成了不可能完成的任务，周肆只好把目标放在林初九身上。

杀了林初九，也算是对雇主有所交代。

周肆并没有玩捉迷藏的意思，随着他的话落下，一袭黑衣，身背巨大弓箭的他出现在道路的另一头。

看着那个黑瘦的身影，侍卫如临大敌，第一时间便冲上前去，在林初九面前竖起第一道防护线，可却不敢再往前冲。

他们再快也快不过周肆手中的箭。

“萧王妃？”周肆目光阴冷地盯着林初九，边走边从背后取出弓箭，张弓搭箭，箭尖直指林初九。

“我是。”林初九没有见过周肆，但她见过周肆手上的箭，当下便知道此人与洞房那夜放冷箭射杀她和萧天耀的人是同一个人。

“王妃，小心……”翡翠四人脸色大变，飞快地挡在林初九身前，拿自己给林初九当肉垫。

“哼！”周肆在距离林初九二十余米处停下，语气不屑地说道，“就凭你们也想挡住我的箭？”

周肆的成名绝学便是三箭齐发，而此时他的弓上已放上了三支箭，完全没有因为林初九是个女人就轻视她，可见周肆是个谨慎的人。

“挡不住也要挡。”翡翠白着一张脸，却不肯移开半步。

周肆的箭被道上的人称之为追命箭，这世间除了武神，能完全避开他的箭的人没有几个。当然，萧天耀必然是一个。

林初九被众人挡在身后，一双漂亮的眸子直勾勾地看着周肆，随着周肆越走越近，她的脸色也越发难看，左手臂上的血珠啪嗒啪嗒直落，她却感觉不到痛。

她终于明白自己之前不好的预感到底是什么了。

杀手周肆不可能无故出现，她这是被人……被萧天耀当了诱饵，用来引杀手周肆出现。

萧天耀，你真狠！

林初九强压下鼻间的酸意，极力压制自己的怒火，语气颤抖地问道：“你什么时候，收到我出城的消息？”

“什么意思？”周肆不是笨人，听到林初九这话立刻就想到这是一个局！

事情，太巧了！

“哈哈哈……”林初九自嘲地大笑，“到现在还没有想明白吗？这就是一个局，一个以我为诱饵，引你出现的局。今天我要是死了，你也活不了。”

她若死在周肆手里，萧天耀不仅不用背负责任，还可以此为由，讨伐政敌，栽赃政敌买凶手刺杀了她。

“不，你死是必然的，至于我？不一定。”周肆后退一步，握弓的手纹丝不动，丝毫不受林初九的影响。

天助自助者，萧天耀拿她当诱饵不表示她就一定要去赴死。林初九吸了吸鼻子，冷静地道：“人的臂力有限，你虽天生神力，可你手上的弓重达百石，一次连发三箭，手臂的筋骨会拉伤，至少需要两炷香的恢复时间你才能再次发箭。你可以试一试，你杀了我还能不能活。”

上天是公平的，给了你绝世的才能，也会给别人一条生路。要是周肆能一直不间断地三箭连发，那还有谁能从他的箭下逃生？

周肆承认林初九的话很有道理，他也意动了。可是……

“我今天必须得杀死你。”错过今天，他再想完成任务几乎不可能。

他必须杀了林初九或者萧天耀其中一人，只有这样，他的雇主才会考虑帮他摆平荆池的暗杀。

“萧王妃，再见了！”

周肆拉开弓，对准林初九！

弓拉开，人绷紧……手臂上的肌肉鼓起，周肆以最完美的姿态，在林初九面前拉开他的弓。

林初九脸色泛白，却是一动不动。

不是不想动，也不是动不了，而是她太了解自己了，也清楚周肆的箭，凭她的本领，根本躲不开。

“保护王妃！”侍卫在第一时间便冲上前，试图拿下周肆，可还是那句话，护卫们的速度再快也快不过周肆手上的箭。

护卫不过是上前三五步，周肆手中的箭就射了出来……

“咻……”第一箭，以肉眼看不到的速度，飞速前行，笔直地射向林初九。

“扑嗤……”

利箭射中挡在林初九面前的护卫，可那支箭却没有停下来，而是直接洞穿护卫的身体，继续往前，速度不减半分。

“扑嗤……扑嗤……”一支箭，就像是穿饺子一样，一连射中三个人，速度这才稍稍缓下来，可就是这样的情况，这支箭也足以让林初九毙命。

由此可见，周肆的臂力有多么的可怕！

“王妃，快走！”

走？走到哪里去？

左边还是右边？

周肆的绝学是三箭连射，最中间那支箭飞出来后，左、右两只箭也紧随而至，而且最让人觉得可怕的是，左右两支箭不是笔直往前，而是以半圆的弧度，从左右两方绕射过来。

这完全违反林初九的认知，可偏偏这就是现实。

往后退没用，左右两边是死路，林初九甚至连趴下也不行，因为……

左右两支箭，波浪式忽高忽低地朝她飞来，哪怕她躺进坑里，那两支箭也能要她的命。

夺命箭，名不虚传！

林初九没躲，她就站在那里，说不定还有一线生机。

翡翠、珍珠、玛瑙和珊瑚全都吓得脸色发白，双腿发软，可她们却是一动不动，坚定地挡在林初九面前。

“扑嗤……”箭射过来，穿透了四人的身体，最后……没入林初九的身体。

“哇……”林初九当即吐了口血，万幸的是箭没有从她的身体穿过，而是留在了她的身体里。

而因为这一箭的力道，林初九被带得往后飞了数十米，才重重地摔在地上。

而此时，左右两只箭也朝着林初九射来，林初九连喘气的时间都没有，也不管胸口还插了一支箭，不断地往后翻滚……

她刚刚计算了一下，她唯一的活路就是接下迎面而来的这一箭，然后往后跑，避开左右的那两箭。

而只要她不被迎面的箭直射心脏，林初九相信自己还是能活的，可她低估了周肆的箭，或者说她高估了自己的速度，她根本跑不过周肆的箭。

眼看着那散发着森冷寒光的箭镞，林初九第一次感觉到绝望。

箭的速度太快，太急，她根本跑不过，也跑不掉！

她只有死路一条！

“萧天耀，我恨你，我真的好恨你。”

“你怎么可以这样对我，你怎么可以……在我每次升起希望时，你又将我的希望狠狠地打入深渊。”

林初九闭上眼眸，绝望地等死。可就在这时，身后突然掠起一阵惊风，林初九完全不知道怎么回事，只听到‘当当”两声，待她睁开眼时，即将射中她的箭飞了出去。

“什么人？”林初九转身望去，却见一道血红色的身影，从她身后数米处跃起。

林初九看不到那人的脸，只看到他身上的衣袍飞舞，衣摆在半空中旋转，如同鲜血在热锅里翻滚，一瞬间惊艳了所有人。

“魔君重楼！”好不容易脱离护卫包围的周肆，正准备逃走，却突然被一股强大而诡异的气息锁定，使得他无法动弹。

“在本座的眼皮底下杀人，你好大的胆子。”来人开口道，声音冰冷得没有一丝温度，却透着绝对的孤傲与狂妄。

“小人不知魔君在此，还请魔君恕罪，小人这就离开。”周肆抱弓请罪，握弓的手却微微收紧。

“哼……”血衣男子轻哼一声，阳光下，一张狰狞的鬼面露在众人面前，血红的眸子凄厉恐怖如地狱恶鬼，只一眼就能吓得人魂飞魄散。

周肆和在场的护卫尽皆倒抽了口冷气，此时没有人敢说话，就连呼吸亦放缓，生怕惊动了这个大魔头。

血衣男子也就是魔君重楼并不急着说话，而是悠闲地摩挲着左手拇指上的扳指，那枚扳指翠绿如鲜竹，在一片血红中显得异常耀眼夺目。

就是这么一个细小的动作，却让在场的所有人都不敢动，心跳似乎都随着血衣男子的动作而变缓。

这就是魔君重楼的威压！

周肆距离他有数十米远，但他隔着这么远的距离也在血衣男子的威压下冷汗淋漓，湿了背脊。

周肆后悔了，要是早知道会遇到重楼这个大魔君，他就不该接这个任务。

久久等不到回答，周肆心中害怕，喉结上下滑动，明明什么也没有做，却像是大战了一场。

“魔君……”周肆实在支撑不住了，小心翼翼地开口。

“要本座送你一程？”魔君重楼一开口便是要取人性命。

“魔君，饶命！”周肆低头，嘴里哀求，眼中飞快地闪过一抹杀意。

熟知魔君重楼的人都知道，他从不接受别人的请求。他要杀你，不管你是谁，怎么求饶都没用；他不杀你，你就是指着他的鼻子大骂魔头也没有关系。

魔君重楼就是这么一个有个性而又狂妄至极的人。

而现在，魔君重楼要杀周肆：“你是自杀，还是要本座动手？”

“魔君……”周肆脸色煞白，冷汗如雨下。

“呃？”重楼只哼了一下，周肆就再不敢多言，沉默片刻后道，“我，我自杀！”

死在魔君手下，太可怕了！

“速速动手。”重楼完全是要逼死周肆，根本不给他一点活路，而周肆只能闭上眼睛，说了一句：“多谢魔君。”

紧紧握着手上的弓，周肆留恋地看了一眼……

他不想死！

可魔君发了话，除非他能打得过对方，不然只有死路一条。

周肆举起手放在自己的头顶上，缓缓闭上眼，抬手就要朝自己的天灵盖拍去。

包括林初九在内，所有人都在等周肆自杀，然而……

就在下一秒，情况突变！

周肆没有自杀，而是拉开弓对准了重楼。

“魔君，我知道你很厉害，可是我不想死，所以你去死吧！”许是杀的人太多，周肆比一般人更怕死，哪怕是面对魔君重楼，他也不会甘愿认死。

弓是空的，并没有箭，可周肆却信心十足。

“最后一支箭？”魔君重楼根本不将周肆放在眼里，反倒是一脸兴味地打量着周肆手中的弓，“没想到，你最后一支箭居然是这把弓，果然奇巧无比。”

魔君重楼这是赞美，可这赞美听在周肆的耳中，却更像是催命符。

“你，你怎么知道的？”这最后一支箭是他的底牌，也是他的保命箭，这世上只有他自己知道最后一支箭在哪里，当年为他打造这把弓的匠人早被灭口了，按说不应该有人知道才是。

魔君重楼终于正眼看周肆了，血红的眼中满是戏谑：“你不是笨人，敢用没有箭的弓对准本座，就表明你有胜算。可惜……你之前发了三箭，手上的力道不够，不然还真能让你偷袭成功。”

一般人，不会防备一把没有箭的弓，可魔君重楼从来都不是一般人。

周肆听到重楼的话，握弓的手微微颤抖：“就算你知道了，我也要放手一搏。”

不顾自己酸痛的胳膊，周肆拉开弓，对准重楼。

“吱嘎”一声，如同古老的墓棺被打开，杀气扑面而来！

“啪嗒，啪嗒……”鲜红的血顺着周肆的胳膊往下落，很快那弓拉到全满，周肆只要松手，他手上的这支“箭”就会朝重楼射去……

“魔君，你去死吧！”周肆双眼通红，狰狞地瞪向重楼，“啪”的松开手，等着手中的箭飞出去，可是……

没有！

周肆用尽力气拉开的最后一箭，没有射出去，他手中的弓却掉落在地。

怎么可能？

周肆如同木桩一样站在原地，血顺着嘴角潺潺外流：“你不是……人！”

魔君重楼已出现在他面前，距离他只有一个巴掌的距离。

这样的速度……比他的箭还要快！

这完全不可能！

“本座真的不愿意动手，脏！”重楼后退，右手背在身后，血淋淋的左手从周肆的心口抽出……

“好狠！”周肆很不甘心地咽下最后一口气。

“呕……”一旁的护卫看到这一幕，不由得泛着恶心。

魔君重楼杀人，从来都是直接捏碎对方的心脏，再凶残不过，可又再简单不过。

“真脏！”重楼嫌弃地取下左手上染了血的护套，随手丢在地上。

转身……一身血衣干净如初，连一丝血迹都没有沾到，完全不像刚杀了人的样子，左手上的绿扳指似乎更绿了。

“魔，魔君……”萧王府的侍卫不是没有胆色的人，可对上魔君狰狞的鬼面，还有他那血红的眸子时，这些人却一句完整的话都说不出来。

死在魔君手里，太可怕了！

“垃圾，不配本座出手。”重楼高傲地丢下这句话后，走到林初九身边，居高临下地看着她，以施恩的口吻道：“给你个机会，做本座的女奴。”

“如果……我拒绝呢？”林初九捂着左心口处的伤，面对着重楼狰狞的鬼面和血红色的眸子，没有一丝惧意，眼中只有一片死寂。

“拒绝？为什么？那里还有你放不下的人？”重楼指向京城的方向。

林初九摇头：“没有！”她唯一放不下的就是蒙老夫人，可她相信，没有她，蒙老夫人会过得更好。

“既然没有，为何不跟本座走？跟着本座不仅没有人会杀你，你还能在四国呼风唤雨，想做什么就做什么。”重楼就像魔鬼——引诱干净的灵魂坠入地狱的魔鬼。

林初九扯出一抹虚伪的笑，却因此扯动了伤口，咳了半天才缓过来。

“魔君，”林初九开口，一字一字地道，“多谢你的厚爱，不过我现在很好，哪里也不想去。”

她又不是傻子，马路上随便一个人，对她伸手说“跟我走”，她就要跟人家走吗？

虽说面前的这个男人救了她，可谁知道这里面有什么阴谋？

相处了那么久的萧天耀，都能毫不犹豫地拿她当诱饵，面前这个男人今天此举有没有目的，那就只有天知道了。

再说了，她好好的萧王妃不做，跑去做个女奴，真当她脑子抽了啊。万一这个叫重楼的男人，回头要虐死她，她找谁去？

萧天耀虽然狠辣，可好歹还会顾忌她的身份。而面前这个男人，如此凶残，怎么会顾忌她的身份？

“你确定，你很好？”重楼指着林初九流血不止的伤口问道。

“一点小伤而已，还死不了。”林初九故意说得轻松，可只有她自己才知道，她差一点点就死了。

幸亏她当时蹲下去了一点，这才没有让箭尖射中心脏。

箭尖还在胸口，林初九确定这是小伤？

重楼没有纠结这个问题，只道：“你身上有药？”流了这么多血，若不及时止住，就算现在不死也没有救。

“我有药呀，怎么？你有病吗？”林初九不明白这个男人无端端怎么会关心自己，她确定以及肯定，她不认识这个男人。

“胆敢戏弄本座，你想死？”重楼语气一变，杵在林初九面前，左手掐住林初九的脖子，“只要本座轻轻一用力，你的脖子就会和你的身体分家！”

“那你就动手吧。”林初九在赌，赌这个男人不会杀自己。

“你……”重楼加重力道，林初九一点儿也不反抗，闭上眼眸，从容赴死。

“哼……”重楼冷哼一声，甩开林初九，“本座今天心情好，姑且放过你。”

魔君重楼喜怒不定，他做任何事都不会有人认为他有深意，可是……

林初九不知道魔君重楼的性子，见对方面对自己的挑衅居然放过自己，不由得露出一抹疑问，可惜重楼没有解释的打算，甩开林初九，转身就走。

血红的衣袍在半空中翻滚，衣摆在半空划出一道道如血液挥洒的红色弧线，快若流星，一闪即逝！

魔君重楼，来得莫名走得奇怪，留下一群凡夫俗子看着他的背影直发愣……

第九章　我要离家出走

魔君重楼带给众人的震撼力实在太大了，重楼走后许久，众护卫才回过神，惊觉自己的失职，他们一个个羞红了脸，护卫首领快步跑到林初九面前，低头道：“王妃娘娘，你还好吗？”

好？没死算不算好？

“放心，死不了。”林初九知道，今天的事与众护卫无关，可她就是忍不住迁怒。

听出林初九不高兴，护卫们集体跪下：“王妃，属下失职，请王妃责罚。”

“责罚？”她有资格责罚萧天耀的侍卫吗？

就算她有资格，她也没有立场去责罚他们，为了保护她，已有不少侍卫横死，她还有什么资格责罚人？

“算了，起来吧，此事与你们无关。”林初九垂眸，掩去眼中的泪意。

“谢王妃不罚之恩。”护卫首领松了口气，见林初九挣扎着要起身，犹豫片刻，还是上前搀扶了一把，“王妃，属下扶你起来。”

“扶我去马车上。”林初九自知自己的身体，没有拒绝。借着护卫首领的力道站起身后，看了一眼倒在地上的人，叹了口气道：“你们看看，有多少人没有死，我那里有伤药。”

这些人昏死了过去，根本无法求救，医圣之心也没有办法强制她医治，可她却不能不管。

萧天耀不义，那是萧天耀的事，她不能因此就见死不救。

“多，多谢王妃。”护卫首领哽咽了一声，更加小心地扶林初九上车。

马车之前侧翻过去了，护卫首领让林初九稍等片刻，将马车扶起来，这才扶着林初九上车：“请王妃稍作休息，属下这就去查看还有多少人活着。”

周肆那一箭破坏力极大，凡是被箭射中的人，身上都留了一个孔，活口怕是没有几个。不过林初九这份情，众护卫却是领了。

林初九不知护卫们在想什么，待到人走后，这才从医圣之心里取出药，准备给自己包扎伤口。

林初九知道，护卫们没有她的命令，绝不会打扰她，所以她大胆地将衣服剪掉，露出受伤的左胸。

箭尖离心口只余五寸，只要稍稍往下一点儿，林初九就会当场毙命。此时箭头还嵌在肉里，她必须将它挖出来，可是……

一个人，一只手怎么动？

最重要的是，挖箭头的过程非常痛，不麻醉的情况下，她能忍得住吗？

“真的好可悲。”林初九真的想不明白，她怎么一再陷入这种境地。

靠在车壁上，她抬头看车顶，努力睁大眼睛，不想让眼泪掉下来，可眼泪却依旧掉个不停。

半晌后，林初九终于哭够了，抬手抹掉脸上的泪。

“林初九，别哭，哭不能解决问题。这里离皇城足有半个时辰的路，一路颠簸下来，伤口只会越来越严重，你撑不到进城找大夫，你必须尽快动手才能活下去。而且，外面还有伤员等着你去医治，你不能放弃！”

一遍一遍地给自己做心理暗示，林初九终于鼓起勇气，决定在没有麻沸散的情况下，将胸口的箭头拔出来。

伤口在左胸口处，林初九能看到，右手也能摸到伤口。唯一难办的就是她只有右手可以动，凭一只手想要不伤及周围血管，取出箭头实在太难。

“我只是想要活着，怎么就这么难呢？”林初九心里难受得厉害，吸了吸鼻子，不让自己再哭下去。

哭，解决不了任何问题。

林初九冷静下来，开始查看伤口的情况。这一箭没有伤到心脉，要不然她早就因失血过多晕迷了，根本不可能有力气给自己拔箭。

只是，箭头却正好卡在几根血管之间，她的视线受阻，根本无法保证在不扯破血管的情况下，将箭头拔出来。

“没有把握也要动手，除非我想死。”

林初九深吸了口气，手握柳叶小刀狠狠划下，将伤口切开，而后又借助木片将伤口撑开，极力撑到最大的状态。

没有麻醉的情况下，每一个动作带来的痛楚似乎都会放大，只是将箭头移松，伤口切开，疼痛就让她牙关紧咬，冷汗淋漓，心脏狠狠地揪在一起。

“真的好痛。”林初九嘴唇直哆嗦，背挺得直直的，左手抓着地毯，竭力保持右手的平稳，好将木片卡进伤口里。

用木片撑开伤口肯定会给伤口恢复造成伤害，可这是她现在能想到的最好的办法。不用撑开器，她根本取不出箭头。

林初九知道，取箭头的过程很痛，为了不因疼痛而咬伤舌头，她事先咬上软木。

吸气，呼气……林初九不断地深呼吸，调整情绪，催眠自己忽视伤口上的疼痛，半炷香后，林初九平静下来。

我可以做到的！师父说我是学医的天才，我一定可以的！

林初九，死死地盯着伤口，右手握紧箭头，一点一点往外抽……

“唔……”

林初九痛得闷叫，可却不敢眨眼睛，她怕自己一眨眼睛手就抖了，扯伤血管。

林初九死死地咬着软木，一点一点挪动箭头。

不幸中的万幸，在取箭头的过程中，箭头没有钩住血管，林初九凭借精准的力度和精密的计算，在只有右手可以动的情况下，将箭头取了出来。

“噗”一声，箭头整个被拔了出来。

“啊……”林初九痛得失声尖叫，几乎晕死过去。而伤口失去压力，血瞬间往外飙出，林初九扯出一块手帕，死死地按住伤口，可却一点儿效果也没有……

林初九这一声痛叫，引来了王府护卫的关注，护卫担心林初九出事，立刻停下手头的工作，朝马车跑来：“王妃，你没事吧？”没有林初九的命令，护卫并不敢随意上车。

“无碍。”剧痛之中，林初九的脑子反倒更加清醒，看着脚边的止血药，林初九一脚踢了出去，“止血药，外伤药，先给受伤的人撒上。”

她现在这个状况，根本没有办法去帮别人包扎伤口。

“是，王妃。”护卫忙接住，想了想又道，“王妃，属下已经将消息传回京中，很快就会有人来接应我们。”

“嗯。”林初九应了一声却没有放在心上。

她现在已经不相信萧天耀了，她现在只相信自己。

大量的失血让林初九全身冰冷无力，明知道这个时候松开手血会流得更凶，但林初九没有别的办法。

她的左手几乎没有办法动，她只能松开手，才能拿到止血药。

手一移开，血再次喷涌而出，林初九一度怀疑自己会将全身的血流尽而死。

拿了止血药后，林初九闭着眼睛往伤口上撒，然后用绷带捂住，靠在马车上等着伤口止血……

眼皮越来越重，身体似乎不受控制，林初九“咚”的一声栽了下去……

时间一分一秒地过去，马车外的护卫很担心林初九，此刻听马车里没了动静，护卫颇为担心，站在马车外叫了好几句，却一直没有得到回应。

“怎么办？”护卫不安地问向同伴。

“打开马车看看。”千万别死在马车里。

“可是……”王妃是女的，他们怎么看？

“特事特办，现在情况紧急，顾不得这些。”

护卫终于下定决心，“哗啦”一声打开马车，然后就看见倒在血泊里昏迷不醒的林初九。

“王妃没事吧？”护卫上前，悄悄地探了下鼻息，发现林初九还有气，当即松了口气，“还好，还好，还有一口气在。”

“王妃流了好多血，要是不止住的话，定会有生命危险。”另一护卫担心道。

“王妃的伤在胸前，我们，我们怎么动？”

林初九确实没有伤到心脏，可那个位置却不是他们这些男子可以看可以碰的。

“救人要紧，先把王妃扶起来，把伤药撒上。”说话间这位护卫就要动手扶林初九，另一人犹豫片刻后，也准备上前帮忙，可就在此时京城的方向响起一阵马蹄声。

“等等，人来了，有人来了，说不定是自己人。”护卫忙拍开另一人，让他别碰王妃。

“先去看看。”那人立刻放下林初九，跳出马车。

虽远远的看不清人影，但闻马上的人高喊道：“萧王府办差，闲人让开！”

“自己人，是援兵，援兵来了。”虽然来得太晚了些，可这个时候护卫们却不会这么想，他们看到援兵过来就很高兴了。

来人正是以流白为首的萧王亲兵，随行的还有吴大夫。吴大夫这把老骨头，前段时间被萧天耀踢了一脚，这几天好不容易才养好了，又被流白抓了出来，一路快马加鞭，一身骨头都快被颠散架了。

“是流白大人，流白大人来了，王妃有救了！”护卫看清来人是谁后，大大地松了口气。

他们现在只有六人可以战斗，这要不是援兵而是对手的话，他们只有死路一条。

马还未停下，护卫便忙上前道：“流白大人，流白大人，快，快……大夫，大夫在哪里？王妃很危险，流了好多血。”

地上躺着的人，有好几个比林初九还要危险，但林初九是萧王妃，不管她伤得重不重，大夫来了都必须得先替她医治，更不用提林初九现在都快死掉了。

“吴大夫，下来。”流白没有下马，而是纵身一跃跳了起来，将挂在马上的吴大夫拎了下来。

“哎呦……”吴大夫不停地哼哼，刚落地时双脚直软，要不是流白拎着，恐怕一屁股就坐地上了，“放手，放手，死小子你懂不懂什么叫敬老尊贤。”

吴大夫拍开了流白的爪子：“死小子，你要是把我勒死了，看你找谁去救王妃。要是王妃有个三长两短，那你就惨了。”

流白果断地松开手，酷酷地道：“你最好立刻、马上去救王妃。王妃要是出了事你也好不到哪里去。”

“你威胁我？”吴大夫瞪了流白一眼。流白不痛不痒地道：“就是威胁你又怎么样？”

“你，你，你……跟着王爷学坏了，一点儿也不懂得尊敬老人。”吴大夫气得直喘粗气。

“好了，别闹了，王妃还等着你去救呢，快过去。”流白指着马车下面的血，“血都流了出来，王妃这个时候说不定……”

“再等等，让我顺了这口气再说。”吴大夫当然知道救人要紧，可问题是他现在心跳极快，手脚无力，这个样子别说救人，不添乱就是好的。

“你最好快一点儿，王妃要是有个三长两短，王爷不会放过你的。”流白再次出言警告。

吴大夫没好气地白他一眼：“既然担心王妃的安危，就不该做出这样的事来。”

事前没有人能想明白，可事情发生了，他们还能不知道吗?

王爷这是拿王妃当诱饵，明知道有危险还让王妃出门，王妃真要死了那也是王爷的错，和他们这群人有什么关系?

“这种话最好别说，不然……”流白的话没有说完，可个中威胁之意赫然明显。

吴大夫缩了缩了脖子，没有吭声……

好嘛，他承认他怕了。

顺过了那口气，又喝了一口水，吴大夫这才朝着马车走去，不过上马车之前，吴大夫谨记林初九的话：作为大夫，一定要保持干净、洁净，不然会让病人的病情加重。

上马车前，吴大夫将一身灰色的外衣脱下，抹了一把脸，又让人送来清水清洗了脸和手，这才爬上马车。

吴大夫知道林初九的状况不太好，可当他看到倒在血泊里的林初九时，这才知道根本不叫不太好，而是非常的糟糕。

“王妃不会是死了吧？”吴大夫非常不安，忙将林初九扶了起来，伸手探了探她的鼻息，还有气！

没死他就安全了！

吴大夫松了口气，将林初九平放好，这才有空检查她的伤口。

“咦，王妃竟然自己把箭头拔出来了？”吴大夫睁大眼睛看着林初九，眼中满是不可思议。

这，这女人到底是不是女人呀，对自己这么狠?

吴大夫自己就是大夫，平时经常给王府的侍卫医治外伤，他比任何人都清楚，在清醒的状态下拔出箭头会有多痛，尤其是自己给自己动手。

旁人动手尚且撑不过那个痛，何况是自己给自己动手?

不信你试试，自己拿刀子切自己的肉，看看你下不下得了手？看看你能不能精准地保证力道，毫不犹豫地切下去?

"和王爷倒真是绝配。"吴大夫一脸感慨，果然不是一家人不进一家门。王爷和王妃绝对都是一类人，对别人狠对自己更狠。

"你把难活都做了，那我就省事了。"吴大夫翻看下林初九的伤口，只见伤口处理得极好，血也快止住了，不由得松了口气。

王妃处理外伤的手法远比他高明，他只要负责收尾就好，这是再简单不过的事。

当然，对于林初九的伤处还有裸露的左胸，吴大夫表示完全没看到。

他又不是毛头小子，他要是成亲了的话，此时孙女儿都应该同林初九差不多大了，再加上常年与伤者打交道，吴大夫还真没有那么多的男女之防。

诚如林初九所说那样，不都是病人嘛，是男是女有什么区别，忙着医病，谁还有空看你的身体?

吴大夫看到林初九拿出来的细针与羊肠线，不客气地征用了。

比起林初九，吴大夫确实是笨拙了一些，缝合的伤口也非常难看，可就现在这情况，也只有他能派上用场，所以……

"王妃你将就下吧，虽然我缝的伤口丑了点，但不影响伤口愈合，要是你嫌身上留下的疤难看，回头让王爷去宫里拿百花膏，保准不让你留疤。"

扑哧……扑哧……弯针从皮肉中穿过，将伤口周围的皮肤拉紧。

清创、去腐肉，缝合……整个过程吴大夫没有给林初九用麻沸散一类的东西。

麻沸散吴大夫倒是带来了，只是在看到林初九能在清醒的状态下自己给自己挖箭头，吴大夫就认定林初九是不怕痛、不需要用麻醉的牛人。

林初九确实是昏迷了过去，可她真的不是死人。当吴大夫给她剔腐肉时，她就痛醒了，只是无力发声，也无力睁开眼皮……

痛，钻心般的痛一波涌着一波，林初九痛得全身直哆嗦，牙齿打战，很想朝吴大夫吼一声：我没用麻沸散是为了保持清醒，好把箭头拔出来，你都来了我还要保持清醒干什么吗？没看到我都要痛晕了吗？你就不能给我用上一点?

"痛……"林初九全身都被汗水和血水浸透，身子蜷缩，嘴唇无意识地蠕动。

"咦，王妃你醒了？"吴大夫听到声音后，立刻停下手上的工作，拿过一块干净的帕子给林初九擦了擦汗，好言安慰道，"王妃你再忍忍，很快就好了。"

说完，就不再管林初九，继续去缝合。

"好……痛。"林初九痛得直哆嗦，嘴唇都被她咬出血来，眼泪一颗一颗往下掉，只是她一脸的血，泪水一落下来就变成血红色，根本没有人知道她在哭泣。

没看到她快痛死了吗？吴大夫是大夫还是屠夫?

"好，好了，快了。"听到林初九一直呼痛，吴大夫也紧张了，额头上的汗珠不断地往外冒，他却不敢去擦。

这是他第一次用林初九教给自己的缝合术，他心里没底，正紧张着呢。

不知是听到了吴大夫的安慰，还是痛到麻木，林初九便没有再吭声，吴大夫终于在一片安静中将伤口缝合好。

“真的好累。”剪掉线的那一瞬间，吴大夫这才意识到自己的手有多酸。

“这真是一个体力活。”吴大夫揉了揉自己的手，一脸疲累。

伤口缝合好后，接下来就是上药和包扎，这个难不倒吴大夫，三下五除二就弄好了。

将林初九的伤口包扎好后，吴大夫在马车里找了一床毯子盖在林初九身上，这才下了马车，把流白找来：“王妃的伤已经处理好了，不过王妃失血过多，身体极虚弱，而我手边也没有合适的药，得尽快送王妃回城。”

吴大夫很担心，那么大的一块伤口，也不知会不会腐烂？

而且，王妃流了那么多的血，也不知道要养多久才能补回来。

“这么快？”流白满眼吃惊地看着吴大夫。

他可是听护卫说，王妃中了箭，箭头卡在伤口里。

“王妃已经在我们来之前将箭头拔了出来，我只是上个药。”吴大夫觉得，林初九这么玩命的行为，他必须得让人知道。

这样，才没有人敢小瞧她。

不管是男是女，只要能对自己狠的人，绝对是个大狠人，这样的人可怕也可敬。

流白果真吓到了：“这么狠？”王妃这么凶残，王爷不是要惨了？

“王妃是个奇女子，她和王爷是一类人，即使身体不够强大，可内心也足够强大。好了好了，不和你说这些了，你快派人送王妃回去，我去看看其他人的伤。”吴大夫虽然手酸，可却知道那些受伤的护卫不能等了。

流白一顿，叹了口气道：“没几个活口。”

“能救几个算几个吧。”身为大夫，吴大夫见惯了生死，也就没有多么难受。

流白点了点头：“我送王妃回城，留下几个人来保护你。”

“行，你快回去吧，王妃情况紧急，容不得耽搁片刻。还有，路上走稳一些，别颠开了王妃的伤口。”吴大夫啰嗦地交代了一堆，直到流白一脸不耐烦这才打住。

流白检查了一下马车还能用，还是决定用马车送林初九回去。

一应准备齐全后，流白带人回去：“走吧！”

马车缓缓前行，因为林初九的伤势，车夫不敢加快……

“终于安全离开了！”

看着马车渐行渐远，消失在道路的尽头，那抹隐在暗处，将一切都看在眼里的血红色身影这才转身离开。

林初九不知道自己是怎么回来的，她醒来时人已经回到自己的房间，屋里还有两个陌生的丫鬟。

那两个丫鬟见到她醒来，顿时高兴地大叫：“王妃，你终于醒了，真是太好了。秋喜，快，快去告诉王爷，王妃醒了。”

另一个脸蛋胖乎乎的丫头，脆生生地应了一句后，转身就往外跑。隔着房门，林初九还能听到她欢喜的声音："王爷，王妃娘娘醒了。"

原来，萧天耀还是没有搬出去，而且还住到她隔壁来了。

真是叫人讨厌。

林初九发现，自己醒来后关注的第一件事，居然是萧天耀还住在她院子里，不由得苦笑。

她，永远关注不到重点。

林初九合上眼皮，缓了缓神，见那丫鬟站在床前一动不动，只得主动道："给……我一杯水。"

"是，王妃。"留下来的丫鬟叫春喜，瓜子脸，柳叶眉，是个大美人。不过做事却很爽利，给林初九倒了水不说，还贴心地拿了一把小勺子，"王妃，吴大夫说你伤得太重了，不能起身，奴婢喂你可好？"

林初九知道自己的情况，她绝不会逞强让自己吃亏，点了点头，毫无负担地享受丫鬟的服侍。

一杯水喝下，稍稍缓解了喉咙的干渴，可还不够。丫鬟不等林初九多说，便又倒了一杯过来，很细心地一勺勺喂给林初九喝，等到第二杯水喂完时，吴大夫来了。

"我听王爷说，王妃醒了，是不是真的？"人未到，声先至，吴大夫还是这么有活力。

丫鬟春喜忙转身道："吴大夫你轻点，王妃刚醒呢。"

"知道，知道了，人醒了就好。"吴大夫听到林初九醒来，别提有多高兴了，忙将药箱一放就走到林初九的面前。

"王妃，你怎么样了？"吴大夫很自来熟地拉过一个凳子坐在林初九床边。

林初九动了动胳膊，痛苦地道："不是很好。"她的伤口疼得厉害，这样可不行。

"哎呀，怎么不好了，我看看。"吴大夫心急了，忙给林初九把脉，片刻后才道，"还好呀，没有发热。只是失血过多，身子虚，这个养一段时间就好了。"

"嗯。"林初九不用检查也知道自己的情况，只是她的伤口还很疼，不过这个问题吴大夫也解决不了。

林初九问道："我昏迷了多久？"

"三天，你整整三天没有醒，王爷都快担心死了，为了你的伤好几天都没有合眼。"吴大夫想到萧天耀为了照看林初九，一连两天都没有合眼，都不知道是该说他活该，还是说他也不容易。

"是吗？"林初九唇角轻扬，极尽嘲讽道，"我现在醒了，没有死，王爷是不是很失望？"

吴大夫眼神闪烁了一下，有些不自在地道："你，你说的什么话，你醒来，王爷才是最高兴的那个。"

他总觉得，王妃好像知道了什么。

“也是，”林初九点头，“他确实是该高兴，如此便不用愧疚了，左右我没死不是。”

就如同福安公主设计陷害她一样，反正她没有中计，没有受损，是不是？

吴大夫可以肯定，林初九心里什么都明白，不由得叹了口气：“王妃，你这样叫人看着心里真不舒服。”人呀，糊涂一些反倒幸福，什么都看明白了，活得多累。

“不舒服？你们有什么资格不舒服，我才是那个有资格说不舒服的人。”林初九眼眶泛起雾气，却倔强得不肯让眼泪落下来。

“王妃，这事……这事也不能怪王爷，王爷他也难呀！”吴大夫心里堵堵的，不由得为萧天耀说了句好话。

这件事，林初九要是放不下，想不开，她一辈子都会难过。

“我知道，我不怪他。”我只怪我自己太笨，傻傻地被人利用了还不自知。

得到了自己想要的答案，可吴大夫却高兴不起来，林初九这神情哪里是不怪，明明就是嘴里说不怪，心里记着仇。

“算了，这事我一个外人也插不了手。”吴大夫自认是个笨的，这种伤脑筋的事还是留给聪明人去解决吧，“王妃，我给你看看伤口，顺便换药。”

林初九也不想和吴大夫说萧天耀的事，轻轻点头：“好。”

吴大夫一大把年纪，倒没啥好顾忌的，林初九也早就习惯了大夫与患者的相处方式，虽然现在自己是患者，可林初九依旧不觉得别扭。

剪掉绷带，露出缝好的伤口，吴大夫用药水将上面的药清洗干净，然后让林初九看：“王妃，你看看，伤口恢复得不错。”已经没有红肿发炎了，很快就会长出新肉来。

“恢复得是不错，只是……”缝得这么难看，吴大夫和她有仇吗？

林初九没有说话，只是默默地看着吴大夫，无声地控诉。

东一针西一针，还有几处没有缝紧，吴大夫这是拿她的皮肉当粗布乱戳吗？

吴大夫一脸尴尬，不好意思地道：“这个，这个……第一次，难免难看一点。”

“不是一点，是非常难看。”难不成，她要顶着这么丑陋的伤疤过一辈子？

“你要是觉得难看，等伤好了让王爷去宫里要百花膏，那个祛疤极好，你只要涂上一个月，保证一点儿疤也不会留下。”吴大夫极力推销百花膏，同时不着痕迹地为萧天耀制造机会，可惜……

林初九伤的是胸口不是脑子：“穿上衣服就看不到了，并无大碍，你换药吧。”

被一句话软软地打了回来，吴大夫颇为郁闷，可见到林初九冷着一张脸，吴大夫也不敢多言，老老实实地为林初九换药：“王妃，这几天你就躺在床上好好休息，我就不给你缠绷带了。”

吴大夫所说的缠绷带，是绕过林初九的背后缠上数十圈，之前就是这么缠的。

“不，缠上。”林初九左手撑着床，坐了起来。

“躺在床上不用动，完全不需要缠绷带。”吴大夫极力劝说，就差说林初九浪费绷带了。

“需要，我今天下午就回林府养伤，你现在必须给我缠上绷带。”林初九不容商量地道。

吴大夫则傻眼了：“王妃，你，你说什么？你要回林府养伤？我是不是听错了？”

不是吧，就林府那个鬼地方，王妃回去能安心养伤吗？

不对，王妃宁可回林府那个鬼地方，也不肯留在王府养伤。

王妃她，她……对王爷就这么不满？

林初九知道吴大夫在想什么，林府确实不是养伤的好地方，可她除了林府还能去哪里？

萧王府她是一刻也不愿意待下去，只要想到萧天耀就在隔壁，她就恶心得想吐。

什么叫担心她？

什么叫有难处？

萧天耀有难处，所以她林初九就活该被人推出去送死？

萧天耀担心她，所以她林初九就什么都不计较，让他一再算计？

她还没有贱到那个地步。

面对吴大夫不赞同的眼神，林初九再次重复一遍：“吴大夫，让曹管家给我准备马车，我下午就要动身。”

吴大夫知道林初九这是认真的，不由得苦着一张脸劝慰道：“王妃，你要三思呀。”

“这是我三思之后的决定。”不管想多少遍，她都要离开萧王府。

“要不，你再想想？”吴大夫弱弱地开口问道。林初九没好气地白了他一眼，“如果你不去和曹管家说，我就自己去说。”

林初九作势就要掀开被子下床，吓得吴大夫连忙阻拦：“我去，我去还不行吗？”一个个真是祖宗呀！

“快去。”林初九不拿自己的身体开玩笑，见到吴大夫答应，便立刻躺了回去。

“唉……”吴大夫叹了口气，离去前犹不死心地问了一句，“王妃，你真的不再好好想一想？”

“你确定要我再想想？”林初九见吴大夫不断地点头，不由坏心地道，“再想下去，我怕我会想着要怎样才能与王爷和离，你确定要我再想想？”

“不，不不不，王妃你还是别想了，我这就去。”吴大夫都快吓死了。

王妃，你要不要这么彪悍，开口就是和离，你这口气和休了王爷有什么区别？

吴大夫忙不迭地跑出去，当然他并不是去找曹管家，这种事曹管家明显做不了主。

林初九躺在床上动不了，吴大夫也就没有什么避讳，直接来到隔壁房间，把林初九的要求说给萧天耀听，末了还不忘补上一句：“王爷，我真的有劝说王妃，可是王妃她不肯听。”

“本王听到了。”只隔着一面墙，只要他有心，他什么话听不到？

和离？

她林初九还真敢想。

“那，那……王爷你说这事要怎么办？”吴大夫悄悄地抹了把汗，心中暗道，幸亏我劝了王妃，不然让王爷听到我在那幸灾乐祸，那可就惨了。

“林家不可以，让她去蒙家。”现在局势尚不明朗，三日前八百里加急战报，又带来北历攻占两座城池的消息，林初九离开一段时间也好。

“是，我这就去回话。”吴大夫又跑去找林初九。从隔壁出来就来见林初九，将萧天耀的话转给林初九听。

这两个都是人精，他要装来装去，指不定两面都不讨好。

“蒙家不行，不能让我外祖母知道我受伤的消息。”自打见过蒙老夫人后，林初九就没想过要那个老人为自己担心，为自己做什么，蒙老夫人为她做的够多了。

“那王妃你想去哪里？林家肯定不行。”在林家防林相和林夫人都还来不及，哪能好好养伤？

“我记得我的嫁妆里有一个庄子，就在城外。”庄子并不是现在这位林夫人准备的，而是她母亲的陪嫁。庄子上的人全是她母亲的人，林府那位林夫人还插不了手。

“王妃你的意思是说，要去庄子上养伤？”城外那么远，王爷会同意吗？

“嗯。”

“那成，我再去问问。”吴大夫继续去当传声筒，很快就带回了林初九想要的答案：没有问题，下午就可以走，但要带上王府的护卫。

“可以。”就算她拒绝，萧天耀也可以派人暗中监视，不……应该是保护她。所以，她应不应下来都不重要。

事情终于谈妥，吴大夫长长地松了口气：“王妃，我也跟你一起去吧，你的伤还需要人照顾。”他虽然也放心不下府上的伤者，可王妃更重要呀。

“不用了，这点伤我自己可以处理。”已经缝合好了，只需要换药就行，“翡翠她们怎么样了？”

其实，林初九一醒来就想问，只是……

她不敢！

那一箭的力道实在太强，翡翠她们直接被利箭穿透胸口，要是没有得到及时妥善的医治，恐怕是凶多吉少。

“托王妃的福，那四个丫头命大着呢，死不了，倒是……首当其冲的三个护卫死了。”吴大夫叹了口气，不过很快也就放下了，“生老病死是人不能左右的，王妃你千万别往心里去。”

听到翡翠她们四个没死，林初九的心底还是很高兴的；可听到有三个护卫因自己而死，心里多少有点愧疚和自责。

“他们的家人……回头，从我那里拿笔银子。”林初九知道萧天耀肯定会给死者家属抚恤金，可萧天耀给的是他萧天耀给的，她给的是她林初九的。

吴大夫也明白林初九的想法，便也没有拒绝，等林初九喝了药后，问道：“那……王妃，我让曹管家准备马车去？”

“再让下人多收拾几件衣服。”她想，她很长一段时间都会在庄子上生活了。

吴大夫也没多想，只当林初九怕养伤时弄脏衣服，多带几套备用，便点头应下。

曹管家的办事效率非常高，两个时辰后就将一切都准备好了。除了林初九坐的马车外，后面还有三大马车装的是林初九会用到的东西。

一车衣服、被褥什么的，一车铜盆、浴桶之类，还有一车是药，各种伤药、补药一应齐全。

就凭这三车东西，林初九在外面待上一年也没有问题。

林初九自己要带的东西不多，她只在离去前把银票揣怀里了，走之前给了吴大夫三万两，让他分给死者家属。

“这，这么多？”一人一万两，比王爷给的还要多，王妃真是财大气粗呀。

“不多，那是一条人命。”

虽说死去的护卫可能一辈子也赚不到一万两，可生命无法用金钱来衡量，这是对生命的亵渎。

“小人说错话了，王妃请放心，小人一分都不会贪，绝对原封不动地送到他们家人手上。”吴大夫在林初九面前一向有什么说什么，林初九也就见怪不怪了，点了点头算是与吴大夫告别，然后在春喜和秋喜两个丫鬟的搀扶下，林初九没有一丝迟疑，坐上了离开萧王府的马车。

身后，萧天耀将这一切尽收眼底，幽深的眸子一片死寂，看不出喜怒。

林初九很想低调地、不引人注意地离开萧王府，可四五辆马车从萧王府出来，能不引人注意吗？

林初九放弃了低调离开的想法，对着曹管家吩咐道：“别让蒙老夫人知道我受伤的事。”她不想让那个老人再为自己担心。

“王妃放心，小人一定办到。”蒙家平时就不是消息灵通的人家，这次三位男主子都受了伤，想要隐瞒他们家再容易不过了……

第十章　夜半无人私语时

林初九遇刺后，萧王府当即严密封锁消息，没有让林初九遭到暗杀的消息外传，除了宫里那位恐怕满京城也没有几个知道真相。

林初九离开的第二天，萧王府便对外宣布，说是林初九去庄子上休养了。至于为何要休养，就要从三天前福安公主的生辰宴说起了。

三天前，在福安公主的宴会上，萧王妃当时受到惊吓。至于为何受到惊吓，看看萧王府的侍卫以及从万福园找到的四具尸体就知道了。

按照萧王的一贯风格，那四具尸体被萧王府侍卫大张旗鼓地送到了崔家在京中的府邸。

崔家家主见状，立刻承诺他们会彻查此事，届时定会给萧王一个交代，萧王府的侍卫倒也好说话，把尸体送到后什么也没说便直接走人。

崔家主忙命人将尸骨收敛起来，回头就让人去查这件事。

福安公主当日虽然不是临时起意，可此事做得确实不漂亮，不说漏洞百出但绝对经不起查，很快崔家人就查出了事情的经过，得知一切都是福安公主做的，崔家主当即变脸。

福安公主是皇上的亲妹妹，虽然是下嫁到崔家，可到底还是公主之尊，崔家主不好说福安公主什么，便把当日与福安公主在一起的大夫人和二夫人叫来，当着福安公主的面狠狠地骂了个半死。

崔家主虽然句句在说大夫人和二夫人不好，可话里话外影射的都是福安公主。福安公主又不是傻子，怎么可能听不出来，当即就气得变脸，威胁他说要回宫。

“来人呀，准备公主仪驾，公主要回宫。”崔家主不仅不留，还不给福安公主说话的余地，直接命人送公主回宫。

福安公主傻眼了，她怎么也没有想到崔家主会为了一个失势的萧王不给她脸面，又怒又羞，一气之下就回了宫，崔家无人出来相送……

回到宫里，福安公主马上就去找皇后哭诉，皇后头痛不已，派人请来皇上，皇上对崔家的态度亦是非常不满，可对福安公主更加不满。

“当年朕本就不同意你嫁给崔三，偏偏你不顾阻拦非嫁不可。崔家乃士族名门之首不错，可皇家女也没有下嫁的道理，你要是召崔三为驸马，那现在什么事都没有。”皇上更气的是，福安公主堂堂天家公主，居然会使出这等肮脏手段。

看谁不顺眼，直接打杀了便是，这才是天家公主的气派。

福安公主没想到，自己不仅没有得到皇上的安慰，反而招来一顿臭骂，哭得更凶了：“皇兄，你又不是不知道，崔家的公子宁可死也不会做驸马，我要嫁给崔三，就只能下嫁。”

“为了一个男人，你竟然不顾天家公主之尊，你真是让朕失望。”皇上见福安公主还是想不通，更加生气了。

福安公主也知道这件事自己理亏，并不敢多争辩，只道：“皇兄，这件事都过去了，你现在怪我也没用。现在是我受了委屈，崔家为了萧王妃，居然不给我面子，这件事我绝不罢休。”

“崔家并不是为了萧王妃，而是你……你是崔家妇，你的所作所为丢了崔家的脸面。”皇上看得透彻，正因为看得透彻，所以才觉得福安公主愚不可及。

做坏事不要紧，可做坏事被人抓到把柄，还不知悔改，只一味要强那就不对了。

“那，那我该怎么办？”福安公主这些年过得顺风顺水，不管是皇家还是崔家，人人都让着她顺着她，她许久没有处理这种麻烦事了。

“不怎么办，先等着。崔家只要在东文，朕自有办法让他们低头。”不管怎么样，自家妹妹就是错了，也容不得旁人说半句不是。

有了皇帝这话后，福安公主便安安心心地在宫里住下了。

崔府，福安公主一走，崔家几个人便讨论起来，都觉得崔家主这么做太过了，萧王明摆着处在下风，他们实在没必要为了萧王而得罪福安公主和皇上。

崔家主并不解释，只对着崔三爷也就是福安公主的丈夫道：“老三，你怎么看？”

“公主既然下嫁便是我崔家妇，公主做错了就该受罚。崔家有崔家的风骨，我们不是怕得罪萧王，而是不能辱没我崔家的风骨。”崔三爷的话说得平平淡淡，可他话中的意思却一点也不平淡。

在场诸位崔家爷们，听到这话后一个个面露羞色。多年的官场倾轧，使得他们都快忘了世家的风骨。

崔家主满意地颔首：“老三说得没错，我崔家人怎么可以没有风骨？天家确实在我等之上，可天家一个公主就想在崔家作威作福，那绝不可能。再说了，萧王失不失势现在还两说呢，凡事不可太绝对。”

"父亲的意思是……"崔家大爷和二爷齐齐地看向崔家主。

崔家主却不多言，只道："这件事为父自有安排，你们只要做好自己的事就行了。公主的事是老三的家事，此事老三都不着急，你们也就没必要瞎着急了。"

"儿子明白。"崔家主在崔家有着绝对的权威。

事情就这么定了下来，第二天崔三爷便带着厚礼来萧王府拜访。面对萧天耀的冷脸，崔三爷举止从容，言谈大方，丝毫不受萧天耀的影响。

言谈中也不说福安公主的不是，只说是他们崔家失职让萧王妃受了惊吓，特来赔罪。

崔三爷当年也是文采斐然、风流俊秀的人物，年轻时不知道吸引了多少的大家闺秀，姑娘小姐们为他茶不思饭不想，他本人在崔家的地位也极超然，要不是这样福安公主也不会不顾一切地下嫁于他。

"王爷，当日之事是我崔家失职，不敢求王爷和王妃原谅，只求王爷和王妃给我们崔家一个机会，让我们为王妃做点什么，以弥补王妃受到的惊吓。"即使是弯腰赔罪，依旧让人无法产生轻视的感觉。

这是萧天耀第一次与崔三爷打交道，见此人能抬得起头，亦能低得下头，心里不由得赞一句：可惜。

可惜娶了福安公主，生生断了前程与未来。

林初九不知道萧天耀借这事与崔家做了什么交易，换了多少好处，她也不想知道，从一开始就她明白，萧天耀一定会拿这事大做文章，所以她一刻也不想待在萧王府。

庄子在郊外，空气极好，环境也不错，青山绿水，风光旖旎，庄子后面就是一座山，山上物产丰饶。尤其是林初九住的地方还有一处温泉，可惜林初九受了伤，不然还真能好好享受一番。

庄子上的人都是林初九的母亲留下来的，虽称不上亲信，但对林初九的母亲却是忠心耿耿。林初九一来就受到了热情的欢迎，他们听说林初九受伤了，一个个担心不已，纷纷放低声音生怕吵到她。

林初九抵达庄子时，已是傍晚时分，她着实没有力气安抚众人，简单地说了两句话便回房休息，至于跟她来的人怎么安排?

林初九相信他们自己可以做好一切。

林初九这一睡就睡到第二天下午才醒，不知道是心理原因还是别的，总之林初九觉得自己这一觉醒来，不仅精神好了许多，就连伤口也没有那么疼了。

得知林初九醒来后，庄子上的管事便来询问，能不能来给林初九请安？他们这些年来还没有见过小小姐呢。

春喜和秋喜本想打发了，却被林初九听到了，林初九亲自发话，让春喜和秋喜扶她出去。

"王妃，吴大夫说你的伤不宜移动。"春喜小声地劝说道，却换来林初九一个冷眼，那一眼似能将人看透，吓得春喜连连后退，又后悔不迭，她总觉得林初九猜到了她们的目的。

没错，萧天耀派这么多侍卫、侍女过来，就是不希望林初九与庄子上的人有过多的接触，到时候林初九怎么来的就怎么回去，绝不能带什么亲信回去。

可是，林初九真要那么听话配合的话，那她就不叫林初九了。

天高任鸟飞，海阔凭鱼跃。离了萧王府，萧天耀还想让林初九事事都听他的安排，那是做梦。

林初九见了庄子上的管事后，给了赏赐。几位管事事先不知道林初九要来，也没有提前准备，不过他们前不久刚在山里挖到一株老参，正好拿来给林初九养身子。

林初九一看那支参的品相便知道是好东西，收下后便补给他们一些东西。

见过礼后，春喜和秋喜刚想劝林初九回去休息，就听到林初九说道："李庄头，庄子上有没有十二三岁的小姑娘？"

身边没有自己的人，她又要养伤，指不定就会被春喜和秋喜两个架空，到时候外面的人和事一点儿都不知道。

林初九一开口，春喜和秋喜就暗叫糟糕，她们真的没有想到林初九一点儿也不相信她们，丝毫不顾王爷的脸面，一来就要找自己的人。

庄头明白林初九的意思，立刻推荐了自己的女儿，还有另一个管事的女儿："两个丫头一个十三，一个十四，颇为懂事，王妃要是不嫌弃，小人这就领来给王妃看看。"

"正好见一见，去领吧。"林初九确实不宜久坐，可为了让自己养伤生涯过得顺遂，林初九不得不这么办。

她不仅仅是防备秋喜和春喜，还讨厌她们。不是因为她们两个不好，而是现在的她讨厌一切与萧天耀有关的人和事。

人很快就被领来，两个小姑娘穿得并不精致，但极干净利落。蓝布外衣，两条长辫子，典型的农家少女，看上去纯朴得很。手脚也都有些粗糙，一看就知道平日里没少干活。

林初九问了几句话，对方答得不算出彩，没多么聪明灵透，可胜在乖巧听话。

"不错，看着就欢喜，正好留下来给我做个伴，免得我一个人无聊。"林初九将两人都留了下来，"你们叫什么名字？"

"我叫秀梅。"

"我叫秀慧。"

两个小姑娘怯生生说完，就听到春喜不满的声音："在王妃面前，你们不能自称我，要称奴婢。"

趾高气扬的语气，让人听着就生厌，林初九笑而不语。两个小丫头却吓得哭了出来，"扑通"一声跪在地上："王妃，奴，奴婢不知，求王妃饶命。"

庄头也吓坏了，忙跪下为女儿请罪。

林初九没有急着说话，只是扫了春喜一眼，见春喜害怕得退缩，这才开口道："好了，别动不动就跪，你们本来就不是我的奴婢，不用自称奴婢，在家怎么样，在我这儿也就怎么样。”

“不，不行的，我……奴婢是来侍奉王妃的。”秀梅和秀慧低头认错。林初九也不多言，只对春喜道：“既然这两个丫头有心，你就好好调教一番。当然，调教归调教，打罚就不必了，谁家的孩子谁疼。”

“奴婢遵命。”春喜面上应是，心里却暗想：她一定要让王妃看到这两个丫头的笨拙，让王妃认为这两个丫头永远学不会规矩，不可用。

可不想，林初九的下一句话便彻底打消了她的这个念头，林初九说：“我相信萧王调教出来的丫鬟不是一般人，三天内你要是教不会这两个丫头，你就回去吧。”

春喜吓得再不敢起旁的心思，忙保证自己三天内一定会完成王妃的命令。

“很好，都下去吧。”只坐了一小会儿，可林初九着实是累了，疲惫地抬了抬手，示意秋喜扶她回房。

和春喜那个张扬的丫头相比，林初九更喜欢这个圆脸的小丫头。讨喜又不多话，知道自己的本分，从不做逾越的事，这让林初九很满意。

她不需要萧天耀的人对她多忠心，只要他们知道本分，别妄图架空她就行了。

许是白天睡得太久，醒来后又喝多了水，林初九到了晚上怎么也睡不着，时不时就想小解，林初九都快被折磨疯了。

“养伤的日子真不是人过的。”内心无比郁闷的林初九把守夜的丫鬟打发走后，屋内只有自己一个人。一个人摸着床柱去后面的恭桶小解，又一个人摸回来，然而一走出拐角，林初九就傻了！

她看到了什么？

林初九一直都知道自己胆子不小，可胆子再大，半夜见“鬼”也是会被吓死的。

“唔……”林初九本能地尖叫，幸得她反应快，及时捂住嘴，这才没有让自己叫出声来，可却因此而重心不稳往后倒去。

“小心。”坐在床上，戴着鬼面，一身血衣的重楼，如同闪电一般跃到林初九面前，伸手将人搂住。

“你，你……”躺在重楼的臂弯里，林初九已经吓得不会说话了。

“本座怎么了？”重楼一个旋身，将林初九打横抱起，然后小心翼翼地放到床上，轻柔而认真的动作，就好像林初九是什么易碎的瓷器宝贝，需要小心地捧着、轻轻地守护。

林初九全身的汗毛都竖了起来，哆嗦了一下才问道：“你找我有事？”被一个陌生的、戴着鬼面的男人如此温柔相待真的不是什么值得开心和羡慕的事。

“本座救了你。”重楼答非所问，“没事就不能来找你吗？”

“能。”可是，魔君大人你确定，你真的没有事吗？

“屋子里怎么有血的味道？”之前她刚刚从熏香的小解室出来，一时没有闻到，现在却是闻到了。

得不到重楼的回答，林初九拉开衣领，低头看自己的伤：“我的伤口没有渗血啊。”抬头看着重楼，林初九没有说话，可眼中的意思很明显：你受伤了？

重楼没有闪躲，点头道：“是，本座受伤了。”

“伤在哪里？”受伤了，动作还这么灵敏，瞬间就能接到她？

“左肩，要不要看？”重楼毫不避讳，大大方方地往床上一坐，只听见“啪”的一声，重楼身上那件血色外衣便华丽地落下，露出穿在里面的血色中衣。

这男人，他是有多喜欢血的颜色，就不怕刺眼吗？

最主要的是，这种颜色沾了血完全看不出来呀。

林初九伸手摸了一下，手指上黏稠稠的，是血：“伤在肩胛骨？”

“嗯。”重楼继续将中衣和里衣解开，露出青紫红肿的左肩，冷傲地问道：“你行吗？”

“应该没有问题。”昏暗的烛光下，美人衣衫半露，红衣裹身，挑衅地说：“你行吗？”这画面简直不是一般的香艳，林初九一度以为是这男人调戏自己。

默默地盯着重楼狰狞的鬼面看了半天，林初九心中的旖旎画面渐渐消散。

重楼这张鬼面，绝对是让人冷静的最佳法器。

林初九默默地擦了把汗，伸手去检查他的伤势，同时接到医圣之心要求她必须给重楼医治的任务。

医圣之心简直就是不人道的存在，她都伤成这样了，居然还要她给面前的这个大魔头医治，简直没有人性。

“粉碎性骨折，可以医治，但会很麻烦，需要准备很多的东西。”现在她手边什么也没有，只有自己常用的外伤药，且当着重楼的面，她不可能直接从医圣之心里取药。

“今天先帮本座包扎。”重楼知道林初九的伤有多重，并不想为难她。

“好。”重楼这么好说话，林初九也干脆，“我左手不好用力，到时候你帮我一把。”

“可以。”

“你躺下。”林初九慢腾腾地起身，打算将床位让给重楼。

重楼见不得林初九老太婆一样的动作，伸手便抱起林初九，直接从他身上跨过，换到左手上然后丢到地上：‘果然，这样快多了。”

“呃……”林初九愣了好半晌才反应过来，不高兴地道，“魔君大人，你下次能不能别这么抱来抱去的？”她又不是包袱。

“原因？”魔君大人不悦地扬眉。

这女人，太不识抬举了。

“我是有夫之妇。”所以，咱们还是别太亲近，最主要的是咱俩不熟。

“有夫之妇怎么了？你刚刚还与本座共睡一床呢，怎么？用完就丢？”魔君大人邪气十足地看着林初九，即使隔着面具看不到魔君大人的脸，可那双血红色的眸子，也足以令人感觉可怕。

林初九想也不想就摇头："魔君大人，既如此，那你想抱就抱吧。"左右不会少块肉，她总不至于为了这点小事而据理力争，以致丧命吧。

"重楼！"

"啥？"

"本座叫重楼，允你直呼本座的名字。"魔君大人听着实在太别扭，生生多了距离感。

"知道了，重楼大人。"林初九从善如流地改口，可是重楼依旧不满："不用加大人。"他是混江湖的，又不是混官场的。

"哦，重楼。"直呼名字这么亲密的事，林初九就是有本事称呼得呆板无奇，重楼已经对林初九这个不解风情的女人彻底绝望了。

"动手吧。"他还是赶紧包扎好伤口离开，他很怕自己一个忍不住直接掐死这女人。

"你躺过来一点儿，那里光线不好。"林初九继续以类似老年人的迟钝，先去洗手，然后取来自己的药箱，慢腾腾地打开，看得人真的很想帮她做这些。

重楼这次却是难得的好耐心，不曾催促半句，躺在床上，闻着被子和枕套上属于林初九的气息，丝丝缕缕，萦绕心头，不禁稍稍放松了下身体。侧头，看着林初九认真而坚定的眼神，不由得露出一抹苦笑。

拥有坚定的眼神，心志必然也是坚定的，而这样的人都不是那么容易屈服的，有些事，恐怕没有他想象的那么容易。

林初九的动作慢，但每一步都非常认真，一点儿差错也没有："你的伤不需要切开复位，我现在就可以帮你接骨，只是我这里没有夹板给你做固定，你自己要小心一些别再用力，回头就用夹板固定上，三五天骨头就能接上。"

接骨是个力气活，林初九可以想象自己的伤口裂开的画面，可有医圣之心在，她根本不能不医。

林初九先是摸骨，确定位置后，开始用力："会有一点儿疼，你忍一忍。"

"好。"重楼漫不经心地应了一声，明显是不怕痛。

想来也是，左肩胛粉碎性骨折都能当什么事都没有发生似的抱起林初九，这人会怕痛才见鬼。

林初九深深地吸了口气，左手按在重楼的肩膀上，右手则按在他的受伤处，一个用力，只听"咔嚓"一声……

"啊……"

发出惨叫声的却是林初九！

没有意外，林初九的伤口裂开了！

不严重，但是裂开的那一刹那还是很疼的，林初九当即就飙泪了，右手还按在重楼的肩膀上，左手则按着伤口，身子微蜷，大口大口地喘粗气。

“你……”重楼伸手去扶她，却被林初九拒绝了：“别动，你的骨头才刚刚接好，要移位就麻烦了，我缓口气就好了。”

“嗯。”重楼果真很听话，乖乖地没有动。

约莫一炷香后，林初九总算缓过那口气来，僵着身子给重楼上药，将绷带递到重楼面前：“自己缠上，然后离开。左手不要动，尽快找个大夫给你固定好伤处，最多半个月就能好。”

林初九不是要赶重楼走，而是魔君大人不走的话，她该怎么给自己的伤口换药?

重楼许是经常给自己包扎伤口，三两下就缠好了，林初九检查了一遍，点头道：“很好，你可以走了。”

可是，重楼却没有走，而是一把将林初九拎到床上，命令道：“把衣服脱了。”

“啊……”林初九傻眼了，弱弱地问道，“重楼大人，你不会这么饥不择食吧？”连伤残的女人都不放过，这位魔君该是饥渴了多久啊?

“你脑子里都想什么呢，脱衣服，本座给你上药。”重楼敲了敲林初九的脑袋，气恼不已。

“咳咳……”林初九猛咳两声，尴尬地道，“不用了，我自己可以做到的。”好吧，她果然是想太多了，凭她的姿色怎么可能被魔君看上，真不明白面前这个男人到底为什么一再缠上自己。

“本座不喜欢欠人情，刚才你帮了本座，现在换本座来帮你。”重楼说得理直气壮，不等林初九说话，便自己动手去解她的衣服。

林初九很想躲，可被重楼那双不像人类该有的血眸盯上，她根本不敢动，只得乖乖地任由魔君大人将她的上衣剥干净。

这个时候，林初九无比庆幸她之前曾用白布将胸部缠了一层，并不是为了女扮男装，而是伤在那个位置，不将胸部缠好，每次脱衣服换药都会觉得很尴尬。

只裸露胸部以上，这在林初九能够接受的范围，她真的做不到在一个陌生的男人面前袒胸露乳。

重楼承认自己在看到林初九被白布包裹住的胸部时，略有些失望，可另一方面又暗喜：这女人还是挺机警的，难怪不会拒绝他，原来是早有防备。

同样是右手能用，重楼的右手明显比林初九的更灵活，不仅替她将断了的线挑了出来，还很细心地将周边的污脏擦拭干净，这才给林初九上药，包扎。

这些，全部是一只手完成的。

林初九忍不住问了一句：“魔君大人，你也是学医的？”

林初九真的不习惯叫“重楼”，怎么听怎么觉得别扭。重楼本想再次强调，可见到林初九一脸轻松的样子，也就随她了。

左右一个称呼罢了。

“本座需要学医吗？”重楼又酷又帅地看了林初九一眼，然后从药箱里拿出绷带给林初九缠上。在缠绷带时重楼不可避免地会与林初九靠近，当绷带绕到林初九身后时，重楼很自然地靠了上去，看上去就像环抱住林初九一样。

林初九吓得一动不动，身子僵在原地，重楼不知是有意还是无意，每次绷带缠到后面时都会特别慢，颈脖相交，半天不动。

林初九很想催他快点，可是重楼每次都能在她开口前就收手。

林初九忍不住在心底咒骂：这么个大妖孽到底是哪里来的呀？简直是会读心术，每每都在挑战她的忍受极限。

求佛祖赶紧收了他吧，她真的不想和这种浑身上下都充满危险味道的男人打交道。

一卷绷带就那么长，即便缠得再慢也缠不了几圈，很快重楼就将整卷绷带都用完了。

“真可惜，这么快就好了。”握着绷带尾端，重楼一副依依不舍的样子。

林初九感觉自己的汗毛又竖起来了。

这男人，他到底什么意思呀？

真是饥不择食要对她下手？

重楼也没有要林初九回答的意思，手指一动将绷带打个结后，总算站好，与林初九保持了正常的距离。

呼……大魔头终于要走了，心中无限欢喜。

可惜林初九高兴得太早了，也太明显了！

重楼将这一切看在眼里，非常不满，倾身上前，伸手捏住她的脸颊，不悦地眯眼道：“你很怕本座？”

林初九的脸颊被捏得生痛，可却不敢呼痛，老老实实地道：“怕，怕你杀了我。”她可是见过魔君重楼杀人的，真的好直接，好血腥，当然也好可怕。

“杀你？放心，只要你乖乖听话，本座就绝不会杀你。”重楼松开了林初九脸上的嫩肉，手指却并没有离开她的脸，指腹在她的脸颊来回摩挲，就好像在欣赏收藏品的大变态。

是的，大变态！

重楼的手指冰冷得没有一丝温度，被重楼的手指轻柔碰触，林初九有一种被蛇缠上的恶心感。

林初九承认自己就是个欺善怕恶的，果断地说道：“大人，我会……乖乖的。”这种话说出口，真恶寒！

“要一直这么乖就好了。”重楼的指腹停在林初九的嘴唇上，轻轻摩挲着，痒痒的，害得林初九不由自主地起了身鸡皮疙瘩。

这么细微的变化也没有逃过重楼的眼神，他陡然加重力道：“就这么讨厌本座碰你？”手指紧紧按住林初九的唇，林初九吃痛，拼命摇头：“不，不是……”身体的本能，她能怎么办呀？

“虚伪……”重楼狠狠地捏住林初九的下巴，“等习惯了你就不会再厌恶了。”

话落，重楼在林初九震惊的眼神下，倾身上前，猛地含住林初九的唇……

“唔……”唇被温热的舌含住，又被冰冷的面具抵住，真的不是一般的痛苦，可是……

这个男人却不肯放过她，含住她的唇，用力一咬。

“啊……疼。”林初九的嘴里满是血腥味，是她自己的。

“记住这痛，再有下次 本座捏碎你这漂亮的脖子。”重楼咬完这一口便推开了林初九。

林初九完全没有防备，只听“咚”的一声就跌进身后的大床，而这个时候重楼再度欺身而上……

一点一点地压榨林初九所拥有的床上空间，直到……

完全地将林初九压在身下！

看着面前放大版的鬼脸，林初九什么香艳旖旎的想法都没有，她只害怕面前这个男人会来真的。

咚咚咚……林初九的心跳得飞快，绝不是什么激动紧张，她是害怕。

虽说外表不能决定一切，可长得好看真心能加分。任谁在半昏暗的房间里，对着一张狰狞恐怖的鬼面，恐怕都没法产生邪念。

“这么害怕？”重楼的左手一动不动，右手原本撑在床板上，可现在却按在林初九的心口处。

力道不大，就是那么放着，可却让人无法忽视。

“魔君大人，你到底想要怎样，直说行吗？”她胆小，会被吓死的。

重楼低头，附在林初九的耳边，又轻又柔地说道：“本座想怎样都行吗？”

随着说话的声音，还有缓缓吐出来的热气在颈脖间萦绕，林初九觉得自己的心跳越来越快，她根本不知道要怎么回答重楼的话！

她想杀了面前这个男人！

可是，这种想法决不能令这个男人洞察，林初九深深地吸了口气，语气颤抖地道：“我……无法与你抗争。”

林初九索性放弃挣扎与反抗，闭上眼皮，瘫在床上，一副任重楼为所欲为的架势。

重楼要真敢动她，她就敢下杀手！

林初九已经做好了心理准备，可是重楼却放过了她。

“蠢姑娘……”啪的一声，重楼在林初九的脑门上弹了一记，“逗你玩的，怎么吓成这样，也不知道你的胆子哪儿去了。”

“呼……”林初九狠狠地松了口气，瘫倒在床上。

再次睁开眼，就看到重楼好像什么也没有发生似的，正站在烛光下将凌乱的衣袍理顺。

“哼……”林初九笑了一声，却笑得比哭还难看。

这些大人物总是这样，任意戏弄她，然后在她快要绝望时，告诉她这一切不过是一场游戏。

对你来说是游戏，对我不是！你知不知道我刚刚差点选择和你同归于尽！

林初九将自己隐在暗处，将眼中的不满与愤怒通通掩藏在黑暗里，埋藏在心底。

她没事了，她不用抱着玉石俱焚的念头和这个人渣同归于尽。

林初九将自己蜷缩在角落里，不看重楼。

重楼似乎也发现自己的玩笑过火了，可他并不懂得如何道歉，只是不再吭声，略作收拾后便对林初九说道：“好了，本座该走了。”

离开之前，不忘再看林初九一眼，只是林初九并没有抬头看他。

带着一丝说不出来的失落，重楼消失在黑暗中。

夜，再度恢复到它原有的宁静，可有些人却再也睡不着了，比如蜷在床角哭得像个泪人的林初九。

第二天，林初九起来没事儿人似的，嘴唇处的伤因抹药及时，看上去并不明显，只是眼睛红肿得明显，谁都能看出来她哭过了。

春喜和秋喜也不敢多问，安安静静地服侍林初九梳洗后，讨喜的秋喜留下来陪着林初九，要强的春喜则以调教那两个丫鬟为名先退下了。

春喜退下后，并没有急着去教那两个小丫头，而是给萧王府报信。除了将昨天的事添油加醋地说了一遍外，还将林初九今天早上眼眶红肿的事也说了。

消息先是传到苏茶那里，苏茶核实过没有问题后才报给萧天耀听。

“王妃在庄子上寻了两个丫头，应该是要重用。”

林初九这是对萧天耀派去的人不满了，萧天耀轻应一声表示知道了。

“王妃昨晚好像哭过，眼睛到今天还是肿的。”苏茶知道萧天耀昨晚出去了，还带着包扎好的伤回来，去了哪里不用问他也知道。

“哭？”萧天耀扬了扬眉，随即又不在意地道，“哭出来也好。”

萧天耀都这么说了，苏茶还能如何，只能在心里为林初九道一句可怜，转而提起其他的事：“大军已抵达边境，徐达暂时没有调动我们的人，却把他们作为前锋与主力。”总之，还是被推出来当炮灰了。

“北历已攻破五城，徐达的压力很大。我若没预计错的话，徐达很快就会发动第一次大规模的攻击，我们的人必然要作为主力上战场了。”一般情况下，第一场战斗事关重要，第一战若输了就会输了全军的气势，徐达的仕途也就到头了。

“按原计划进行，先助徐达夺得三城。”不先给一点儿甜头尝尝，又怎么可能让他们入瓮？

等到他们认为胜利在握时，反戈一击才是最痛快的。

“好。”苏茶没有异议，虽然这么做他们的损失会提高，可对于天耀的名声有利。

这么一来，就算那些人知道这一场战事与天耀有关，也不会指着天耀的鼻子骂他是卖国贼，反倒会把所有的过错都推到皇上身上去。

人们会认为是皇上不顾大局，夺了萧天耀的兵权，又没有派合适的将领领兵，以致东文大败。

除了前线的事，苏茶又将朝廷、宫里和江湖上的消息说了一遍。

朝廷上没什么大事，大家的目光都放在北历与东文的大战上。在北历这个外患没有解决之前，东文内部暂时不会斗，自然也就不会有人针对萧天耀了。

江湖上，魔君重楼销声匿迹一段时间后，又重出江湖，天藏阁一直在打听魔君重楼的消息，同时还不忘派人前来探查萧天耀的消息。

天藏阁之前卖了萧天耀一个好，可他们也把不准萧天耀的腿到底有没有好，当众卖萧天耀一个好，只是为了给自己留条退路。

相比朝廷和江湖的平静，宫里就热闹得多了。三个女人一台戏，福寿、福安公主都在宫里，这两位又是亲近皇后的，见周贵妃在后宫横行跋扈，欺到了皇后头上，两位公主便代皇后出头，打压周贵妃。周贵妃自是不甘心，作为当朝第一宠妃，她还真不把两个嫁出去的公主当回事，双方你来我往好不热闹。

两位公主与周贵妃斗得鸡飞狗跳，一时苦了皇上。一边是心爱的妃子，一边是嫡亲的妹妹，皇上夹在中间左右为难。偏偏这个时候能主事的皇后娘娘又病倒了，一时间后宫里闹得人仰马翻，人人自危。

“宫里热闹，有人就按捺不住了。秦太医那位师父这次看中了福安公主，安王恐怕要倒霉了。”苏茶嘴唇弯弯，笑得好不得意。

皇上头痛，他就高兴了！

第十一章　一篮野菜引发的血案

自那天后，重楼就没有再来，萧天耀也没有干涉林初九的生活，林初九终于可以在庄子上好好养伤，将那些负面情绪一一沉淀，回归她原有的平静。

虽说人在庄子上，可外面的事林初九知道的也不少，不是自己去打听的，她现在还没有这个能耐，是萧天耀……

林初九不知道萧天耀在想什么，只知道他隔三岔五，便会通过春喜和秋喜两个丫头，将京中的一些事情告诉她。

有前线的战况，有朝廷的动向，有林府的，有蒙家的，还有后宫里的。

这些情报都是林初九平时得不到的，即使依旧对萧天耀恨得不行，林初九对这些情报却也没有拒绝，她不能因为在庄子上待上一年半载的，就与京中的人与事脱节。

前线战况很乐观，徐达是一个好元帅，在他的指挥下，东文一连取得三场胜利，夺回一城。

前线传来捷报，京中紧张的气氛顿时缓解不少。上至达官贵人，下至贩夫走卒，谈起前线的事也不像之前那般不安了，一个个神采飞扬，一副与有荣焉的样子。

朝廷上，大家依旧会为一些鸡毛蒜皮的小事起争执，但大事情倒是没有，大方向依旧是关注北历战局。

此时，东文与北历的大战才是关键。赢了，他们日后有的是时间斗，输了……就亡国了，现在斗赢了也没有意思。

当然，趁着东文与北历大战时，南蛮与西武也不忘捞一点好处。两国边境都有增兵的迹象，好在东文早有准备，驻守在边境的士兵有增无减，使两国暂时不敢轻举妄动。

南蛮和西武不敢直接与东文开战，但不表示他们会放弃从东文捞好处的念头。

南蛮送来国书，说是有一个公主要来东文游学，具体打的什么主意，恐怕只有他们自己知道了。

西武也送来国书，说是他们的小皇子想要娶东文的公主，至于是不是真为求娶公主而来，这还是一个问题。

当然，这两人现在还在路上。

国家大事离林初九很远，林初九看过后略略记在心上便不再管了，她关心的是林家、蒙家和宫里的情况。

林相最近倒是安分，只是她这个女儿在崔家受了委屈，林相却一声不吭。萧天耀想要以此为名与崔家谈条件，谋好处，可好歹也把态度摆出来了，让外人知道萧天耀还是护着她的。可是林相呢？

他的心里恐怕就只有林婉婷这个女儿。林婉婷最近与太子一连吵了数架，而且总是寻着各种各样的理由去萧王府。

在明知道她这个王妃姐姐不在府上的情况下，还想着往萧王府跑，明眼人都看得出这是为了什么，林相当然也察觉了。

林相快气疯了，便把林婉婷关在院子里，告诉她不收起那份妄想，就别想出来。

除了林婉婷的事，林相的宝贝儿子林逸峰，今年要参加童子试，林相正忙着亲自教导儿子。这样的情况下，林相哪里还有时间去管林初九？

反倒是蒙老夫人，她一心记挂着林初九。尽管萧天耀刻意不让蒙家知道林初九的事，可蒙老夫人还是在十天后知晓了。

得知只有崔家上门赔罪，福安公主依旧在宫里作威作福，老人家当时就怒了，不顾家人的劝阻，不顾年迈的身体，换上一品诰命夫人的衣服，亲自进宫求见皇后，跪在皇后面前哭诉，求皇后为林初九做主。

蒙老夫人与先帝、太后都是有交情的，既然蒙老夫人开了口，就是皇上也不好驳她的面子，当天就让皇后下旨训斥福安公主。顿时把福安公主气得不行，想要离宫而去，却发现崔家人还没有来接她，她若是这个时候回去那多没面子？

福安公主只得生生忍住，然后把这口气全撒在周贵妃身上，几乎每天都要和周贵妃吵上一架，然后两个女人又分别去找皇上告状。

皇上简直苦不堪言，几次暗示崔家把人接走，可崔家就是不为所动。

在有心人的刻意安排下，福安公主与墨玉儿接触上了。福安公主很喜欢冷若冰霜的墨玉儿，对墨玉儿颇为推崇，觉得依着墨玉儿的姿色与气质，定能讨得皇上的欢心，正准备为墨玉儿向皇上求情，让皇上放她出来。

林初九心下冷哼：不作死就不会死，福安公主在作死这条路上，真是越走越远了。

撇去京中这些乱七八糟的事不管，林初九在庄子上养病的生活非常惬意。偶尔遇到一两个受伤、头脑发热的病人，心情极好的林初九，不需要医圣之心提醒就会去救治，结果林初九发现，她主动救人得到的贡献点，远比医圣之心强求她救的贡献点要高。

这对林初九来说是件好事，至少她第一次钻了医圣之心的空子，以后她可以争取在医圣之心要求之前救人。

因为施药救人，林初九在庄子上的名气也大了，刚开始大家都还不好意思，但时间久了见林初九平易近人，于是谁家里有人头痛发热的，就会来找林初九帮忙。

林初九不要诊金，也不要药钱，可佃农们觉得不好意思，就时不时地给林初九送一些新鲜的山果、蔬菜，偶尔还有野味，可惜林初九正在养伤，能吃的不多。

于是，林初九每次都会让下人挑一些好的出来，送到京城蒙家。除了孝顺蒙老夫人外，更多的是告诉蒙老夫人，她一切安好。

当然，林初九送进城的东西，只有蒙家有，林家和萧王府就别想了。林相倒不觉得有什么，左右他一直没当林初九是他女儿，可萧王爷就不干了，每次听到林初九往蒙家送东西却没有他的份，萧天耀的脸就黑到不行，虽然嘴上没说什么，可心里怎么想的，流白和苏茶还是能猜到一些的。

苏茶和流白表示同情萧天耀，可更多的却是觉得萧天耀活该。就凭他那么对待王妃，还想让王妃给他送东西，萧天耀是不是想得太美好、太天真了？

苏茶和流白很想借机嘲笑两句，可对上萧天耀那双几欲杀人的眸子，感受到寒气渐重的威压后，两人便一句话都不敢说了。

苏茶和流白两人没有高兴太久，萧天耀很快就将怒火转移到他们头上，在被萧天耀狠批了几次后，两人同时在心里默默地祈祷，祈祷林初九哪天脑子不正常，随便给萧天耀送点草根树叶也好。

他们相信，只要是林初九送回来的，哪怕是一片烂叶子，萧天耀也会很高兴，而萧天耀高兴，他们就可以暂时脱离苦海了。

想要林初九主动给萧天耀送东西，那是绝对不可能的事，就是一片烂叶子林初九也不会送。

苏茶和流白左等右等，等了大半个月，也没有等到林初九往萧王府送一针一线。刚开始两人私下里还会同情萧天耀，可很快他们就得同情自己了。

“王爷这两天越来越可怕了，再这么下去我都不敢踏进王府了。”每每想到萧天耀那可以冻死人的眸子，苏茶就忍不住背脊发寒。

太吓人了，再这么下去，王府的下人都要被“冻”死。

“这都大半个月过去了，王妃的伤也好得差不多了吧，我们去接王妃回来？”流白承认，他现在终于知道林初九在萧王府的好处了，他很怀念林初九在王府的日子。

“这个时候去接王妃？你有点脑子行不行？”苏茶没好气地瞪了流白一眼，“过段时间王爷和皇上之间，必然会有一场不见硝烟的较量，这个时候王妃在京中反倒不安全。”

“那怎么办？”凡是用脑的事，流白都很自觉地找苏茶讨主意。

苏茶也没有辜负流白的期待，想了一下便道：“解铃还须系铃人，我们从王妃那里下手。”

流白毫不客气地拆台道：“秋喜传来的消息是，王妃现在软硬不吃，之前听到王爷的名字还会皱眉，现在连个表情都没有，你确定你能说得动王妃？”

“我是说不动王妃，但我可以想别的办法呀。”苏茶双眼亮闪闪的，熟知他的人都知道，这货肯定是在算计人，流白悄悄地摸了摸自己渐渐竖起来的汗毛，后退一步拉开与苏茶的距离。左右，苏茶不是在算计他就行了。

庄子上，佃农们忙着准备春种的活，林初九让秀梅和秀慧回家帮忙去了，今天便一个人坐在花厅里看书。

临近中午的时候，春喜脚步轻盈地跑了进来，一脸欢喜地道：“王妃，柱子哥送来好几只野兔子，可肥美了，奴婢让厨房清炖，你中午也能吃两口。”

被林初九冷了几日后，春喜倒是学乖了，而且为人虽然好强，但确实能干，秀梅、秀慧两个庄户丫头，在她的调教下现在也像模像样，只是不够机灵。

不过，不机灵也有不机灵的好处，林初九用着也挺习惯。

“不了，你们吃吧。”春喜变老实后，林初九自然也不会经常给她脸色看，左右是萧王府的人，她只要能用就行，好与坏都和她没关系。

春喜知道林初九极有主意，也不再劝说，只欢快地道谢，末了又看了看林初九的脸色，见林初九气色不错，便大着胆子道：“王妃，厨房里的野菜野物还是挺多的，你说……咱们是不是要送点回府？”

呜呜呜……苏茶大人，我可是冒着被王妃厌恶的风险，开口为王爷求好处的，你回头可一定要在王爷面前表扬我才行呀！春喜内心说不出的感觉。

庄子上的人都知道，林初九送回府的东西，全部是送到蒙家，林府和萧王府是一点儿也没有的。此时春喜说送回府，林初九也没有多想，只当是送回蒙府，点了点头道：“有好的野菜挑一篮子去，至于其他的你自己看着办吧。”

蒙老夫人年纪大了，极少吃肉类，送到蒙家的野味都是给其他人吃的，所以林初九一般不管肉类，她只管给老夫人吃的东西。

“好，奴婢这就去办。”春喜一脸高兴地退下，离开时心脏还怦怦地跳得飞快。

她怕呀，怕被王妃发现。

苏茶大人的计划真的不保险，这东西送到王府，王爷是高兴了，可王妃一定不高兴。

她得想个办法，好让王妃察觉不到才是！

春喜脚步极快地往厨房走去，挑了几只兔子、狍子，看着野菜只有一小篮，想了想还是悄悄找来秋喜，让她带几个婆子去山里挖一点，千万别惊动王妃。

秋喜知道春喜的用意后，满口应下，又建议道：“要不要让侍卫去山里打点猎物？”

“别，猎物太多王爷会起疑的，而且侍卫用的刀和箭，王爷一眼就能看出来。”春喜看着大大咧咧的，可为人却很谨慎。

秋喜忙点头，找了几个认识野菜的老婆子一起去了山里，七赶八赶才在午饭前赶了回来。

“现在野菜也难挖了。”春喜只挖到一小篮子，估计只够炒一小盘。

不是春喜偷懒，而是自从林初九来后，庄子附近的野菜就被挖得差不多了。庄子上的佃农都知道林初九喜欢吃野菜，这些人一有空就去挖，然后给林初九送来。

当然，大多数情况下林初九也不会让他们吃亏，除了药钱诊金不收外，还经常让厨房的下人给各家送些吃食。

对于农户人家来说，能饱肚子的吃食可比那些没什么滋味的野菜要好。有了吃食作为补偿，大家伙挖野菜的积极性就更高了，于是周围的野菜就悲剧了。

好在大家都知道，老了的野菜林初九不吃，这才给野菜们留了种，不至于来年没得吃。

本身送去给蒙老夫人的野菜就不多，现在还要分一点给萧天耀，这下就更少了。春喜叹了口气，想想又拿了十几个鸟蛋放在里面，这才好看了许多。

鸟蛋是村子里的一个孩子掏的，他弟弟前段时间生病，请来了镇上的大夫，可依旧说没得救，最后一家人忐忑不安地求到林初九这里。林初九不仅医好了他弟弟的病，还没收他家的银子，那孩子特别懂事，特意去山里掏了几窝鸟蛋，说是给林初九吃。

事后，林初九便让人送了一篮子鸡蛋过去，说是给孩子补补，那家人自然不肯要，可林初九要给的东西又怎么会收回来？

东西一一装好后，春喜也不敢乱来，只让人给王府带了一篮子野菜和一只兔子。

春喜不敢动蒙家的份额，这只兔子还是他们嘴里省下来的。

这么说来，王爷其实也挺可怜的，比他们这些下人还不如。

临走前春喜不放心，又特地交代了两句：“东西尽快送回去，最好别引起别人的注意，直接交到曹管家手里便可。”

春喜一想到自己在王妃眼皮子底下干坏事就心慌。她知道，王妃绝不是什么良善之辈，这要是让王妃知道了，她估计会很惨很惨。

林初九毕竟是伤员，虽然养了大半个月，伤势好得差不多了，可这段时间仍旧不怎么外出，一些琐事更是不会关注，春喜和秋喜的小动作，她还真是一点儿都不知道。

东西顺顺利利地被送到京城，蒙老夫人这段时间天天就盼着林初九的东西送进来，听到下人说林初九又让人送了东西过来，高兴得亲自出来查看：“我乖孙女就是孝顺，在哪儿都惦记着我这个老太婆。”

野菜野味虽然新鲜，可老夫人平时也不是吃不到的，老夫人在京郊也有庄子，想吃什么就一句话的事。可那些都不是林初九送的，不是林初九送的，再好吃的山珍美味老夫人也吃得不开心。

老夫人对野味不感兴趣，不过看到那一篮子的野菜和鸟蛋倒是很高兴：“当年，我和老国公爷在外面，饿得不行就挖野菜吃，偶尔老国公还能掏到一两个鸟窝，改善一下伙食。老国公当年可是掏鸟窝好手，不知道祸害了多少鸟。”

老夫人拿着鸟蛋爱不释手，只是鸟蛋拿出来后，篮子里的野菜就没有多少了，老夫人不由得道："怎么这次的野菜这么少？是不是这个季节的野菜都老了，不好寻到新鲜的？回头你让人给初九带句话，让那孩子别费心了，在外面都还惦记着我这个老太婆。"

下人犹豫片刻，想了想还是道："小小姐这次还给王府送了一篮子野菜，还有一只兔子。"所以，您老的分量就少了。

蒙老夫人当即就不高兴了："怎么还给王府送了？王爷又不爱吃这些东西。"明明以前都不送的，怎么这次就送了呢？

"小人也不知道。"那人打听到的东西并不多，只是眼尖看到了。

"哼……肯定是萧王府的人私下扣了初九给我的东西。"蒙老夫人很不高兴，因为福安公主的那件事，她对萧天耀也是很不满的。

府上的人都不敢吭声……

和蒙老夫人见东西少了不高兴截然相反，萧天耀见到那点东西后，心情非常好："总算还记得本王也在京城，算你有良心。"

当天晚上，萧天耀的饭桌上就只有两道菜，一小碟野菜，一盘红烧兔子肉。这是萧王爷吃得最节省的一顿饭，可也是他吃得最多的一顿饭。

一口气扫光两盘菜，萧天耀第一次知道，原来吃饭也可以这么满足！

吃得好心情也好，萧天耀的脸色果然好看许多，当天萧王府上上下下，都感受到了春天的温柔，曹管家走路都是带笑的。

"原来王爷喜欢吃兔子肉和野菜，我赶明儿让庄子上的人也送一些来。"自从林初九走后，曹管家第一次感觉当差也是可以很轻松的，走路都快飘起来了。

吴大夫听到曹管家这话，不由得笑了："你想太多了，王爷喜欢的不是野菜和兔肉，王爷喜欢的是王妃送来的东西。不信，王妃赶明儿送一篮子石头回来，王爷都会说好看。"

因为这句话，曹管家默默地收回了让下面送野菜和兔子来的想法。

不是王妃送来的，再美味王爷也不会吃。

苏茶知道今天林初九送了东西进城，知道萧天耀心情好，立刻带来了几个不好的消息。

在前线，萧天耀手下的那三十万人马是战斗的主力，每次都作为前锋冲在最前面。这么一来，饶是他们再骁勇善战，也不可避免地死伤惨重。

"三场战斗下来，我们总共死了两万人，有近一万人受伤，其中重伤者两千四百余人。"他们的人是损失最重的，皇上的那二十万人，死伤加起来也不到一万。

战争有伤亡是在所难免的，只是听到死了这么多人，萧天耀还是无法平静地接受："徐达到底是怎么领兵的？蠢货！"

这才收回一座城，伤亡就这么重，要是再收另外两座城，那他手底下的三十万人还能剩几个？

"大部分人是因为抢救不及时，我们派去的大夫拿不到药草。要不是崔家为我们供应了一批，结果会更惨烈。”徐达在领兵指挥上还是非常公平的，不公平的是皇上。

无论换谁带兵，都会是这样的结果，徐达已经算是很不错的了。

“嗯。”萧天耀应了一声，没有说话，手指轻敲桌面，一下一下地，极有规律，苏茶听着听着心跳的频率不由自主地就跟着节奏走，紧张地等待着萧天耀的指示。

许久之后，萧天耀终于开口：“收拾一下，本王明天去城外庄子上小住。”

“啊？”突然来这么一句完全不相干的话，苏茶懵了。

“怎么？需要本王再重复一遍吗？”萧天耀挑眉，冷剜苏茶。

苏茶忙摇头：“我听清楚了，只是你这个时候出城做什么？”

“王妃在城外，对了，把吴大夫也叫上。”萧天耀回答了，可这个答案却让苏茶更加不解。

王妃在城外都待大半个月了，之前你为了那么一点儿吃食，差点把王府的屋顶给掀了，也不见你去城外，这会儿怎么无端端地要去城外找王妃？

给王妃赔罪？

这个时候会不会太晚了？

苏茶一脸不解地看着萧天耀，可他不是流白，他就是再不解，这个时候也不会问出来，因为萧天耀也没有说的打算。

苏茶最终什么答案也没有得到，只能乖乖地去找曹管家，让他安排萧天耀去城外庄子上的事。

萧天耀是个行动派，第二天就带着大批亲兵，浩浩荡荡地出城去找林初九。不少人都以为这是萧天耀亲自去城外迎接林初九回来呢。

蒙老夫人收到消息后却不怎么高兴：“非得要初九先给他低头，他才肯去接人吗？简直是……让人生气。”

蒙老夫人一边为林初九委屈，一边又为林初九高兴。至少萧天耀还知道去接林初九回来，而这在外人眼里，是萧天耀重视林初九的表现，也算是给足了她面子。

蒙老夫人摇头叹息，知道自己管不了，只得自我安慰道：“罢了，罢了，儿孙自有儿孙福，初九是个聪明的，她知道该怎么做对自己才是最好的。”

萧天耀的效率高得可怕，等到林初九收到消息，萧天耀已经登堂入室，下人不需要命令便自发地将他的东西送到林初九的房间，并且很贴心地为新婚的两人换上了大红的床单与鸳鸯锦被，看着就透着新婚的喜庆。

庄子上的管事知晓自家小小姐的夫婿来了，又是欢喜又是害怕，恨不得把最好的一面都表现给萧天耀看，让萧天耀看到他们家小小姐的好。

“王，王爷……”李庄头虽然管着国公府大小姐的庄子，可也没有见过大人物，见到尊贵如天人的萧天耀后，李庄头连话都不会说了。

萧天耀抬眸，正眼打量了李庄头一眼，冷冷地道：“王妃呢？”

“小，小姐……在外面，我，不，是小人，小人这就去请小小姐过来。”李庄头的想法很简单，女以夫为尊，王爷来了，他们家小小姐自然得过来。

可不想，萧天耀听到这个提议后，周身的温度瞬间下降，吓得李庄头一个哆嗦险些瘫在地上站不起来。

随身的护卫等实在同情李庄头，不由得出声提醒道：“你只要说明王妃在哪里就行，还有，你以后要改口称王妃，不可再称小小姐。”

“是，是，是，小人遵命。”李庄头哪敢说不，磕了两个头后这才稍稍冷静下来，结结巴巴道，“王，王妃正在葡萄架下，小人这就带，带王爷去。”

“不必。”萧天耀转动轮椅，萧王府的下人连忙将板子铺上，以方便萧天耀的轮椅能跨过门槛和台阶。

李庄头看得目瞪口呆，终于明白王爷出行为何要带这么多人，原来是给王爷铺路的，可这种事，不是只要有两个人抬起轮椅就能办到吗？为什么非要这么麻烦呢？

贵人们的想法，真是猜不透呀！

春风徐徐，阳光暖人，正是好眠时。这个季节的太阳不烈，阳光洒在身上暖暖的，令人昏昏欲睡，忍不住就与周公约会了。

林初九此时就在躺椅上睡着了，身上盖了一床毛毯，手中的书不知何时已掉落在地，风吹起，书页哗哗作响……

阳光透过头顶上的葡萄架折射下来，洒在林初九的身上，如水纹般斑驳破碎，脸上的肌肤一块在阴影里，又一块在阳光下，就好像被光线切割成无数块。

许是好梦，萧天耀远远地就看到林初九笑得很满足，只见她略有些白的樱唇微微上扬，唇角疑似有银线流出。

许是最近调养得好，林初九脸上似乎长了肉，只是透着病态的白，没什么血色，一看就知道是重伤初愈。

萧天耀早已让侍卫退了下去，一个人转着轮椅来到那葡萄架下，距离林初九十步左右时停下，然后……弃了轮椅站了起来，朝着林初九走去。

站起来的萧天耀给人极其强烈的压迫感。随着他的进来，葡萄架下的空间顿时变小，而当他站在林初九的身侧时，阳光便被他挡去了一大半。

睡梦中的林初九似有所感，懒懒地睁开眼来，看了萧天耀一眼，那一眼，暖暖的，萌萌的，没有平时的戒备与冷静，只有刚刚睡醒的迷糊与娇憨。瞧得萧天耀的心猛地一跳，发现自己居然紧张了。

他在想，林初九见到他的第一句话会是什么，可是……

林初九看了一眼，又合上眼皮，翻个身，喃喃着嘀咕道：“我居然梦到了萧天耀，好不可思议。”这简直是噩梦！

说完，翻身继续睡，完全没有再睁开眼确认的意思。

萧天耀等了老半天就等来了这么一句，不由得笑了。

俯身，近距离地看着林初九的侧脸，萧天耀可以肯定她是真的睡着了，并非装的。

“傻姑娘。”萧天耀伸出手来，将林初九脸颊上的碎发拂到身后，手指流连忘返地在林初九的脸颊上蹭了蹭，只是他不敢太用力，生怕弄醒林初九。

小心翼翼地替林初九盖好被子后，萧天耀便没有再骚扰她，而是将自己的轮椅拉了过来，放在林初九身侧，坐了下去。

随手捡起地上的书，萧天耀看到封页，不由得挑眉：“《史记》？你居然看这样的书。”

萧天耀若有所思地看着林初九，这世间会看《史记》的女子可真不多。至少他知道的人当中，除了皇后外他就没见过哪个姑娘家的会看《史记》。

不过，他的女人看什么书，又有什么关系？

《史记》的内容，萧天耀早已烂熟于心，他拿着书随意翻了两页后，便没有再往下看，而是侧着头，细细打量林初九的睡颜。

他们曾同床共枕过，他们曾有过最亲密的接触。他知道她睡觉的时候很乖，可却不曾好好地看过她的睡颜。

偷得浮生半日闲，萧天耀不介意花一下午的时间来看美人春睡。

只是……

林初九没有让萧天耀如愿。

半个时辰后，林初九醒了。刚醒睡的她防备很浅，并没有发现萧天耀的存在，耍赖似的拉起毯子盖过自己的头，把自己闷在毯子里。

“好不想起来啊。”

萧天耀是第一次见到这般模样的林初九，不由得愣住了，连呼吸都忘了。

“可是不能再睡了。”林初九好像下了什么重大的决心一般，飞快地拉开毯子坐了起来。

原来……林初九也有这么迷糊的一面，他一直以为这个女人冷静到不像女人。

萧天耀不禁露出一抹浅笑。

许是睡得太久了，林初九感觉自己的脑袋有点疼，拍了拍才觉得清醒许多。

萧天耀是一个存在感非常强大的男人，林初九一清醒就发现不对劲，忙扭头望去……

看到眼前熟悉的脸，林初九吓得差点从躺椅上摔下来。“萧，萧王爷……”生生把“天耀”两个字咽了回去，可想而知林初九的内心得多震惊，“你，你怎么在这里？”简直就是活见鬼了！

萧天耀关注的重点不是林初九的问题，而是：“萧王爷，这是什么奇怪的称呼？”这女人就那么爱给人取奇怪的称呼，就不能正常一点儿地称呼人吗？

“对不起，是王爷，王爷你怎么会在这里？”林初九从善如流地道歉，完全不与萧天耀争。

萧天耀终于大发慈悲地回答了林初九的问题：“本王为什么不能在这里？”

为什么？

当然因为这是她的地盘呀，萧天耀过来干吗？找死吗？

林初九很想朝萧天耀吼出心里的话，可是……

她一向是个谨慎的人，除非失去理智，除非被逼到绝境，不然她绝不会因为一时口快而让自己陷入不利之地。

深吸了口气，林初九尽量掩饰自己见到萧天耀后的不耐烦，语气温柔地说道："这地方离京城颇远，王爷你来回一趟很不方便，我看到王爷突然出现，难免有些意外。"

"是挺远的。"萧天耀看着林初九，不免有些失落。

这女人还真是属乌龟的，一感觉自己受到了伤害，就立刻将自己缩进龟壳里，拿这副虚伪的样子来敷衍他。

林初九丝毫不受萧天耀的冷脸影响，脸上依旧挂着淡淡的笑容："现在时辰尚早，王爷这个时候回去，还能赶在关城门前进城。"

"你赶本王走？"连装也不愿意了吗？

林初九笑着摇头，温婉地道："哪里，是时辰不早了，怕耽误王爷进城的时间。"

不是伤了以后就不在人前露面吗？装也要装得像一些，王爷麻烦你敬业一点，乖乖滚回萧王府去，别出来给人添堵行不行？

林初九此时笑得有多淡定，她的心里就有多烦躁。

她永远都忘不了周肆那一箭射来时的痛，她永远都忘不了濒临死亡那一刻的绝望，而这些都是萧天耀带给她的。

林初九完美到虚伪的表情让萧天耀极度厌恶，为了让林初九变脸，萧天耀无比恶劣地说道："谁告诉你本王今日要回城了？"

"王爷不回城，莫非是要住在这里？"嘴太快了，林初九一说完就后悔了。

萧天耀却露出一抹笑颜，接着话茬道："既然初九你诚心邀请，本王就勉为其难地住下好了。"

林初九差点就变脸，关键时刻她忍住了，很体贴地劝说道："王爷，你不用这么勉强的，我这里住不下几个人，而且条件也不好，王爷肯定住不习惯，王爷还是尽快赶回城的好。当然，王爷要是在城外有庄子，过去住一晚也是极好的。"

"不必担心住不下的问题，本王自会安排。"萧天耀将林初九的借口驳回，末了又说了一句，"谁告诉你本王只住一晚了？"

"你……要在这里长住？"林初九承认她控制不住自己的脾气了。

好言劝说通通不听，这是非要寻她恶心才满意吗？

"怎么？初九不欢迎吗？"萧天耀垂眸，掩去眼中那淡淡的失落，而他说出来的话却给人一种你敢拒绝你就死定了的强势。

话说到这份上，林初九还要再贤良温婉就可以当圣人了。既然温婉贤良不听，林初九当即冷着脸道："是不欢迎，王爷你还是快点走的好。"别逼我下毒毒死你！

“如果不呢？你要赶本王走吗？”萧天耀看着林初九，身子微微前倾，无端端给人压迫感。

他不接受林初九的拒绝！

林初九懂了，所以她笑了：“王爷说笑了，我哪里敢赶王爷走。这地方王爷若是喜欢住多久都行，甚至送给王爷也可以，要不要我让人将地契拿来？”

“庄子就不要了，本王住在这里便可。”成功征得林初九的同意，萧王很满意。

“那行，这里风景不错，王爷可以四处转转。”林初九起身，将毯子随手丢在矮榻上，朝着萧天耀欠了欠身道，“王爷，我身子不适，想要回房休息了。”

“去吧。”萧天耀也不想把人逼得太紧，左右他有的是时间。

“多谢王爷。”林初九毫不留恋地转身离去，脚步不大，但每一步都很快很急，就像身后有恶狗在追赶一样。

“跟上去。”萧天耀打了个响指，只见一道黑影飞掠而出，很快又消失不见。

林初九疾步前行，心里气得不行，伸手将脸上的泪珠愤愤地甩掉……

她今天算是彻底见识到了萧天耀的无耻。

萧天耀要住是吧？

好，她让给萧天耀住，她让萧天耀住个够！

林初九并没有回房，而是折道去了马厩，看到马夫正在给一匹枣红色的大马刷背，林初九二话不说，上前就抢了马夫手上的马缰绳。

“这匹马，我要用。”话落，人已翻身上马，拉住缰绳，狠抽一鞭子，双腿一夹马腹就飞奔了出去。

整个过程一气呵成如行云流水，从进来到骑马出去只是一眨眼的时间，别说马夫没有反应过来，就是紧随而来的暗卫也是吓了一跳：“王妃的骑术这么好？”

“王妃，王妃……那匹马，那匹马性子很烈，你不能骑出去呀。”马夫反应过来，忙跟在后面大喊，可惜林初九早已策马离开，根本听不到后面马夫焦急不安的声音。

“惨了，不知道还能不能追上。”暗卫闪电般冲了进来，从马厩里挑了一匹马后，扬鞭就追了上去。

“喂，喂，停下，停下，你又是谁？”马夫快疯了，这是哪个笨蛋，居然挑了一匹生病的马，这是要做什么？

暗卫的声音隔了老远传来：“快去告诉王爷，就说王妃骑马出去了。”

什么？

这还要告诉王爷？

王爷会不会怪他失职？

马夫惴惴不安，站在原地想了半晌，这才决定听暗卫的话，将此事报告给王爷知晓，而这个时候林初九已经跑出老远，至于暗卫？

他倒是想追，可胯下的马不知道怎么了，怎么抽也跑不快，跑了不到一炷香腿就软了，趴在地上直哼哼……

不用看也知道，他挑到了一匹病马。

“真倒霉！”暗卫直道晦气，只好用两腿去追。

因为马夫的耽搁，萧天耀收到消息已是一炷香后，当即派人追了出去，却只能追到一连串的马蹄印。

顺着马蹄印的方向，萧王府的侍卫已能确定林初九的前行方向，当即派人回来汇报：“王爷，王妃进城了。”

“进城？她倒是聪明。”萧天耀咬牙切齿地冷哼道。

林初九这一次，真的惹怒了他！

果然，是他太纵容她了，居然敢把他丢下自己走，简直是活得不耐烦了！

“回城！”萧天耀从牙缝里蹦出两个字。

侍卫们吓得一阵哆嗦，都不需要萧天耀多说，一行人连行装都来不及收拾，直接就出发了。

而此时，林初九正在十字路口，犹豫着是离开庄子，还是回城……

进城，除了萧王府她还能去哪里？

离开，她能保证自己不被萧天耀的人找到吗？

就凭萧天耀今天的表现，林初九可以用头上的脑袋打赌，萧天耀一定不会放任她跑掉，绝对会派人把她抓回来，到时候她有理都会变成没理。

“真烦。”跑出来都解决不了问题，简直是不给人活路。

林初九就这么站在十字路口，左右为难……

就在此时，医圣之心突然向她发出指示：有病患，需要紧急救治！

“病患？病患在哪里？”林初九一蒙，前后左右都看了一遍，结果也没看到什么病患。

“老天，别玩我。”林初九忍不住抱怨道，可惜医圣之心不会回答她，只会一直继续提醒。

“你赢了。”林初九正好不知道要往哪里走，此时来个病人也能让她冷静一下。

林初九翻身下马，去寻找病人的下落………

第十二章　麻烦的孕妇

林初九会骑马，骑术还不错，后来又跟着师父学过驯马，胯下这匹马虽烈，林初九还是能控制住的。

“乖乖地在这里等我一下。”林初九拍了拍马头，转身去寻找病患的下落。

就在这时，左边的官道上，一阵“嗒嗒嗒……”的马蹄声响起，声音越来越近，医圣之心的提醒也越来越强烈，林初九几乎可以肯定，伤患就在那群人里面。

对方算是一小队人马，十几人骑着大马，手持长刀，将一辆马车护在中间。林初九正好站在路中央，对方急赶着进京，远远就见到路中间有一匹高头大马，忙道：“前面的人让让，车上有病人，我们急着赶路。”

果然，病人在这里。

林初九见状，忙大喊道：“我是大夫，车上的病人很急吗？你们要是信得过我，让我瞧瞧好不好？”

马依旧停在路中央，她人却是避到了一旁。她不敢保证对方有没有听到，也不敢保证对方信不信她，会不会停下来。

医圣之心要她救人，所以她开口了，但对方要是拒绝，那她也没有法子。

听到林初九的话后，骑马的人也是一愣，不由得放缓速度对着身后的人道：“前面路中央有一个女人，说自己是大夫。”

“乡野村外，能有什么好大夫，快，快进城，大小姐等不及了。”

像是为了抗议此人的话，马车里的人突然痛苦尖叫，一婆子大声喊道：“大小姐快不行了，这里距离京城还有大半个时辰的路，要不要让她诊断一二？要是不行也耽误不了太久的时间。”

“这荒郊野外的，怎么那么巧就遇到了大夫，莫不是有诈？”护卫们放缓速度，提高了戒备。

“三弟，我快不行了，救救我的孩子，求求你，救救他。”马车里传来女子虚弱的声音。

“停车。”马车旁，一个略有几分清冷的声音响起，一行人立刻停下。

一位管家模样的人急匆匆下马，朝林初九走去，语气恭敬地问道：“姑娘可是大夫？”

“嗯，”林初九晃了晃手上从医圣之心取出的药箱，“你放心，我不会武功，也没有别的企图，只是听到你们说车上有病人，又见你们走得急，所以担心车上的病人情况紧急，便多问了一句。”

为了证明自己的确没有恶意，林初九举起双手，示意对方检查。

来人见林初九气度不凡，落落大方，加之他们急寻大夫，不由得信了三分，只是管家仍然怀疑，不由得说了一句：“姑娘，我们是北域莫家人，不知姑娘是……”

林初九听着一点儿反应也没有，只道：“哦，我是京城林府。”

那人一听，就知道林初九不清楚什么北域莫家，不免又信了三分，再说了，林初九是一个人，他们却有一大群人，那人也不信林初九能使什么坏，欠身道：“姑娘，你跟我来。”

“好。”林初九一脸淡然，心底却忍不住吐槽：为什么她就一点大夫的架子也摆不出来？明明是她救人，怎么倒像是她求别人一样。

护卫们见到林初九靠近，一个个如临大敌，神情戒备，即使林初九没有一丝武功，这些人也没有放松。只见他们目露精光，眼神凶恶，林初九不用想也知道这群人是厉害人物。

为了自己的小命着想，林初九不敢乱瞄，目不斜视地往前走，刚靠近马车，就闻到浓重的血腥味，林初九不由得皱眉道：“这么大的血腥味，伤得很严重？”

“不是伤，是……”

马车内倏地传来一声低低的闷哼，听到那声音，林初九头皮一麻：“是孕妇？”

她这个猜测令骑马立在车旁的男子多看了她一眼，管家模样的中年男子连连点头：“是的，是孕妇，我家大小姐怀孕了，临时跑来找我们，我们身边没有懂接生的人，半途中也找不到合适的大夫，便想着送大小姐进城。”

“此地距离京城尚远，你们家大小姐不一定能撑到京城，情况紧急，我进去看看。”林初九顾不得旁人怎么想，提起裙子就爬上马车，动作之粗野，与她不凡的装扮和得体的举止完全不同。

这姑娘，到底是什么人？

众人心中皆有这样的疑问，可此刻却没有人问出来，因为林初九已经爬到马车上去了。

马车里的血腥味更浓烈，一个脸色苍白、气息微弱的女子挺着一个不算大的肚子躺在中间，垫在她身下的褥子早已被血水浸透。

她身旁跪着一个老嬷嬷，不停地拿着毛巾给她擦汗，老嬷嬷见到林初九上来，忙道：“你是大夫！大夫，我求求你，救救我们家大小姐。”

“大夫，救，救我的孩子。”女子抓住林初九的衣摆，苦苦哀求。

“嗯。”林初九的耐心很好，但此时情况紧急，她真的没时间去安慰人。

检查对方的瞳孔、心跳等生命体征，见到对方生命体征有些微弱，林初九不由得蹙起眉来，又摸了摸对方的肚子，再听到医圣之心给出来的诊断，林初九整个人都不好了。

车上的孕妇与孩子的情况非常糟糕，不仅孕妇的生命体征微弱，孩子也是非常虚弱，很有可能大人和小孩都保不住。

最重要的是这孕妇的身体这么糟糕，孩子还是早产！

“大夫，大夫，我家小姐到底怎么样？”嬷嬷见林初九东摸摸，西摸摸，就是不吭声，不由得心急了。

林初九没有理会她，检查完肚子后，又检查了孕妇的下体，眉头皱得更紧了：产道根本没有开，羊水倒是流了不少。

“大夫，救救我的孩子，我求求你了。”孕妇的声音非常虚弱，全身都被汗水湿透了，眼神隐露出灰败，像是绝了求生的希望。

这样可不行，旁人没有放弃，她就先放弃。

“大夫，你到底行不行？”嬷嬷见林初九还是不吭声，不由得更急了。

林初九还是没有理会她，只是握着孕妇的手，清冷却坚定地说道：“你听着，你的情况很糟糕。你的孩子只有七个月，怀孕时没有养好，现在又受了刺激要早产，情况非常紧急，但是……只要你能坚持住，我可以试着救下你们母子二人，所以不要在我说放弃前，你就首先放弃自己和孩子的生命。”

“大夫，你真的可以，可以救我们家小姐？”嬷嬷一脸惊喜，完全不敢相信自己所听到的。

孕妇的眼睛也是一亮：“姑娘，你能救我的孩子？”

“不，能救你孩子的人只有你自己。你要死了，你的孩子也活不下来。”林初九抽出自己的手，从药箱里拿出一盒银针，“我先帮你保住胎儿，一会儿再帮你接生。”

从这里到她的庄子，骑马用了一炷香多一点的时间，马车慢一点，回到庄子用两炷香也足够了。

林初九的针灸术是从墨神医那里偷学的，她现在还达不到墨神医的那个水准，但要止血暂时保胎还是不成问题的。

林初九用银针刺入孕妇下身的几处穴道，暂时让她不再流血，羊水也不像之前一样不停地往下流。

“血，血止住了！”嬷嬷惊呼，而到这一刻她才彻底相信林初九真的会医术。

原来，主动送上门的也有好货！

林初九要是知道这嬷嬷在想什么，她肯定想撞墙。

“我，我也有精神了。”孕妇眼睛亮亮的，不过林初九知道这是对方的心理作用，银针也就是止血罢了。

不过为女者弱，为母则强。为了孩子，这妇人肯定能撑住。

“时间足够我们找到人家给你接生了，你先休息一下，养足精神。”

马车外的男子听到马车里的对话，也是长长地吁了口气，可随即又担心起来：“姑娘，这里距离京城尚有半个多时辰的路程，而这附近我们也不熟，不知姑娘可知道这附近哪里有人家可以借住？”

马车里有个孕妇，林初九也不敢掀开车门，只坐在马车里说道：“离此地不远有个庄子，那是我的产业，你们只要跟着我来时的马蹄印走就行了。”

京郊的庄子，一般都是富贵人家的地方，骑马的男子听到林初九这话，不由得问道：“姑娘你是……”

林初九也不是什么都不知道的人，听男子问起就明白他猜到了一二，直言道：“京中权贵人家，你不是猜出来了吗？你放心，我一不缺银子，二不想谋财害命，只是见到夫人难产，心有不忍，这才开口。”话虽如此说，可真实身份林初九却是一个字也没有说。

当然，要不是看这一行人行事还算磊落，又加上庄子里还有萧天耀的人，林初九也不敢贸然相请。

她也怕引狼入室的，虽然医圣之心要求她救的病人一般都不会对她起杀心，可难保有意外。

“是在下唐突了，在下北域莫清风，多谢……”

“这位姑娘姓林。”管家模样的男子记着林初九的话，便提醒了一句。

“多谢林姑娘。”

“别叫我姑娘，我已经出嫁了。你叫我夫人好了。”因为出来得太急，林初九并未梳妇人的发髻，这才令人误会。

“多谢夫人相救。”听到林初九说她已经出嫁，莫清风莫名觉得有点小遗憾，可随即又松了口气。

遇到生子这种事情，出嫁的妇人总是会经验多些。

临出发前，林初九又道：“我的马还在路中央，你们找个人帮我把它骑到城门口，到时候它自己会进去报信的。”

林初九承认她是骗人的，可那又如何？

不管萧天耀有没有派人来找她，她先做好自己力所能及的就好。

莫清风虽然不解，可现在需要林初九救人，自然是林初九怎么说，他就怎么做。

莫清风派了一人骑着林初九的马朝京城的方向奔去，而他们一行则按着林初九来时的马印，朝林初九的庄子驶去。

一路跟随林初九的暗卫，因为遇到一匹病马，以致中途跟丢大约一炷香的时间，等到他追过来时，正好与莫清风这一行人擦肩而过。

暗卫并未现身，莫清风虽然发现有人，可见对方没有恶意也只装作不知，暗卫看到马蹄印一路朝着京城的方向走去，也没有起疑，便继续追了过去。

莫清风一行人的速度不算慢，临近庄子时，正好遇到出发回京城追妻的萧天耀，双方没有什么交集，莫清风见对方不是一般人，早早就命人提前让路。

林初九在马车里听到声音后，大致猜到了些什么，可她会说吗？

答案当然是不会！

与萧天耀一行人分开后，大约走了两炷香的时间，莫清风一行人赶到林初九的庄子。莫清风想到刚刚那一行人，又看到庄子前马蹄和车轮留下的辙印，不由得问道："夫人，刚刚那行人是……"

"我夫君的人。"林初九也不隐瞒，大大方方。

"呃，夫人怎么不叫住对方？"要是没有猜错的话，之前遇到的那个暗卫，还有这一行人都是为了寻找这位夫人的。

"我为什么要叫住他？"林初九从马车上下来，根本不理会莫清风。

庄子上的人见到有大批人马过来，早就有人盯着，此时见到林初九下车，庄子上的人都傻眼了，尤其是匆匆赶来的庄头，更是结结巴巴道："王，王妃你回来了，王爷，王爷刚刚出去找你了……"

哎呀，这下错过了！

"王妃？你是王妃？"莫清风一行人也傻眼了，怎么大路上随便一个找上门的大夫就是王妃，京城里的王妃这么不值钱吗？

不是，应该说京城里的王妃这么蠢？

他们这一行人一看就不是普通人，堂堂王妃居然傻傻地送上门来给人当大夫，就不怕遇到坏人吗？

林初九当然怕遇到坏人，要不是因为医圣之心，她遇到莫清风这行人，别说主动上门问对方需不需要大夫，就是对方来请，她也未必会答应。

对方是一群能打能杀的汉子，而她区区一个弱女子，还身份不凡，这不是送上门给人绑票吗？

林初九没有回答莫清风的话，而是对着庄头道："让人抬个软轿过来，收拾一间干净的房间，另外准备好热水和白布，越快越好。有空的话再去村子里问问谁家的妇人还有奶水，请一个过来。"

就孕妇那模样，林初九不用检查也知道她绝对没有奶水可以奶孩子。

"是，小人这就去。"林初九说得又急又快，庄头的脑子里全是林初九交代的事，根本没有精力去管其他。

交代完庄头后，林初九转身对着跟在他身后的莫清风说道："你既然知道了我的身份，那就应该明白我不会对你们不利。加上那位夫人一起，你们只有三个人可以进庄子，其他人在外面等着，不许闹事，不然我一针一个的扎废你们。”

莫清风一行有二十余人，林初九虽不知他们的战斗力有多强，但她一眼就能看出这些人绝不是简单货色。

虽然林初九可以判断这群人并非大奸大恶之辈，对她也没有什么坏心思，可她凭什么要让一群大老爷们儿去她的院子？

萧天耀那是没办法，旁人就不要想了。

得知林初九的身份后，莫清风完全不担心林初九会有坏心思，当即就让人退下，只他和车里的老嬷嬷陪着孕妇进去。

软轿很快就抬了过来，林初九让莫清风把人抱上去，然后就让庄头把人送进刚刚准备好的产房，安顿好后便退了出来。

莫清风忙跟了进来，林初九不等他问便道：“我去拿药，换衣服，很快就过来。”

“多谢王妃。”莫清风双手作揖，郑重道谢。

他真的没有想到，在马路上随便遇到一个人，居然是会医术的王妃，大千世界果然是无奇不有。

“等那位夫人没事了再说谢。”林初九抬头扫了对方一眼，这才有工夫正眼打量对方。只见他身形修长，浓眉大眼，气质沉稳，对他不禁有了几分好感。

相由心生，这个叫莫清风的男子，应该不是什么邪恶之辈。

林初九除了回房换衣服外，还要从医圣之心里取出需要的药材。

换好衣服后，林初九撞到迎面而来的春喜。春喜见到林初九后又惊又喜，忙道：“王妃，王妃你回来真是太好了！”

“我很忙，有事回头再说。”林初九头也不回地走了，春喜还想要再说些什么，可已不见林初九的身影。

春喜无奈地叹气，让人立刻去给王爷送消息，免得王爷担心。

而萧天耀此时正好走到十字路口，他并没有急着往京城走，而是让人下去查看马蹄印的方向。

确实有一匹马朝着京城的方向走了，看马蹄印也是林初九之前骑的那匹，但是印子比之前深，可见骑马的人变重了。

另外，那有马车印的印迹，看他们的方向本来应该是往京城走，可却生生拐了个弯，朝庄子的方向走了。

萧天耀听着手下将探查的情况一一禀报，他立刻就明白他们都被林初九给耍了。

林初九根本就没有回京，而是搭着马车回了庄子。

“蠢女人，什么人的车都敢上，就不怕死无全尸吗？”萧天耀很生气，气得……想要活活掐死林初九。

“折回去！”萧天耀冷冰冰地下达命令，侍卫们吓了一跳，忙不迭调转马头。

而这个时候，春喜让人送的消息也由信鸽送到了萧天耀手上：王妃已回，带来一名孕妇。

居然是为了救人才折回去的？

见到病人就救，他萧天耀杀人如麻，却有一个悬壶济世的妻子，这简直是笑话。

“蠢成这样，居然是本王的王妃，就不怕这是圈套吗？”萧天耀这时候看林初九非常不顺眼，所以她做什么萧天耀都能挑出问题。

“立刻回去。”再次下达命令，比刚刚还要急切，侍卫们不敢耽搁，马鞭挥得飞响，恨不得插翅而飞。

而那位可怜的暗卫，凭着两条腿一路追到城门口，才发现追错了人。

林初九进入产房时，银针已经无效了，孕妇又开始叫疼，下身也在流血。

莫清风在门外不能进来，房内只有照顾产妇的老嬷嬷，此时见到一身蓝衣，干净利落的林初九进来，惊得不敢说话，只是一脸祈求地看着她。

林初九上前拔了针，第一时间给产妇做麻醉，同时示意老嬷嬷出去：“出去，你留在这里做什么？碍手碍脚的。”

“老奴留下来给夫人您打下手。”老嬷嬷还想坚持。林初九一个冷眼扫了过去：“出去，别让我说第三次。”

“是，是是是。”老嬷嬷吓得双腿一软，等到她反应过来时，人已经走到了门口。

林初九扯下床幔挡在床前，挡住外人窥探的视线。

“让开让开，热水来了。”就在这时，庄子里的下人抬了一桶桶的开水进去，一行人进进出出的，不过没一个看到林初九在做什么。

屋内一点声音都没有，外面的人听不到产妇的哭叫声，更是不安。莫清风在外面急得团团转，却又不敢乱闯。

而就在这兵荒马乱时，萧王爷回来了！

萧天耀回来时，林初九还在产房里，里面什么情况旁人都不知道，也就无法向萧天耀报告。

萧天耀周身散发着瘆人的寒气，庄头根本不敢靠近，离得老远就跪了下来：“小，小人给王爷请，请……”

不等他说完，萧天耀就沉声道：“带人来见本王。”

“啊？”庄头完全不懂萧天耀的意思。侍卫没法，只得为其解释道：“王妃不是带回来个孕妇，他的家人呢？王爷要见他。”他们当然要摸清楚王妃带回来的是些什么人，万一对方有企图呢？

“是，是，小的明白。”庄头连滚带爬地跑了出去，三步并作两步的来到产房外，扯着嗓子喊道，“莫公子，莫公子……”

莫清风此时正在为产房里的姐姐担心，听到庄头高声叫喊，忙扭过头来，黑着脸凶了一句：“小声点，不知道有产妇吗？”

“是，是是是。”庄头本能地就赔小心，紧接着后知后觉地反应过来：他凭什么赔小心，这里可是他们王妃的地盘，这人有求于他们王妃，凭什么凶他，可是……

这位莫公子一看就不是普通人，他根本不敢凶对方。

庄头耷拉着脑袋上前，小声说道：“莫公子，我家王爷回来了，他要见你。”

“什么？”莫清风走神了，没有听清。庄头又重复了一遍，莫清风这才听清了，不由得有几分紧张，犹豫片刻，点了点头，道：“好，我这就和你一起去。”

他正好也想要知道这位夫人到底是东文哪位王爷的妻子。

“请……”庄头见莫清风听到要去见王爷都不惊慌，不由得暗自庆幸自己没在他面前摆谱，连王爷都不怕的人是他能凶的吗?

因为萧天耀的到来，院子里里外外都有重兵把守，莫清风明显感觉到空气中有一种肃杀的气氛，可却没有吭声，缓步跟在庄头身后。

花厅里，萧天耀坐在上首，手里捧着一杯茶，明明是很悠闲的一个动作，可由萧天耀做出来，却让人感觉到压抑得窒息。

除了萧天耀外还有四个侍卫，不过，不管是什么人进来，第一眼见到的就只有萧天耀。

莫清风之前没有见过萧天耀，但看到萧天耀的第一眼，他就知道面前的这个男人是谁了。

王爷，双腿残疾，霸道高贵，卓尔不群。即使安安静静地坐在那里，也让人无法忽视，更不敢直视。

在东文，符合以上形容的男人只有一个……

“战神萧王？”虽是疑问，可莫清风一进来便双手抱拳，很恭敬地给萧天耀行了个礼。

萧天耀并没有把莫清风晾在一边，放下手边的茶，抬头扫了他一眼：“北域人？”

同样是反问，同样是肯定的语气。

“北域莫家莫清风见过萧王。”莫清风并没有隐瞒自己的身份，而是大大方方地说了出来。

“莫清风？莫家第三子，习武。师从七斗武神。”萧天耀一句一句点出莫清风的身份。

他的王妃果然会救人，随便救个人就能遇到北域大世家莫家的嫡子，还是莫家唯一一个在外习武的儿子。

这运气……真不是一般的好。

莫清风对于萧天耀知道自己这个小人物的情况颇感意外，可还是老老实实地承认道：“是的，我师父是七斗武神，师父曾提过王爷您，说要是没有那场意外，王爷必将是四国最年轻的武神。”

“本王与你师父有过一面之缘。”一句话就把莫清风划到晚辈一流，同时也表达了萧天耀的善意。

“师父经常提起王爷，说王爷乃真正的人中龙凤。”莫清风语气恭敬，可心里却无比郁闷。他比萧天耀小不了几岁，可偏偏萧天耀和他师父平辈论交，那他就生生矮了一辈。

“嗯。”这样的夸奖萧天耀听多了，并不当回事，问道，“要生产的妇人是你什么人？”

莫清风并没有成亲。

“家姐。”莫清风只说了一个身份，并没有详细说产妇的身份。

萧天耀也没有问，他对莫家儿子多少知道一些，至于莫家的女儿？

要嫁出去的人，他需要把时间花在这上面吗？

萧天耀问完便不再说话，莫清风倒是想和萧天耀说些什么，可萧天耀冷冷的样子着实吓人，莫清风根本不知道该怎么开口，一时间花厅里死一般的寂静，但两人谁也没有开口的意思，直到……

“生了，生了，大小姐生了。”屋外传来老嬷嬷高兴的欢呼声。

“我姐姐生了，我当舅舅了。”饶是稳重的莫清风，也不由得又笑又跳。

“姐姐呢？我姐姐怎么样了？”莫清风在门外大喊，不过并不敢进来。

林初九倒是想回答他，可她现在真的没有空，她要给孩子做检查，还要给产妇缝合产道，她很忙……

孩子只有七个月，小小的一团，却很健康，哭声也很洪亮，医圣之心检查过，孩子没有任何问题，身体非常健康，和足月的孩子没什么区别。

“真奇怪，孩子早产，还在产道里憋了这么久，怎么会一点儿问题也没有？”林初九又给孩子仔仔细细检查了一遍，越检查越觉得奇怪，不过……

这是好事，林初九并没有太较真，将孩子放在一旁后，便立刻给产妇做清理工作。

只是，产妇的情况却很不对劲，孩子取出来后，产妇的身体就好像失去了生命力一样，近乎没有生气。

“怎么会这样？明明孩子很好，产妇没有道理会越来越虚弱呀。”

林初九脸色大变，这个时候也顾不得小的了，忙用包袱将孩子包好，林初九把孩子抱了出去：“孩子，把孩子接过去。”她现在没空管孩子。

“我，我，我来。”老嬷嬷伸手接过孩子，急忙问道，“大夫，我家大小姐怎么样了？”

“你家大小姐怀孕期间吃了什么？这孩子早产没有事，可她却很糟糕，我不敢保证我能保得住她。”这个时候林初九也不确定自己能否救活那个产妇。

“我姐姐她……”莫清风脸色微变，还来不及说什么，就听到老嬷嬷哭着道：“当时孩子保不住，我家小姐为了保住孩子，在三个月的时候就开始吃益子丹。后来孩子保住了，可益子丹却不能停。两个月前大小姐越来越虚弱，又受到了刺激，孩子这才会早产。大夫，我求求你救救我家小姐。”

老嬷嬷抱着孩子就要跪下来。林初九听到益子丹颇为不解，不由得问了一句，就听到莫清风说："益子丹是用母体去养孩子。孩子在母亲肚子里，为了活下去就会吸干母亲所有的营养，孩子生下来后母亲几乎没有活路。姐姐，你怎么这么傻，为了那个人渣的孩子，居然连自己的命也不要，这样做值得吗？"

莫清风说着说着就哭了出来……

这么凶残的药?

后面的话林初九没有听到，她刚听到用母体去养孩子就知道产妇不好了，她必须尽快为她医治，不然产妇就真死了。

林初九知道，按现在这情况，产妇就是真死了，莫清风也不会怪她。可因为大夫的责任感，却让林初九无法在病人还没有咽气的时候放弃病人。

她胆小、自私，有各种不好，也会见死不救，但只要是她接下来的病人，她就会对病人负责到底，不到最后一刻绝不会轻言放弃。

除非产妇断气，不然林初九绝不会放弃救治她……

林初九又一头扎进产房去救治妇人，没有人知道产房里是个什么情况，只有下人不断端来的血水无声地告诉众人，里面的情况很不好。

时间一分一秒地过去。莫清风听不到里面的声音，只能凭空想象，越想心里越不安，手握了又松，松了又握，最后直接在产房外面走来走去，借此排解心中的紧张与担忧。

这个时候，他不是什么冷静理智的莫家三少，七斗武神的弟子，他只是一个最普通的关心自家姐姐的弟弟。

萧天耀依旧不着急，见到天色见黑，便让人给林初九送了蜡烛进去，以免她看不清。

看……那女人说的话，他都记在心上。就算偶尔失策一次，可也没有真的让她去死，他就不明白那女人还要计较什么。

女人，真是麻烦。

第十三章　今晚我们怎么睡

屋外的人焦虑不安，屋内的人也不好受，林初九接生完孩子，连口水都没有喝，又开始救治产妇。一个人在产房内足足忙了六个时辰，手都酸得抬不起来，等到妇人脱离危险，林初九也虚脱了。

真的很累，比上次给萧天耀医治双腿还要累。

林初九动了动僵硬的脖子，颤抖着双手将产妇的伤口包扎好，从医圣之心里面取出需要的药放在一旁，又为产妇检查一遍，确定没有遗漏之处，林初九这才出去宣布情况。

"吱呀"一声，门被打开，林初九还未走出去，莫清风就反应极快地冲上前："萧王妃，我姐姐怎么样了？"

"暂时保住了命，能不能活下来得看接下来的十二个时辰。接下来的十二个时辰很重要，她要是撑过去了，日后慢慢养着就好。"许是孩子早产的原因，益子丹还没有将孕妇掏空，不过……

那身子也亏损得很厉害了。

"她以后恐怕没有办法再有孩子了，而且她的身体也会比一般人虚弱，很容易生病，调养不好的话也会早逝。"

益子丹对孩子有益，可却是在燃烧母亲的生命，能保住产妇的命已是不易。莫清风对林初九只有感谢："多谢萧王妃，萧王妃的大恩大德莫家永世铭记于心。日后萧王妃有任何差遣，我莫家绝无二话。"

"我并不是图你们莫家的报恩才救你姐姐的，你要是觉得欠了我什么，直接付诊金给我就成。"莫清风也是一个实诚的孩子，报恩直接将整个莫家都压上，换作一般人早就应下了，可林初九根本不知道北域莫家到底是个什么存在，就算知道林初九也不会应下。

她是有医德的，她不会借治病救命之事索要人情回报。

对吧，萧王爷？

林初九抬头便对上了萧天耀的视线，天色已黑，林初九看不真切，只隐约觉得很可怕……

莫清风不知道林初九所想，只当林初九乃高风亮节不携恩图报者，心里更是感动万分，满口应下诊金之事，也将林初九的恩情记在心上。

北域莫家人绝非有恩不报之辈，即便因为此事而卷入东文朝廷之争，他们莫家也认了，谁让萧王妃救了他们莫家的女儿和外孙呢。

林初九压根就没有将莫清风的感激和感动放在心上，像莫清风这样的病人家属她见多了。这个时候说着感谢报恩的话，等到病人完全康复，就会把此事丢在脑后，她要真把这份人情记在心上，那就是犯傻了。

林初九交代了两句注意事项后，便道："你现在可以去看你姐姐了，她现在什么也不能吃，只能喝点水，你到时候只需要给她喂一点儿水就好了，我一个时辰后会过来看她。"

"好。"莫清风听到能去看自家姐姐，立刻就要往里走，幸亏林初九反应快，拦了一把："你身上的衣服全是灰，换身干净的衣服再进去。"

"我这就去。"莫清风真是如一缕清风，眨眼间就消失不见了，速度之快让林初九不由得在心里道：在不会武功的人面前秀轻功什么的，真的好讨厌。

收拾屋子的下人还没有来，产房外就只剩下萧天耀和林初九两人，林初九就是想躲也躲不过。

"王，王爷……"不知道为什么，原本还有几分得意的林初九，此时面对萧天耀只剩下心虚。

她自己也不明白自己心虚个什么劲，明明受委屈的人是她嘛。

"还记得本王，真是不错。"萧天耀一开口，就是嘲讽意味十足的冷声。

林初九不自觉地便后退两步，直到抵在门框上才停下来，略有几分尴尬地说道："王爷等了我一下午，我怎么会不记得？"

"本王不止等了你一个下午，还被你耍得在外面白跑了一圈。"萧天耀转动轮椅，缓缓上前。

"是，是吗？"王爷你这么直白地说出这么丢脸的事，真的很好吗？

林初九背后就是墙，退无可退，只能贴着墙面而站。

两人一站一坐，可偏偏站着的那个任凭她怎么强撑，都没有坐着的那个有气场。

萧天耀上下打量林初九，那眼神如看到猎物的猛兽，志在必得又满是不屑，就在林初九以为萧天耀会一直这么看下去时，萧天耀缓缓开口道："这么说，你是承认你在耍本王了？"

"当然不是。"林初九想也不想就否认，"我不知道王爷会出去，当时心情不好，骑马出去走走，我这不是回来了吗？"

就算是猎物，也不会甘愿丧身虎口，更不用提人。再怎么样，林初九也要为自己争取一把。

“是吗？”带着浓浓嘲讽意味的反问，无不告诉林初九，她的小心思萧天耀全知道。

林初九磨了磨牙，破罐子破摔道：“王爷说是就是呗，反正我是没有想过王爷你会出去追我的。”这个林初九还真没有想到。

一个能把她当作诱饵的男人，怎么会因为她跑出去就亲自去找她，这可能吗？

“本王也没有想过，可因为是你，所以……本王一再破例。”明显萧天耀知道林初九在说什么，那件事确实是他理亏。

虽然他计算好了一切，可最后还是让林初九受伤了，这是事实。

林初九没有吭声，只是自嘲地笑了笑，随即像是什么也没有发生似的，露出一个灿烂的笑颜：“王爷，我累了，想要下去休息，失陪了。”

萧天耀只当没有听到最后三个字，握住林初九的手，说道：“嗯，走吧，本王已经让人准备好了热水。”

“我自己可以走。”林初九想要抽回自己的手，可是没有成功。萧天耀握得太紧，她根本抽不出来。

“本王自己走不了，还等着你给本王推轮椅呢。”萧天耀松开了林初九的手，却给了她另一个任务，像是知道林初九会拒绝一样，在她开口之前抢嘴道，“林初九，一人一次，我们两清，以后别再使性子，本王脾气不好。”

明明是夫妻之间的事，可萧天耀就是有本事说得一板一眼，没有一丝温情。

萧天耀差点害死了她，而她只是让萧天耀白跑了一趟，这种事怎么可能一人一次的两清？

林初九轻笑一声，却也没有反驳。

萧天耀爱怎么说就怎么说吧，左右萧天耀在这里也待不了几天，而有莫家那个病人在，她有很多事忙，根本不用担心整天面对萧天耀。

下人早已将热水和干净的衣服准备好，林初九一回去就能泡澡。梳洗完毕后，林初九全身清爽，精神也好了不少，未想回房却发现她的房间变了样。

大红床幔、鸳鸯喜被，双人枕头……她今天成婚吗？

林初九嘴角微抽，强压下火气道：“这是谁布置的？”

扑通……春喜和秋喜立刻跪下，一脸无辜地道：“奴婢也不知道，奴婢回来时房间就变成这样了。”好吧，她们是知道的，可现在绝不能在林初九面前说出来。

“换了。”林初九懒得和自作主张的下人计较，“王爷要是喜欢这间屋子的话，就按他的喜好布置。”她搬出去，她把房间让出来行不行？

“这……”春喜和秋喜不敢应。

林初九的口气更大了：“怎么，我说的话不管用了？”

“不，不是……王妃，奴，奴婢……”春喜和秋喜支支吾吾，一副快要哭出来的样子。

“算了，把后厢房收拾出来，将我的东西收拾好，移过去。”林初九按了按太阳穴，她觉得自己有点头痛了。

萧天耀还真是得寸进尺，在萧王府顶多就是住她隔壁，到了庄子上居然直接住她房间来了，真当她是软柿子，想怎么捏就怎么捏吗？

萧天耀还真当林初九就是一个软柿子了，吃完饭后萧天耀“啪”的一声放下筷子：“林初九，本王听下人说你要搬到后厢房去？”

这绝不是询问，这是质问！

林初九慢悠悠地将最后一口饭菜咽下，然后喝了口茶才道：“是。”

“就这么不愿意与本王共处一室？”萧天耀开口道，声音冰寒刻骨，那双黑漆漆的眸子剜着林初九，眼中闪烁着一种叫做怒的火焰……

当然不愿意了！

可要直说，她会不会被萧天耀直接掐死？

为了自己的小命着想，林初九飞快地摇头道：“不是，是怕我睡相不好影响到王爷的睡眠。”

真假！

萧天耀冷哼一声，语气倒是缓和几许：“你要说你的睡相不好，那全天下就没有睡相好的人。”给林初九一块木板，她都能稳稳当当地睡在上面而不会翻下来。

林初九完全没有谎言被拆穿后的尴尬，一脸淡定地道：“我和王爷同睡一张床的话会压力很大，睡得也不舒服，为了我们两个着想，我想还是分开睡比较好。”

“我们是夫妻。”语气加重，似在强调这个身份。

林初九差点就笑了出来，他们是夫妻？天底下有他们这样的夫妻吗？

暗暗掐了自己一把，林初九这才没有将这番嘲讽之话说出口来。

“王爷，天底下多的是各睡各的夫妻。”要是丈夫整天和妻子睡，后院的那些小妾们怎么办？

“所以呢？你要学他们？”萧天耀的语气陡然变得温柔，这让林初九不禁背后发寒，总感觉这个男人的话里有陷阱，不得不打起精神看着他，也不敢轻易开口。

“怎么？不回答本王的话？”萧天耀催问了一句。林初九摇了摇头，没有回答萧天耀的话，而是问道：“王爷，你要在这里住几天？”

萧天耀也不在意林初九避开他的问题，答道：“住到你的伤好为止。”潜台词就是，林初九什么时候回去，他就什么时候回去。

“哦……”看样子，她早晚是得跟萧天耀回京了，不然萧天耀在庄子里整天没事做，就只会盯着她。

“怎么样？你想好了我们今晚要怎么睡吗？”萧天耀特别强调“今晚”。林初九只当没有听懂，回道：“今晚王爷你先睡吧，我要照看病人。”

“就知道你会这么说，去吧。”林初九的回答在萧天耀的预料之中，所以也就没有什么好失望的。

没有阻拦，没有将火气发下去，可林初九知道，她别想把东西搬出去，她能躲过今晚并不表示明天还会这么幸运。

真的很烦!

打又打不过，说又说不过，她到底要怎么办?

真想离萧天耀远远的，可就冲萧天耀今天的表现，林初九可以肯定她要是再跑了，萧天耀一定会派人去找她，她不敢保证自己能做到一辈子都不被萧天耀逮住。

“现在估计连跑也跑不掉了。”林初九左右看了看，虽然没有发现暗中监视她的人在，可她却能肯定，萧天耀一定派了人盯着她，不会让她再有机会跑掉。

慢悠悠地踱步来到产房外，林初九看到室内的灯光，敲了敲门后才进去。

此时的屋内，产妇一脸苍白一动不动地躺在床上，莫清风则坐在一旁，神色萎靡，见到林初九进来也只是朝她点了点头。

这才一个时辰，莫不是发生了什么事?

林初九挑眉，却没有兴趣问人家的私事，只道：“我在这里看着你姐姐，你先下去吃点东西，休息一下，晚点再过来。”林初九将挂在门后的衣服换上，示意莫清风起来。

“我不饿，我想陪着她。”莫清风一动不动，眼中布满血丝，眼眶略有些红，应该是哭过了。

莫清风看着林初九平静的脸，不知为何，居然有了倾诉的冲动，而他也是这么做的。

“萧王妃，你知道吗？我姐姐是一个很温柔也很好强的人。小时候我不想经商只想习武，家里人都不同意，只有她支持我，在我被父亲毒打罚跪时，也只有她会悄悄地给我送吃的，陪我一起罚跪。

“她在十岁那年，和北域单家的大少爷定了亲。婚事是双方父母都同意了的，他们在婚前也见过，彼此也是愿意的。后为单家出了事，眼见着就要败落了，单家上门来退亲，说是不愿意耽误我姐姐，可是我姐姐不同意，带着大笔的嫁妆嫁入单家。

“靠着我姐姐的嫁妆，单家起死回生，生意越做越大，这两年更是如日中天，虽然比不上莫家，可也相差不了太多。我们本以为姐姐苦尽甘来，可是不料……

“我刚刚从奶娘口中得知，我姐姐过得一点儿也不幸福，单家少爷对她只是表面上的好，内里却一直冷着我姐姐，我姐姐要强不想让家人担心，有苦都是自己往肚里咽。

“我姐姐和他成婚十年，一直没有身孕，我姐姐以为自己不能生，所以单家大少爷提出要娶他表妹为妾时，我姐姐也没有反对。

“他那表妹柔柔弱弱的，总说我姐姐欺负她，而单家大少爷从来都是不分青红皂白，不管有事没事全是我姐姐的错，说我姐姐恶毒，不配为正妻。我姐姐在单家后院受尽了欺负，可人前单家少爷从来不给我姐姐难堪，她就是有苦也说不出来。

“后来……我姐姐怀上了孩子，可这个孩子却多灾多难，总是出这样那样的意外，三个月的时候差点就没了，姐姐为了留下这个孩子吃了益子丹，想用自己的命保住这个孩子。

“单家大少爷把这件事告诉我家里人，家里人自然不同意，要姐姐把孩子打掉。单家大少爷更是虚情假意，说宁可要我姐姐也不要那个孩子。对了，这个时候他那表妹也怀孕了，养得小心翼翼，一点儿意外也不曾发生过。奶娘甚至偷偷听到，我姐姐此前之所以没有孩子，之所以怀胎后事事不顺，全是她的好夫君单家大少爷一手促成的，单家大少爷他竟然恨我姐姐……

“我不知道姐姐到底经历了什么，我只知道她在孩子六个月时，不远千里从北域跑来找我。见到我的第一句话就是：三弟，救救我的孩子。”

莫清风说着说着就哭了出来……

双手捂住脸，眼泪从指缝中流出来，那样子就像是受了委屈的孩子，无助而茫然。

林初九知道，莫清风并不需要她的安慰，他只是想要找个人，将这些事倾诉出来。

果然，一盏茶的工夫后，莫清风冷静下来，抹了一把泪道：“对不起，我失礼了。”

“没事，你下去休息，我会照顾你姐姐的。”林初九倒没有多伤感，一个孕妇拖着七个月大的身孕来找自己的弟弟，不用想也知道背后定有一段凄惨的故事，只是没有想到事情会这么狗血。

“谢谢你，萧王妃。”莫清风起身，郑重地给林初九行了个礼。林初九坦然受之，并将照顾莫大小姐的注意事项一一说给莫清风听，让他找人来照顾莫大小姐。

她是大夫不是丫鬟，照顾人不是她的强项，而且萧天耀还在庄子里，她没有时间也没有精力照顾这位莫大小姐。

莫清风着实担心她姐姐，听得十分仔细，遇到不懂的也不装懂，而是一句句问清楚。

林初九见他这么细心，也为莫大小姐高兴，便多说了几句。两人这一聊，就聊了大半个时辰。

萧天耀还在屋内等着林初九忙完去找他，不想等了大半天却连一个人影也没有看到，听到林初九被莫清风截住了，沉着一张脸将下人挥退。

萧天耀独自一人在屋内呆了片刻，仍旧没有等到林初九回来，一脸阴沉的他招来下人，冷声吩咐了一句，便命人推着轮椅往外走……

而此时，萧王府里。

萧天耀不负责任地抛下所有的公事外出，可把流白和苏茶累坏了。萧天耀丢下来的事，他们两个都要做，虽说萧天耀已经安排好了，可一应琐事也需要去落实、去跟进，遇到突发事件也需要他们根据实际情况做决定，或者调整计划。

“以前不觉得天耀有多忙，现在他突然丢下一切不管，我才知道他平时有多忙。”流白简直要跪了，他生来就不是处理这些事的料。

“其实天耀真的也没有多忙，他只要开口交代下去就好。”苏茶也累得不行，直揉眼睛。他好想睡觉。

“你也可以学学天耀，交代手下的人去做。”流白打了个哈欠。苏茶立刻跟上，眼泪都飙了出来，“我不行了，有些事我必须得问清楚，我不是天耀，我不敢保证自己的决策完全正确。”

“天耀什么时候回来？”流白完全不想动了，直接趴在桌子上。

“恐怕王妃不回来他就不会回来。不过我听说，下午王爷好像差点就要回京了，不知道怎么又回去了？”苏茶一说起八卦就来了精神。

这事只有流白知晓，萧天耀身边的护卫都是流白一手训练出来的，这些人有事也会报告给流白知晓。流白也不觉得有隐瞒的必要，大大咧咧地道：“天耀被王妃给耍了，以为王妃骑马回京了，于是带人追了回来，结果走到半路就收到消息，说王妃根本就没有回京，然后他中途又折了回去。”

“王妃居然敢耍王爷，她惨了。”苏茶幸灾乐祸地说道，难得地不同情林初九。

苏茶现在真的没办法同情林初九，要不是林初九跑到庄子上去，他和流白就不会忙成现在这个样子，所以……林初九还是受点惩罚吧，只有学乖了才不会乱跑。

下午的事闹得极大，苏茶和流白都知晓了，一直盯着萧天耀的皇上当然也知道了，只是他并不相信萧天耀下午声势浩大地出行，是为了追回林初九。

“北域莫家，这么巧就被你遇上了，你真当朕是傻子？”皇上更多的是认为萧天耀此举是为了掩饰他与北域莫家人的来往。

北域虽是东文的领土，可却是东文的国中国，由北域王全权治理，东文几乎插不上手，每年也只能象征性地向其收一点儿税。

第一任北域王与东文开国皇帝是亲兄弟，皇帝登基后便将北域赐给自己的亲弟弟作为封地，并许诺北域王世代传承，只要北域王不反，东文皇帝就不可削王夺地，也不得宣北域王后人进京。

北域王世代守着北域，现任北域王与皇上是同一辈人，虽然现任北域王没有什么大才干，也没什么野心，但下一代就不好说了。

莫家在北域是做粮草生意的，权势极大。莫清风的姑姑就嫁给了现任北域王，不过生下一个孩子后就死了，而那个孩子天生有心疾，无法担当世子重任。

北域王的现任王妃出身普通商贾之家，但她有一个好儿子，文武双全，在十八岁那年就请封了世子，与单家大少交好。

北域的情况很复杂，北域几大家族的权势也非常大，所以皇上轻易不敢对北域王怎样，也不敢染指北域的势力，现在知道萧天耀居然在他的眼皮子底下与北域人搭上线，皇上简直都要气炸了。

“他这是在威胁朕！有北域的支持又如何？他北域王敢反，朕就敢平了北域！”这么多年下来，北域王与东文皇室的关系越来越远，北域算是东文历任皇帝的一块心病，只是北域王一直不反，东文的皇帝们碍于祖训，也只能眼睁睁地看着北域越来越强大，甚至成为东文的一股威胁势力。

叩叩……皇上在桌面上敲了两下，一直躲在暗处保护皇上的密探头子立刻现身，跪在皇上面前："圣上。"

"派人盯住北域莫家，朕不希望有什么意外发生。"现在东文还不能乱，他也没有精力攻打北域。

"属下明白。"密探头子立刻点头。

皇上又道："去一趟天藏阁，朕要知道萧王的腿到底有没有好。"

他的一切计划，都建立在萧天耀的双腿无法行走这个前提上，而如果萧天耀的腿伤好了，那么，前线……必乱！

……

幽静安宁的室内，手臂粗的蜡烛尽责地燃烧自己奉献光明，将屋内每一个角落都照亮。

病床上，莫家大小姐一动不动地躺在床上，如果不是浅浅的呼吸声，都要以为她已经死了。

林初九拖了一把椅子，坐在床边守夜，萧天耀则坐在轮椅上，寻了个离林初九不远不近的位置坐下。

莫清风突然收到消息，有事外出，林初九没有办法，只得接过照顾莫大小姐的活儿。

林初九守了莫家大小姐一个晚上，萧天耀就在屋里陪了她一个晚上，林初九不走他也不走，就这么陪着林初九熬。

林初九心里气得要死，可偏偏又奈何不了他。萧天耀在屋子里时并不说话，就那么静静地坐着，你硬要说他妨碍到你都不行。

其实林初九很想陪萧天耀一直熬下去，可是，熬了一整夜，萧天耀没事儿人似的，林初九却撑不住了。她昨天忙了一下午，晚上又照顾病人一整夜，早就困得睁不开眼了，更别说病人的后续跟进还需要她关注，她根本不敢一直熬下去。

早晨，忙完了的莫清风过来接替林初九时，见到萧天耀在屋里，莫清风一点儿也不意外，他昨晚出去时萧天耀就在屋外，还是他开门把萧天耀请进来的。

莫清风和两人打了个招呼，记下林初九交代的事后，便提醒他们二人早些休息。

开玩笑，一个东文萧王，一个萧王妃。要真是因为照顾他姐姐而累倒，那他就是卖了莫家也赔不起呀。

"你赢了。"林初九走到萧天耀面前，没啥精神地说道。

萧天耀完全没有熬夜的疲倦，神色清明，精神抖擞："你也没有输。"他陪了一个晚上呢。

"无所谓了，先休息吧，我累了。"林初九打了个哈欠，推着萧天耀往花厅走去。

先吃早膳，再沐浴休息。

林初九先一步用完早膳，也不管萧天耀如何，外出遛了一圈消食后，便直接去洗澡了。

躲得过初一躲不过十五，林初九昨晚是躲过了，可今天怎么也躲不过两人共睡一张床的事实。

眼瞧着屋内红通通的一片，林初九没来由地烦躁，也不等萧天耀回来，自己便脱了衣服爬上床，蜷缩在最里面的角落里，要是不仔细看的话，几乎都看不到人。

林初九真的累坏了，上床前还在想着萧天耀来了怎么办，结果脑袋一沾枕头就睡着了，等到萧天耀进来时，她早已睡得像死猪一样。

“我还当你睡不着呢。”在屋内，萧天耀没有再装，直接走到床边，坐了下来。

只是……对比了一下手和林初九的距离，萧天耀真心觉得床太大了，他人都坐到床上了，可伸手却碰不到林初九！他的手该有多短？庄子上的床有必要换掉了。当然，他房间的那张更大号的床也必须换掉，床太大真的太不方便了，也浪费！

于是，原本不打算睡的萧天耀，在伸手碰不到人后，果断地脱鞋子上床，然后躺在床中间，这才碰到了林初九。

萧天耀倒是想要将林初九抱在怀里，可考虑到林初九睡觉的习惯，还有林初九醒来后，宁可睡地上也不跟他同睡一张床的可能，萧天耀只好按捺住搂着林初九的打算，只将手放在林初九的腰上，轻轻地……搭在上面。

他们有的是时间，完全可以慢慢来。萧天耀告诉自己，不能急！

考虑到还有很多事情要办，萧天耀并没有让自己睡太久，小憩一个时辰便醒来了，而林初九还在睡。

“好梦。”萧天耀轻轻地在林初九的后脑落下一个吻后，便起身走人。

屋内的人似乎动了下，又好像没有动……

萧天耀知道莫清风的身份后，就猜到皇上知道莫清风在他这里，一定会往阴谋的方向想，所以他给了皇上一个晚上的时间，让他可以查清庄子上的事。

现在，是验收结果的时候了。

“让莫清风来见本王。”萧天耀直接征用了林初九的书房用来办公。

莫清风并不知道萧天耀找他有什么事，可萧王要见他，他就是再放心不下自家姐姐也必须得过来。

“王爷。”莫清风对萧天耀的态度很尊敬，不仅仅是因为他的亲王身份，更多的是因为他的实力，哪怕此时的萧天耀仍旧坐在轮椅上。

萧天耀没有闲情逸致与莫清风瞎扯，开门见山道：“莫三少，你应该很清楚北域对于东文来说意味着什么，你出现在本王庄子上的消息，皇上很快就会知晓。”

萧天耀说到这里，略一停顿，见莫清风并无惊慌，这才继续说道：“你现在有两条路可以走，一是让莫家与本王合作，另一则是……”

萧天耀没有说下去，而是看向莫清风。果然，莫清风并不想选择第一条路，追问道：

“另一条路是什么？”

“另一条路很简单……”萧天耀冷笑，那双黑沉沉的眸子没有一丝温度，“带着你姐姐离开，越远越好，越快越好。”

“非要如此吗？我们莫家并不想卷入权力斗争中去，我姐姐也只是单纯地求医而已。”莫清风一脸纠结的神情，心里有两个小人在拉锯。

依他姐姐的情况，现在离开恐怕只有死路一条。

“晚了，当你知道本王的身份却不带着人立刻离开时，皇上便认定你们莫家是本王的人。当然，本王也不勉强你。莫家依旧可以清高地不与任何人合作，只是……当皇上出手对付你们时，本王也不会出手。”让他白担了一个与北域莫家合作的名头，却没有拿到实际的好处，还能指望他在莫家出事时出力吗？

天上没有掉馅饼的好事情。

“这件事我做不了主。”此事事关重大，莫清风根本不敢胡乱应下来。

“本王说了不勉强你。”萧天耀一派轻松，即使坐在那里，依旧有着睥睨天下的气势。

莫清风稍稍松了口气。可下一秒却又听到萧天耀道：“要是等到你们莫家没了足够的用处，那本王也不可能与你们合作。”

换句话说，莫家要是被皇上打压得抬不起头来，那时候再回头来找他，他也是不会为莫家出手的。

这句话很残忍，可却再真实不过。

非亲非故，谁会在你出事的时候帮你？你以为人人都是林初九，在路上遇到病重的人，也会“善心大发”地出面救人吗？

这个道理莫清风懂，可听萧天耀说得如此直白，不免被吓到了，深吸了口气后，这才道：“我明白了，请王爷给我三天的时间。”

“看在王妃的分上，本王可以给你三天时间。”萧天耀说完，便示意莫清风下去。

莫清风站在书房外，看了看书房，又看了看产房的方向，重重地叹了口气：他现在也不知道萧王妃救了他姐姐，这对他们莫家来说到底是好事还是坏事？

林初九救了莫大小姐，现在很难断言这对莫家来说是好事还是坏事，但有一点可以肯定，那就是……

莫家与萧王接触，对皇上来说绝对不是一件好事。皇上收到消息，确定莫家一行人住在林初九的庄子上后，气得不行，当即修书一封北域王，谴责莫家的行为。

虽说这么做并不会有什么效果，北域王也不会真的上心，可皇上必须得拿出姿态来，他绝不允许蕃地封王与京中掌有实权的王爷过从甚密。

皇上的举动萧天耀不知，不过萧天耀多少也能猜出来一二，左右他是打定主意要从北域借粮，皇上的不满他可须放在眼里？

有了莫家这件事，苏茶和流白对萧天耀留在庄子上也就没有意见了。

“我们拼死拉活才凑到那么一点儿的粮草，王爷只是出一趟京，就遇到北域做粮草生意的莫家，简直是让人嫉妒呀。”苏茶对着一堆的粮草统计数据，不由得泪流满面。

简直太打击人了，他们活该熬夜也做不完。

“不是王爷，是王妃。”流白公正地纠正苏茶的说词，“莫家是因为王妃才去庄子上的。莫家人要是知道王爷在，也许就不会去了。”

“管他是王爷还是王妃呢，反正他们一家人。有莫家在，我们就不用担心粮草问题了，我们自己再凑一点，养三十万大军还是不成问题的。”苏茶伸了个懒腰，“粮草的问题解决了，我要先休息一下了。至于武器回头再想办法好了，实在不行就从军火库‘借’一点。”

所谓的“借”自然是打劫、直抢了。

流白点了点头，没有再说什么，只提醒苏茶记得送吴大夫和他的徒弟们去庄子上。

本来吴大夫是要跟萧天耀一起走的，奈何手上有一个病人的伤口发炎了，吴大夫只能留下来，晚一天再走。

“曹管家已经安排他们去了，你放心，傍晚就能到。”苏茶是真的累坏了，走到书房内间的休息室后，倒床上就睡着了，还是流白过来给他盖的被子。

林初九这一觉睡得非常踏实，直到傍晚才醒。

醒来时发现床上只有自己一个人，不由得暗松了口气。她真的不想一醒来就看到萧天耀的那张讨厌脸。

不过，床中间的皱褶和枕头上沾的长发，无不告诉林初九，萧天耀不久前就睡在她的身侧。同床共枕虽然不是第一次了，虽然还会觉得不爽，但倒也没有多难接受，要是以后萧天耀都这般安分，那她也不介意分一半的床位给萧天耀，反正这床足够大。

伸了个懒腰，林初九赤着双足跳下床来，像猫一样没有发出一点声音。给自己倒了杯水后，这才叫来下人服侍她穿衣服。

依旧是春喜和秋喜，林初九不由得问了一句：“秀梅和秀慧呢？”不是说已经忙完了农活，今天就可以过来吗？

“回王妃的话，下午她们二人不小心冲撞了王爷，王爷……把两人赶回去了。”春喜硬着头皮答道。

很明显，萧天耀不准林初九有自己的亲信，而作为亲王他有的是法子折腾那两个丫头。

萧王……真是无耻！

林初九的好心情瞬间没了，语气烦闷地说道：“算了，回头给她们家里送点东西，就当是我给她们准备的嫁妆吧。”萧天耀会对她手下留情，可不会对两个小丫鬟心软。

春喜和秋喜自然知道林初九为什么不高兴，可这种事她们也做不了主。再说了，没了那两个丫头后，她们两个才能成为王妃身边的得力人，那两个丫头不来是最好的。

林初九睡了一整天，莫家大小姐的危险期也度过了，林初九过去时，莫家大小姐已经醒了过来，孩子也在她身旁，母子二人相依在一起，光看着就能让人感觉到幸福。

林初九一点儿也不后悔救了他们。

“萧王妃，你来了。”莫清风看到倚着门栏而站的林初九，忙起身相迎。

“你姐姐还好吧？”林初九嘴角噙着一抹笑意，没有亲王妃的雍容华贵，举止率性，看着就令人心生好感。

“很好，姐姐已经醒了，也可以吃些稀粥之类的食物。”莫清风很感激林初九，哪怕莫家因此而卷入东文皇帝与亲王之争，莫清风依旧感谢她。

莫清风很清楚，林初九从头到尾都不知道他们的身份代表了什么，根本没有想过要他们报恩。

“王，王妃……”病床上的女子脸色苍白，脸蛋瘦得只有巴掌大，衬得双眼就更大了。

林初九点头上前，见莫家大小姐要起身，忙按住她：“你现在身子虚，最好别乱动。”

“谢，谢谢你。”声音干哑，没有什么力气，眼中却是蓄着泪花，死死地握着林初九的手不肯松开。

“不用客气，我只是做了一个大夫该做的事。孩子很好，只是你的身体很虚弱，你至少要在床上养三到六个月，这段时间切勿劳累伤神。”林初九安抚地拍了拍莫家大小姐的手背，示意她躺好，转头对着莫清风道，“莫公子，你姐姐虽然是养伤，可现在也算是坐月子，你让人好好照顾她，月子坐好了一些小毛病也就不存在了。”

“我知道了。”莫清风连连点头，随即又不好意思地说道，“萧王妃，我姐姐这次来得匆忙，身边也没带几个下人，我身边也没有丫鬟婆子，我能不能在庄子上请几个人过来照顾我姐姐？”

“可以。如果你觉得不方便，也可以在附近租个屋子，你姐姐明天就可以移动，到时候我每天去看她一次就好。”

莫清风倒是真心很想搬出去，好离萧王远远的，可这个时候搬出去会不会有欲盖弥彰的嫌疑？

莫清风垂眸，掩去眼中的烦闷，低声道：“萧王妃，我们能先借住在你这里几天吗？你放心，我手下的那些人不会进来，就我和我姐姐几个人。”

林初九无所谓地道：“可以呀，只要你不觉得不自在就行。”既然萧天耀没有赶人走，还亲自见了莫清风，那就说明莫清风这人可信，莫清风爱留便留，左右莫家人会付银子。

“那就多谢萧王妃了。”莫清风再次道谢，同时心中忍不住感慨道：萧王妃这么好的人，怎么就嫁给了萧王那个吃人不吐骨头的战神王爷？

真是一朵鲜花插在牛粪上。

当然，牛粪是指萧天耀……

第十四章　王爷你太无耻

养了两日，莫家大小姐终于度过了危险期，不需要再彻夜守着。林初九给她换过药便出来了，临别前嘱咐莫清风有事就去找她。

莫清风虽然很想让林初九一直守着姐姐，可他也知道这不现实。别说林初九是萧王妃，就算是普通的大夫，也不可能一直照看病人，昨晚已是难得。

林初九白天睡了一天，此时精神好得不得了，正想找什么事情打发时间，也可以避免回房与萧天耀碰面，就听到下人道："吴大夫来了，王妃，吴大夫要见您。"

"吴大夫？他来干什么？还要见我？"林初九一脸不解，可想到自己正愁不知如何打发时间，见见吴大夫也是好的。

"给王妃娘娘请安。"十几个人上前，给林初九见礼。

这次不仅仅是吴大夫来了，就连他的徒弟们也都来了，林初九一到花厅就被这阵仗给吓到了，好在她还记得自己的身份，挥了挥手道："免礼。"

"谢王妃娘娘。"一干学徒行过礼后，便退至一旁不再说话。吴大夫亦是一脸严肃，亦步亦趋地跟在林初九身后。

林初九难得见吴大夫这么多礼，心里不由得打鼓，坐下后问道："吴大夫，你找我有什么事？"

礼下于人，必有所求。吴大夫听得林初九问起，也不拐弯抹角，直言道："王妃，我这次的确是有事相求。"

果然……

林初九笑了笑，淡定地问道："什么事？说来听听。"

扑通……吴大夫毫无预兆地跪了下来："王妃……"

林初九吓了一跳，忙上前搀扶："吴大夫，你这是做什么，快起来。"搞得这么郑重，这得多为难的事，她能不能走？

吴大夫却不肯起来，执意跪在地上。林初九使出了吃奶的力气也拉不动。

“王妃……”吴大夫刚开口便被林初九打断：“你千万别说什么我要不答应你就永远跪在这里不起来的话，你知道我的为人，要是让我为难的事，你就是跪死我也不会答应。”林初九把丑话说在前头。

吴大夫摇头，一脸严肃地道：“王妃放心，我可不敢用这样的方法要挟你，我之所以跪下是为众将士请命，求王妃给他们一条活路。”

吴大夫这般严肃认真的样子真的不多，再加上他话中的意思，更是让林初九丈二和尚摸不着头脑。

“你到底要求我做什么，你直接说。”弄这么多乱七八糟的事，搞得她更糊涂了。

“求王妃能指点我这些劣徒，让他们能以最快的时间学会处理刀伤、剑伤。”吴大夫说完这话，老脸微红。

求别人教导自己的徒弟，这可真是……厚脸皮呀。

“就这些？”林初九有些狐疑，如果只是这样的话，吴大夫完全可以自己教他们。吴大夫处理外伤的手法越来越熟练，要教几个徒弟完全不成问题。

“还有……”吴大夫真不好意思说出口，心里暗骂王爷狡诈，把这么难的事推到他头上。

“还有什么？你一次性说完，别吞吞吐吐的。”一点一点叠加，真当这是谈判桌呢。

“是，是是是。”吴大夫见林初九不高兴，立刻将最后也是最重要的要求说了出来，“求王妃给我们准备一批外伤药，好让我们运到前线去。”

“一批是多少？”这个数字真的很笼统，吴大夫这是在坑她吗？

“至少五万伤员的用量。”吴大夫说出这个数字后，立刻低下头。

“什么？五万人用的伤药，你让我准备？你在开什么玩笑？”林初九哼了两声，却怎么也笑不出来。

她就是再蠢也知道吴大夫这是受谁的命令而来。

萧天耀，这明明是他的事，自己不出面和她谈，居然让吴大夫来求她，简直是……无耻加卑鄙。

吴大夫也知道这条件真不是一般的无理，可这是王爷交代的，他能怎么办？

“我，我们也可以帮你一起准备的，真的。”吴大夫指天发誓，“人多力量大，王妃你只管交代我们怎么做，我们一定会做好的。”

“你们帮我准备？”林初九特别咬重“帮我”二字。

吴大夫你到底有没有搞清楚现在是谁帮谁呀？

吴大夫真没有搞清楚，老老实实地点头道：“王妃你放心，我们一定会帮你的。”

“帮我？你们简直不要脸！”林初九已经不想和吴大夫说话了，气呼呼地坐回椅子，“是你们家王爷让你来找我的吧？叫你们家王爷来和我说。”

萧天耀要她办事，却不肯低下那所谓的高贵的头颅来求她，这世间哪有这么美妙的好事?

“王妃，这是王爷交代我办的事，说是办不好我就永远不要回去。”吴大夫忙起身，殷勤地给林初九倒了杯水，“王妃，你喝杯水消消气。我知道这事王爷办得不地道，可还请你看在三十万大军的分上，帮帮我，不不，是帮帮王爷吧。”

“这关我什么事？”林初九别过脸去，懒得搭理吴大夫。

萧天耀自个儿不出面，可见这事也没有多严重。

“这事确实与王妃无关，可我实在想不出来，除了王妃你，我还能找谁帮忙去。”吴大夫见林初九完全没有软化的迹象，便很无耻地打起悲情牌，“王妃你不知道王爷手底下的那三十万大军有多苦。他们被皇上强夺了回去，王爷本以为皇上会善待他们，可这次东文与北历一战，皇上却把这三十万大军全部派去前线，还是作为前锋，简直是让他们去送死。”

“军人的职责就是保家卫国，服从军令是他们的天职。我记得领军的大将军是徐侯，我虽然没有接触过此人，可也知道他的为人，他不会故意刁难士兵的，也不会让手下的人做无谓的牺牲。总有人要冲在第一线，徐侯这么做必有他的道理。”

前线的事林初九也是知道一些的，当然那些消息都是萧天耀让她知道的。

林初九知道前线战士的伤亡非常惨重，她没上过战场，以为战争就是如此，现在看来这里面似乎有很大的问题，而萧天耀让她知道伤亡数字，恐怕也是有所图谋。

吴大夫并不知道林初九已经猜到了萧天耀的打算，他为了说服林初九，绞尽脑汁地将前线战士的惨状，绘声绘色地描述给林初九知晓。

“王妃你不知道，王爷手底下的那三十万人真的太苦了。徐侯确实公平，也没有刻意牺牲他们，可也架不住上面的人不公平啊。那三十万人在军中吃得最差，穿得最差，手上的武器也是最差的。”为了让林初九这个不懂战争的女人更清楚更直观地明白三十万大军的处境，吴大夫详细说道，“他们手上用的大刀都卷了刃，一刀砍下去连敌人的战甲都砍不破，更别说杀人了，长枪的枪头一捅就断，这怎么在战场上杀敌护国？这简直就是找死。他们身上穿的战甲，全都是前几年的旧衣服，王爷当初为他们打造的战甲全部被皇上收走给了其他营的兵。只让他们穿又破又旧、刀尖一碰就烂的衣服。幸亏这不是冬天，要是天冷了，不知道要冻死多少人呢。”

吴大夫说着说着眼眶就红了：“王妃，我承认我是因为王爷的命令才来求你的，可我心里也真想为他们做点什么。我之前没少出入军营，他们当中有许多人都叫我爷爷，他们大多是十六七岁的小伙子，我在心底也是把他们当成孙子一样看待。他们为了保卫国家而战死沙场的话，我不会为他们伤心，我会以他们为荣。可要是因为缺衣少药而死，我真的很不甘心。”

吴大夫这会儿不用装，就是一脸的悲伤与绝望。他也不在乎在徒弟们面前丢脸，一屁股坐在地上，继续道：“王妃你是不知道皇上他有多狠，人人都说皇帝不差饿兵，可偏我们的皇上就差饿兵。前线一共五十万人，而皇上手底下的那二十万人，每天吃好喝好，穿最新的战甲，用最锋利的武器，还只需要在后方捡功劳就可以。

“而王爷的那三十万人，他们不仅穿得差，手上的武器烂，还吃不饱，他们每天的吃食就三大碗和水一样清的米粥，一泡尿就没了。可就是在这么恶劣的条件下，他们还要握着只比木棍稍强的武器，冲锋在最前线。

“战斗结束后，皇上的那二十万人就是只有一道小口子，也自有军医为他们包扎，药材不断。而我们的人断了腿都没人看一眼，就算有人过来看一眼，也总是领不到药，只能生生熬着，活了是命大，死了是活该。

“王妃，你是不知道，前线每天都有成堆成堆的尸体被埋进坑里，这些人全是因为得不到治疗，或者是没有药材而活活熬死的，他们本来不用死的……”

吴大夫说到最后已是泣不成声，他的几个徒弟也是小声小声地抽泣……

林初九承认，她因为吴大夫的话而心软了，只是五万人的伤药，她根本拿不出来。

“这件事，我要再想想。”林初九怕自己头脑一热就被吴大夫说得应下这不可能完成的任务，丢下这句话她抬脚就跑。

“王妃，王妃……”吴大夫忙在身后追，于是林初九跑得更快了，眨眼间就不见人影。

庄子到了晚上很安静，外面没有灯火，到处都是黑漆漆的一片，林初九在外面转了两圈后，发现实在没有地方可去，只得不情不愿地回房。

屋内，萧天耀早已在等候，许是刚刚沐浴过，萧天耀的长发解开了，半干半湿地披在身后。微暗的烛光软化了他身上的冷寒之气，烛光下的萧天耀看着比平时温和了许多，让人有胆子多看两眼。

俊美的容颜，微扬的薄唇，沉静的眸子，尊贵优雅的气度……

这个男人长得真是太好看了！

对上萧天耀那双漆黑深邃的眸子，林初九的心跳不由得加快几拍，不自在地唤了一句：“王爷。”她就知道这男人一定会在房间。

今晚，是躲不过了。

“回来了。”饶是这么平淡的字眼，但从萧天耀的嘴里说出来，也是不由得令人心中一暖。

霸道冷傲的男人，偶尔的温柔能让人心醉。

“嗯，回来了。”林初九承认自己很没用，面对萧天耀这难得的温柔，她居然忘了差点儿就被他害死的事，竟无法对着萧天耀发脾气。

“热水准备好了，去沐浴吧。”萧天耀的语气并不强势，可却让人不由自主地便按照他说的办。

屋内没有下人，林初九全部都要自己动手，沐浴还好，她一向不用下人侍候，可要把头发擦干就麻烦了。

她的头发又长又厚，再加上擦头发的毛巾并不吸水，林初九擦了半天，头发还是湿漉漉的。

林初九并不懒散，也还算有耐心。可对擦头发这种事她真的很不愿意做，又擦了两下还不见干，林初九也就不管它了。反正现在天气渐暖，时间也早，个把时辰也就能干了。

林初九披着湿漉漉的头发回房，发现萧天耀仍旧维持着原来的姿势坐在那里，见到她进来，抬头看了一眼，随即不悦皱眉："怎么不把头发擦干？"

头发里的水渍将中衣渗透，衣服湿了便贴在身上，该露的不该露的都露了出来，林初九没有注意到，可萧天耀一眼就看到了。

这个女人，这是要诱惑他吗？

其实不用这么辛苦的，只要林初九说一句，他可以考虑配合。

"我回头就擦。"林初九很不习惯和萧天耀共处一室，幸亏她的睡衣从头包到脚，不然她会更不自在。

算了，她还是出去吧！

林初九无视萧天耀，绕到衣柜前取了一件外衣披上，准备往外走。

"这么晚了你要去哪里？"萧天耀转动轮椅，挡在林初九面前，黑眸隐隐流露出一丝不悦。

林初九没有看萧天耀，轻声说道："我出去擦头发。"

擦个头发需要出去吗？真当他是白痴吗？

萧天耀指了指梳妆台的位置，不悦道："坐下！"

"啊？"林初九以为自己听错了，低头看了萧天耀一眼，这一眼看得她有些心慌。

萧天耀的眼神太温柔了，似能将人溺毙。

在萧天耀的眼中，她就像是无理取闹的孩子，任性地耍脾气，而萧天耀愿意包容她所有的任性……

这种感觉，真是糟糕透顶啊！

林初九像是没有听到一般，倔强地一动不动。萧天耀不厌其烦地重复一遍："坐下。"

轻轻的两个字，却带着令人不敢拒绝的威严与强势。林初九脸色微白，身子微颤，却倔强地摇头："我要出去。"

她不想再受萧天耀影响了，也不想再喜欢这个人，更不想被他宠溺包容的眼神欺骗。

"可以，但不是现在，"萧天耀挡在林初九面前，根本不让她有出去的可能，"本王有话要和你说，关于吴大夫提的事。"要谈正事，林初九还有理由跑出去吗？

"你说。"林初九深吸了口气，努力让自己看上去正常一些。

"你先坐下。"萧天耀移开轮椅，没再拦着林初九的路，他相信林初九不会傻得在他面前跑出去。

林初九当然不会犯傻了，萧天耀要是不同意，她根本出不去。

林初九老老实实地坐下，等着萧天耀开口，可等了半天也不见萧天耀说话，扭头一看，却见萧天耀拿了一块大毛巾，正走过来给她擦头发。

林初九惊恐地睁大眼睛，忙起身接过毛巾："王爷，我自己来。"她真心消受不起这位萧大王爷的服侍。

萧天耀侧过身子，避开了林初九的手："坐好，本王帮你擦。"话落，也不管林初九乐不乐意，直接抓起她的头发就开工。

"不用，我自己可以。"林初九想闪躲开，却被萧天耀按住："坐好，别让本王说第五遍。"

按在林初九肩膀上的力道足以让她无法动弹，却又不会伤害到她。

林初九实在没办法，只得老老实实坐下，透过铜镜能看到萧天耀修长的手指在她的发间来回穿过。

长这么大，第一次有人关心她头发有没有擦干。长这么大，第一次有人给她擦头发。长这么大，第一次有人站在她身后，给她依靠……要说不感动那是骗人的，可为什么这个人是萧天耀呢？

林初九不知道自己心里是感动多一些，还是难过多一些。屋内太过寂静，让林初九忍不住胡思乱想。为了不让自己想太多，林初九主动开口问道："王爷，你不是要谈吴大夫说的那件事吗？"你的温柔体贴，就是为了前线的士兵吗？

如果是的话，请你实话实说，求求你别用这样的温柔折磨我。

林初九的眼中闪着泪花，她怕萧天耀看到，忙眨眨眼，将眼泪眨回去。

萧天耀是什么人？那是仅次于武神的存在，林初九的动作再快再细微也逃不过他的眼睛，擦头发的手一顿，很快……快到林初九也没有发现。

"在谈那件事之前，我们先说说周肆的事。"萧天耀知道林初九很在意这件事，他原本以为林初九会问他，可是没有。

一直憋在心里，一个人胡思乱想，简直是……气死他了！

"周肆？"林初九一听到这个名字就觉得心脏揪痛，可在萧天耀面前，她依旧没事人似的说道，"他不是死了吗？他的事有什么好说的？"

"你很介意。"不是询问而是陈述。林初九抿嘴不说话。

萧天耀边擦头发边道："周肆收了银子，要买本王和你的命。"

"我的命也有人买？"林初九一脸惊讶，完全想不到还会有人会花银子买她的命。

她嫁给萧天耀之前，好像并没有得罪什么人。当然，太子、皇后、林夫人他们应该不算，这些人要她的命，根本不需要请杀手。

"没错，你的命有人出了价，周肆接了，他一直在暗中想要你的命。为了解决掉周肆这个致命的威胁，本王出高价请来第一杀手荆池，希望他能解决周肆，可惜周肆提前收到消息躲了起来。周肆这人擅长伏杀和躲藏，他躲进深山老林里，就是荆池也拿他没办法。"萧天耀说到这里，不免露出几分可惜。

“周肆有个习惯，那就是他接下来的任务，无论如何都要完成，哪怕有一点可能性他也不会放过。他的实力虽然不错，可本王腿残时不惧他，腿好了更不会惧他，他杀不了本王，所以轻易也不会来杀本王，可是你不同……”

“我看着就好下手是吗？”林初九隐约明白了，可心底还是怨。

“事实就是这样，要杀你比杀本王容易多了。而只要本王离开萧王府，或者你走出萧王府，周肆就会有所行动。”而他，很快就要离开萧王府，所以他不得不以林初九为诱饵，引周肆出来。否则，等他上战场时，那林初九就危险了。

“你想告诉我，周肆一直在盯着我，你并不是拿我当诱饵，而是我一出门就会想当然地成为诱饵，是吗？”林初九一脸嘲讽地道。

多么冠冕堂皇的理由，萧天耀还真说得出口。

“事实就是这样。”萧天耀理所当然地点头。

“你想告诉我，你这么做是为了我好，为我铲除潜在的危险，是吗？”林初九再一次反问。萧天耀依旧坚定地点头：“是。”

“所以说，王爷你这是在跟我解释吗？”为了前线三十万大军的伤药，高贵的你终于开了尊口。

“不，本王不需要解释，本王只想让你少胡思乱想。”闹别扭可以，可一直钻牛角、闹情绪，就太让人讨厌了。

“真是多谢王爷了，日理万机的你，还得花时间来开解我。”林初九从萧天耀手中用力抢回自己的头发，转身看着他，冷嘲道，“王爷，你敢否认你当时不是拿我当诱饵吗？”

萧天耀眉头一皱，语气不悦道：“林初九，你到底要闹到什么时候？”他的耐心是有限度的。

“我没有闹，我只想知道你当时是不是在拿我当诱饵？”如果那只是一场意外，她一点也不怪萧天耀，可偏偏那不是意外。

“是。”

“果然是……”明明早就知道是这样，可林初九听到萧天耀肯定的答复后，心脏还是忍不住地揪痛，后退一步，撞在梳妆台上，腰间的疼痛让林初九冷静了不少，深吸了口气才道，“你有没有想过，我会死在周肆的箭下？”

当然没有想过！

他的计划万无一失，哪怕出了意外，他也有足够的实力保住林初九的命。

萧天耀想也不想就道：“本王已经安排好人手救你，你不会死的。”就算荆池没有赶到，他也保住了林初九的命，不是吗？

“你安排的人？人在哪里？等你安排的人过来，我早就死透了。”林初九气得大骂，猛地推了萧天耀一下，可萧天耀却纹丝不动，想要再推却被萧天耀抓住了手：“林初九，别无理取闹，本王安排好了一切，你绝不会死的。”

“可是我中箭了。”林初九用另一只手，指着自己的伤口，“这里，就差一点点，箭头只要再往下一点点我就死了。你知道我当时有多绝望吗？你知道我当时有多恨你吗？你知道吗？”

说到最后，林初九已是泣不成声，身子微微颤抖。萧天耀心中一痛，手腕轻轻用力，将林初九拉入自己的怀里：“本王知道，本王都知道。周肆已经死了，他死了，你不用再害怕了。”

“你知道？你知道什么？你什么都不知道！”林初九用力推开萧天耀，“你不知道我有多恨你，你不知道我有多害怕。你不知道，你永远都不会知道死过一次的人，有多么害怕死亡。”

一连串的质问，与泪水一同喷涌而出。

这是事情发生后，林初九第一次宣泄自己的情绪责问萧天耀，也会是最后一次。

“我看着面前的人一个个倒下，我看着他们为保护我而倒下，我看着利箭朝我飞来，我什么都不能做，我只能站在那里，眼睁睁地看着箭射向我，箭镞射中我的那一刻，我疼得连哭都哭不出来，可你却说你一切都是为了我，为了我好，为了我的安全。事实却是你在拿我当诱饵，你害得我差点死掉，你叫我怎么接受？”

为了她好，就可以理所当然地拿她当诱饵？为了她好，就可以理直气壮地推她去送死？这样的好，她宁可不要……

歇斯底里的林初九着实令萧天耀心疼，可也令萧天耀烦躁，他不知道该怎么安慰失去理智的林初九。

萧天耀就这么静静地看着，看着林初九哭……直到林初九哭够了，停了下来，萧天耀这才道：“林初九，事情都已经发生了，你想怎么样？”只要林初九说出来，他就能做到。

“我想怎么样？我还能怎么样？你是手握兵权的萧亲王，我能拿你怎么样？弱肉强食，别说你把我推出去当诱饵，就是你拿我当肉盾，我也只能接受了，不是吗？”实力决定一切，她根本逃不开萧天耀的控制，她根本无法报复萧天耀。

“看样子，你什么都明白。”萧天耀抬手，笨拙地擦掉林初九脸上的泪，“想要拿本王怎样很容易，只要你变强。本王等着你变强的那天，只要你有能力，本王欢迎你拿我做诱饵，甚至是肉盾，前提是你有这个实力能办到。”

“放心，若真有那么一天，我一定会毫不犹豫地推你去送死。”林初九别开萧天耀的手，胡乱地用衣袖擦掉脸上的泪，因为用力太狠，脸上印出好几道红痕。

“好了，该说的都说清楚了，王爷不是要谈正事吗？谈吧。”林初九侧身走出萧天耀的钳制，坐到床边上，而她对面就是萧天耀的轮椅。

将周肆的事说清楚，撕破了那层窗户纸后，林初九也没有必要与萧天耀虚与委蛇，她不高兴就是不高兴。

“无理取闹的你真像一个疯婆子，这样的你反倒更可爱些。”萧天耀随手将毛巾丢在地上，转身在轮椅上坐下。

遇到不公平的对待只会怨别人，怪别人，将一切不幸都推到别人头上的林初九，不配做他的王妃。

他的王妃，不是站在他身后被他保护，而是能够与他并肩作战。

林初九没有接话，等着萧天耀说出他的要求。

萧天耀也没有再拖，直言道：“事情吴大夫已经跟你提了，你有什么要求尽管说，本王会尽量满足你。”

听到萧天耀这公事公办的口气，林初九一点儿也不生气，和虚情假意相比，她宁可面对冷酷无情的萧天耀。

“我可以提供药方，至于能不能确保五万人的分量与我无关。”医圣之心虽有药，但没有病人求治，医圣之心能供给的药材有限。

“可以。”萧天耀一开始就没有想过要林初九全额提供。

林初九一个被关在后院的女人，真能拿出五万人用的药，那他就要奇怪了。

接着林初九提自己的要求：“我希望你能准我自由出入萧王府，不干涉我的事。”

萧王府的后院是她的牢笼，再关下去她会失去生存的能力，慢慢地变成菟丝花，离了萧天耀这棵大树便活不了。

“可以。”见识过林初九的能力后，萧天耀也没有关她一辈子的打算。待在后院里的女人，配不上他。

不过，萧天耀还是警告了一句：“记住，永远不要有背叛本王的念头，本王今天能给你自由，明天就能收回，包括你的命。”

“我知道自己的立场，我不会做有损萧王府利益的事。”萧王和皇上的矛盾已到白热化的阶段，她既然医好了萧天耀的腿，这辈子就只能和萧天耀站在一起，萧天耀要是倒了，那她也没有好处。

“很好。”萧天耀赞许地点头，“本王明日会派人来取药方。”萧天耀说完这话后，调转轮椅，朝外走去，将房间留给了林初九。

这就走了？

林初九瞳孔放大，似不敢相信自己所看到的，直到萧天耀走出去，关上门后，这才相信萧天耀真的出去了。

“太好了！”林初九倒在床上，全身都放松下来。

哪怕是回到最初的委曲求全，她也不想对着萧天耀演戏谈判。

“因为周肆的事，你就这么讨厌本王？”萧天耀在屋外将林初九的话听得清清楚楚，不由得露出一抹苦涩的笑。

他真的不觉得在这件事上自己错了，如果时间能重来一遍，他依旧会这么做。

只要能杀敌一千，他不介意自损八百！

萧天耀和林初九把事情谈开后，知道林初九有心结，没有再去堵林初九，而是给了她足够的空间与自由，好让她自己想开……

房间很快就恢复到原来的样子，萧天耀也不再踏足林初九的房间，两人好像又回到了新婚之初，除了冷漠的工作外，再无其他交集。

莫家大小姐的身体恢复得还算不错，只是无法亲自喂养孩子，在孩子可以吃奶后，林初九提前让人准备好的奶娘就派上了用场。

莫清风这个当舅舅的虽然极度厌恶孩子他爹，可对这个孩子却不讨厌，甚至得知自家姐姐不打算与那个混蛋一起生活后，莫清风打心底心疼这个一出生就注定没有父亲疼爱的孩子。

孩子出生后，莫清风便用莫家的特殊渠道将消息传了回去，与这个消息一同传回去的，还有萧天耀所提出的合作。

莫家人知道莫大小姐母子平安，本来是很高兴的，可看到莫清风后面提的事情后，一家人不由得陷入深思。

“萧王与皇上之间的矛盾不可调解，我们帮了萧王就等于站到了皇上的对立面。虽说北域不受皇上直接管辖，可皇上若是向北域王要一个莫家，北域王还是会给的。”

莫家是北域王长子的外家，北域王长子在北域王面前本就没有地位，更别说莫家了，现在莫家与北域王的关系，随着北域王世子的确定而越来越僵。

“可是，我们已经上了萧王的船，就算再拒绝萧王，皇上也不会相信。到时候皇上要是对付我们，萧王也不会帮我们，那我们莫家可就成了两边都得罪的弃子。”莫家大少说道。

莫家二少附和点头：“父亲，萧王妃救了大姐，我们莫家欠萧王两条命。”

很明显，莫家大少与二少对投靠萧天耀一点也不反感。单家的事情他们都很清楚，单家大少与北域王世子交好，他们莫家要是不另找靠山的话，就会被单家打压到死。北域王世子也绝不会放过原配嫡子的外家，这两年他们莫家明显越过越艰难。

“你们的意见，都是同意？”莫父征求两个儿子的意见。

莫大少与莫二少沉默片刻，兄弟二人不约而同地看向对方，隔空交换一个视线，然后两人异口同声道：“是的。”

莫大少为了说服父亲，又补了一句：“父亲，我们莫家需要一个强有力的靠山。锦上添花虽好，可雪中送炭才是真情。我们这个时候若是站到萧王一边，他日萧王手握大权，绝不会亏待我们的。”

“万一萧王倒了呢？”莫父脸色沉重地抛出这句话。

父子三人又是一阵沉默，最后还是莫大少开口道：“那就是我们莫家命中该绝，怨不得旁人。”

“好吧，给老三回信。”莫父没有再说什么。

信，隔着数千里，生生在三天内就送到了莫清风的手里。莫清风收到家里的决定后，并不觉得意外，苦笑一声将信纸捏成纸团，深吸了口气，转身去见萧天耀。

莫家的同意在萧天耀的意料之中，收到莫家的答复后，萧天耀立刻写信让苏茶与流白安排人手去漠北取粮，当然该给的银子萧天耀一分也不会少。

“天耀真是太厉害了，这么快就说服了莫家。”冷静如苏茶，在收到萧天耀的消息时，也是高兴得差点跳了起来。

流白亦是一脸轻松：“有莫家的粮草做后盾，任皇上再出什么阴招我们都不怕了。”

“战服、粮草有了，现在最缺的就是兵器。”苏茶高兴过后，又担忧起其他的事。

流白听罢，不禁叹息一声：“兵器的事急不来，当下最重要的是前线的伤员。不知道吴大夫学得怎么样了，他们早一天去前线，就能多救几个人回来。”

林初九将药方给了萧天耀后，他一边安排人准备，一边让林初九尽快训练吴大夫与他的徒弟学医事宜。

外伤处理并不是多难的事，吴大夫的徒弟本身就有医学基础，林初九只给他们讲了两天，他们便大概掌握了方法，剩下的就是实践问题。

为了给徒弟们一个实践的机会，吴大夫这两天，天天带着一群徒弟去各个村子给人看病，重点是外伤。不过，这年头除非是上山打猎，不然受外伤的还真没有几个。

吴大夫他们碰到的最严重的病人，是被老虎咬伤了腿，还是旧伤。吴大夫和他的徒弟就像见着宝贝一样，十几个人天天围着伤者打转，隔一天就要去看看他的伤势恢复得如何，委实把那受伤的汉子吓得不行，要不是看病不收银子，他早吓得跑掉了。

吴大夫和他的徒弟虽然疯狂了一点儿，可收获却是喜人的。无论是处理伤口的速度，还是缝合水平，这些人都达到了专业要求，接下来林初九便也没什么可教的，告诉他们可以出师了。

有了林初九这句话，萧天耀便先送了一批人远赴前线，与他们一同出发的，还有一车车的外伤药、消毒水、绷带和羊肠线。数量不多，不过也能顶上一阵子。

吴大夫没有去，他要留下来做外伤的药。把药草炮制成药粉可不是容易的事，还有提纯也是一个精细活，需要有懂行的人盯着。

羊肠线就更不用提了，为了找羊肠线，萧天耀都派人去了大草原，不知祸害了多少的活羊。

萧天耀的动作不大，可皇上却一直在盯着他，见萧天耀又是派人去前线，又是派人去北域，他要是不知道萧天耀在做什么，那这个皇上也就白混了。

“混蛋！谁给他权力往前线送东西的？”皇上一捶桌子，怒道，“派人拦下他的人，朕不准他的人和东西出现在前线战场上！”

“属下遵命！”东文密探头子，不假思索地应道。

至于这么做会造成多少的无辜者枉死，那就和他无关了，他只需要执行皇上的命令。

第十五章　我的王妃

莫家大小姐的孩子虽然是七个月的早产儿，但他在母胎里养得太好，养了几天后丝毫不比足月的孩子差，小腿、小胳膊都很有劲，每次吃奶都吃得满头大汗，看着就喜人，林初九有时候也会抱抱，捏捏他的小胳膊。

这天林初九正在屋内给小孩洗澡，吴大夫闲得没事也来帮忙，见林初九这么喜欢孩子，吴大夫就很兴奋地说了一句："既然王妃你这么喜欢孩子，什么时候也自己生一个呗，你生的孩子肯定比这个漂亮。"王妃和王爷的孩子，想想就好激动呀！

凭王妃和王爷的相貌，孩子生出来怎么也不会差！

林初九正专心致志地给孩子洗澡，压根没有多想，顺口就回了一句："我倒是想要生个孩子，可跟谁生呢？"

萧天耀一进来就听到这句话，那脸立刻便冷了下来："你想跟谁生？"林初九的胆子真是越来越大了，人都嫁给了他，居然还想跟别人生孩子。

他看着就那么好说话吗？连戴绿帽子这种事也能容忍？

耳边倏地传来这么一句话，林初九以为是吴大夫说的，头也不抬地道："就是不知道跟谁生才没法生呀。"

"除了本王，你还想跟别人生孩子？"声音冰冷，带着压抑后的愤怒。

这话不对！不是吴大夫的声音。这是……

林初九双手一僵，忽然发现屋内的气氛不对劲，抬头就看到吴大夫像是眼睛抽了筋，不断地朝她挤眉弄眼。

这个时候才提醒我，晚了！

林初九狠瞪吴大夫一眼，吴大夫一脸无辜：我早就提醒你了，是你不理我！

算了，现在说什么都迟了。

林初九默默地转头，正好与萧天耀的视线相撞，那眼神看得林初九毛毛的，手中的孩子差点脱手而出，幸亏林初九反应快，这才手忙脚乱地抱稳孩子，给他擦干净。

孩子不知道正在发生什么事情，还以为是好玩，小胳膊小腿不停地乱蹬，呀呀地叫个不停……

林初九抱着孩子，没事人似的对着萧天耀说道："王爷，你怎么来了？"怎么没有人通报一声。

"本王不能来吗？"萧天耀推着轮椅，上前……

那气势绝对是碾压一切！

吴大夫见势不妙，立刻接过林初九手上的孩子，用小被子一裹，抬腿就跑……

林初九真的很想叫住他，可还没来得及开口，吴大夫就已不见身影。

这动作……真不是一般的快呀！

林初九无奈，只得独自面对萧天耀。

"王爷，你找我有事吗？"那眼神，要多无辜就有多无辜。

萧天耀冷笑："怎么，不打算回答本王的问题吗？"都嫁给了他，居然还不知道孩子要跟谁生，他真是太纵容林初九了！

"什么，什么问题？"林初九继续装傻，"是配药的问题吗？刚刚吴大夫已经问了我，我把知道的都告诉他了。"

萧天耀冷哼一声："跟吴大夫待久了，装傻的本事倒是越来越强了，本王就那么好糊弄？"

林初九知道忽悠不过去，只得道："当然不是，我和吴大夫只是随口聊聊，王爷你不必往心里去。"

"是吗？"信你才有鬼。

"当然，我还年轻，我没有打算这么早就生孩子。"虽然京城和她同龄的女子大多都有孩子了，可林初九一直觉得她自己还是一个孩子，她真的无法接受自己十八岁就当孩子娘。

萧天耀没有去追究林初九的话是真是假，只冷冰冰地剜着林初九，警告道："林初九，你给我记住了，你是本王的王妃。哪怕本王不要你，你也只能有本王一个男人！"敢让他戴绿帽子，他先宰了林初九！

"我明白。"林初九应得也干脆，干脆到让人怀疑她只是随口一说。

萧天耀深深地看了林初九一眼，不再揪着这个话题不放，以不容拒绝的口吻说道："收拾东西，明日起程。"

"明天？王爷你要回京？"没有说要她一起回去，她肯定不用和萧天耀一起走了，回头挂一串爆竹以示庆祝。

萧天耀残忍地戳破林初九的幻想："不，明天你与本王一同回京。"

果然，萧天耀不会放过她！

林初九不死心地道："王爷，我没打算现在就回京。"

"你以为本王会让你一个人留下来？"萧天耀不无嘲讽地睨着林初九，"别这么天真了，本王怎么可能一个人回城？"他是来接林初九的，怎么可能一个人回去？

"可是我不想回去。"林初九尽力为自己争取权利。

萧天耀绝对有一百种方式可以威胁林初九跟他一起回去，可是他没用。他笑着看了眼林初九，神色淡然道："福安要亲自登门给你赔礼道歉，你确定你不回去？"

"福安公主要给我赔礼道歉？她这是发的什么疯？"萧天耀是在说笑话吧？为了骗她回京？

"她倒希望是自己疯了，可惜她没有选择。"萧天耀一脸嘲讽，毫不掩饰对福安公主的轻蔑。

萧天耀没有骗她，那就是……

林初九反应极快地问道："宫里出了什么事？"

"想知道？"

林初九老实地点头。自从萧天耀来了后，她就收不到京城的消息，萧天耀将情报全部卡住，她只能守着这么个小小的庄子，每天在田间闲溜达，要说不无聊那是骗人的。

"跟本王回京，本王就告诉你。"萧天耀尽量用最温和的方式，让林初九心甘情愿地跟他回去，可惜利诱的效果不是很大，林初九想也不想就摇头："我现在又不想知道了。"

萧天耀看着林初九那张有些得意的脸，气得直咬牙，却又生生压住自己的怒火，耐心地问道："你要在这里待多久？"只有几天的话，他忍她一次又何妨。

"你为什么非要我回京，萧王府并不需要一个女主人。"林初九也不敢太与萧天耀对着来。真要是把萧天耀惹怒了，这男人绝对做得出把她打晕然后装麻袋里带回京城的事。

"不管萧王府需不需要女主人，你都应该回去，你是萧王妃，没道理一直住在庄子上。你要是不肯回去，本王不介意把你打晕带回去！"萧天耀不会告诉林初九前线很快就要乱了。到时候，皇上说不定便会拿林初九来威胁他。

和萧王府相比，这个破庄子太不安全了！

林初九打心底排斥回萧王府，可萧天耀都把话说到这个份上了，她还能说不吗？

既然非回去不可，总要了解一下京城的事。林初九在萧天耀对面坐下，问道："福安公主出了什么事？她为什么会突然给我道歉？"

她可不认为福安公主突然良心发现了，那女人要是有良心当初就不会设计她了。

萧天耀也没有再卖关子，解释道："崔家要她为自己所犯的错负责，如果做不到，她和崔三就会被分出崔家，日后与崔家没有任何关系。"

林初九嗤之以鼻，不无嘲讽道："福安公主这是为了心上人而妥协？"原来皇家还有真爱。

"当然不是……"有皇上给福安公主当靠山，福安公主怎么会妥协，她妥协是因为得罪了皇上，“她设计皇上睡了墨玉儿，皇上大怒，当众斥责，她在宫里待不下去了。”

“什，什，什么什么？”林初九的眼睛睁得大大的，完全不敢相信自己所听到的，“墨玉儿爬了皇上的床？”墨玉儿不是喜欢萧天耀到不顾一切的地步吗？怎么会爬上皇上的床？

林初九脑袋瓜一动，萧天耀就知道她在想什么。白了林初九一眼，纠正道：“不是爬床，是皇上睡了墨玉儿，性质不一样。”

爬床，就说明墨玉儿这人贪慕虚弱，有心计。皇上虽然不会拒绝主动投怀送抱的女人，可也谈不上喜欢。

要是因为意外被皇帝睡了，那错的是皇上，皇上会对她愧疚，只要她聪明懂事，不愁在后宫没有一席之地。

“反正不管怎么说，到最后就是墨玉儿成了皇上的女人。”对林初九来说，什么性质都一样，左右墨玉儿悲剧了，一心想要做萧天耀的小妾，结果却成了萧天耀兄长的小妾。

萧天耀年轻俊美，而皇上的年纪……当墨玉儿的父亲都绰绰有余。

林初九承认自己很不厚道，听到这话她只想大笑三声：“墨玉儿，你活该！”

眼瞧着林初九那副小人得志的模样，萧天耀不由得摇头：这女人，简直没有一丝危机感。

“林初九，你知不知道墨玉儿成为皇上的女人这意味着什么？”萧天耀不得不提醒林初九，现在还不是高兴的时候。

林初九又不是傻子，她怎么可能不知道：“不就是意味着她会成为后妃，能在后宫往上爬吗？可那与我有什么关系，除非她是皇后，不然我都不用给她行跪礼。”她是一品亲王妃，后妃再得宠又如何？除了皇后再怎么得宠也只是个妾室。

“她不会放过你的！”只要林初九是萧王妃一天，墨玉儿那女人就不会放过她。

“她不是后妃也不会放过我，在我嫁给你的时候，我和她的仇就已经注定了。”林初九承认她胆小怕事，可事到临头她也不会懦弱退缩，墨玉儿要战便战。

“既然你自己知道就好了。”看着林初九有心理准备，萧天耀当下也就放心了，“收拾东西，跟本王回京。你可以不在乎福安的赔罪，但最好还是卖崔家一个面子。”

“我知道了。”一说起回京的事林初九就不高兴，“你先回去，我两天后再回去，莫小姐的伤两天后才能拆线。”

几天来，林初九教了吴大夫和他的徒弟不少医术药理，萧天耀偶尔也听了几句，现在也知道什么是拆线。

听到林初九这么说，萧天耀就知道她不是故意拖延时间，心情颇好地说道：“既如此，那本王就等你两天，两日后一同回京。”

“知道了。”林初九面上乖乖应是，心里却极度不屑。

她就不明白萧天耀为什么非要如此执着于一起回京？

难道这就能证明他们感情很好？

萧天耀，真是想太多了。

两天的时间说长不长，说短也不短，林初九觉得自己早晚还是要回来的，庄子上的东西她都没有带回去的打算，两天的时间足够她安排好一切。

事实上，林初九也没有多少事，只是交代了莫清风几句，告诉他怎么照顾莫大小姐，同时叮嘱庄子上的人好好照顾莫清风，莫清风有什么需要尽量满足。

除此之外，也就是林初九之前曾动手医治的几个病人，需要她亲自跑一趟，将剩下的药给对方，然后叮嘱对方有事就去庄子上找李庄头，她收到消息后就算无法亲自前来，也会让人过来一趟。

还有几个需要跟踪医治的病人，林初九则全部交给了吴大夫，让吴大夫隔三岔五就去看看。吴大夫正好要继续留在庄子上，对此没有一丝意见。

萧天耀见林初九的大部分时间都花在那些病人身上，不免有几分烦躁。

林初九对他也没有这么好啊！

直到最后一天晚上，萧天耀见林初九还是没有让下人收拾东西，不由得怀疑这个女人是不是没有走的打算，或者打算半夜逃跑？

萧天耀特意叮嘱属下盯紧林初九，结果一夜无事。第二天林初九起得颇早，要不是知道林初九不愿意回京城，萧天耀还以为她是迫不及待呢。

临出发前，萧天耀看到春喜和秋喜手上仅有的两个包袱，不由得皱眉：林初九带了几大车的东西过来，就带这么两个包袱回去？

"王妃，你的行李要搬上车吗？"下人适时上前，问出萧天耀心中的疑问。

林初九摇头："我没有行李。"萧王府还能缺了这么点儿东西？

下人愣了一下才胡乱点头："小人明白了，王妃请上车。"

没有行李？

萧天耀在上马车前看了林初九一眼，见林初九一副理所当然的样子，不由得冷哼一声。

这女人来的时候，恨不得把萧王府有关她的东西全部带来。现在要走，居然一样也不带回去，这是准备还来的意思吗？

萧天耀朝身后的手下使了个眼色，那人心神领会，立刻安排人将林初九在庄子上的所有东西全部打包，悄悄送回京城。

林初九完全不知道外面发生了什么，她只知道萧天耀也要坐这辆马车，林初九一上车就趴在桌子上睡大觉。萧天耀上来时，就看到……不知是装睡，还是睡着了的林初九。

回京的路不算短，马车也颇为颠簸，可林初九就是有本事，一路趴到京城，中途没有抬一次头，也没有和萧天耀说一句话。

这个女人，还真是不可爱！

他会让这个女人明白，什么叫躲得了一时，躲不了一辈子！

林初九完全不掩饰自己一路装睡的事实，一到萧王府林初九就“醒”了，清明的眸子完全没有刚睡醒的迷糊。

萧天耀不无嘲讽地看着她，懒洋洋地问道：“睡得好吗？我的王妃。”

林初九脸皮厚，只当听不懂萧天耀的话，大大方方地点头：“挺好的，就是胳膊有点儿麻。”

“需要本王帮你揉揉吗？”

林初九还不想找死，果断摇头：“我回去自己按按就好，就不劳烦王爷了。”

萧天耀脸上带笑，可那双眸子却没有一丝笑意。林初九知道萧天耀这是不高兴她一路“睡”到王府，可是……

她真的不知道该怎么和萧天耀独处。

歇斯底里地狂吼与指责吗？

有一次就足够了，多了她自己都会讨厌自己。

当作什么也不曾发生，两人依旧相敬如宾？

算了吧，估计萧天耀自己也受不得那样的虚伪。

“这一次，本王不与你计较。”萧天耀冷冷地剜了林初九一眼，“没有下一次了。”下一次，林初九再敢当着他的面装睡，他就让林初九真的昏睡过去。

“好。”林初九坚决执行乖巧应下，死不更改的原则。

反正下一次和萧天耀同坐一辆马车还不知道何年何月呢。

“王爷，王妃，下车了。”侍卫不知道里面的动静，将一切都安排好了，便上前请萧天耀和林初九下马车。

“嗯。”萧天耀应了一声，立刻有下人将车门打开，小心翼翼地将萧天耀的轮椅抬了下去，连人带椅，稳稳当当。

萧天耀下车后，春喜和秋喜紧接着上前，搀扶林初九下马车，两个丫鬟知晓萧天耀讨厌女子靠近，扶着林初九下来后立刻跑得远远的。

萧天耀身边，总是只有林初九一个女人。

曹管家见缝插针地走上前来，一张老脸笑得灿烂明媚，如盛开的向日葵：“奴才给王爷、王妃请安。王爷、王妃一路辛苦了，奴才已将屋子收拾妥当，热水也已备好。王爷和王妃是先吃点东西，还是先沐浴休息？”

“休息。”萧天耀开口道，轮椅缓缓往前，身后的人也跟着往前。林初九刚走两步就看到下人正将马车上的箱子抬下来，不由得问了一句：“他们在抬什么？”那箱子怎么那么像她屋里的那个？她明明放在庄子上没有带回来。

回答林初九的是萧天耀：“你的行李。”

“我的行李，我明明没有带回来！”林初九大叫，可是……

萧天耀已经进去了，根本不管她。

林初九恼极，叫住没来得及溜走的两个丫鬟：“春喜，秋喜，这是怎么回事？”

两个丫鬟无奈，只得硬着头皮道：“回王妃的话，您上了马车后，王爷便命人将您的行李打包送上车，一件也没有留下。”真的不是我们的错呀，我们也想告诉你的，可是……你睡着了！

“王爷的命令？我知道了！”林初九真的不想和萧天耀生气，她是成年人，为了这种小事和萧天耀生气，显得她情商低，可萧天耀真的好幼稚，他以为把她的东西带回来她就不能再去庄子上住了吗？

腿长在她身上，她要走还不是照走不误！

春喜和秋喜见林初九半天不动，硬着头皮上前提醒：“王，王妃，我们该进去了。”都已经进了门，王妃你可千万别再闹脾气呀。

林初九当然不会再闹脾气了，她都走到这里了，还能回庄子上去不成？就算要回去也得先等福安公主给她倒茶赔礼再说。

萧天耀并没有等林初九，也没有回林初九那个偏僻的后院，而是去了他在前院的书房。书房里苏茶和流白早已在等候。

“王爷，你总算回来了。”苏茶一脸激动地冲上前来，那样子就像濒死之人看到了大救星，就差跪在萧天耀的面前抱着他的腿大哭了。

萧天耀没好气地瞪了苏茶一眼：“浮夸！”

冷冰冰的两个字打消了苏茶所有的热情，苏茶抹了一把脸，收起有些夸张的表演：“我只是想表达看到你回来的激动心情，你不知道你走后我和流白都忙成什么样子了。”

“没死。”没有忙死，就不算忙。

苏茶差点吐血：“你这样，还会有人帮你做事吗？”

“你们不是人？”萧天耀背对着两人，推着轮椅往前走。

他的腿是好了，可他用轮椅却越用越熟练了……

苏茶和流白跟在身后，小声嘟囔道：“我们怎么就不是人了？”

“知道你们是人就好。”萧天耀将轮椅推进书桌后的位置，隔着桌子看向苏茶与流白，“坐下。”

“哦……”两人很配合，一左一右在萧对面坐下。

苏茶刚坐下就一脸八卦地问道：“天耀，你是怎么说服王妃回来的？我以为王妃这次会气得直接休了你，没想到你居然把人接了回来，你到底是怎么做到的？你做了什么巨大牺牲才换来王妃的原谅的？”

苏茶承认他的问题多了一点，可是他真的很好奇呀！

流白早就习惯了苏茶的不定时抽风，反正天耀会整治他，流白乐得看戏。

萧天耀眼神倏地一冷，薄唇轻启，只冷冰冰吐出三个字：“说人话！”

“我说的怎么就不是人话了？”苏茶胆小地瑟缩了一下，委委屈屈道，“我不就是好奇一下嘛，你不想说就不说呗，我又不敢逼你。”

“你要是不会说人话，本王不介意亲自教你。”萧天耀没好气地道。

这绝对是威胁，苏茶承认他怕了，立刻收起那委屈的表情，一脸严肃道：“皇上发现了我们的动作，派出两支护龙卫拦截我们的人马。去北域的人已经和护龙卫交过手，双方各有损失。”

“护龙卫？他倒是舍得，连护龙卫都派了出去，难怪在后宫也能被个女人算计。”那件事情是皇帝的耻辱，萧天耀此时提起，绝对没有好，“秦太医大概什么时候动手？”

他倒要看看，届时后宫大乱，他的好皇兄还有没有精力管前朝的事？

“应该就是这两天了，毕竟福安公主就要出宫了。”苏茶只能盯着秦太医，不敢保证他何时出手呀。

“推一把，让他在福安见林初九之前动手。”他不能让林初九卷入这件事情，哪怕只是怀疑也不行。

对萧天耀他们来说，让秦太医提前动手不是什么难事。秦太医想要借福安公主出手，就必须在福安公主离宫前有所动作。

苏茶当即以萧天耀的名义找上崔家，请崔家帮忙放话出去，他们崔府会与福安公主一同前往萧王府给萧王妃赔罪。

有了这句话，就表明崔家会直接进宫接福安公主回来，福安公主出来后就不会再回宫，而秦太医若想借福安公主之手如何，就必须得赶在福安公主离宫前动作。

崔家也很乐意给萧王这个面子，他们之前提出要福安公主为自己所犯的过错负责，就已经是打了福安公主的脸，此举也正好可以给福安公主做点面子。

崔家刚放话出去，福安公主的脸色便好看了几分，哪怕被皇帝骂得很惨，可依旧不怎么在意。

她是皇上的嫡亲妹妹，只要墨玉儿得宠，只要这事过去了，她仍旧是皇上最宠爱的妹妹。

“师父，事情有变，福安公主要提前离宫。”秦太医收到这消息后，立刻便说给了银发老者知晓。

“那便提前动手。”银发老者露出一个若有所思的表情，他发现秦太医面露不安，便安慰了一句，“放心，既然有人帮我们，那事情只会更顺利。”

秦太医作为帝王心腹，自然不是蠢人，听到这话不由得皱眉道：“难道萧王他发现了？”除了萧王外，秦太医想不到第二个人会默许他们扰乱后宫，甚至还逼他们提前动手。

“也许，谁知道呢。”银发老者不在乎谁帮忙谁知道。他只需要报仇，可是秦太医不同，秦太医自认是皇帝的人，他怎么可以和萧王合作？

秦太医小心翼翼地问道：“师父，这事……我们是不是要从长计议？”

“没这个必要，没有永远的敌人，也没有永远的朋友，只有永远的利益。这次合作并不代表你就倒向了萧王。本来皇上与萧王斗得你死我活，可北历一打进来，他们还不是停下来，甚至还会联手？”银发老者笑呵呵说着，看上去心情极好。

秦太医叹了口气："师父，我明白了。"他明白了，萧王不会拿出这件事威胁他。

"你且放心，萧王虽不是什么君子，可为人却信得过。我们给他一次面子，他也会记你的好。"对于银发老者来说，只要能复仇，秦太医是谁的人都不重要。

秦太医点头："两天后，福安公主会去萧王府给萧王妃赔罪，我会在那天动手。"想必皇上也不会想到，即将离宫的福安公主会在临走前摆他一道。

"很好。"银发老者微微握拳，掩饰自己的激动……

林初九在马车上虽然没有睡着，可也是一路迷糊，到了王府反倒不想睡了，梳洗过后就去看望珍珠和翡翠她们。

四个姑娘的伤势是众人中最轻的，现在已经可以下床，见到林初九亲自来看她们，一个个激动万分，饶是沉稳如珍珠也不例外。

"王妃，你终于回来了。"

"王妃，你不知道你不在的这段时间里，王爷有多可怕，我们有多惨。"

"这下曹管家可高兴了，他再也不用担心大家会'冻'病了。"

许是受伤太无聊，几个姑娘你一言我一语，居然大胆地调侃起萧天耀来了，将林初九不在时，萧天耀的表现一一说给她听。

不外乎就是脾气越发暴躁，一点儿小事就能把人吓得发抖；周身的寒气越来越重，就是流白与苏茶也不敢靠近。

那天保护林初九的人，除了受伤的外，其他人都被王爷重重处罚，理由是没有保护好王妃。

翡翠四人无比庆幸她们受了伤，不然她们四人估计也会很惨，要知道她们在万福园还有过一次失职呢。

翡翠四人一阵感慨，最后几乎是齐声说道："王妃，你回来就好了，有你在王府才像家。"

林初九轻笑一声，什么话也没有说。

王府不是她的家，她在这个地方找不到归属感，只有说不出来的压抑和沉闷。

翡翠四人见林初九神色淡淡，以为林初九是累了，一个个忙住嘴，纷纷劝林初九回去休息。

林初九也不想再听萧天耀的事，吩咐她们好好养伤便离开了，至于四人养好伤后能不能回到她身边，林初九没有说，翡翠四人也不敢问……

林初九看望了翡翠四人后，并没有急着回去，而是去看了其他几个受伤的侍卫。

他们挡在最前面，伤势最严重，到现在还下不了床，见到林初九来看他们，一个个挣扎着要起来行礼。

"谢王妃关心，只是一点儿小伤，竟劳烦王妃探望，属下愧不敢当。"他们真的没想到林初九会来看望他们，保护林初九本就是他们分内之事。

林初九先一步拦住他们：“我是来看望你们的，不是让你们伤上加伤的，你们都躺好，都别起来，要是伤口裂开那我就是罪人了。”

受伤的侍卫确实熬不住，再加上林初九坚持，便一一听话躺下，却不敢直视林初九，只是一个个偷偷摸摸地抬眼，面对林初九也有些拘谨扭捏。

林初九不想他们为难，检查了几个受伤较重的侍卫，见他们的伤口处理得极好，每天都及时换药，这才放心离去，临走前说道：“你们好好养伤，其他的事不用担心，如果遇到什么难事，你们可以去找我身边的丫鬟，我能帮的一定帮。”

这是一个承诺，众侍卫不承想到林初九这般好说话，一个个中气十足地喊道：“多谢王妃！”

林初九笑着打趣了一句：“你们小声一点儿，可别把伤口绷开了。”

众人不承想林初九会打趣他们，愣了一下才道：“王妃放心，吴大夫缝得可牢了，绷不开。”

直到林初九走后，这些人还在一起小声讨论：“王妃和王爷完全不一样，王妃人真好，刚回来就来看我们。”

“是呀是呀，王妃不仅好看，人更好，刚刚一点儿也不嫌我的伤口难看，还用手碰了。”

“就你小子运气好，偷笑吧……”

养伤的小院因为林初九的到来而热闹非凡，伤员们一个个精神十足地说着林初九的各种好，至于萧天耀?

呵呵……王爷的好，他们想不到，王爷的凶？他们不敢说！

萧天耀知道这事后倒是没有生气，只是没好气地冷哼一句：“收买人心的本事倒是挺强的！”

萧王府很大，至少是小庄子的数十倍，林初九和萧天耀两人一个住在前院，一个住在最偏僻的后院，如果不是刻意相见，他们完全没有碰到的可能性。

独自一个人坐在偏厅用膳，萧天耀没由来地觉得萧王府太大了。之前在庄子上不管怎么样一天还能看林初九两眼，可现在呢?

回到王府至少有五个时辰了，可他们硬是一面也没有碰上。萧天耀随意用了半碗饭便没了胃口，让下人收拾干净。

和萧天耀正好相反，林初九一个人吃得无比欢快，眼下萧天耀不住她隔壁，于是林初九对于回到萧王府也就没有那么排斥了。

用完膳后，例行的散步消食，回来后就有热水可用，泡了澡解了乏，林初九略坐片刻，看了十几页书后便去休息。

林初九的睡姿一如既往地规范，之前是怎么躺的，睡着后依旧是那样，一动不动。

夜半时分，萧天耀悄无声息地出现在林初九的房间，见到偌大的床，林初九只躺了一小块，不由得摇了摇头……

黑夜无法阻碍萧天耀视物，萧天耀不受影响地上前，在林初九背后轻轻一点，只见林初九身子一软便沉沉地睡了过去，看样子短时间内不会醒来。

萧天耀掀开被子，和衣在林初九的身侧躺下，将人搂入怀里，闻着林初九身上说不出来的味道，莫名地觉得安心。

林初九身上有一股安定人心的气息，有林初九在身侧，他可以睡得很安稳，不用再受那些血淋淋的画面打扰……

天还未亮萧天耀就醒了，诚如他所想的那样，有林初九在，他一夜好眠，完全不用担心会受噩梦侵扰。

“面对这样的你，本王要怎么放手？”萧天耀附在林初九的耳边柔声道，声音轻得微不可察。

林初九醒来时，萧天耀早就离开了，被子枕头都没有皱褶，她起初并没有察觉到，只觉得身子很累，完全没有睡饱后的精神，不自在地动了动脖子，然后很意外地闻到了属于萧天耀的气息……

林初九一怔，猛地跳了起来，马上掀开被子，却没有发现什么异常。

“是我想太多了吗？”林初九敲了敲脑袋，努力回想，却发现她完全没有记忆，她昨晚睡得很死。

“王妃，你醒了吗？奴婢可以进来吗？”春喜和秋喜端着干净的热水站在外面，准备进来服侍林初九梳洗。

林初九叹了口气：“进来吧。”她知道萧天耀昨晚来过又怎么样？她能阻止吗？

讨人厌的武功，萧天耀这就是欺负她不会武功。

用过早膳后，春喜小声地提醒林初九，给蒙老夫人和林家的礼物准备好了，问林初九要不要再查看一遍。

林初九从庄子上回来，就算不去亲自见一见蒙老夫人，也得表示一二，好让蒙老夫人安心，至于林家？

完全是顺带的！

给蒙老夫人的礼物是林初九亲自准备的，药材吃食一应俱全。给林家的礼物就随意多了，林初九让曹管家准备，要求只有一个：外表一定要华贵，一看就知道花了很多很多的银子，不需要实用也不需要好变现，看上去值钱就成。

总之，林初九给林家准备的礼物完全按照当初林夫人为她准备嫁妆的标准来，首要目标便是华而不实！

曹管家应下这差事后，笑呵呵道：“王府的库房里还真有不少这种东西，以前打仗的时候，底下那些人不懂事，专挑看上去贵重的送上来，结果压了一库房送不出去，现在正好派上了用场。”

曹管家屁颠屁颠地去打点礼物，精神好得完全不像他这个年纪的人。

王妃回来后，整个王府都充满了暖意，曹管家的心情别提有多好，自然就有使不完的力气。

搬上车前，林初九看了一遍，确定没有问题后就让曹管家送出去。

蒙老夫人昨天就得知林初九回来了，也猜到林初九不上门也会准备礼物送过来，一早就让人收拾了好些东西，让送礼的下人带回来给林初九用。

“老夫人可真疼王妃，全是补身子的好东西，还有那些布，都是珍藏品，宫里的妃子们怕也要不到几匹。”曹管家看到蒙家的回礼后，啧啧称赞。

林初九也很高兴，她喜欢的不是这些东西，她是高兴蒙老夫人心里有她，有好东西总是想着她。

林初九心情极好，特意挑了几匹颜色鲜艳的布料让绣娘给她做衣服：“回头去见外祖母的时候穿上。”穿上老人准备的布料去见她，想必她会很高兴。

曹管家高声应是，心里却道：王妃从来都没有想过打扮得漂漂亮亮去见王爷啊，王爷真可怜。

蒙家的回礼让林初九高兴，可林家的回礼就让人不怎么愉快了。林夫人收下萧王府的“重礼”后，居然把她的宝贝女儿林婉婷当“回礼”送来了。

“初九的身体也不知道怎么样了，婉婷这个孩子担心得都睡不着也吃不好。既然现在初九回来了，正好让婉婷去照顾她。”

林夫人给林婉婷的出行准备了一个冠冕堂皇的理由，恰好林相不在家，府上的下人们也拦不住，在半强迫的情况下，林婉婷随着送礼的侍卫来到萧王府。

林初九听到林夫人的“回礼”当即就笑了，见也不见林婉婷，直接让下人将林婉婷安顿好，然后便让曹管家去找林相。

“告诉林相，我还没死，不用这么急着再送一个女儿进来。妹妹嫁姐夫这种事他不恶心，我和王爷还觉得恶心呢。”

曹管家知道林初九生气了，而林家的行为确实让人恶心，当即亲自出门，拦住刚下朝的林相，将这话原封不动地说给林相听。

林相听到曹管家的话气得脸色直发青：“孽女！”

林相一声大骂，只是不知道他的这句孽女到底是在骂谁。

曹管家觉得，骂他们家王妃的可能性高一些，林婉婷虽然做得不地道，可他们家王妃说得更刻薄。

林相气得不行，急匆匆地随着曹管家去了萧王府。既然萧王府败坏他林家名声，那他就绝不会放过萧王府!

林婉婷还不知道林初九把林相请来的事，此时她正在屋内冲着下人发脾气，原因是林初九不肯见她，也不让她去见萧天耀。

林婉婷都快气炸了，她以死相逼才换来这次的机会，并不是为了像犯人一样住在萧王府，她是要取代林初九成为萧王妃。就像她母亲取代姨母成为林夫人那样!

可惜林婉婷没有机会，她一进来就被下人带到这个小院子，门外还有四个侍卫防守着，在小院里她有绝对的自由，可是她出不去。

“我要见你们王妃，听到没有？我是你们王妃的亲妹妹，她不会不见的！”林婉婷不顾形象地大叫道。

同样的话，她说了不下十遍，可萧王府的下人根本不搭理她。

“你们王妃不见我，那我去见王爷总可以吧？王爷是我姐夫，我去看他还有什么错吗？”

林婉婷瞪着挡在她面前的丫鬟，扬手就甩过去一巴掌，却不想那丫鬟身手矫健，林婉婷的巴掌刚扫过来她人就躲开了，林婉婷趁机便想冲出去，不料她又马上挡在面前。

“林姑娘请自重，我家王爷和王妃现在没空见你。”丫鬟很不客气地挡在林婉婷面前，重复着说了无数遍的话。

几番折腾下来，娇气的林婉婷已累得喘气：“你们……你们到底懂不懂得待客之道？来者是客，我是客人，难道你们王妃就打发区区几个下人来见我？”

丫鬟们一动不动，无比坚定地挡在林婉婷面前，林婉婷直气得哭了出来，眼泪潸潸而流，哭了半天也不见有人来哄自己，林婉婷又伤心又委屈，扭头趴在床上号啕大哭。

林相随着曹管家刚进来便看到哭得上气不接下气的林婉婷，林相见状，眼中闪过一抹亮光：真相是什么不重要，重要的是现在的局面对他很有利！

怎么看都是他们萧王府在欺负他女儿。

“这是怎么回事？”林相质问曹管家。

林婉婷骤然听到林相的声音，身子一颤，马上挣扎着从床上爬了起来，泪眼婆娑地看着林相：“爹……您终于来了。”

伤心欲绝的林婉婷直接扑到林相的怀里：“爹，我好怕，我好怕，你快带我回家，她们，她们……”

林婉婷指着像木桩子一样杵在角落里的下人，一副受尽虐待惊弓之鸟般的可怜样。

林相很慈爱地拍了拍林婉婷的后背，安慰道：“婉婷别怕，爹在这里。”

“爹，婉婷好怕。”林婉婷止住哭泣，却仍旧一抽一抽的，那样子真是楚楚怜人、揪人心疼，曹管家则很不给面子地撇了撇嘴。

他终于明白他家王妃为什么不是这个女人的对手，遇到一个不问青红皂白的父亲，再加上一个惯会装柔扮弱的妹妹，她家王妃在没有靠山的情况下，还能怎样？

林相根本不问下人发生了什么事情，待到林婉婷冷静下来后，这才问道：“婉婷，告诉爹爹，到底发生了什么事？”

“爹，我……我……我听娘的话，来看望姐姐。可，可是……爹，我没事了，我们回去吧。毕竟这里是萧王府，我们，我们……姐姐还在呢。”林婉婷支支吾吾，说着语焉不详却令人浮想联翩容易误会的话。

这手段，真是厉害，看样子林相要翻盘了。

曹管家的眼中闪过一抹担忧，可此时他若是急急解释反倒落了下乘。

果然，听到林婉婷的话后，林相也不多问，一脸气愤地道："萧王府又如何？萧王也不能随便欺负我女儿，婉婷别怕，有爹在，谁也欺负不了你！"

林相又问了几句，只见林婉婷一脸委屈，却不说林初九半句不是，只说她是按林夫人的命令来看望林初九，林相的眼中闪过一抹冷意。

转身，林相盛气凌人地望向曹管家，指责的语气很明显，道："曹管家，此事你们萧王府必须得给本相一个交代，本相金尊玉贵才养大的女儿可不是随便什么人都能欺负的。"

林相冷眼扫向角落里的几个丫鬟，那眼神就像是要吃人似的。

不管他女儿对萧王起了什么心思，林初九和萧王都不该将话说得那么难听，这笔账他今天一定要讨回来。

想往他林府头上扣脏帽子，没那么容易。

曹管家并不怯场，大大方方地说道："林相，事情真相如何可不能听一家之言，不如再问问这几个丫鬟发生了什么事情？"

"你们萧王府的下人会说萧王府的坏话吗？他们的话本相要如何信？"林相根本不想听什么真相，他只需要抓住对他有利的关键点。

曹管家明白林相根本就不是来讲理的，他是来倒打一耙的，不由得冷笑道："既然林相这么说，那我也没有办法。还请林相把林姑娘带回去，至于其他的事，我们王妃稍后自会找林相谈。"他是一个下人，就算再气也不敢对林相说重话。

"放心，我的女儿我当然会带回去。不带回去难道留在萧王府被你们欺负吗？"林相站在道德的至高点上，拼命指责萧王府的不是。

曹管家不由得气笑了，可偏偏林相一味地相信林婉婷的话，而林婉婷又因为侍卫及时制止，并没有见到王爷和王妃，曹管家根本拿不到证据，当下也只能由着林相指鹿为马。

林相自知林婉婷的心思不正，他们并不占理，现在凭着林婉婷的说词勉强占了上风，也不敢继续逼问下去，衣袖一甩就准备带林婉婷走，可就在此时，林初九身边的丫鬟秋喜赶了过来，正好挡在门口上。

"奴婢见过林相，大人还没走真是太好了，奴婢还以为会赶不及呢。"秋喜落落大方地见礼，不等林相开口，又道，"奴婢是王妃身边的丫鬟，奉王妃之命，给林相和林姑娘带句话来。"

林相不用想也知道林初九送来的绝不是什么好话，这从她让曹管家带的那句话就能猜到，林相根本不想听，可秋喜却不是来征求林相意见的，径直说道："王妃让奴婢转告林相，既然自己送上门来自取其辱，那就别怪萧王府欺负人。"

"你们萧王府欺人太甚！"林相的一张脸几乎涨成猪肝色。曹管家则很淡定地不说话，心里暗暗道：我们家王妃果然很彪悍！

不管林相与林婉婷多么能颠倒黑白，林婉婷不请自来主动上门都是事实。

哪怕林婉婷打着照顾林初九的旗号也没用，没有林初九的邀请和同意，林婉婷怎么都没有来萧王府的理由。

有些话曹管家这个当下人的不好说，可林初九却不必顾忌，就这么一句话便将林相的优势打破。

林相气得发狠，可又怕纠缠下去更丢人，只得气愤不平地拉着林婉婷回去。

林婉婷还想要留下来，可被林相狠狠瞪了一眼后，便一句话也不敢说了。

狼狈地上了轿子，林婉婷便克制不住地大哭起来。

她以命相逼才换来的这最后一次机会，却连萧王的人都没有见到就被扫地出门，个中的羞辱、难堪与不甘，恐怕也只有她自己才明白了。

林婉婷这次是真的伤心了，她知道自己错过这次机会就再也没可能接近萧王了，而她的父亲也绝不会同意她嫁给萧王。

一想到自己此生无望嫁萧王，林婉婷越发地悲痛欲绝。林相从下人的嘴里得知林婉婷在哭，顿时怒火中烧。

他在萧王府维护林婉婷并不表示他不知道真相，不表示他真心疼爱林婉婷，他只是不想丢脸罢了，可不想初九那个孽女，最后还是让他丢尽了脸面。

林相怒气冲冲地回到家时，早已收到消息的林夫人一脸忧色，见得林相进来，忙上前迎接："相爷……"

林相看到她更是怒火中烧，想也不想直接就甩了她一个巴掌："婉婷不懂事，你也跟着不懂事吗？"

"啪"的一声，不仅把林夫人打蒙了，也把一旁的下人和林婉婷"打"蒙了。

"你，你打我？"林夫人瞪大眼睛，几乎不敢相信自己看到的。

林相打完后也有些后悔，可眼看着巴掌都甩出去了，便只能故作强硬道："下次再让婉婷去萧王府就不是一巴掌这么简单了！"

林相说完，甩袖离去。留下林夫人怔在原地，丢了三魂七魄似的一动不动。

旁边的林婉婷早就吓坏了，忙跌跌撞撞上前，抱着林夫人，语气担忧地叫着："娘……你怎么样了？你别吓我，你别吓我。"

林夫人好半天才回过神来，不无冷漠地看了林婉婷一眼，用力地将她推开："现在你满意了吗？"说完，转身离去。

"娘，娘……"林婉婷跌坐在地，呆愣愣地看着渐行渐远的林夫人，周身一片冰凉。

怎么会，怎么会变成这样？

林初九，都是林初九害她的……

林婉婷的脑子里顿时浮现出福寿长公主的话来，原本动摇的心此时坚定异常："林初九，我不会放过你的，我一定要让你付出代价！"

林初九压根不知道这些，她不过是维护自身权益，林婉婷却因此而恨不得吃她的骨，饮她的血。不过就算林初九知道，她同样也会这么做。

退让换不来和平，只会换来对方的步步紧逼。

处理掉林婉婷这朵伪白莲后，林初九心情颇好，临睡前想到昨晚的事，林初九悄悄地放了一把刀在枕头下。

别小看这一片薄薄的刀锋，在普通人手里也许起不了什么作用，可在大夫手里便足以取人性命。大夫清楚地了解人体的每一个部位，知道哪个部位最脆弱。

一切准备妥当，可到了晚上她依旧一无所知，早上醒来时床上依旧有淡淡的独属于萧天耀的气味。

“难道我得了臆想症？”林初九揉了揉自己酸痛的脖子，皱眉自言自语道。

她晚上怎么可能睡得这么沉？

而另一厢，萧天耀也在皱眉：林初九太警觉了，睡个觉也不安分，居然在枕头下放刀子，也不怕伤着自己。

“本王记得，上次苏茶送了一盒安神香来，拿去给王妃，命下人晚上给王妃点上。”苏茶送来的安神香效果堪比迷药，普通人一闻就能睡着，只不过对萧天耀没什么用处。

黑衣人默默行动……

今天是福安公主上门道歉的日子，回来两天后，萧天耀和林初九终于在白天碰面了。

“王爷。”林初九一身亲王妃正服，高贵而华美。

萧天耀眼中飞快地闪过一抹赞赏之意，面上却是不动声色地应了一句：“嗯。”

两人如同陌生人一般，打过招呼后便各自落座，就在这时，但闻曹管家来道：“崔三爷与福安公主求见。”

萧天耀点头，示意曹管家将人请进来。

很快地，温润儒雅的中年美大叔崔三爷，与秀丽端庄的福安公主并排走了进来。

福安公主不刻薄的时候，那一身温婉端丽的气质还是很能迷惑人的，与崔三爷站在一起，很是般配。

福安公主的年纪比萧天耀大，萧天耀得叫她一句皇姐，按说萧天耀不仅不能受她的礼，反倒要给她行礼，可她今天是来道歉的，崔三爷一进来就恭敬地欠身道：“王爷，王妃……”

在这种情况下，作为崔三爷的妻子，福安公主也只得轻轻点头，主动给萧天耀和林初九打招呼。

萧天耀很不客气地受着：“免礼，请坐。”

“多谢王爷。”崔三爷落落大方，福安公主则几乎咬碎一口银牙，脸上的笑容越发地僵硬。

身为皇家公主，她就是欺负人又怎样，谁敢让她道歉？可偏偏就遇到了较真的萧天耀，非逼着她在人前低头丢脸。

想想心里就不舒服！

林初九知道福安公主所谓的道歉，不过是碍于形势不得不低头，并非真心来给她赔礼的。不过，能看到福安公主吃瘪，落面子，她打心里觉得值得。

福安公主肯亲自前来已经是给足了面子，崔三也不指望她能说什么道歉的话，只一再地给林初九赔礼，恳请林初九息怒，说得差不多了这才提醒福安公主道："公主，你不是给萧王妃带了礼物来吗？"

就算是形式上的，也要把过场走足，不用斟茶道歉，那亲手送上一份礼物总是应该的。

福安公主脸色发青，却知道此时容不得她撒野，强撑着笑脸道："是呀，我给初九带了一份礼物，还望初九不要嫌弃。"

说话间便站起身来，从下人手上接过礼物，走到林初九面前。

林初九并没有给福安公主难堪，也没有给她面子，只笑盈盈地坐在那里，等着福安公主双手奉上礼物。

福安公主每一步都走得异常沉重，而每往前走一步，她心里的愤怒就多一分。如此一来，她脸上的笑容便有些维持不住，令人怎么看怎么扭曲。

崔三爷别过脸去，只当自己什么也没有看到，萧天耀也不在意，本就是他们逼福安公主低头的，真不真心不重要，重要的是福安公主服软便可。

不过数米的距离，福安公主就是走得再慢，这个时候也到了。

看着端坐在自己眼前，和府上女儿一般大小的林初九，福安公主花了很大的力气，才压下心中的憋屈和直接甩东西走人的冲动。

深深地吸了口气，福安公主竭力扯出一抹笑容，将手中的锦盒递到林初九面前："初九……"这两个字，别扭得就像是从牙缝里挤出来的。

"皇姐……"林初九也很给面子，可这话却更像是打脸。

有哪个当姐姐的需要给自己的弟媳赔礼道歉？更不用提她还是当朝公主！

福安公主深吸了口气，强力克制自己，这才没有将手上的锦盒砸到林初九的脸上。

"之前的事都是皇姐不好，你别……"福安公主一个字一个地说，语速极慢。结果她的话还没有说完，林初九突然捂着脑袋大叫一声："啊……"

嘭！福安公主吓了一大跳，手上的锦盒直接摔落在地，里面的玉碎了一地，人也跟着后退数步："你……"

指责的话还没有说出来，就听到林初九痛苦万分地喊道："我的头，我的头好痛！"

"林初九……"萧天耀的反应最快，差点就起身了，关键时刻他找回理智，跌坐回去，飞快地转动轮椅，一把推开福安公主，来到林初九面前，"让开。"

福安公主差点儿跌倒在地，踉跄数步，还是崔三爷眼疾手快地搀扶一把，这才没有跌倒。

"怎么回事？"崔三爷眉头一皱，福安公主慌忙解释道："我，我什么也没有做。"她真的连碰都没有碰到林初九。

"好了，我知道了。"崔三爷拍了拍福安公主，以示安抚。

他知道福安公主不聪明，不然也不会被福寿长公主利用，可福安公主就是再笨也不至于在这个时候动手。

他相信福安公主。

“林初九，你怎么了？”萧天耀飞快地扣住林初九的脉搏，确定她脉搏平稳，也没有中毒。

“我……”脑袋一阵阵的刺痛来袭，就像有人拿着刀给她解剖一样，疼得她根本说不出话来。

不是中毒，又没有外伤，林初九又说不出话，萧天耀看向罪魁祸首的福安公主：“这是怎么回事？”

萧天耀那冷冰冰的眼神如有实质，福安公主顿时感觉有无数把刀子朝着自己飞射而来，忙摇头道：“我，我不知道，我什么也没有做。”她就是来赔个礼，至于闹这么大吗?

而这个时候林初九也适应了这一波接一波的疼痛，紧紧地抓住萧天耀的手：“不，不关公主的事……”不是她好心要给福安公主解释，而是一码归一码，这真的与福安公主无关。

福安公主和崔三爷听到此话后同时松了口气。

萧天耀见林初九能说话，又一次问道：“你到底怎么了？”好好的怎么会突然剧痛?

“没事，我自找的……”林初九疼得脸色发白，嘴唇都咬出血来了。

“自找的？”萧天耀明显不信，可林初九却没有解释的打算，只胡乱地点了点头。

可不就是自找的，之前医圣之心提醒她医治安王，可并没有强制她医治，她便把这件事给忘了。可不想医圣之心现在突然给她惩罚，这痛只受一次，她便再也不想承受了。

太痛了!

渐渐地，痛楚有了减轻的迹象，可并没有结束，林初九疼得直喘粗气，紧紧地握住萧天耀的手，额头上的汗珠密密麻麻地沁出……

萧天耀见林初九疼得没有力气说话，但也没有再多问，只是紧紧地握着她的手，希望能借此减轻她的疼痛。

崔三爷和福安公主则站在一旁，担心地看着林初九，虽然林初九说这与福安公主无关，可这个时候他们却也不好离去。

时间一分一秒地过去，对于在场的四人来说，每一秒都是那么的难熬，尤其是林初九，要不是有萧天耀握着，她真想抱头撞墙。

疼死她了!

大约过了一炷香的时间后，林初九的气息终于稳定下来，可她整个人却像是刚从水里捞出来似的，全身被汗水湿透不说，嘴角更是被咬得血淋淋猩红。

终于结束了!

林初九长长地吐了口气，发现自己还抓着萧天耀的手不放，忙松开道：“我没事了，谢谢你。”不知道有没有掐伤？

“你确定？”手上的温度骤失，萧天耀颇有几分不舍。

“我确定。”林初九虚弱地抬手，擦掉脸上的汗珠，抬头看到崔三爷与福安公主还站在那里，不无歉意道，“很抱歉让你们受惊吓了。”

当然，林初九的歉意是针对崔三爷的。崔三爷此人温文尔雅，谈吐不凡，是个很有风度的中年大叔，林初九对他的印象颇好。

“你，你还好吧？”福安公主之所以看林初九不顺眼，纯粹是因为萧天耀和福寿长公主之间的恩怨，此时见林初九虚弱可怜的模样，不由得便心软了。

她的女儿，也就和林初九差不多大小。

“老毛病了。”林初九没有多作解释，而她这句话一出口，在场的三人都悟了。

林初九有病的事很多人都知晓，崔三爷和福安公主也听到了一些风声，连秦太医都认定林初九有病，他们当然不会怀疑林初九作假，只是没有想到会这么严重。

崔三爷是个很知趣的人，见状忙告退：“王爷，王妃身子不适，我们就不打扰了，改日再来拜访。”

当然，这话只是客气，福安公主怎么也不会再次上门道歉，她丢不起这个人。

“慢走，本王不送了。”萧天耀对福安这个皇姐并没有多尊重。

萧天耀连皇帝都不放在眼里，你还能奢望他尊重皇帝的妹妹？

福安公主颇有几分不满，可崔三爷已道：“王爷客气了，告辞。”

也不管福安公主愿不愿意，拉起福安公主就往外走。

“天耀真是越来越不把我放在眼里了。”福安公主小声嘀咕了一句，崔三爷只当没有听到。

普通百姓不知道，可他们这些权贵世家都很清楚，萧王本可以成为四国最年轻的武神，可却生生被皇帝给毁了，还因此废了双腿，失了兵权。

这种情况下，萧天耀不杀了皇上与福安就是好了，又怎么会将他们放在眼里……

第十六章　主动送上门

在林初九被医圣之心处罚时，宫里的安王也在承受着巨大的痛苦。

安王和往常一样喝药，可不知为何，药喝过后不到一炷香的时间，腹部突然绞痛，紧接着大口大口地吐血。

“来人呀，来人呀，快来人呀！”宫女吓坏了，顿时失声尖叫，抱着安王不断颤抖的身体不知所措，“太医，太医快来呀，安王吐血了！”

而就在这时，安王又“哇”的一口，吐出来一堆黄白之物，仔细看发现里面有许多细小的虫子在蠕动，特别地狰狞恐怖。不过那些虫子暴露在空气中后没多久就死了，变成一片一片的，混在黄白之物中，根本看不出来。

安王呕吐过后，便没有再吐血，可鼻孔却不断地渗血，那样子好不骇人，宫女已经彻底吓傻了。

好在，此时住在安王殿内的墨神医赶来了。

“这是怎么了？”墨神医看到安王的样子也是吓了一跳，当下顾不得安王身上的污秽，忙上前为安王诊断。

宫女见到墨神医后稍稍回神，急忙道：“墨神医，快，快，安王吐血了。喝了药就吐血，还吐了好多好多，你快看看安王。”

“血气逆流，毒气攻心。怎么会这样？”越诊断，墨神医的脸色越难看，而安王的脸色比他的还难看。

安王此时已处在半昏迷状态，嘴唇发黑，脸色泛青，不仅是鼻孔，就连双耳也开始冒血。

墨神医再次探脉，脸色越发难看：“蛊虫？怎么会有这么多的蛊虫？你们到底给安王吃了什么？”

墨神医朝着宫女怒吼。那宫女吓得傻愣愣的，好半晌才缓过神来，不停地摇头道：“没有，什么都没有。安王只是喝了药，什么也没有吃。”

“不可能，如果只是喝药，安王体内怎么会有蛊虫？”墨神医一边说话，一边从药箱里取出金针来，“将安王的衣服脱了。”

现在不是追究问题的时候，救人要紧！

“是，是是是。”安王身上只着一件中衣，宫女很快就解开了，露出安王削瘦的身子。

墨神医目不转睛，手上的七十二根金针，以闪电般的速度刺入安王的身体里，很快安王的脸色就有所好转，鼻血也止住了，耳朵处也不再冒血。

墨神医还来不及喘口气，收到消息的皇上与周贵妃就来了，两人还未曾踏入内殿，便闻到了浓烈冲天的酸臭味。

皇上与周贵妃却毫不在意，脚步匆忙地往里走。

“子安，子安他到底怎么样了？”周贵妃一脸泪水，脚步凌乱，却仍旧不掩绝代风华，脸上的妆容并没有因为泪水而变糊。

“爱妃别担心，有墨神医在。”皇上紧紧握住周贵妃的手。周贵妃柔弱地靠在皇上的怀里，伤心难抑地道：“我的子安，我可怜的子安，怎么就这么地多灾多难啊……”

两人走进来后，首先看到的便是一地的污秽和鲜红，周贵妃脚步一软，险些站不稳脚步：“怎么会吐血？子安怎么吐血了？”

皇上看着那脸色发青唇色发黑的萧子安，心中一跳：“墨神医，这是怎么回事？你不是说子安快好了吗？怎么又变成这个样子？”

“安王中了蛊毒。”墨神医刚刚施完金针，整个人有些体力透支，语气很虚弱。

“中蛊毒？安王好好的怎么会中蛊毒？”皇上眉头紧皱，似有不信。周贵妃脸色一白，声音颤抖地问道：“蛊毒？这怎么可能？那不是苗疆的东西吗？宫里怎么会有这种东西？”

“草民也不知道。”墨神医亦很头痛，“宫人说安王喝了药才发作，还请皇上容草民检查安王喝剩的药汁。”

皇上没有立刻答应，而是说道：“安王现在怎么样了？”查问题很重要，可眼下最重要的还是救治安王。

“草民已用金针稳定了安王的病情，只是具体的医治还需要看安王中的是什么蛊毒。”墨神医已是疲累至极，可却不得不强提精神苦撑。

他要是医不好安王，不仅仅是他，他女儿也不会有好下场。

想到那成为皇上妃子的女儿，墨神医就一阵后悔。后悔进宫，后悔没有留在萧王府。

皇上听到墨神医这么说，立刻道：“去，快取今天的药碗来。”安王每日喝药剩下的药汁，都会单独保存起来，就怕出什么意外。

宫人很快便捧来一个残留着些许药汁与药渣的药碗，墨神医先辨其色，后尝其味……

皇上和周贵妃一脸期待地看着他，片刻后，就见墨神医摇了摇头："没有问题。"药的分量与成分和他所配的一模一样。

皇上和周贵妃神色失望，墨神医又道："还请皇上准草民检查其他的药渣。"

"准！"

安王这段时间喝的药实在太多了，不可能一一端过来，只能是墨神医自己过去，皇上命心腹领着墨神医过去，他和周贵妃则留在这里看着萧子安。

殿中的奴才知晓安王暂且无事后，也稍稍静下心来，手脚麻利地将殿内收拾干净，又熏上香块，好让屋内的味道好闻一些。

安王此时已收拾干净，只是泛青的脸和乌黑的唇还和刚才一样。

"子安，我可怜的孩子。"周贵妃坐在床畔，泪如雨下。

皇上走到周贵妃身侧，握住周贵妃的手，安慰道："子安不会有事的，有墨神医在。"

"嗯。"周贵妃温顺地应是，可心里却是嗤之以鼻。

要是以前，她还相信墨神医会尽心医治她的儿子，可现在就难说了。要知道墨神医的女儿现在也是皇上的妃子，谁知道墨神医会不会为了他的女儿而将她的子安除掉。

众所周知，所有皇子中皇上最喜爱子安，要是子安没了，而这个时候又有人怀孕，皇上说不定便会将对三皇子的感情转移到即将出生的孩子身上。

有一个神医父亲在，只要皇上肯临幸墨玉儿，周贵妃相信，墨玉儿一定能在最短的时间内怀上孩子，到时候这宫里还有谁能阻挡墨玉儿上位?

周贵妃，阴谋论了！

宫里，因为安王突然中蛊毒而闹得人仰马翻，萧王府也因此事闹了起来。

医圣之心在惩罚林初九救治安王不力后，不断地提醒她尽快医治安王，不然安王要死了，林初九也会再次受到惩罚。

接受过一次惩罚后，林初九真的怕了医圣之心，可安王人在宫里，林初九要去给安王医治就必须得先进宫，可是……

她一开口，萧天耀就拒绝了。

此时宫里正乱，林初九这个时候进宫岂不是自找麻烦?

"我不是去玩，我有正事。"林初九一脸着急地开口。

萧天耀不容商量地道："正事也不行。"

一再被萧天耀否决，林初九的火气也上来了："如果我非去不可呢？"现在萧子安还没有死，医圣之心就惩罚她，要是萧子安死了，那她不知道有多惨呢。

就算为了自己她也要进宫看看去，说不定还能救萧子安呢。

萧天耀看了林初九一眼，根本不问她什么正事，语气极轻蔑地说道："你试试看没有本王的允许你能不能走出这萧王府的大门。"只要他不愿意，林初九哪里也别想去。

“你答应过我的，允我自由进出萧王府。”这个男人，怎么可以说话不算数?

“但没有允你自由进宫。”平时也就算了，这个时候进宫不是自找麻烦是什么?

“出了萧王府，去哪里是我的自由。我可以保证我进宫后不会给萧王府和你带来任何麻烦。”林初九据理力争，可萧天耀就是不允：“你乖乖地在家待着，想进宫以后也可以，但现在不行。”说完，完全不管林初九如何跳脚，交代侍卫盯着她，别让她乱跑，便转动轮椅往外走去。

临走前还特意叮嘱了一句：“必要的时候可以采取特殊手段，本王恕你们无罪。”

这话萧天耀是对着侍卫说的，可林初九却知道这是说给她听的，林初九顿时就气炸了：“萧天耀，你说话不算话！”简直混蛋!

“不再虚伪地叫王爷了？”半空中飘来萧天耀的声音，可人却看不见了。

“混蛋！”林初九气得骂了一声，可是她一点儿办法也没有。

看着门口如同门神般孔武的侍卫，林初九知道自己出不去了，气得跌坐在椅子上。

现在怎么办?

林初九无语问天，可天也不搭理她。

“烦死了，这什么破传承！”林初九用力捶头，差点把手给砸疼了。

而这个时候，医圣之心还在不断提醒林初九，萧子安需要尽快医治。

“人家不找我，我又进不了宫，我怎么医治？”林初九烦得在屋内转来转去，最后还是想不出办法来。

“不管了，我先回去做准备。”真要到了紧急关头，她总要拼一拼。

林初九抬步便往外走，却被门神侍卫挡住了去路：“王妃，王爷有令，你不能乱走。”

林初九没好气地拍掉他们的手：“我不是乱走，我回自己的房间，这也不可以吗？”

侍卫忙退下，垂头道：“属下护送王妃离去。”

两个侍卫距离林初九只有一臂的距离，这个距离不管林初九往哪里跑，侍卫都能把她抓回来。

萧天耀手下的人，和他一样狠!

萧天耀非常不解林初九好好的要进什么宫，当即召来隐卫，询问他们林初九上次进宫到底遇到了什么事。

一切都很正常，唯一不正常的就是林初九遇到萧子安，居然主动给萧子安医治。

“她与安王之前有交集吗？”萧天耀皱眉问道。

隐卫早就将林初九的过往查得干干净净，想也不想就道：“没有。”

如果没有，怎么会主动为安王诊断？这一次闹得非要进宫，正好是安王发病的时间，这是意外的巧合吗?

萧天耀不信，只是有些事却不是那么好查的，抬手示意隐卫退下，萧天耀垂眸深思，手指轻轻敲打桌面，声音忽高忽低，没有人知道他在想什么。

“王爷……”门外突然传来流白的急切声音，下一秒流白就匆忙跑了进来，汗湿的头发打在额头上，看上去极其狼狈，“出大事了！”

萧天耀眉也不抬，只道：“什么事？”

“我们在北域的粮草，还有送往前线的药，被人劫了！”流白一脸急切，还有浓浓的自责。

这些都是他负责的事，却同时失利。

萧天耀耗费了极大的人力和物力，才凑齐那批粮草与外伤药，想要再凑一批几乎不可能，而没有粮草与伤药，前线士兵的死伤会更大，可就是这样萧天耀也不见着急，只问道：“什么人做的？”皇上的护龙卫还做不到这点。

“江湖上的一些势力，据查与墨神医有关。”流白低头，自责不已。

墨神医就是他找来的，也是他极力在萧天耀面前为墨神医和墨玉儿争利，可不想这两人却反捅萧天耀一刀。

“墨神医？果然是有决断的人，办成此事皇上定会对墨姑娘刮目相看，升上妃位指日可待。”萧天耀一想就明白了。

“我们现在怎么办？”流白默默地看着萧天耀。

江湖势力受朝廷监管，可又不在朝廷的管辖范围，江湖人士一向不喜与朝廷打交道。而他们明面上也不染指江湖，那些江湖人士以前碍于萧天耀的威名，从来不敢动到他头上，可现在……

有墨神医出面，有墨神医证明萧天耀的腿废了，又有皇上在背后撑腰，那些人还要顾忌萧天耀吗？

见萧天耀半天不开口，流白又道：“如果让魔宫出手，必然会暴露我们与魔宫的关系。”正邪不两立，只要牵扯上邪魔二字，不管你有没有做坏事，正道人士和朝廷都不会放过你。

“不必。”萧天耀蓦地停止敲打桌面，双手在桌上一撑便站了起来，往前走了两步，“传消息出去，本王的腿好了。”

双腿痊愈的萧天耀有足够的威慑力，这个消息一出，流白可以肯定那些所谓的江湖人士必定会退却，而墨神医估计很快也会名声扫地。

只是……

“这个时候好吗？会不会太早了？”他们原计划是在东文挡不住北历的攻击时，萧天耀以双腿不良于行的身份主动请缨，在战场上再暴露萧天耀腿好的事实。

毕竟，残疾的萧天耀，更容易让皇上放心。

“事急从权，按本王说的办。”萧天耀也不想在这个点暴出来，可要不震慑住闹事者，那些躲在暗中蠢蠢欲动等待时机的敌人必然会以为他真是拔了牙的老虎，等到这群人聚在一起，蜂拥而上时，事情只会更麻烦。

而要震慑那些不受朝廷管辖的江湖人士，没什么比双腿可以行走的萧天耀更有效果。

流白听到萧天耀这么说，顿时明白时机虽然不对，可他们也再没有比这个更好的选择。

萧天耀的兵权被皇上夺走这件事情世人皆知，这个时候他们就是展现出再强大的势力，那些人也不会太畏惧，反倒会群起而攻之。

无知者，无畏！

想要让萧天耀腿好的消息以最快的速度传播出去，最好的选择就是月影一出天下无藏的天藏阁。

流白找到天藏阁的胖特使后，只说了一句话："我们家王爷想要见特使，请……"

天藏阁消息灵通，自然知道萧天耀被一群无名小辈打了脸，见流白找上门来，天藏阁的胖特使还以为萧天耀要向天藏阁服软，当即很得意地随流白一同前往，可是……

当他看到一身常服，背对着他而站起来的萧天耀时，直接吓蒙了。

"萧，萧王爷？"那背影，化成灰他也认识。可是，墨神医不是肯定萧天耀的腿好不了，修为也后退了吗？

现在站在他面前的萧天耀是怎么回事？

是他眼花了，还是他被人耍了？

胖子特使整个人都不好了，恨不得扭头就走……

却见萧天耀倏地转身，唇角扬起一抹讥讽的笑意："好久不见，特使别来无恙？"

胖子特使哆嗦不已地道 "是许久不见，王爷风采依旧。"胖特使的双腿肚直打战，有一种转身就跑的冲动，可他知道他跑不掉。

他不是萧天耀的对手！

该死的，下次萧天耀要见他，他一定要把天藏阁的武神全带来！

"特使大人眼拙了，本王心情不佳，如何风采依旧？"

哒！萧天耀猛地上前一步。胖特使想也不想便后退一步："王，王爷心情不好？是不是遇到什么事了，不知在下可否为王爷分担一二？"

他，他真的不是故意的 他听到墨神医的保证后，以为萧天耀是真废了，这才将他运粮草和药材的路线卖出去的。

他好冤呀！

明明之前都打算收手了，哪知临到头却栽了个大跟头。

"本王确实有事需特使帮忙。"萧天耀很不客气地开口道。胖子特使听罢，立刻露出一个谄媚的笑容："王爷请讲，只要我们天藏阁能办到的，我绝无二话。"他还有用就好办了。

可是……

萧天耀话锋一转："不过，在此之前我们是不是要算一算你出卖本王消息的账？"

还是逃不过吗？

胖特使都快哭了，哭丧着脸道：“王爷，我，我天藏阁做的就是消息买卖的生意。”

“本王记得曾警告你别卖本王的消息，不然本王拆了天藏阁。”萧天耀又往前逼了一步。这一次胖子特使没敢动，一张肥脸肉颤颤的，脸上的汗水啪嗒啪嗒往下掉，结结巴巴道：“王爷，有话好说……我，我没有出卖你本人的任何消息，至于其他的消息，有人要买我们自然得卖，我天藏阁也是要吃饭的呀。”

胖特使努力地钻字眼，可惜萧天耀没有和他打嘴上官司的意思，指着西北的方向，道：“知道那个位置是什么吗？”

胖特使真要哭了……

那不就是他们天藏阁在东陵的地址吗？

“王爷，你千万不要冲动啊。”我天藏阁也不是好惹的。

“本王就是太谨慎了，这才给人钻了空子，什么本王的腿废了？修为倒退？谁告诉你的？”

萧天耀猛地出腿，一脚将胖特使踢飞。

“啊……”胖特使惨叫一声，飞出数十米远，重重地跌倒在地。好半天才从地上爬了起来，抹掉脸上的血迹，愤愤地道：“萧，萧王爷，你别太过分，我天藏阁……”

轰……

后面的话还没有说完，但闻一道震耳欲聋的巨响声传来，西北方向的上空突然冒起一阵冲天而起的尘雾。那尘雾胖特使很熟悉，是房子倒塌才会形成的灰雾。

“你，你，你居然拆了天藏阁？”胖特使整个人都要崩溃了。

居然真的有人拆了天藏阁，天呀，地呀！让他去死吧，他没脸见人了。

四国四座天藏阁，屹立百年而不倒，可没想到，到了他手上的天藏阁居然创造了历史。

今天的事必然会载入天藏阁史册，可却是以一种耻辱的方式。

“本王一向言出必行。”萧天耀迎风而立，衣袍翩翩飞舞，说不出来地绚丽迷人，可此刻的胖特使却无心欣赏，他此时愤怒得想要杀人：“你竟敢拆了天藏阁，天藏影月不会放过你的。”

“你以为本王会怕？”萧天耀不屑地冷哼，胖特使气得全身的肥肉直颤抖，萧天耀完全无视，转而走到一旁的石椅上，“特使，请坐，既然账算清了，我们现在谈一笔生意。”

萧天耀神情淡然，就好像刚刚拆了天藏阁的人不是他。

胖特使气笑了：“你拆了我的天藏阁还要和我谈生意？”我就那么好欺负？

“天藏阁做的是消息买卖的生意，怎么？天藏阁不做本王的生意？”萧天耀说得随意，可胖特使却是背脊一寒。

他几乎可以肯定，只要他点头说是，萧天耀就敢把另外的三座天藏阁给拆了。

形势没人强，只能忍了。

胖特使深吸了好几口气，这才压下心中的怒火和不甘，走到萧天耀面前坐下："萧王爷要谈什么生意？"

"谈一谈哪些人抢了本王的东西，伤了本王的人。"威慑力这种东西要有，同样拳头也要出。

光靠威慑不出拳，别人只会当他是纸老虎，拆天藏阁只是开始。敢打他的主意，那就得准备付出血的代价。

胖特使的脸部一阵抽搐，很明显他知道萧天耀要做什么。

他只想说，这次出手的人真是倒大霉了，一个个都被墨神医给坑死了。不过，这样也好，有人陪他一起倒霉，他只会拍手叫好。

胖特使语气很干脆地说道："还请王爷给我一张纸，一支笔。"

话落，立刻就有人将胖特使要的纸笔奉上，速度快到让胖特使惊讶得合不拢嘴。

萧天耀的身边到底有多少能人？

他们以前是不是太低估萧天耀了？

天藏阁的特使不怕萧天耀，可确实不敢和萧天耀硬着来，至少在他一个人的情况下，他不敢和萧天耀叫板。

乖乖地将参与此事的门派一一写好后，胖特使双手呈到萧天耀的面前："王爷，你也知道这件事我们是受了墨神医的挑唆，若非如此，我们绝不会与王爷你为敌。"

胖特使最后还是忍不住想狠坑墨神医一把，他们被墨神医坑惨了，尤其是他们天藏阁，直接成了萧天耀杀鸡儆猴的那只鸡！

"多谢提醒，天藏阁的诚意本王看到了。过往之事一笔勾销，天藏阁要是不忿，本王随时欢迎。"他不和天藏阁计较，但天藏阁要挑事，他也不怕。

胖特使听明白了萧天耀的话后只有苦笑。

拿到自己想要的，萧天耀半刻也不停留，转身就走。

胖特使扭头，看着萧天耀那沉稳从容的步伐，不由得在心里大骂墨神医混蛋！

萧天耀拿到名单后，看也不看就丢给苏茶："交给荆池，告诉他还债的时候到了。"

荆池接了刺杀周肆的任务，银子都给了，可最后周肆却死在魔君重楼的手里，荆池倒是想把银子退给萧天耀，可萧天耀不肯要。

拿了他的银子就得为他办事，此事不成还有别的事，荆池想要脱身，做梦吧！

"十六人，荆池也不算亏。"苏茶看了一眼就将纸条折了起来。

虽然人数很多，可这十六人加起来也没有周肆那么麻烦。

萧天耀大步走进书房，书桌后的空地上已放了一把大椅，萧天耀走过去，从容落座："东西找回来后，配合荆池的行动灭了他们。"敢抢他的东西，就要有付出代价的觉悟。

荆池只会刺杀各大门派的首领，至于其他的参与者，还得他们自己动手，流白忙应道："我明白了。"这是他的活儿。

"苏茶，盯紧宫里的事，给周贵妃吹点风，让她厌弃墨神医。"萧天耀要让墨神医身败名裂!

“我知道该怎么做了。”这种阴谋算计的事只有苏茶能做到。

萧天耀双腿可以行走的消息第一时间便传进皇上的耳朵里，与这个消息一同送到的还有东陵天藏阁被拆的事情。

皇上顿时大怒，当下顾不得安王的病情，直接宣墨神医问话：“你不是说萧王的腿彻底废了吗？不可能医好吗？现在是怎么回事？”

啪……皇上怒拍龙案，桌上的镇纸砚台跳了一下才复位。

墨神医吓了一跳，不敢置信道：“皇上，你说萧王的腿好了？”这不可能!

皇上冷哼一声：“天藏阁被他拆了，天藏阁的人却连一句狠话都不敢放，你说他的腿要是不好，天藏阁会怕他？”

“这，这……这不可能，萧王的双腿不可能医好。我曾用龙魄为萧王医治，却被中途打断。萧王的腿不可能会好，而且他的修为也会因此而倒退！”

墨神医将之前的说辞又重复一遍，而正是因为这份说词，皇上才会相信墨神医的话，天藏阁的人才会相信墨神医的话，认定萧天耀的双腿绝对没有恢复的可能性。

可现在……

“事实摆在眼前，容不得你不信。”虽然没有目睹，可皇上仍旧相信萧天耀的腿一定是好了，天藏阁不会在这种事上撒谎。

墨神医眼神呆滞，喃喃自语：“萧王的腿好了？到底是什么人医好了他的腿伤？”

这就是大夫与政客的区别，皇上只关心萧天耀的腿好后会带来什么影响，而墨神医则更关心到底是谁医好了萧王的腿。

“除了中央帝国外，四国中没有人比我的医术更好，我医不好还有谁能医得好？”墨神医仔细思索，几乎把脑袋想空了，却仍旧没有想出一个可能的人来。

他倒是知道一个学医的天才，可是那人……已经被他给毁了，别说不一定能活下来，就是能活下来也无法动手再医治他人。

皇上听到墨神医的话后，冷着脸道：“朕也很想知道到底是什么人医好了萧王的腿!”

要不是墨玉儿已经成了他的妃子，墨神医之前又稍稍出了点儿力，他甚至都要怀疑墨神医和墨玉儿是萧天耀派来的，而墨神医所说的萧天耀的腿好不了则是故意放出来的烟雾弹。

墨神医听出皇上的不满后，暗自叹了口气，忙道：“皇上，草民斗胆问上一句，这段时间萧王可有请大夫，或者萧王身边可有陌生人出入？”

“如果有的话朕早就知道是谁医好他的腿了。”正因为没有才会恼怒，皇上才怀疑墨神医欺骗他。

“没有人接近萧王？”墨神医的瞳孔猛地放大，随即不可思议地摇头道，“没道理呀，她虽然也学过医，可绝没有医好萧王的能耐。”

“他是谁？”皇上此时不肯放过任何一个可能性。

墨神医此时只想洗脱嫌疑，想也不想就把林初九卖了：“萧王妃，她会医术，而且当时就是她及时打断医治过程，救了萧王的命。”

皇上和墨神医之前都没有提过发生在萧王府的那件事，对皇上来说那是他暗中所为，他不想让人知道。而对于墨神医来说，那是他行医生涯的一个大污点，他恨不得永远不要被提起。要不是今天皇上怀疑了他，他绝不会说出此事。

皇上听闻墨神医提起此事，想也不想就道：“把当时的情况重复一遍。”他总要知道自己的计划是怎么被人破坏掉的。

要知道，要是那个计划成功了，后面的这些麻烦事也不会有，他也不会因为萧天耀的反击而焦头烂额，甚至险些朝局不稳。

墨神医此时也顾不得丢脸，当下便将林初九如何提醒，又如何不顾一切地撞向浴桶等等细节，全部和盘托出，甚至还包括后面林初九如何找到证据证明她的清白也说了。

在叙述的过程中，墨神医不着痕迹地美化了林初九，贬低了墨玉儿。墨玉儿现在是宫妃，一个熟知医理的宫妃可不能让皇上放心，墨神医话里话外都表明墨玉儿只是略懂，比起林初九差远了……

“这么说来，萧王妃的医术很高明？”皇上的脸色非常难堪……

当初便是他把林初九指婚给萧天耀的，本以为是个无用的废人，结果却成了萧天耀的救命恩人，甚至很可能是医好萧天耀双腿的那个人，这种完全脱离他掌控的感觉，简直糟糕透顶。

墨神医虽然年事已高，历经的事情很多，可毕竟不是混官场的，对皇上的心思也把握不准，听到皇上的话后，墨神医不假思索道：“萧王妃的医术确实不凡，当初给萧王针灸时，穴位极其繁杂，可草民只说了一遍萧王妃便记住了。”

“是吗？”皇上的心情更加不好了。

看样子，还是他帮了萧天耀。要是没有他的赐婚，那萧天耀的腿就好不了。

墨神医这个时候就是再笨也察觉到了不对劲，想到他之前听到的风声，此时隐约也明白了皇上在想什么，墨神医话锋一转，道：“只是有一点草民实在不解，萧王妃要真有此本事，怎么会让自己身中慢性毒药，萧王爷又怎么会弃萧王妃不用，而请草民给他医治？”

皇上倒是明白萧天耀的想法：“因为萧王那时候还不相信她，因为她……那时还年幼。”换作是他，他也会更加相信墨神医，而不是名声不显，自己还身中慢性毒药的林初九。

估计萧天耀也是没有办法，这才死马当活马医，让林初九为他医治，结果还真让他撞上了大运。

“草民明白了。”涉及林家的家务事，墨神医很识时务没有再问。

皇上心情厌烦，正要让墨神医退下，突然想到萧天耀报复的行为，皇上想了想还是提醒了一句："萧王这人眼里揉不得一粒沙子。之前天藏阁将他运粮草的路线卖了出去，萧王便直接拆了天藏阁。而那些抢萧王东西的人，依他的脾气绝不会放过他们的，你最好提前给他们透露个消息，免得被萧王一网打尽。"

蚁多咬死象，虽是一些不成气候的小门派，但偶尔还是能派上用场的，皇上不介意卖对方一个好。

墨神医脸色大变："草民明白了，谢皇上提醒！"草草行个礼后，墨神医脚步凌乱，匆匆离去。

原本，萧天耀的腿好不好和他关系不大，顶多就是他医术不行，技不如人，可现在却不一样。他不久前才放出消息，一口咬定萧天耀的腿真废了，还凭着他在江湖上的威信，聚集了一批人去抢萧天耀的东西。

而那些人之所以会出手抢萧天耀的东西，除了卖他一个人情外，还有就是相信他的医术和他所说的话，认为萧天耀无法恢复，这才有恃无恐。

可现在，萧天耀不仅双腿恢复了，还展开了报复。这不仅打了他的脸，还让他背上坑害朋友的罪名，这次的事情要是收不好尾，那他不仅名声扫地，恐怕还会因此而无法在江湖上立足。

墨神医行色匆匆地往殿外走去，途中遇到一个来找他的小太监，却是被他一脚就踹开了："滚！"

皇上为了表明对墨神医的礼遇，准许墨神医自由出入宫廷。只是墨神医深知自己的处境，一直都本分守礼，从不在皇宫中乱走，更不用提出宫了。

而这一次，要不是没有别的办法，墨神医也不会匆匆出宫，调用自己在宫外的势力。

墨神医急步走到宫门口，侍卫阻拦，他拿出皇上给的令牌："老夫要出宫。"

侍卫查看后，确定无误便不再阻拦，放墨神医出去了。

事有凑巧，墨神医刚出宫没有多久，安王殿内的太监便追了出来，小太监跑得上气不接下气，看到守宫门的侍卫后忙问道："你们看到墨神医了没？他在哪里？"他们满皇宫的找也没找到，刚听到有人说墨神医往宫门口去了，这才追了出来。

"墨神医？是不是一个满头白发，还有白胡子的老头？"墨神医的长相在宫里算特别的了，侍卫也知道一二。

小太监连忙点头："对对对，他就是墨神医，你们看到他了吗？"

"他出宫了，一炷香前出去的，好像很急的样子，你现在出去追恐怕追不到了。"侍卫好心提醒道。小太监脸色大变："这下可糟糕了！"

小太监顾不得休息，转身就往回跑，还没有到安王的清和殿，就扯开嗓子大喊道："贵妃娘娘，墨神医，墨神医他……"

"找到墨神医了？"周贵妃虽然怀疑墨神医，可此时除了相信墨神医外，根本没有别的办法，宫里医术最好的秦太医也医不好她儿子的病。

小太监忙摇头道："墨神医他出宫了，一炷香前出的宫，也没有说去哪里，现在怕是追不上了。”

“这个时候出宫？”周贵妃脸色骤变，想到之前心腹宫女的话，不由得冷笑连连。

果然，墨神医确实是想为他女儿清路，铲除她和子安这两个障碍。

要不是这样，怎么解释子安在墨玉儿上位后，病情变得越来越严重？而墨神医又在这等紧要关头出宫？

出了宫，她的子安要是有个三长两短，也就不能怪墨神医救治不力了。

“子安……你等着，母妃不会让你有事的，绝不会让你有事的。”周贵妃也许会利用萧子安争宠，这毕竟是自己的儿子，也是真的在乎他。要不是真的在乎萧子安，凭她这么得宠，能生下萧子安就能再生一个，可她没有。

这么多年来，周贵妃一直守着身体不好的萧子安，从来没有想过放弃萧子安。

“摆驾，本宫要见皇上。”为母则强，周贵妃抹掉脸上的泪痕，随手一扯，将梳好的发髻扯散，好让自己看上去狼狈一些。

皇上挥退墨神医后，倒没有再召见别的大臣，而是自己在殿内思索萧天耀腿好后可能会带来的麻烦。

毫无疑问，萧天耀的腿伤痊愈后，他现在的优势会全部消失，不仅如此，反倒还要处在劣势。

他必须得想办法扭转局势，可是……

还来不及想出个所以然来，殿下就响起周贵妃撕心裂肺的哭喊声：“皇上，皇上……求求你救救子安。皇上，臣妾求你了。”

“娘娘，你不能进去，娘娘……后宫不得进入议政殿，求娘娘别为难奴才了。”皇上的心腹太监在殿下死死拦着周贵妃。

周贵妃挣扎着往里冲，却极有技巧地没有走过那道线，只是扯着嗓子大喊道：“我要见皇上，我要见皇上，皇上，子安快要死了……我现在什么也不管了，我要见皇上，就算闯进去的代价是死，我也要进去求皇上，求皇上救救我们的儿子……”

宫里因为墨神医出宫和安王再次吐血、呕吐而乱成一团，皇上带着造型狼狈却不掩风华的周贵妃匆匆赶到清和殿。

和上次一样，安王的寝室内，除了一大摊的血外，还有黄白相间的呕吐物，此时秦太医正和其他众太医围着安王团团转，见到皇上和周贵妃过来，一个个忙起身行礼。

“免礼，安王怎么样了？”皇上急切地开口问道，眼神落在了秦太医身上。

秦太医低头，沮丧道：“回皇上的话，臣等无能。”换句话说，医不好。

“无能？你们是太医，你们怎么可以说这样的话？本宫命令你们立刻医好安王，听到没有？本宫命令你们……”周贵妃说着说着就哭了出来，身子一软，跪倒在皇上脚边，“皇上，太医们没有办法，那子安他怎么办？墨神医他到底哪里去了？怎么会这么巧，在这个时候离宫？”

“立刻派人去找墨神医。”皇上猜到了墨神医为什么出宫，可这不表示皇上能原谅墨神医。

他让墨神医通知那些人，却不是让墨神医丢下他儿子不管。和他儿子比，那些人的命又算得了什么？

“是。”侍卫转身跑出清和殿，脚步飞快。可他们的速度就是再快，也不可能立刻将墨神医找来……

而这个时候，照顾安王的医女再次大叫：“安王，安王的鼻孔在流血。”

秦太医顾不得皇上有没有叫他起来，飞快地爬了起来，朝安王跑去，周贵妃亦起身扑向床边。只是，一看到全身是血，脸色发青的安王，周贵妃又瘫倒了，流着泪喃喃道：“子安，子安，你不要吓母妃，母妃胆子小，你别吓我，你别吓我呀……”

“娘娘，你别伤心。”宫女上前劝说周贵妃，却被周贵妃一把推开：“滚……”

“啊……”宫女柔弱地摔倒在皇上脚边，脑袋磕在地上，当即头破血流，可却没有一个人多看她一眼。皇上冷漠地叫来侍卫，将人丢出去。

秦太医诊断过后，同样用金针刺穴，可他却无法让安王立刻止血，只是减缓了血流的速度。

“皇上，微臣无能，安王的病情比上一次严重许多，依安王的情况恐怕撑不了多久，我等不知安王中的是什么蛊毒，根本无从下手。”秦太医扑通一声跪下，憨厚老实的脸上满是无奈与自责。可只有他自己清楚，安王的蛊毒他抬手可解，只是现在还不能出手……

一定要等到最后，等到所有人都束手无策时，他呕心沥血地想法子，然后拿出医治方案。

只有这样，皇上才不会怀疑他，周贵妃才会记得他的好。

安王所中的蛊毒，是他师父让墨神医身败名裂的最后一击，也是他师父为他铺的最后一条路。

有了这次机会，他就会成为皇上和周贵妃心腹中的心腹。

皇上听出秦太医话中的暗示，冷声问道：“墨神医没有告诉你们安王中的是什么蛊吗？”此前墨神医对皇上和周贵妃的说辞是，他已经查到了安王中的是什么蛊，现在正在寻找救治之法。

秦太医将头埋得更低，小心地说了一句：“没有。”

医术这种东西本就是不外传的，除非是自己的亲生儿子，不然哪怕是亲传弟子也不会倾囊相授，墨神医不说清楚再正常不过。

可周贵妃不这么想，周贵妃无比气愤道：“墨神医他怎么可以这么自私，为了自己的功劳就可以不顾子安的死活吗？他平时不告诉众太医也就罢了，为什么他要出宫也不和太医们说一声？只要他说一声，交代一句，我的子安也不会性命垂危啊。”

周贵妃这话虽有些强词夺理，可也不无道理，可现在说这些有什么用呢？

皇上头痛得直抚额，问道：“秦太医，你可有良策？”

“臣，臣无能……”秦太医语气沉重。周贵妃捂着嘴压抑地哭了一声，却不敢哭出声来。

皇上既心疼又自责，要不是他把事情告诉墨神医，墨神医也不会匆匆出宫。当然，罪魁祸首还是墨神医，出宫居然也不交代一声，完全没有把子安的死活放在心上。

这么一想，皇上对墨神医便有了几分不满，可再不满也改变不了安王血流不止的事实。

“安王的耳朵也在流血。”医女又一次报告萧子安的病情，一次比一次严重。皇上的眉头皱成一团：“秦太医，你再想想办法。”

“臣……尽力一试。”秦太医颤抖地起身，又一次为安王施针，皇上与周贵妃在一旁焦急地等着，盼望着奇迹的出现，可是没有……

秦太医手上的金针全部扎了下去，可依旧无法止住安王的鼻子和耳朵往外流血。

周贵妃极力地压抑自己的哭声，哽咽道：“墨神医曾说过，子安要是七孔皆出血，便是神仙也难救治了。”

秦太医开口又补了一刀：“不出三个时辰，安王必会七孔流血。”

“三个时辰？要是三个时辰内找不到墨神医怎么办？我的子安会死，皇上……我们的子安会死呀。”周贵妃脸色煞白煞白的，这绝对不是演戏。

皇上亦是心惊肉跳：“秦太医，此言当真？”

“臣不敢说谎。”而三个时辰内，墨神医绝对回不来。

“该死！”皇上咒骂一声，指着秦太医，厉声道，“朕命令你，现在，立刻，马上去救子安，一定要保证子安能坚持到墨神医回来。”

扑通！秦太医干脆利落地跪在了地上，一脸惶恐道：“皇上，臣……做不到。”

皇上才不管这些：“做不到也要给朕做到，否则朕灭你九族！”

皇上盛怒之下所说的话也许不是真的，可这个时候没有人敢赌，就是秦太医也不敢。

“皇上，臣有个不情之请，不知当讲不当讲？”秦太医一脸悲苦，欲言又止。

“有什么话，说！”皇上衣袖一甩，在椅子上坐下，借此平息心中的怒火。

“是。”有了皇上的准许，秦太医便不再纠结，说道，“臣听闻墨神医之女，尽得墨神医真传，恳请皇上准玉美人与臣等一同为安王医治。”

关键时刻，秦太医自然不会忘记拉墨玉儿下水。

皇上一天内听到两人说起墨玉儿的医术，墨神医说墨玉儿医术普通，只习得皮毛。现在秦太医却说墨玉儿尽得墨神医真传，他要相信谁？

皇上看着秦太医，没有立刻回答。

秦太医低着头，看不出表情，稳稳地跪在那里，似乎不受帝王威压的影响。

周贵妃见皇上迟迟不肯答应，只道是皇上喜欢墨玉儿，舍不得墨玉儿卷入此事，不由得心中暗恨。

“皇上，求您看在子安的分上同意秦太医的请求吧？玉美人是墨神医的女儿，就算只学了墨神医十之一二，也断然不是普通太医所能比的。”周贵妃继续为墨玉儿补刀，而且补得非常漂亮。

皇上没有立刻答应，而是说道："墨神医说他的女儿只习得皮毛，对医术并不感兴趣。"

秦太医怎么会让墨玉儿逃过此劫，忙道："墨神医实在太谦虚了，臣之前在萧王府有幸见过玉美人，玉美人的医术比臣只高不低。"

"此言当真？"皇上疑心又起。

秦太医重重点头："微臣肯定。"

皇上不再犹豫："宣玉美人进殿！"

"奴才遵旨！"皇上的贴身太监转身就去宣召。一炷香后，面无表情、神情冷傲的墨玉儿走了进来。

一袭水蓝色的宫装将墨玉儿妙曼的身姿勾勒得完美无瑕，清冷的颜色衬得她越发清寒孤傲，如冰山之巅的冷情女神，不把这尘世间的一切喧嚣繁华、人事纠纷放在眼里。

不过短短数月的工夫，墨玉儿身上的气质越发地清冷，那双黑如墨点的眸子没有一丝情绪，周身似乎连一点儿温度也没有。

墨玉儿进殿后，脸上没有一丝笑容，僵硬地跪下行礼："参见皇上，万岁万岁万万岁。"

"爱妃，平身。"皇上对墨玉儿还是颇为中意的。

这么一个清傲绝艳的冷美人，却在自己的身下沦为一摊春水，婉转哀求，迎合求欢，任他摆布，那滋味真是说不出来的销魂动人。

"谢皇上。"墨玉儿起身，完全没有讨好皇上的意思，只静静地俏立在那里，如同局外人一般。

这份不把皇上看在眼里的冷傲，倒是吸引了皇上。不过，皇上现在对墨玉儿也只是有兴趣罢了，断然不会因为一个墨玉儿而不顾萧子安的性命。

皇上威严十足地开口道："爱妃，秦太医说你医术不凡，你父亲也说你尽得他的真传。现在安王病重，你父亲出宫，一时半刻寻不到人，朕命你全力救治安王。"

"皇上。"墨玉儿笔直跪下，像是完全感觉不到痛一般，"我从小厌恶学医，怎么可能尽得父亲真传？还请皇上收回成命。"

墨玉儿并没有与墨神医事先沟通过，而是……在成为皇上女人的那一刻，她的心就死了。

心死的人，连自己的死活都不在意，又怎么会去管别人的死活？

想要她救皇上的儿子，做梦会比较快。

"是吗？"皇上明显不信，身子前倾，身上的威压渐重。墨玉儿却毫无变化，仍旧笔直地跪在那里："臣妾……不敢欺瞒皇上。"

皇上没有放过墨玉儿，而是逼问道："你是不会还是不救？"

"不会！"墨玉儿回答得斩钉截铁。

有秦太医的话在先，皇上并不会因为墨玉儿的三言两语就相信她，不无威胁道："如果安王有个三长两短，你的父亲必要为他陪葬。"

皇上的话绝非儿戏，可就是这样墨玉儿依旧不开口。

秦太医和周贵妃暗自心急，两人都想不到墨玉儿这般狠绝，居然连自己父亲的性命都不在意。

这种情况下，秦太医也不好开口，周贵妃却无所顾忌，"扑通"一声跪在墨玉儿身侧，抓着墨玉儿的手，哀求道："玉儿妹妹，姐姐求求你了，姐姐就子安这么一个儿子，你发发善心救救他好不好？姐姐来世给你做牛做马报答你。"

"我救不了他。"墨玉儿依旧是这句话。周贵妃却不管，继续哭求。

皇上也拿不准墨玉儿说的是不是真的，看向秦太医，只见秦太医亦是一脸吃惊，皇上不由得皱眉。

相比墨神医，皇上自然是相信秦太医的，可墨玉儿的表现又不像作假。

看样子，要再下一剂重药了！

皇上眼神一变，厉声道："玉儿，朕再问你一次，你真的救不了安王？"

墨玉儿神色不变："救不了。"

"救不了安王，朕留你何用？来人，拖出去，斩了！"皇上突然变脸，丝毫没有之前喊爱妃时的柔情，众人吓了一跳，饶是见惯了皇上喜怒不定的周贵妃，也吓得僵在原地。

墨玉儿却是半点儿也不惊慌，这种不惊慌不是因为确信皇上不会杀她，而是不怕死。

一个不怕死又貌美的女人，绝对是后宫的一大威胁。

周贵妃在这一刻，将墨玉儿列为头号对手。

侍卫进来，将墨玉儿拖起来后，墨玉儿没有挣扎。可就在皇上和周贵妃都认为墨玉儿不怕死时，墨玉儿突然开口道："皇上，我虽救不了安王，可有一个人能救安王。"

"什么人？"皇上不怕后宫里的女人有能耐，但却不想放一个既有能耐又不怕死的女人进来，这样的女人太可怕了。

此时见到墨玉儿开口，皇上暗松了口气。

"萧王妃——林初九！"墨玉儿从牙缝里挤出这个名字，没有人知道她有多恨林初九，恨林初九抢了她的位置，恨林初九害她落到这个地步。

要是没有林初九，她早就是萧王的女人了，根本不用待在这个恶心的地方，躺在这个恶心的男人身下。

墨玉儿痛恨林初九恨到牙痒痒，可她的脸上和眼中却没有一丝情绪流露，外人根本看不出来她在想什么。

"林初九？"一连从墨神医父女口中听到林初九的名字，皇上的心情差到不能再差。

"林初九？她，她能医好子安？"周贵妃虽然想要打击墨神医和墨玉儿，可此时更想医好萧子安的病。

这两个人什么时候收拾都行，可她的儿子却不能等。

“能。”墨玉儿回答得毫不犹豫，“她的医术很好，甚至不比我父亲差。”墨玉儿承认她是胡编的，可那又如何?

只要皇上信了，宣了林初九进宫，若是林初九没有医好安王，她这辈子就惨了!

林初九确实很惨的，因为萧天耀的阻拦，她没办法进宫，而在安王吐血时，她又一次地接受到了医圣之心的惩罚。

惩罚结束后，冷酷无情、无理取闹的医圣之心再一次提醒林初九，病人萧子安有生命危险，必须尽快救治!

“呼……简直要人命！”林初九倒在床上，喘着粗气，连抬手的力气都没有。这一次惩罚比之前那次更痛，时间也更长，等到惩罚结束时，林初九已是全身湿透，整个人就像是刚从水里捞出来的一样，秀发凌乱，脸色虚弱，看上去狼狈至极。

林初九不是不能忍痛的人，可医圣之心的惩罚简直非人，林初九不可避免地发出痛呼声。门外的侍卫听到后，又不敢胡乱闯进来，只好去找萧天耀。

“王爷，王妃娘娘又发病了。”侍卫不清楚林初九的情况，只能用发病来代替。

萧王爷此时已不用轮椅，听到侍卫的话后，脚下一抬就朝林初九的院子赶去，侍卫转身追上去时，只看到一道残影。

林初九住的地方距离前院着实是远，萧天耀的速度虽快，可架不住侍卫在禀告的路上浪费时间，等到萧天耀赶到时，林初九已经可以起身了。

嘭！萧天耀破门而入，此时林初九正好起身，抬头就对上萧天耀的那双冰冷的眸子，而萧天耀也看到了林初九苍白的脸色，还有嘴唇尚未来得及擦拭的血迹。

两人同时愣住，谁也没有说话，侍卫果断上前将门带上，将一室的宁静留给两人。

片刻后，萧天耀主动问道：“你怎么了？”这么虚弱，看上去还真的像是大病了一场。

林初九低头，避开萧天耀的眼神，淡然道：“不是说了嘛，老毛病。”林初九依旧是用这个说辞，丝毫不在意萧天耀相不相信。

“你的病，会复发？”萧天耀明显不信，之前不追问是因为崔三爷与福安公主在，他不好拆穿林初九。

“你不是看到了吗？”林初九知道萧天耀不信，可那又如何?

她不需要萧天耀信，萧天耀没有证据。

“需不需要大夫？”事实摆在眼前不错，可眼睛看到的也不一定就是真相，萧天耀不信林初九的话，可诚如林初九所说的，他也没有证据，暂时也只能信了。

“不必了，休息一下就好了。”林初九指了指自己身上皱成咸菜样的衣服，“王爷，我想沐浴更衣，劳驾王爷让让。”

林初九这话是想请萧天耀出去，结果萧天耀却只听表面意思，侧过身给林初九让了个路。

林初九看了他一眼，什么也没有说，默默地从他身边走过，拿了衣服便去浴间。

她之前就让人备好热水，直接去浴间就可以了。至于萧天耀？林初九不认为日理万机的萧王爷，有时间在这里等她沐浴完。

浴间与卧室只有一窗之隔，虽说看不到，可流水的哗啦声却能毫无障碍地传过来。

萧天耀乃习武之人，听力比寻常人的灵敏数倍，此时又在安静的屋子里，哗啦的流水声便被放大无数倍。

萧天耀只听水声就能判断出水流是从林初九肩膀滑过，还是在浴桶里撞击；闭上眼，就能想象出水流从林初九的肩膀落下的画面。

这真的是一种煎熬！

萧天耀的脑子里，已经自动勾勒出林初九娇美的身躯、白皙的肌肤。不需要费脑子去想，那画面自动浮现于心头，挥之不去。

必须离开这里！

萧天耀不止一次这么对自己说，可那双脚就像是生了根似的，根本无法移动半步，心底似有一个渴望，若有若无，千丝万缕，缠着他留下来。

"哗啦……"一声响动，萧天耀不用想也知道，林初九应该是洗完了，从浴桶里站了起来，他甚至能够想象到水珠从她身上滑落的画面。

只这么一想，他就口干舌燥，心底似有一股无名的火焰旺盛起来。

他似乎中邪了！

而就在萧天耀胡思乱想间，林初九已经换好衣服走了出来。身上还留有刚沐浴过后的湿气，头发未干，林初九手上握着一块大毛巾，边走边擦。

进来便看到坐在床沿的萧天耀，林初九脚步一顿，皱眉道："王爷，你还有事吗？"这都半个时辰过去了，萧天耀就一直坐在这里，不觉得无聊吗？

萧天耀没有回答林初九的问题，而是朝她招了招手："过来。"声音有几分嘶哑，不过萧天耀刻意压低了声音，倒是听不出有什么特别的。

"什么事？"林初九知道自己入不了萧天耀的眼，可也不打算在这个时候靠近。

她现在也算衣衫不整了，要是萧王爷占了她便宜，事后说她勾引他，那她不得冤枉死。

"让你过来便过来，哪有那么多废话。"萧天耀脸色一沉，语气不由得恶劣几分。

林初九皱了皱眉，可还不等她做出决定，萧天耀便起身而上，一把将人拉了过去。

"啊！"林初九吓了一跳，顺着萧天耀的胳膊转了两圈，然后华丽丽地倒在萧天耀的臂弯里。

"你就不能小点声音吗？"叫这么大声，不知情的人还以为他拿林初九怎么样了呢。

屋外的侍卫早已经捂耳不敢听了……

这又是准备水又是尖叫的，王爷，你到底把王妃怎么样了？

林初九没有回答，而是学着他的语气道："你就不能别这么霸道吗？"

萧天耀同样没有搭理她，冷冷地道："站好！"

"我……"她也想站好，可是……

林初九真想捂脸抱被子哭，因为她发现自己脚软了，根本站不起来，而侧倒的姿势真的好累，她的腰都要断了。

“没用！”萧天耀一脸嫌弃，动作却是很温柔，小心翼翼地扶着林初九坐下。

林初九真的很想哭，早知道事情会变成这个样子，萧天耀叫她过来时，她就乖乖过来了。

被萧天耀骂没用的林初九，乖乖地坐在床边不说话，等萧天耀开口，可不想萧天耀却没有开口，而是抢过她手上的毛巾。

“你要毛巾？”林初九愣了一下才松手。

萧天耀若是要毛巾早说呀，萧王府别的没有，毛巾还是有的。

萧天耀没有理会林初九，接过毛巾就包住林初九的头发。林初九吓了一跳：“王爷……”侧过身子就要躲开，却是被萧天耀轻轻按住：“别动。”

我也不想动，可是……

林初九张嘴欲言，却感觉头发处一阵暖意，然后，然后……

她看到了什么？

包裹长发的白毛巾，此时正在往外冒白烟！

“我……”

林初九惊呆了，莫非这就是传说中的内功？

拿神乎其神的内功来烘头发，这会不会太奢侈了点？

林初九看得眼睛都直了，要不是想到萧天耀此人恶劣，她这会儿真的要眼冒红光，高声大喊：大侠，你收我为徒吧。

简直……

萧天耀很享受林初九的崇拜，稍稍加快了速度，让水汽冒得更快，不多时林初九的头发就全干了。

在林初九崇拜的眼神下，萧天耀慢条斯理地收手，拆开毛巾，随手丢到林初九身上：“以后要记得擦干头发。”

林初九这个时候真没空去管萧天耀的姿态有多拽、多欠揍，伸手摸了摸瞬间就变干的长发，再次一脸崇拜地看向萧天耀。

要知道，她的头发可真正是及腰，而且又长又厚，平时下人至少要擦上半个时辰，才能擦至半干，而现在萧天耀只是随便一握，头发就全干了。

省时省力，萧天耀真不是一般的好用。

壮士，到了冬天，能请你天天给我烘头发吗？

林初九眼巴巴地看着萧天耀，却不敢问出来……

萧天耀见林初九看着他，一副有话要说却又不敢开口的模样，主动问了一句：“怎么？有问题？”

“没……”林初九只说了一个字，就听到医圣之心循环提醒道：患者萧子安病危，请立刻进行医治。

一遍一遍又一遍，不断循环，使得林初九想忽视都不行。咬了咬唇，林初九生生改口，一脸慎重地道：“我有事要和你商量。”

“什么事？”萧天耀看着林初九被咬得没一处完整的唇，皱眉道，“别再咬唇。”

“知道了。”林初九一咬就知道疼了，感觉萧天耀似乎挺好说话的，再次说道，“我有事想和你说。”

“说。”萧天耀拉过一把椅子在林初九对面坐下。

他原本是想坐床边，可看到林初九似乎一直在防备他，只好选择一个安全又不算太远的位置。

“我想进宫，”林初九一出口萧天耀的脸就黑了，林初九飞快地补了一句，“我真的有很重要的事，攸关性命的大事。”

萧天耀压根不信：“想都不要想！”

“我没有骗你，再不进宫真要出人命了。”林初九急得站了起来，可怜巴巴地哀求道，“王爷，你就让我进宫行不行？实在不行我不以萧王妃的身份进宫，我以林家大小姐的身份进宫，出了事也有林家背着。”

“想不想当萧王妃你以为你说了能算？”萧天耀冷哼道，神色微冷，明显是不高兴了。

“我不是不想当萧王妃，而是我必须进宫，我今天一定要进宫。”如果不是医圣之心一再提醒她，她真的不想和萧天耀争，可现在她也没有办法，她真的不想再接受惩罚了。

“本王说不行就不行。”萧天耀摇头，“你要是不信，大可以试试，你要是能走出萧王府，本王随你。”

“我要走出去了，你不许再拦我。”林初九二话不说就往外冲。萧天耀伸手一挡，不过使了半成不到的力气，便将林初九撞得跌进床里：“这么弱，也敢和本王叫板？”

林初九又气又恼，从床上爬起来，气呼呼道：“萧天耀，你能不能讲点道理，我真的有很重要的事要进宫。”

“你要跟本王讲道理是吧？好，那本王就跟你好好讲讲道理。三从四德知道吗？出嫁从夫知道吗？你想听什么道理？本王一一说给你听。”萧天耀手指轻敲桌面，神情说不出的悠闲随意。

“这么说，我们没法谈了？”林初九一脸气馁，颓废地坐在床上，眼神黯淡，没有一丝神采。

萧天耀不让她进宫，她真的不知道怎么办才好？

可就在此时，萧天耀突然开口道：“说说，你为什么要进宫？”

林初九以为有戏，双眼一亮，脱口而出：“救人。”

“救谁？”

“安王，三皇子殿下。”林初九也不知道萧天耀会不会阻止她救安王，可她要是不说就一点儿进宫的希望都没了。

"你怎么会想到救他？还这么着急？"安王连着两次病危，林初九都吵着要进宫，还正好要救他，这世间真有巧合？

这叫林初九怎么解释？

她根本解释不清，只得苦着一脸道："我也不知道怎么说，之前我为安王医治过，我可以肯定安王这段时间的病情会加重，而我想到了可以医治他的方法，我想试一试。"

"哼！"萧天耀一脸嘲讽地看着林初九，"先别说你的话能否说服本王，就算能说服本王，你以为本王会让你进宫救安王？"

林初九脸色一白，却坚定地道："我不管你们的政治立场如何，我是大夫，我只做自己该做的事。"

"就像你那天给那群刺杀你的人包扎一样？"萧天耀一脸揶揄，眼中是毫不掩饰的嘲讽。

"我是大夫。"林初九很想撞墙，她知道自己的话没有信服力，可她要怎么解释医圣之心的存在？

说了萧天耀也不会信，说不定还会把她当妖魔鬼怪处理了。

萧天耀知道林初九没有说真话，也不逼她，起身道："本王不需要你解释，同样你也别想进宫。"

"不行，我……"林初九起身，可刚走两步，就被一股无形的力量弹了回来，根本碰不到萧天耀。

"乖，别逼本王打断你的腿，将你永远禁锢在这间屋子里。"萧天耀转身，声音温柔。

林初九却听得背脊一寒，见萧天耀往外走，林初九急忙起身，想要拦住他，却听到屋外响起曹管家的声音："王爷，护龙卫带着圣上的口谕来了，要王妃娘娘即刻进宫。"

"护龙卫，皇上这是要来本王的府上抢人？"萧天耀一脚踹开房门，大步往外走去。

林初九闻言忙跟了上去，却听到萧天耀道："看好王妃，别让她出去。"

"是。"

"不行……萧天耀你不能这样，你让我进宫！"林初九不是萧天耀的对手，可侍卫却不敢拿她怎样，林初九直接便往外冲，侍卫要拦，她便直接出手。

只是简单的防身术，可因为林初九出其不意，侍卫一时不察，还真中了招，其中一个直接抱着裤裆大叫："痛痛痛，好痛，好痛……"

而另一个侍卫则被林初九一个反手钳住，似乎已经没有了反抗之力。

萧天耀大呵："住手！"

天呀！他到底娶了一个什么样的王妃，居然在他面前放倒两个大男人，虽然有出其不意的效果，可林初九会两手也是事实吧？

真要只是一个娇滴滴的弱女子，可没有本事踹男人的裤裆。

侍卫听到萧天耀的命令立刻停了下来，林初九则晚了一步，抬脚朝侍卫的小腿踹了一下，非得把人打趴下才肯松手。

还真是……不知道让人说什么好。

萧天耀深吸了口气：“林初九，记住你的身份！”

“王爷，记住你答应我的事，让我进宫。”她当然记得自己的身份，医圣之心一再提醒她快点救治萧子安，她怎么能忘？

“本王说了……”

不等萧天耀说出拒绝的话，林初九急急打断，“王爷，我也说了我必须进宫，现在护龙卫前来，你何必为了我与护龙卫起争执？”

“谁说本王是为了你？”少自作多情。

“是不是为了我王爷心里明白，我原本也要进宫，现在皇上又派人来请，这皇宫我是非进不可，王爷要是不放心，也可以陪我一起去。”林初九指了指萧天耀的双腿，“正好不是吗？”

萧天耀的腿好后总要在人前亮个相，让人看清楚这并非传言，萧天耀的腿也不是时好时坏，而是彻底好了。

“为了进宫，你还真是无所不用其极。”连他都利用上了。

林初九走到萧天耀身旁，一脸无奈：“王爷，我是真的没有办法。要是有一点点的办法，我都不会进宫，你应该查过，我与安王真的不熟，可是……”

“可是什么？”

“师命不可违。”林初九重重地叹息了一句。

萧天耀依旧不信：“你的师命能管到现在的你？”

“王爷，有些事我现在不能说，日后可以的话，我一定会全部都告诉你。不过有一点我可以保证，我绝不会对你不利。”林初九一再表忠心，就为了让萧天耀心软。

“本王等着你说出来的那一天。”萧天耀终于松口，转身对着曹管家说道，“告诉护龙卫，让他们等着，本王会陪王妃一同进宫。”

“是。”曹管家虽然被眼前的一幕弄得一头雾水，可还是乖乖地出去回话。

“现在，满意了吗？”萧天耀看着不无狼狈的林初九，一脸不满。

衣衫不整，发丝凌乱。就这样也敢出门，林初九到底有没有身为女人的自觉？

“多谢王爷。”林初九似察觉不到自己的狼狈，落落大方地行了个礼，“我这就去换衣裳，劳烦王爷等我片刻。”

“哼！”萧天耀冷哼一声，抬步便往外走，完全没有等林初九的意思……

第十七章　撒娇卖萌求保护

宽敞明亮的大厅里，训练有素的护龙卫队伍一字排开，如同雕像一般站得笔直，即使没有外人在，也不见有丝毫松懈。

护龙卫平时极少出现在人前，之前连萧天耀的面也没有见过，可这并不妨碍护龙卫仇视萧天耀。

护龙卫的责任就是保护皇上，平时极少出任务。之前出的一次任务就是与萧天耀有关，结果护龙卫铩羽而归，不仅没有完成任务，还弄得自己狼狈不堪，一身是伤。

见到双腿完好的萧天耀走进来，护龙卫不禁在心中暗道：萧王的腿果然好了。嘴上请安，手上却第一时间摆出防备和战斗的架势，只是……

萧天耀只是看了一眼，就不屑地移开眼神：“免礼。”

“谢王爷。”众护龙卫异口同声道，声音之大似能将房子震塌，这摆明了是挑衅，萧王府的侍卫面露不满。

一个护龙卫，一个萧王亲卫，他们一出场就注定了是敌对关系。

萧天耀从容落座，不紧不慢地开口道：“声音大不表示能力强，护龙卫的实力，本王的手下早已经领教过了。”

这就是萧王，丝毫不在意打护龙卫，打了皇上的脸。明明是私底下的行动，可萧天耀就能毫不避讳地当众提起。

护卫龙很想握起长枪，一枪刺向萧天耀，可是不能……

这里是萧王府，这里是京城。他们要能杀了萧天耀还好，要是不能，最后倒霉的一定是他们和皇上。

护龙卫气极，紧紧握着手中的枪，用力太过以至于指关节都泛着惨白。

三十六人齐齐瞪向萧天耀，那眼神似要吃人。而反观萧天耀，只云淡风轻地端着茶杯轻啜，神情平淡，完全不将护龙卫的挑衅放在眼里。

高下立见！

不过想想也是，堂堂亲王怎么可能会和一群护龙卫较真？无视他们才是最正常不过的事。

林初九进来时就发现室内的气氛极度诡异，她一个大活人进来居然被人无视了。屋里屋外这么多的护卫，却没有一个人注意到她的到来，第一个看到她的人居然是萧天耀。

“来了。”萧天耀放下手中的茶盏，起身扶着林初九走过来。

林初九看了萧天耀一眼，这才顺着他的手坐下：“多谢王爷。”

萧王这么温柔体贴？

护龙卫傻眼了，擦了下眼睛才回过神来，忙抱拳请安：“见过萧王妃，王妃万福金安。”

“免礼。”林初九对皇上的人的要求一向不高，在萧天耀的搀扶下，林初九在旁边的位置上坐下，先喝了一口茶润润嗓子，端足了架子，这才问道，“你们请我进宫做什么？”

虽然明知是什么事，可该问的还是要问。私底下怎么着急都可以，可在外人面前，绝不能让对方发现她的着急。

萧天耀见林初九装得还真像那么回事，不由得露出一抹笑意：林初九，比他想象中的还要聪明，就是进宫也不会吃亏。

护龙卫来之前，皇上并没有要求他们禁口，此时林初九问起，他们毫不隐瞒地道：“回萧王妃的话，安王病重，皇上得知萧王妃医术不凡，特召萧王妃进宫救一救安王。”

“安王病重的消息我也听说了，只是皇上怎么知道我会医术？谁说的？”医圣之心依旧提醒个不停，可林初九硬是按捺住了。

她这个时候要是急切进宫，只会引来皇上的怀疑。

“是墨神医与玉美人，他们说曾亲眼见识过萧王妃救人。还说王爷的腿能好，萧王妃你功不可没。安王与萧王爷一样是有腿疾，萧王妃您能医好萧王爷的腿，就一定能医好安王的。”

林初九听出来了，这护龙卫话里话外都是试探，话里话外都是陷阱，不过她一点也不惊慌，故作吃惊道：“王爷，你的腿是我医好的？不是墨神医的功劳吗？”

“嗯。”萧天耀应了一声，完全不明白她这是什么意思。

林初九才不管，自顾自地道：“墨神医真是高风亮节，明明是他的功劳却半点不居功。不过，墨神医说是我，那便就是我好了，墨神医已是名满四国，这样的虚名要与不要都不重要，反倒是我……有这么一个虚名在，也能让人高看两眼。”

林初九这话明显是给墨神医泼脏水，可偏偏真与假又让人不好判断。

护龙卫顿时面面相觑，一个个目光不解地看向对方……

萧王妃这是什么意思？

他们怎么听不懂呢?

正话还是反话?

表面意思，还是别有深意?

护龙卫不知如何接话，一个个低头不语。

林初九说完后，又道：“我与玉美人也算是故人，既然玉美人亲自向皇上推荐了我，少不得要亲自走一趟。”明明就是自己急着进宫，可林初九硬是能说成是为了墨玉儿才进宫，不知者还真以为林初九与墨玉儿交情极好呢。

萧天耀只看不说话，唇角的笑意却一直没有淡下去。

林初九是个妙人!

“来人呀，去取我的药箱来。”林初九高声喊道，萧王府的侍卫进来后，悄悄看了萧天耀一眼，见萧天耀点头，这才急匆匆地去帮林初九取药箱。

林初九嘴角微抽，却一句话也没有说。她早就清楚，在萧王府她的话根本没有人听，之前要不是拿王爷的安危威胁曹管家，曹管家肯定也不会信。

林初九住的院子离前院着实不近，饶是侍卫跑得再快，也让护龙卫们等了一炷香的时间，护龙卫一度怀疑林初九是故意刁难人。

不过，林初九故意刁难他们也是在情理之中。要是不刁难他们，干脆利索地跟他们走了，那才叫奇怪。

两个侍卫抬着药箱进来后，林初九看向护龙卫：“轿子呢?放进去，小心点儿，别把我的东西颠坏了。”

“是。”护龙卫在萧王的地盘，还真不敢太强硬，而林初九的要求也算合理，护龙卫也不好说不。

四个护龙卫带着侍卫去放药箱，还有三十二人在大厅内等着林初九起身。

林初九没让护龙卫催，自己站起身来，只是她并没有急着走，而是对萧天耀道：“王爷，你能和我一起进宫吗?我一个人会害怕的。”

萧天耀皱眉，不解地看向林初九：他刚刚不是让曹管家告诉了护龙卫，他也要一起进宫的吗?林初九唱的这是哪出戏?

林初九眨了眨眼睛，无声地说了一句：没说!

她让人拦下曹管家，没让曹管家告诉护龙卫，免得护龙卫提前将消息传进宫去，给他们带来不必要的麻烦。

萧天耀不怕麻烦，她怕!

拖延了医治萧子安的时间，说不定她又要受罚。

林初九嘴里说着害怕，可面上却没有一点儿害怕的神情，就连护龙卫都要说，太假!

萧天耀不吭声。林初九不气馁，继续道：“王爷，你就随我一起去嘛，安王是你的侄子，你也是关心他的，不是吗?”

医圣之心又是一连串的提醒飙出来，林初九都快要骂娘了。

催，催，催，催魂呀！

不知道萧子安是皇帝的儿子吗？

不知道她要救萧子安，又不能引起人怀疑，是一件很为难的事情吗？

“王爷，你就陪我一起进宫嘛，我真的很害怕。上次进宫，差点就被太子挡在宫外，要是这次进宫，再被太子拦下怎么办？皇上会不会认为我是故意延误安王的病情？”林初九豁出脸皮，当众撒娇告状。

萧天耀黑着一张脸，却没有说话。

护龙卫一个个低头不语，实则却是在暗笑。

原来，冷酷无情的萧王爷，在萧王妃面前就是一只拔了牙的老虎。

果然，英雄难过美人关。

他们这一趟萧王府之行，着实是不虚此行，要是让皇上知道萧王如此看重萧王妃，事情一定会很好玩。

萧天耀没有吭声，这一次他真不是故意的，他是被林初九吓到了。他真的没有想到，林初九居然敢拦下他的命令，还当众撒娇，真的是让人……

又气又惊喜。

林初九见萧天耀还是不动，语气委屈地开口道：“王爷……你真的不陪我进宫吗？你知道的，我才学医不久，要是……要是遇到什么难事，你要不在，我一个人可该怎么办？”

林初九就差没说，没有你，我做不到。

护龙卫已经被林初九搞糊涂了，原本以为林初九是拉萧天耀进宫给她壮胆。如此一来，林初九要是医不好安王的病，也有萧王为她求情，可现在听来，怎么感觉是萧王会医术，萧王妃白担了一个名头？

护龙卫承认，面前的这对夫妻太狡猾了，他们已经被绕晕了。

而让护龙卫更晕的是，萧天耀真的开口同意了：“走吧！”

起身，萧天耀与林初九一前一后往外走，护龙卫一直到他们二人走出门槛才反应过来，忙跟了上去。

曹管家见到萧天耀与林初九一前一后走了出去，忙躲了起来。

萧王爷也要进宫，这，这到底是怎么回事？

护龙卫承认，他们的脑子已经不够用了。

萧王一向不喜进宫，或者说萧王不喜见皇上。平时皇上要见他，他也总是一再推脱，实在推不过才会进宫。可现在他们请的是萧王妃，萧王就算再担心萧王妃的安全，也不必跟着进宫，左右皇上也不可能真拿萧王妃怎样。

完全弄糊涂了。护龙卫之前的怀疑再次冒了出来：也许，医术不凡的是萧王爷，而不是萧王妃。

战神萧天耀，博古通今，文武双全，天纵奇才，他会医术旁人一点不惊奇，反倒是林初九，一个出了名的刁蛮无脑的蠢女人，她突然会医术，还能医好萧王爷的腿，这才叫人奇怪。

护龙卫摇头叹息，可还是悄悄地将萧天耀与林初九一同进宫的消息提前传给了皇上，同时心中暗恨，要是能提前一点知晓，他们说不定还能安排一场刺杀，现在怕是来不及了。

护龙卫走进萧王府，许多人都看见了，甚至有不少人都蹲在萧王府外，想要看看到底发生了什么事。

结果，他们看到了什么？

“萧，萧王爷？”有几个不够沉稳的在见到萧天耀自己走路出来时，惊得直接摔倒在地。

再沉稳的人，这个时候也不免被吓到了：“萧王爷的腿真好了？”

“真的是萧王爷，护龙卫是来请萧王爷进宫的？萧王爷的腿真的好了啊。”萧王府外某些隐秘角落里，看到这一幕的人，无不瞪大眼睛，有不少人都希望是自己看错了，可偏偏事实摆在眼前，容不得他们不信。

“快，快去告诉大人，萧王的腿真的好了！”有消息灵通者，此前就听到了一些风声，但不敢肯定。为了确保消息无误，有不少人安排探子在萧王府外盯着，就是要看萧王会不会有所动作。

消息接二连三地传了出去，城外一瞬间多出许多的信鸽，全都扑棱着翅膀飞往远方，可它们没有飞出多远，就被一一打了下来。

“一只，两只……十只，烤乳鸽，清蒸鸽，红烧鸽，我得吃多少天的鸽子才能把它们全吃完？”树上，一青衣少年鼓着一张脸，一脸忧愁地看着地下排成一排的信鸽。

这么多，吃不完呀！

“小池池，你到底什么时候回来，我在这里打信鸽真的好无聊啊。”

“啪……”少年又一次拉起弹弓，又将一只灰色信鸽射了下来。

这青衣少年正是第一杀手荆池的师弟糖糖。糖糖长得唇红齿白，看上去就像个十六七的美少年，可实际上他已经二十有五，只是长得嫩而已，当然他的智商和长相成正比，所以才会被荆池安排在城外，做专打信鸽这么“重要”的事情。

萧天耀走出萧王府的那一刻，战神萧王爷双腿已经痊愈的消息便悄悄传遍京城。但凡有点能耐的人，都知道了萧天耀可以行走了这个事实。

蒙家上下听到这个消息后无比庆幸：“幸亏老爷你的腿伤着了，不然这个时候你在前线，前线那些士兵又听到战神萧王双腿恢复，定要闹事。”

“还是母亲考虑周到。”蒙时对蒙老夫人更是信服。

崔家上下亦是无比庆幸，崔家大爷与二爷异口同声道：“父亲眼光卓绝，儿子拍马不及。”

崔家主却是语气谦虚道："这不是眼光，而是我崔家祖训。我崔家不参与权力斗争，不管谁胜谁负，谁占优势，谁占劣势，我崔家不帮忙也不落井下石。贫困之际绝不轻视对方，发达之际也不会凑上去谄媚。"

"儿子谨记父亲（祖父）教诲。"崔家众子弟忙起身，拱手致礼。

有人欢喜自然有人愁，林相、右相这个时候就愁得不行，皇上对萧天耀所做的一系列打压，都是他们两个冲在最前面，萧王要是报复的话，他们绝对躲不掉。

萧王这人，他要报复谁，绝不会拐弯抹角地在朝廷上斗倒你，他会直接抽你的脸，比如拆了天藏阁。

林夫人和林婉婷更是扼腕长叹。林夫人悔的是，千般算计万般谋划，甚至是得罪娘家兄弟，最后还是让林初九得了一桩好姻缘。

林婉婷就更不用提了，她对坐在轮椅上的萧王都一见钟情，更何况现在的萧王双腿可以行走，她怎能不悔？

原本因为主动去萧王府，惹得林夫人受罚，林婉婷心里愧疚，便老实起来，可现在她对林夫人只有不满："为什么，为什么，为什么你当初不让我嫁给萧王？"

"娘，都是你，都是你毁了我的未来。"

"我讨厌你们，讨厌你们……"

林夫人本就身受打击，此时听到林婉婷这话差点就晕了过去。

这就是她的女儿，这就是她疼了十五年的女儿呀！

别说各家，就是宫里此刻也是鸡飞狗跳。

皇后听到安王病危，墨神医又不在，情况十分紧急，作为国母她不可能不来。为了表示对安王的担心与关爱，太子和七皇子也一起来了。

原本，皇后、太子和七皇子听说去请林初九为安王医治就是一脸的不可思议。现在听到萧王陪林初九进宫，皇后母子三人更是震惊得合不拢嘴。

太子到底是沉不住气，第一个问道："萧皇叔的腿真好了？"

此前，关于萧天耀的消息太子一点儿也没有收到，反倒是皇后与七皇子，似乎不那么震惊。

太子的话问出来后，殿内静悄悄的，根本没有人回答他，太子脸色讪讪，一脸尴尬地站在原地，还是七皇子体贴他，说了一句："太子哥哥，萧皇叔腿没有好也能进宫的。"

"小七说得是。"太子有台阶下，脸色稍霁。

可他的话刚落下，就听到皇上道："你萧皇叔的腿，是他的王妃医好的。"

众人不明白皇上这话到底是什么意思，反正听到这句话，不管是皇后还是太子都是一怔，太子表现得尤为明显："林初九？她怎么可能……"不屑之情，溢于言表。

七皇子也愣住了，不过他年纪小没有人注意到他。刚回神就听到太子的话，七皇子"扑通"一声跪了下来："父皇恕罪，太子哥哥一时情急，不是故意直呼皇婶名字的。"

太子听到这话，脸色一白，也忙跟着跪下请罪。

"起来吧，朕知道你小孩子心性。"皇上很大度地原谅了太子，在太子看来这是皇上对他的喜爱与看重，可脑子稍微聪明一点的人，都知道皇上这是根本不把太子看在眼里。

皇后垂眸，掩去眼中的苦涩，皇上看不上太子，连带她的小七也遭了嫌弃。

七皇子心里明白皇上不喜欢他，面上却不在意，谢恩起身后，又说道："父皇，既然皇婶能医好萧皇叔的双腿，那就一定能医好三哥的病，父皇不要担心，三哥一定会没事的。"

像是为了证明自己的话，七皇子一脸严肃，小手紧握成拳，那样子就好像在给皇上打气。

皇上心头一软，朝七皇子招了招手，语气慈爱地道："小七，到父皇身边来。"

这是天大的宠爱！

这一刻，饶是稳重如皇后，也不禁狂喜；周贵妃则是咬碎一口银牙；太子则是酸酸地看着七皇子，而当事人七皇子呢？

七皇子自然是激动的，只是他的这份激动克制得极好，一闪而逝的惊讶与喜悦过后，眼中只有对三皇子的担忧，还有对皇上的孺慕。

七皇子怔了一下，这才走到皇上面前，怯怯地道："父皇，你别担心，三哥一定不会有事的。"

"小七说得对，你三哥一定不会有事的。"皇上仔细打量了七皇子一眼，发现七皇子和太子虽是一母所出，可两个孩子一点儿也不像。

是他忽视了小七。

看着小大人似的七皇子，想到自己最为年幼的儿子也这么大了，皇上颇为感慨，拉着七皇子的手道："小七，今天就跟在父皇身边。"

"好，小七和父皇一起陪着三哥。"七皇子开口闭口不离三皇子，因为他很清楚，皇上对他的喜欢只是一时兴起，在皇上眼中最好的儿子依旧是三皇子萧子安，他要博得皇上的喜爱，便绝不能和三皇子争宠。

"好孩子，也就是你真正关心你三哥。"皇上似若有所指，眼神从太子身上扫过。太子瑟缩了下，不敢开口。

七皇子却只当没有听懂，一脸天真地道："才不是，母后、太子哥哥、周母妃还有皇兄、皇姐、皇姑姑他们都很担心三哥的，只是大家不说而已。"

听着七皇子细数众人的好，皇上心中的乌云散了几分，其他人亦是松了口气，唯有皇后与周贵妃脸色暗沉。

周贵妃是气七皇子在这个时候还不忘借她儿子上位。皇后则是自责，自责自己不是一个好母亲，这才让她的儿子小小年纪就要隐藏真性情，甚至为了博得皇上的欢心，还要屈尊降贵去讨好一个妃子的儿子。

讨好妃子的儿子，这对皇后嫡子来说绝对是耻辱，可她的儿子却硬要笑着咽下这份耻辱。

皇后脸上依旧是温婉端庄的笑容，可隐在袖子里的手却是握得死紧，指甲嵌入肉里都不觉得疼。

萧天耀和林初九，就在这诡异的气氛中走了进来，随着太监的一声“萧王、萧王妃到”，一袭朱红色蟒袍的萧天耀和紫衣长裙的林初九走了进来。

临进殿时，萧天耀放缓一步，与林初九相携而入。伴随着两人走进来的瞬间，似有一道光芒随之而入，众人的视线不约而同地放在他们两人的身上，而在他们进来的那一刻，屋内好似一暗，满室的风华都被这二人抢走，可这二人却不自知。

早就知道萧天耀的双腿已经痊愈，可亲眼见到后皇上还是满腹的震撼与愤怒，看向林初九的眼神也满是恶意。

萧天耀无视所有人那审视打量的眼神，带着林初九走了进来，站在皇上面前，低头道：“皇上。”

这便是行礼了。

林初九终于见识到了萧天耀的嚣张，萧天耀简直目中无人，甚至连皇上都不怎么看在眼里。

果然牛气！

萧天耀这么不给皇上面子，林初九也不好太谄媚，福了福身给皇上、皇后一一请安，而太子、周贵妃和七皇子则只要道一句好就成，至于那什么冰山玉美人？

呵呵……自从萧天耀一进来，那双清寒柔情的美眸便黏在了萧天耀身上，恐怕也不记得给她行礼了。

林初九行完礼后，太子、七皇子又上前给萧天耀和林初九行礼，林初九不吭声，萧天耀只冷冷地说了一句“免礼”。

众人相互见完礼后，见皇上没有开口赐座，萧天耀也不等，拉着林初九就在一旁的空位上坐下，直接问道：“皇上，宣我们进宫除了安王的事，还有什么事？”

这已经不是用嚣张可以形容的了，萧天耀压根不把皇上当回事，林初九在心底默默地为皇上打上同情分。

当皇帝当到这个地步，真不是一般的憋屈。

皇上心里虽气，可理智尚存，暗自吸了口气，扯出一抹颇为大度的笑容：“除了安王的事，朕也就是看看你。看到你的双腿可以自如行走，朕终于安心了，父皇泉下有知也必为你高兴。”

“父皇确实是要为我高兴，我死里能逃生，大难能不死，可不是人人都能遇上的。”萧天耀意有所指，话里话外都是嘲讽，可是……

皇上权当没有听懂，脸色不变地附和道：“大难不死必有后福，天耀你放心，有朕在谁也亏待不了你。”

“多谢皇上。”萧天耀面无表情，连嘴角也懒得扯动一下，见皇上面色尴尬，似无话可说，萧天耀也懒得与他虚与委蛇，直言道，“皇上不是让我的王妃进宫为子安医病吗？

子安人呢？”

皇上没想到萧天耀会主动提起，愣了一下才道：“在内殿。”

“那我们走吧。”萧天耀起身看了一眼林初九，等到林初九起来时，才往前迈步。

林初九默默地跟上，同时在心里暗暗道：果然，拉萧天耀来是对的，有萧天耀在，横扫一切想找她麻烦的人。

好在，萧天耀虽然狂，可该守的礼却没有忘，他并没有反客为主独自进内殿，而是等皇上起身往里走后，这才跟上去。

林初九暗自庆幸，萧天耀并没有狂到没边没际，不然皇上要真是挑到了错，就算不会处罚萧天耀也是一件麻烦事。

在皇上、皇后的带领下，一行人往内殿走去，一直没有吭声的周贵妃，此时也跟了上来。

她管不着皇上和萧王之间的争斗，她现在什么都不想，她现在只祈祷萧王妃真能治好她儿子。

按说，这样的场合没有墨玉儿什么事。墨玉儿这个品级不高的美人，根本没有资格随众人进内殿，可墨玉儿却毫无察觉，她不仅跟了上来，还走到人前，朝萧天耀与林初九走去。

发现墨玉儿举动的周贵妃顿时蹙眉，一个小小的美人，居然敢走到她前面去?

可这种场合下，周贵妃不会开口只会在心里暗暗记下，却不想萧天耀突然停了下来，语气不满地道：“皇上，管好你的妃子。”

什么?

众人听到这话，纷纷停下脚步，扭头望去，就见墨玉儿不知何时已经走到了林初九身边，一个小小的美人，不仅走到周贵妃前面，还与萧王妃并排而站!

墨玉儿这是什么意思?

众人齐刷刷地看向墨玉儿，墨玉儿却完全不当一回事，从从容容地站在那里，皇后皱眉，正欲开口，忽听皇上直接下令道：“来人，扶玉美人下去休息。”

见到行走自如的萧天耀，皇上本就不高兴，墨玉儿此举无疑是火上浇油，可是……

墨玉儿不肯走!

“皇上，我父亲是名满四国的神医，我虽然对医术不感兴趣，只习得皮毛，可也能留下来帮忙，还请皇上准我留下。”墨玉儿执意留下，低垂的眸子掩去了她的心思。

墨玉儿自以为掩饰得很好，却不知在场的每一个人都是人精，她对萧天耀的感情旁人不知，皇上还能不知?

见到墨玉儿主动走到萧天耀身边，皇上就猜到了墨玉儿的心思，心里不由升起几分怒意，此时听到墨玉儿居然开口反驳他的话，皇上不由得冷笑。

“你能帮什么忙？”他虽然听从墨玉儿的建议，召了林初九进宫，可对墨玉儿与墨神医的话也不是十分相信的。

相比墨神医父女，他更信秦太医。

“我从小便跟在父亲身边，耳濡目染之下，虽然习得不精，可看却是没有问题的。”墨玉儿这话就差直接说：我要留下来监视林初九。

这个时候，林初九要忍得住才有鬼。

墨玉儿当她还是那个金尊玉贵的墨神医之女吗？

不，墨玉儿现在只是皇上后宫里的一个小小美人，这样的女人拿什么和萧王妃叫板？

“哟，玉美人好大的口气，你当自己是个什么东西，本王妃给安王医治，你有什么资格留下来？”林初九冷冷开口，语气不阴不阳，众人都听得出林初九生气了。

“我只是想为安王尽一份力。”墨玉儿解释道，将自己摆在道德的至高点上，为自己的行为找一个合理的解释，却不知她此举彻底惹怒了周贵妃。

“玉美人，我的皇儿与玉美人你有什么关系，需要你来尽心？你要真有心就应该告诉你父亲，别让他有事没事就丢下安王乱跑。要不是你父亲，我皇儿又怎么会生死不明？”一个两个拿她儿子当跳板，七皇子是皇子，皇上正看重他，她惹不起她忍，可墨玉儿算什么？

区区一个江湖女子，也想踩着她儿子上位，做梦！

墨玉儿脸色一白：“贵妃娘娘，我只是好意。我父亲的事实属意外，他这段日子医治安王也是尽心尽力了。”

“你还说尽心尽力了，结果就是我儿子病得越来越重，现在只有几个时辰可以活？”周贵妃尖锐地反驳。墨玉儿则木着一张脸不说话，但那一脸的正气，怎么看怎么叫人生气。

“好了，都少说两句。”皇上出声打断，对周贵妃道，“玉美人也是一片好心，让她……”皇上后面的话还没有说完便被萧天耀打断：“皇上，你的女人要是有本事，就让她自己去医治，本王夫妇就不耽误安王的病情了。”

话落，拉着林初九就要走，周贵妃反应极快，忙拉住林初九的手：“萧王爷，萧王妃，别走，我求求你们，救救子安。”说完，又扭头看向皇上，梨花带泪地道：“皇上，玉美人要真有那个本事就不会推荐萧王妃了，皇上，现在最重要的是子安的生死。”连她儿子的生死都要算计，果然是帝王。

周贵妃这话无疑令皇上下不了台，萧天耀适时补了一句：“皇上，本王讨厌不相干的女人在场，再说玉美人是你的后妃，实在不宜留下。”

“来人，送玉美人回宫。”皇上语气阴沉，明显是不满了，可墨玉儿却不明白，仍在挣扎：“皇上，求你让我留下来吧。皇上，我能帮上忙，我真的能帮上忙……”她一直都被关在后宫，除了这次机会，她哪里还有机会再次见到林初九？

皇上的脸彻底黑了。林初九嗤笑一声：“玉美人要帮什么忙？当初墨神医为王爷医治时，王爷全身赤裸地泡在药浴汤里，玉美人就死乞白赖地不肯走，说是你能帮上忙。现在我要给安王医治，你真的要留下来？安王可是皇上的亲儿子。”

最后一句话，无疑是一记耳光，狠狠地抽在墨玉儿与皇上的脸上。不仅仅是墨玉儿与皇上，就是皇后与周贵妃亦是吓白了一张脸。

林初九真的太大胆了。

“堵上嘴，拖下去！”皇上连“请”字都不用了，一点面子也不给墨玉儿。

“不……唔。”墨玉儿挣扎着想要解释，可是没有机会，很遗憾，她的清高冷傲在侍卫面前一点儿用处也没有。

墨玉儿被拖走后，林初九便上前请罪，屈膝道：“请皇上恕罪，我一向心直口快，一不小心就实话实说了。不过，当时全程照顾王爷的人是我，与玉美人无关。”

这不解释还好，一解释皇上更恼，可偏偏又不能说林初九说实话不对：“小事罢了，当务之急还是先去看安王的病。”

“是。”林初九自然地起身，刚站起来就被萧天耀瞪了一眼，林初九只当没有看到，低垂着头随众人往里走。

殿内，除了安王外，还有以秦太医为首的众太医们，见到皇上纷纷上前请安，皇上将事情的经过简单说明，便让林初九上前为安王诊断。

林初九正欲上前，却被萧天耀拉住了：“皇上，臣弟请你下旨，让众人全部出去。如果皇上不放心，留下秦太医便可。”

林初九不明所以，可她知道萧天耀这个时候并不会害她，便默默地闭上了嘴。

“你要所有人都退下？”不肯让外人看到，却又同意留下秦太医，萧天耀到底要做什么？

莫不是要故意引起皇上对秦太医的怀疑？

萧天耀要做什么？

恐怕除了他自己便只有秦太医明白了。

听到萧天耀这话后，秦太医立刻就知道他的功劳飞了。

“是的。”

听到萧天耀说得斩钉截铁，皇上怕自己下不了台，没有直接拒绝，而是问道：“理由呢？”

“臣弟现在无法解释，但臣弟可以向皇上保证，我的王妃一定能够医好安王的病。而且有秦太医在，皇上还有什么不放心的。”萧天耀说得掷地有声，容不得旁人不信，周贵妃听到这话顿时眼前一亮，要不是碍于皇上脸色难堪，她马上就要开口求皇上同意了。

她不管萧王在耍什么花招，她只要萧天耀这句话。

“若是医不好呢？”皇上毕竟是皇上，他就是再关心萧子安，也不会忘记坑萧天耀一把。

萧天耀似乎早有预料，想也不想就道：“医不好，臣弟任由皇上处置。”

“王……爷。”林初九脸色微变，拉了拉萧天耀的衣袖。

她不一定有把握呀！

萧天耀毫不在乎皇上打量的眼神，拍了拍林初九的手背，示意她放手也放松。

林初九很听话地松开了手，可却无法放松。

她还不清楚安王到底病得怎么样呢，哪里敢做出这样的保证，这不是要人命吗？

两人的互动并不隐秘，皇上自然看到了，只见林初九脸上的紧张与害怕不似做假，皇上便很干脆地应下：“都出去，秦太医你留在这里帮萧王妃。”

“是，皇上。”秦太医心有无奈，可面上却依旧平稳，没有流露出半分不安。

“走吧。”皇上转身便往外走，其他人自然不敢多言，一一跟了出去，只有周贵妃走在最后，临走前格外恳求地看了林初九一眼，那一眼的内容太丰富，林初九真的看不懂……

人清空后，内殿除了林初九和萧天耀外，就只有昏迷不醒的安王，还有站在一旁装死的秦太医。

“我去看看安王。”林初九转身欲往床边走，却被萧天耀一把拉住，“不用着急，先让秦太医看看。”

“啊？”林初九诧异地看向秦太医，又看看萧天耀。

难道秦太医是萧天耀的人？

林初九脑子一转，萧天耀就知道她在想什么，伸手在她脑袋上敲了一记：“脑袋想什么呢，秦太医是皇上的心腹。”

“哦，那……”你为什么要让秦太医去看？

后面的话林初九没有问出来，因为萧天耀正在用看猪的眼神看她，就差没说你怎么和猪一样笨？

林初九乖乖闭嘴，萧天耀转而看向正在装死的秦太医，不无讥讽道：“怎么，要本王求你吗？秦太医……”

“下官，不敢……”秦太医憋屈得低头。

他终于明白师父所说的了，没有永远的敌人，只有永远的利益！

他从来没有想过，有一天他会以这种方式与萧王合作。

“不敢就动手，本王和王妃还在这里等着呢。”萧天耀一脸不屑地拉着林初九坐在一旁。

“下官遵命。”秦太医微不可闻地叹了口气，他根本就没有拒绝萧天耀的本钱，因为他承担不起一切暴露后的代价。

秦太医认命地拿着一个大铜盆上前，准备给安王解蛊。

林初九看得一头雾水，却很聪明没有在这里询问，而是将心中的怀疑压下，准备回萧王府再好好问清楚。

秦太医给安王医治时，林初九和萧天耀并没有去看，他们不知道发生了什么事，只知道一炷香后，突然听到“哇”的呕吐声，下一秒殿内充斥着酸臭味，那味道无比呛人，就是林初九这个大夫也觉得受不了，更别说萧天耀了。

“安王他到底得的什么病？”为什么一吐出来，医圣之心的提醒就减弱了？

“蛊毒。”萧天耀微皱眉后，继而神色如常地落座，好像完全不受那怪味影响。

安王一直在吐，林初九回头看了一眼，却见秦太医先一步放下了床幔，她什么也看不到。

防偷师什么的，真讨厌！

林初九只得继续等着，两炷香后，一身臭味的秦太医臭着一张脸走了过来：“安王的蛊毒已解，剩下的就麻烦王妃了。”总不能让他全部办完吧？就算萧王手上握有他的把柄，他也不干。

萧天耀拍了拍林初九的肩膀：“去看看，不行的话还有秦太医在呢。”萧天耀这是吃定了秦太医。

林初九这个时候也察觉到了一点儿不对，朝秦太医笑了一声，这才提着自己的药箱上前，为安王诊治。

安王的心跳很慢，体温比正常人要低，有轻微的胸闷和气喘……整体来说没有太大的问题！

又是这个诊断结果，林初九都快哭了。

“怎么？诊不出来？”萧天耀见林初九低落的样子，猜到林初九没有办法。

幸好，林初九并不是无所不能，不然……他都要怀疑林初九是妖怪变的。

“安王没有病。”林初九不无气馁地看向萧天耀。

“可他却经常病危。”萧天耀特意强调那个“病”字。

林初九若有所思地点头，随即大胆猜测道：“他的身体是不是曾被人下过什么暗示？”

“聪明！”萧天耀毫不吝啬地赞道，“能想到这一步，你离医好安王不远了。”

“你知道？”林初九双眼一亮，随即又摇了摇头，“不对，你要知道早就说了。”

“呵……”萧天耀嗤笑一声，“本王若知道为什么要早说？”萧子安是他什么人？

“你以前就知道？”知道还不说，萧天耀这人还真是蔫坏蔫坏。

“嗯。”又不是多大的事，他知道有什么好稀奇的。

见到萧天耀应是，林初九忙上前问道：“安王的腿是怎么回事？”

“本王为什么要告诉你？”萧天耀高傲地别过脸去，不看林初九。

林初九也不生气，绕了半圈走到萧天耀面前：“你肯同我一起进宫，不就是怕我一个人做不到吗？”

“本王是怕你在宫里丢本王的脸。”自作多情的女人，说的好像我多担心你似的。

“多谢王爷关心。”林初九正儿八经地作揖道谢，然后又道，“王爷，你能不能顺便告诉我一声？救人一命胜造七级浮屠。”

“本王放下屠刀就能立地成佛。”他还需要造什么浮屠？

“王爷……”林初九苦着一张脸，这人这么拽，怎么沟通呀？

“你就当可怜我，救我一命吧。”她知道萧天耀不在乎萧子安的命，要不然也不会这么多年都不说。

“放心，就算他死了你也不会死，没人敢动你。”皇上要敢为了萧子安的生死动林初九，那他就敢直接掀了皇宫，左右他都和皇上撕破了脸，也不在意更难看一点儿。

秦太医很想打断林初九与萧天耀毫无营养的对话，可几次张口都没有插进话，只得一脸郁闷地看着萧天耀与林初九，完全无视他和安王的存在，把安王的寝殿当成萧王府后花院，在这里打情骂俏……

终于，在萧王霸气地宣布“没人敢动你”后，秦太医总算找到了说话的机会：“王爷，王妃，你们能让我说一句吗？”

“咳咳……”林初九不无尴尬地咳了一声，后退一步。

“说。”萧天耀瞥了秦太医一眼，依旧不将秦太医看在眼里。

秦太医早已习惯萧天耀的高傲，不受影响地道：“王爷，救人如救火，安王的病情不容耽搁。而且再耽搁下去，墨神医恐怕就回来了。”混蛋，他辛苦谋划这么久，可不是为了等墨神医回来治好安王的病。

“嗯。”萧天耀点头认可秦太医的话，“那秦太医可有什么好的建议？”

“没有。”他要有法子早就医好安王的病了，哪里会等到现在？不过他没有法子不表示他师父没有，可他要是把这些说给萧王听，那他还能捞到功劳吗？

萧天耀也不生气，指着角落的位置，道：“既然没有就站一边去。”

“王爷……”秦太医许多年都没有被人如此轻视过，差点就变脸了，可他只是心神一动，便感觉到一股强大的威压扑向自己，那种威压有别于帝王高高在上的权势压迫，这是直达人心的精神压迫，在萧天耀的威压下，秦太医连站都站不稳，只得连连后退，甚至嘴角都溢出了一丝血迹。

“武神？萧王你……”居然已经是武神了，他怎么一点儿消息也没有收到？

“等于武神的威压罢了。”萧天耀并不想取秦太医的命，见秦太医受不住，便收回了气势。

秦太医靠在墙壁上，大口大口地喘粗气：“武神不能出现在战场上，不能干预四国的战争，我怎么忘了这个？”

北历和东文的战争还没有结束，萧王就是达到武神的实力，也会被压制住，不会在这个时候晋升。

“既然知道，就乖乖闭嘴。”萧天耀警告地看了秦太医一眼，见秦太医瑟缩了一下，这才满意地收回视线。扭头对着林初九说道，“刚刚欠了秦太医一个人情，我们现在还他。”

“啊？”林初九依旧没弄明白这到底是怎么回事，人却已经被萧天耀拉到床边：“脱了安王的上衣。”

“好。”安王因为常年病痛，极度消瘦，林初九轻易就将安王扶了起来，麻利地解开安王的衣服，遇到找不到的扣子，林初九直接便用剪刀剪了。

这般粗暴的解法，萧天耀看着非常满意。

这表示，林初九对男子的衣服不熟。

衣服解开，露出安王消瘦苍白的上半身，林初九看了一眼就移开了，完全不觉得有什么特别。

“拿出你的银针，按本王说的办。”萧天耀坐在一旁，吩咐林初九做这做那。有那么一瞬间，林初九甚至觉萧天耀才是大夫，而她只是一个小学徒。

不过，对自己不熟悉的领域，她就是当个小学徒也认了，谁让安王得的不是病，她根本无从下手呢？

见林初九做好准备了，萧天耀一连报出数个穴位，而且都是极偏的穴位，哪怕医圣之心帮忙记录，林初九一时半刻也找不齐全：“你慢点，你慢点行吗？”

好几个穴位都是不能下针的，就算再熟悉人体，她的手也没有萧天耀的嘴快。

“笨死了。”萧天耀不无嫌弃地骂了一声，可却如约放缓速度，林初九终于可以跟上，还能抽空擦把汗。

一炷香后，林初九手上的一百零八根银针全部插在了安王的背上，远远望去密密麻麻的，就像刺猬身上的刺一样，颇为骇人。

“接下来呢？”林初九看向萧天耀，等他下指令。

“接下来的事，你办不到，让开。”萧天耀起身，大手挥开林初九。也不知萧天耀是怎么用力的，明明看着是用力一挥，可那力道却极尽柔和，林初九稳稳地跌坐回椅子上，抬头就看到萧天耀在安王的胸前拍了几下。

看上去软绵无力，可安王的脸却是痛到扭曲，还有……背后的银针，在萧天耀轻拍后，居然流出黑色的血丝。

“这是什么？”

“这是武神的禁制。”被萧天耀发配到角落里的秦太医，忙出声为林初九解惑，“难怪这么多年来都没有人能查出安王的病因，原来是被武神用特殊手法封住了筋脉。”

说到最后，秦太医已是摇头叹息：后宫果然是个可怕的地方，从安王发病算来，他刚出生就被人下了黑手。

武神就算了，还禁制，果然高端大气上档次，林初九表示完全不懂。她已经不出声了，同时也明白萧天耀为何执意随她一同进宫了，因为萧天耀很清楚她医不好安王的病，因为安王得的从来就不是病。

安王背后的黑血越渗越多，而萧天耀手上的速度也越来越快，看似没有用什么力气，可萧天耀的额头却是直冒细汗，可见萧天耀也是不轻松的。

没有自己的事，林初九便一直坐在那里看着，直到萧天耀停手，说道：“拔了银针。”

“好。”林初九忙上前，将安王背上的银针一一拔了出来。

安王背后的黑血是顺着银针流出来的，可银针却没有染黑，可见安王并不是中毒。

林初九拔完银针，正想拿毛巾为安王擦拭背后的血，却听到萧天耀道："可以了，剩下的交给秦太医。"

林初九停下，将毛巾丢给一旁的秦太医。

秦太医看了萧天耀一眼，重点是看向萧天耀额头上的汗珠，默默地拿起毛巾，为安王擦拭起来，时不时用眼角的余光扫两眼，发现萧王妃完全没有为萧王擦汗的举动，秦太医不厚道地笑了。

萧天耀的脸上满是汗水，可他并没有自己动手擦汗，而是坐在那里等着……

可是，林初九将银针擦拭干净，放进药桶消毒，萧天耀也没有等到林初九主动过来为他擦汗。

萧天耀不禁为林初九的愚钝感到头痛，笨成这样，又一点儿眼色都没有，除了他还有谁能受得了这个女人？

林初九进宫后，唯一做的事就是按照萧天耀的指示，将银针扎入安王的穴道。然后，她便什么也做不了，明明是大夫却只能眼看着……

这对于一个大夫来说简直就是耻辱，林初九觉得有必要回去重修了，这个世界太可怕。

将东西收拾好后，林初九蔫蔫地问道："安王已经没有事了，我们是不是该走了？"

"嗯，剩下的交给秦太医就可以了。"萧天耀也察觉到了林初九的失落，只是这里是皇宫，有些话也不好多说。

秦太医知道，这是萧天耀在给他机会，算是弥补他被抢的功劳，当下毫不客气地应道："下官自会照顾好安王。"

"那我们走吧。"林初九拎起药箱，临走前看了安王一眼，只见安王此时仍旧昏迷不醒，不过看着比之前平和了许多。

药箱很重，林初九拎着颇为吃力，走了几步便落在了萧天耀的身后，看上去就像是萧天耀的小侍女。

门"吱呀"一声打开，萧天耀率先走了出去，也没有等林初九。

皇上等人听到声音后忙走了过来，双方在廊道遇上，萧天耀脚步一顿："皇上……"

"天耀，子安怎么样了？"皇上开口问道，心里说不出是什么滋味。

他既希望子安没事，又希望借此机会问罪萧天耀。

"死不了。"萧天耀孤傲地开口，皇上松口气的同时又有几分失落。皇后见状，又问了句："子安的腿如何？会影响他以后的行走吗？"

皇后这话一出，众人齐刷刷地看向萧天耀，除了周贵妃外，其他人脸上的表情都非常精彩。

依皇上对萧子安的喜爱，他的腿要是好了，无论是后宫还是前朝，都有可能重新洗牌。

“这个问题……你们要问本王的王妃。”萧天耀扭头看向身后的林初九。

林初九此时的情绪非常低落，见众人望来也不怯，很没精神地说了一句：“安王的腿已经没事了，只是需要好好复健……”

林初九的话还没有说完，就被周贵妃的惊喜声打断：“什么？子安的腿好了，可以走路了？”幸福来得太快，周贵妃险些哭了出来。

“安王的腿真的好了？”太子失控地叫了一声，换来皇上的冷眼：“怎么，你不高兴？”

太子在皇上面前就像鹌鹑，忙低头道：“父皇，我为三弟高兴。”

“哼……”皇上冷哼一声，明显是不信。七皇子见状，忙掩去心中的失落，拍手叫好：“太好了，三哥的腿好了，以后就可以教我骑马射箭了。好希望三哥的腿能快快好起来，这样就有人陪我玩啦。”

七皇子的童言童语令皇上高兴了几许，拍了拍七皇子的头，语气慈爱地道：“小七是个好孩子，以后你三哥能走路了，会有很多事情要处理，可没有时间天天陪你玩。”

七皇子没有被婉拒的尴尬，反倒很贴心地说道：“父皇，我会等三哥有空才去找他的，我不会打扰三哥的，父皇，我们快进去看三哥吧，我都迫不及待想要见到三哥了。”

“好，那父皇就带你去见三哥。”皇上拉着七皇子往前走，路过萧天耀身边时，皇上脸上的笑容一僵，居高临下地看了他一眼。

萧天耀移开眼，没有与皇上对视，而是看了一眼被皇上拉在手中的七皇子：小小年纪就有这般心志，比之他当年亦不俗，未来不可限量。

七皇子似有察觉，脸上的表情有着片刻的僵硬，不过很快就恢复如初，仰着头，一脸崇拜地道：“萧皇叔，皇婶好厉害呀，我以后可以找皇婶玩吗？”

欣赏归欣赏，可萧天耀却不想让七皇子与林初九有过多的接触：“你皇婶没空。”

“哦……”七皇子有些失落地应了一声，倒是没有说什么等林初九有空的话。

皇上只当七皇子是小孩子心性，没有把七皇子的话放在心上。突然像是想起什么似的，扭头对着萧天耀说道：“你的王妃救子安有功，朕不会薄待她的，回头重重有赏。”

回头赐几个美男子给萧王妃当弟子，似乎是不错的选择。

皇上还在心里谋算，怎么破坏萧天耀与林初九之间的信任，就听到萧天耀直接冷声拒绝道：“不必了，子安是我的子侄，王妃救他本就不是图赏。”

不是商量而是告知，不管皇上给的是什么赏赐，萧天耀都不会收。

“你这是代你的王妃拒绝吗？”皇上这话与其说是问萧天耀，倒不如说是给林初九听的。

林初九不等萧天耀开口，就道：“皇上，王爷的意思就是我的意思，我有些累了，如果皇上没有别的事，我们先回去了。”

林初九脸色苍白的样子，确实像是累了，皇上要再拉着人不放就是不近人情。虽有不满，可皇上仍是说道：“跪安吧。”

“谢皇上。”林初九屈膝行礼，随便退在一边，让皇上一行人进去。

皇后路过林初九身侧时，眼含深意地看了她一眼；太子则是毫不掩饰，恶狠狠地瞪向林初九，结果换来萧天耀的一声冷哼，太子吓得忙收回眼神，再不敢乱看。

最后过来的是周贵妃。不管之前如何，周贵妃此刻是真的很感谢林初九：“初九，真的太谢谢你了，要不是你，我都不知道该怎么办了。”

“娘娘言重了，我不过是做了自己分内之事。”要救安王的不是她，医好安王的也不是她，她当不起周贵妃的谢。

“你太谦虚了，你对我和子安的恩情，我铭记于心。”这是在宫里，周贵妃也不好多说，说了几句话后便拍拍林初九的手，匆匆离去。临走之前，以只有两个人才能听到的声音飞快地在林初九耳边说了一句：“小心皇后！”

林初九如同没有听到一般，脸色不变，待周贵妃走远后，她转身跟在萧天耀身旁，往外走……

第十八章　后宫的女人好可怕

林初九提着药箱，吃力地往外走，宫里的下人不是没有看到，只是……

有萧天耀这个人形冰器在，真的没有哪个不怕死的敢上前帮林初九。宫中的下人只能默默地同情林初九，然后别过脸不去看。

林初九一路慢慢地走着，她此时心事重重，倒也不觉得药箱有多沉重，左右萧天耀走得不快，她也能跟上。

一路走出皇宫，萧天耀都没有回头看林初九一眼，直到临上马车时，萧天耀才接过林初九手中的药箱，感觉药箱的分量后，萧天耀眉头一皱却也没说什么，拎着药箱先一步坐进马车。

林初九站在原地，傻傻地看着马车，有点搞不清楚状况。

“还愣着干吗，要本王等你吗？”萧天耀的声音从马车里冷冷地传出，与此同时，他的手也伸了出来。

这个男人……真幼稚。

林初九突然笑了，握住萧天耀的手……

萧天耀的手很大，掌心和指腹有明显的老茧，只是轻轻一碰就能感觉到。还有，萧天耀的手没有想象中的温暖，反倒是低于常人的温度。

这是因为萧天耀身上的气息太过阴寒所致吗?

林初九正在想着这个可能，就发现萧天耀飞快地甩开了她的手，就好像她是什么脏东西一样。

看在萧天耀今天帮了她的分上，她很大度地不予计较!

林初九深吸了口气，这才压下自己想骂人的冲动，钻进马车，在萧天耀的对面坐下。

马车很大，布置得非常奢华，四个角落都放了一颗照明用的夜明珠，即使将窗门关上，马车内的光线依旧很好。

左右分别有两个位置，还有台阶，非常舒适；中间则摆了一个小茶几，用来放置茶水和点心。

林初九坐在右侧，空间宽敞得她就是想要躺下睡觉都能伸开双腿。

林初九坐下后，见萧天耀一直看着她，有些不自在地开口道：“今天的事，谢谢你了。”要不是萧天耀出手，她还真不知道该怎么办。

不论是蛊毒，还是什么武神的禁制，她通通不懂。

“下次别再这么自不量力，不是每一次都有这么好的运气的。”萧天耀眼神冷冷的，说的话比他的眼神还要冷。

林初九本就郁闷到不行，此时听到萧天耀的话，只觉得心肝肺腑都疼得难受。

真当她想这么不自量力吗？

要不是那该死的医圣之心一再要求她医治萧子安，她在第一次查不出萧子安的病因后早就放弃了。

大夫不是神，大夫没有起死回生的能力，萧子安那情况，只要是个大夫都不会碰。

见到林初九闷闷不乐，萧天耀也知道自己这话说得过了，林初九再怎么成熟懂事也只是一个小女孩，爱面子是必然的，只是……

想要萧王道歉，那是不可能的。

为了尽快打破两人之间不愉快的气氛，萧天耀从茶几下拿出围棋盘：“会下棋吗？陪本王下一局。”他会多让林初九几个子，不让她输得太难看。

“我不会。”萧天耀真的是太高看她了，围棋这么高端大气上档次的东西，她怎么可能会？

萧天耀握着棋盘的手一顿：“象棋呢？”现在的大家闺秀都不学琴棋书画了吗？

“也不会……”她没有亲娘照应，亲爹就是个渣，指望继母把她培养成精通琴棋书画的大家闺秀？

“那你会什么棋？”

“什么棋也不会。”学医已耗费了她所有的精力，她没有空闲学这些没有用的东西。

萧天耀看了林初九一眼，将棋盘摆在桌上：“本王教你。”

“好啊。”有人教，林初九自然乐意学，就当是打发路上无聊的时间，免得两人相对无言，只有尴尬，只是……

围棋真的好复杂：“说慢点行吗？”

萧天耀重复一遍。

“我这里还是有点儿不懂，黑子……”

萧天耀又重复一遍，脸比黑子黑，林初九顿时感觉马车内的气温有点低，当下不敢再说她还有疑问，不管萧天耀说了什么，她都只是点头：“明白了。”回头让曹管家给她找几本书看看呗，早晚她能弄懂规则，至于棋艺？

林初九就不敢奢望自己能成为围棋高手，她相信萧天耀不会经常发神经找她下棋的。

“既然明白了，陪本王下一局。”萧天耀将棋子放回坛子里，示意林初九拿黑子先下。

第一子林初九还是会落的，可是你能奢望一个勉强弄懂规则的人下出什么好棋吗？

“不对，这里不能走！”萧天耀已经无力，这么一个臭棋篓子，他真是自己找气受，才会找林初九下棋。

“哦，那我走这儿。”林初九知错就改，重新选了一条路。虽然她完全弄不明白这两个地方有什么区别。

“你这是自寻死路。”萧天耀已经放弃了，他真的很想问问林相，他到底是怎么教女儿的，怎么能把林初九教得这么愚蠢？

“我……”林初九想要收回。萧天耀却不给她机会：“落子无悔。”然后，萧天耀落下一子，立定胜负。

“你输了。”人说善弈者善谋，林初九看着也不像笨蛋呀，怎么下个棋就这么蹩脚，比六岁孩童还不如。

“输了就输了呗。”她又没想过要赢萧天耀，这种极度费脑的游戏，真不是她的专长。

萧天耀连安慰都省下了，手一推，威严地道：“收拾棋盘。”

一如既往的命令语气，实在让人喜欢不起来。林初九只当自己没有听懂，将黑白子装进坛子里，连同棋盘一起放回茶几下面。

这么一番折腾下来，不经意间已到了萧王府的地盘，马车渐渐减速，林初九已经做好了下车的准备。马车一停稳，林初九便要起身，正想拉开车门，就听到萧天耀道：“你的医术很好，虽比不上墨神医，可在四国中也能排进前十，安王的病不是你的问题，你不必放在心上。”

说完，萧天耀先一步拉开车门，下了马车，大步往王府内走去，完全没有等林初九的意思。

林初九看着萧天耀的背影，先是一愣，随即又笑了出来：虽然萧天耀的安慰来得晚了一点，可总归还是安慰了她，承认了她的能力没问题。

好吧，林初九承认，听到萧天耀这么一说，她心里好受了不少。

萧天耀为了陪林初九进宫，已经耽误了许多时间，一回到王府就立刻召来流白和苏茶，询问外面的情况。

他腿好的消息已经得到证实，那些人不可能毫无行动。

“城外的信鸽全部被糖糖射了下来，没有一只例外，总共是三十六只，消息全部与你有关。”苏茶将一叠小纸条奉到萧天耀面前。

萧天耀随意抽了两张后就不再去看：“糖糖是谁？”他不记得自己的属下里有这么个人物。

“唐十二，荆池的师弟。荆池叫他糖糖，所以……”他听荆池说习惯了，也跟着那么称呼。

“嗯。”萧天耀点头表示知道，“墨神医怎么样了？”能把人支出去三个时辰，秦太医和他师父也算是厉害了。

“墨神医被秦太医的师父骗出城，这会儿应该往城里走了。”

墨神医一出皇宫就收到一个乞丐递给他的纸条，纸条上只有三句话：师父，还记得当年被你丢进狼群的弟子吗？城外望风崖，弟子恭候师父大驾。我要是一个时辰内见不到师父你老人家，不保证自己会做出什么事来。

按理说墨神医完全可以不予理会，可他心虚，收到这张纸条时就慌了，想也不想就找了一辆马车，去了城外的望风崖。

望风崖三面是深渊，只有一条路能上崖顶，墨神医怎么也不会走错。

崖顶上风势极大，站在上面几乎能将人吹下去，而且崖顶上除了黄沙什么也没有，这个地方平时极少有人上来，除非是想不开想要自寻短见之类的人。

墨神医爬上望风崖后，风吹得他的衣袍作响，额头上布满汗水，就连气息也不稳定，可他却不敢停下，一口气爬到了崖顶。

崖顶的风大得吓人，呼呼的风声就像是鬼叫，崖顶一眼就能望到边，墨神医四处看了一眼，却一个人影都没有看到。

等了一炷香后，墨神医这才反应过来自己被人耍了，生生错过了传递消息的最佳时机。

“萧王果然狡诈。”墨神医不敢去想这件事真是他那个弟子所为，只将一切都推到萧天耀身上。

转身，墨神医匆忙往山下走去，不想等他下山后，却发现送他来的马车不见了。

墨神医不想将自己的秘密暴露出来，来的时候特意将暗中的护卫留下，于是他只能自己想办法。

从京城到望风崖，一路快马加鞭都得一个多时辰，走回去还不知道要多久。

墨神医一边给护卫发求救信号，一边往城里走。直到萧天耀和林初九回到萧王府时，墨神医还没有进城，因为出城接应他的人早就死了。

知晓墨神医死不了后，萧天耀便不再多问，墨神医自有秦太医师徒处理，根本不值得他费心。

“荆池那边怎么样？”萧天耀敲打着桌面，问向流白。

“没有问题。”流白自信十足，“荆池出手，绝无意外。我们的人跟在荆池身后，已经灭了两个门派，其他的也快了。”

凭他们的行动力，绝对能在对方收到消息前先把对方给灭了。

墨神医他太高估自己了，他就是一出宫立刻将消息传出去也来不及。萧天耀绝不会放过那些在他势弱时出手抢他东西的人。

不是萧天耀非要下狠手，而是若非如此，就起不到震慑的效果，那些个将脑袋挂在刀剑上的江湖人就会因为心存侥幸而一再地打他主意。

萧天耀不怕那些人，可他手下的人却不可能时刻防着对方。最好的法子就是杀一儆百，逼其他蠢蠢欲动者收回心思，再不敢打他的主意。

在萧天耀询问苏茶与流白时，皇上也在询问秦太医，到底是林初九救了安王还是萧天耀？

“萧王妃会医术，一手银针刺穴丝毫不比墨神医差。不过，萧王妃全程都是按萧王爷的吩咐做的。”秦太医只将自己看到的一幕全部说了出来，至于其他的？

他会烂在肚子里一辈子。

要是让皇上知晓他与萧王合作，那皇上一定会杀了他。

这个答案说了等于没说，可皇上料想秦太医没有撒谎：“萧王妃可有说安王的病是怎么回事吗？”

“萧王妃说，安王的病乃是人为，只有经常接触他的人才有机会暗害安王。”而最近能经常接触安王的人，只有墨神医。

“你带人去墨神医的住处搜一遍。”皇上很明显受了秦太医的影响，开始怀疑墨神医。

“臣遵旨。”秦太医亲自带人去检查墨神医的住处，半个时辰后回话，“什么异常也没有发现，墨神医的住处很干净。”

皇上并没有因此打消怀疑，只是找不到证据，一时也不能拿墨神医怎么样，只道：“你对外宣布安王的病好了，不用说是萧王妃，只说不是墨神医医好的就行了。”

“是。”秦太医躬身退下，低垂着头，以此掩饰他眼中的欢喜。

一连两次失利，甚至置病人的生死于不顾，他倒要看看墨神医的名声还能经得起几次折腾？

秦太医刚走，就有探子来报：“皇上，墨神医出了城，去了城外的望风崖，他似乎在等什么人，可是没有等到又回来了。”

去望风崖？不是去宫外传消息吗？怎么会去望风崖？

皇上皱眉，眼中闪过一抹厌恶，却也没有追问：“宣林相来见朕。”

墨神医的事暂且不急，他今天要好好问问林相，他到底是怎么教女儿的，他的女儿到底还有多少不为人知的秘密本事。

只要一想到是他将林初九推到萧天耀的身边，皇上就气得不行。这比打他的脸还要让他难堪。

知道萧天耀的腿好后，林相就在等皇上宣他进宫，待收到圣旨毫不意外，立刻随着太监进宫了。

“微臣参见圣上，吾皇万岁万岁万万岁。”林相跪拜在地，行了个大礼。

要搁平时，皇上很给林相面子，林相私下觐见皇上并不用行大礼。林相此时行大礼也是存着告罪的意思，而皇上久久不让他起来，也确实是生气了。

气林相的隐瞒，气林初九的不听话，气这对父女拿他当傻子。

一炷香……两炷香，直到三炷香过去，依旧没有听到皇上叫林相起身。林相的手脚已经在颤抖，可他却一动也不敢动，他知道皇上此时非常愤怒，只是林相想不明白皇上为何而生气？

因为萧王腿好的事？

如果是这样的话，在他行礼后，皇上就是再气也该叫他起来才是，毕竟萧王的腿能不能好不是他所能决定的。

啪嗒，啪嗒……额头上的汗珠，一颗接一颗往下掉，林相越想脑子越糊涂，他最近真的什么也没有做，什么错误也没有犯，皇上没有道理把气撒在他头上才是啊。

林相胆战心惊，就在他以为自己会一直跪到晕过去时，皇上开口了："林宗，你可知罪！"

直呼其名，毫不掩饰自己的怒火。这样的皇上着实让林相害怕，因为皇上每次要灭了哪个大臣，就是这样的语气。

"皇上，臣，臣不知……"林相保持着最后的一丝清醒，脑子不断地转着，想要为自己争取一条生路，可是……

别说他现在脑子迷糊得很，就算是脑子清醒，他也无法想到对策，因为他完全不知道皇上为何而生气。

皇上想要诈林相的话，适时地透露出一句："还敢说不知？你养女不教，惹得萧王不满，你还敢否认？"

婉婷的事？萧王告状了？林相又恨又羞，不断地磕头："皇上恕罪，皇上恕罪。小女之所以会去萧王府，只是担心萧王妃，绝无探查萧王府消息的意图，恳请皇上明察。"

"你在说什么？"皇上一脸不满，林相说的话他完全听不懂。

啊？林相也是一头雾水，战战兢兢地抬起头来："皇上，你不是问小女擅自去萧王府的事吗？"

"什么乱七八糟的，朕是问你林初九会医术的事。"皇上极度不满林相打太极的行为，可是……

林相直接蒙了："初九会医术，这怎么可能？"她跟谁学的？跟鬼学的吗？

"你不知情？"林相的反应很直接，完全不像是作假。

林相更蒙了，不敢置信道："初九真的会医术，她跟谁学的？"

"朕也很想知道。"皇上一看林相那样就知道从他嘴里问不出什么来，林相知道的比他还少。

林相总算明白皇上为什么生气了，顿时吓得不行，砰砰作响地直磕头："皇上，臣不知，臣真的不知。臣若知她会医术，死也不会让她嫁进萧王府，求皇上明鉴……"

林相能从一介寒门之子，爬到百官之首，脑子绝不愚钝，他从皇上的话中便能猜到，萧王的腿好与林初九脱不了干系。

“皇上，初九当时并不想嫁给萧王，为了拒婚还曾寻死过。臣真的不知道她嫁入萧王府以后的事。”林相磕得一脸是血，眼泪和血水糊了一脸，看上去很是狼狈。

皇上当然知晓林初九寻死拒嫁一事，要不是这样，他也不会放心林初九嫁过去，只是没有想到林初九嫁给萧王后，完全像是变了一个人。

突然间，她就收起了无知与骄纵，变成一个有脑子又稳重的女人。不仅进退得宜，还会医术，到底是以前的林初九太会装，还是萧王调教人的手段异常高?

看着地上不停磕头求饶的林相，皇上的眼中一片恍惚，直到林相撑不住到摇摇欲坠时，皇上这才开口道：“退下！”

嘭……最后还磕了一下，林相这才蹒跚着爬了起来：“谢主隆恩。”

林相摇摇晃晃地离去，血水糊了双眼，他却不敢去擦……

殿内，小太监手脚麻利地提来清水，将地上的血迹擦拭干净，很快地板便恢复了原有的光亮，就好像什么也不曾发生……

而这个时候，京城外，墨神医迟迟等不到自己的人来接应，当下便猜到他们出了事，而他也遭了别人的算计。墨神医顾不得疲累，快步赶回城，终于在城门关闭前进了皇城。

墨神医急急地将消息送了出去，信鸽载着消息飞出城门，飞向城外。墨神医看着越飞越远最后消失不见的信鸽，长长地松了口气。

不管怎么样，得先把这件事解决好。不然，那些门派要是因此而被萧天耀灭了，那他就是罪人，日后江湖上再也不会有谁卖他的面子。

墨神医心里还记挂着安王的病情，办好此事便匆匆回宫。而他却不知道，他放出去的信鸽，刚飞到城外就被人打了下来。

唐十二，别名糖糖，看着地上成排成排的信鸽，愁得快要睡不着觉了：“这都快上百只了，这是要撑死我吗？小池池，你真的不回来吗？你不回来我一个人怎么吃得完呀！”

“又来了，又来了……怎么这样，太讨厌了！”

糖糖一边抱怨，一边对着天上飞的信鸽出手。而到了夜晚，信鸽似乎比白天还要多，可糖糖却半点儿不受影响，哪怕是在漆黑的深夜，依旧没有一只信鸽能逃过他的眼睛。

这就是杀手唐十二，虽然他很不靠谱，智商和长相一样嫩，可他却有着无人能及的天赋，天生就是吃杀手这碗饭的人。

是夜，林初九躺在床上，死撑着不肯睡，打算“偶遇”一次每晚都偷偷过来的萧天耀，和他说清楚这样做是不对的，可是……

到了后半夜，林初九怎么也撑不住了，眼皮直打架，饶是她的意志力再强，也抵挡不住身体的本能，勉强撑了一炷香后，终于合上眼皮睡着了。

一炷香后，萧天耀如往常那般出现在林初九的房间内，知道安睡香的效果，萧天耀并没有点林初九的昏穴，只是和衣躺在林初九的身侧，轻轻地拥着林初九，闻着被子上清新干净的气息，萧天耀很快就睡着了。

天不亮萧天耀就醒了，毫不留恋地起身，甚至没有多看林初九一眼，打开门便走了出去，身后是为他送上披风的暗卫。

林初九在半个时辰后醒来，发现身侧有别人躺过的痕迹……

“这到底是怎么回事？”林初九抱着被子，坐在床上直发呆，眼睛死死地盯着萧天耀躺过的地方，百思不得其解。

她很肯定萧天耀没有给她下药，她今天醒来也不像之前一样肩膀酸痛，可为什么她还是不知道萧天耀是什么时候进来的？又是什么时候走掉的呢？

“难道，我真的睡得那么死？”

这完全不可能……

春喜和秋喜进来时，看到盯着床单发呆的林初九，两个丫头心里清楚林初九在想什么，可这种事，打死她们也不能说呀。更别说这件事她们自己也有参与。

两个丫头默默地服侍林初九梳洗、用膳。见林初九用完早膳便坐在椅子上发呆，两个丫头担心林初九想多了会傻掉，便劝林初九去屋外走走。

林初九住的院落，只有一块大草坪，虽然没有什么景色可看，可地方大，视野开阔，走一走也能散心。林初九觉得这个提议不错，起身就往外走，可刚下台阶就看到匆匆进来的曹管家。

曹管家远远看到林初九就扯着嗓子大喊：“王妃，皇上有旨，宣你进宫。”

进宫？林初九脚步一顿，站在台阶上等曹管家过来。

曹管家一路小跑，走到林初九面前时，额头都沁出了汗珠：“王妃，你看是不是准备一下？”王妃院子前的这块草地着实太大了，可累死他了。

“皇上宣我进宫，可有事情？”安王的病有秦太医在，应该和她没有关系才是。

“似乎和墨神医有关，具体的小人也不知道。”提到墨神医，曹管家就有气。

林初九点头表示知道：“王爷怎么说？”

“王爷出去了。”要不是这样，他也不会匆匆来找林初九。

萧天耀不在，她就无法拒绝皇上的宣诏。林初九点头道：“我知道了，我去换身衣裳。”

皇上这次倒真是客客气气地请林初九进宫，没有派什么护龙卫前来，只派了一小队禁卫保护她的安全，也彰显出皇帝对萧王的重视。

不管皇上与萧天耀内里争得多么凶残，皇上明面上都会摆出厚待萧天耀这个东文战神的姿态。

至于萧天耀？林初九也不知道，他当着文武百官、天下人的面，会不会给皇上面子，反正她见到的时候，萧天耀都不怎么给皇上面子。

独自坐在马车里，这一路就显得特别地漫长，只可惜林初九今天坐的是皇宫的马车，马车既没有萧王的专座舒服，也没有可以打发时间的棋和书。

林初九再无聊也没有去想皇宫里等待她的是什么。她很清楚，在她医好萧天耀的双腿时，她就与萧天耀死死地绑在一起了。而只要萧天耀不倒，她只要不嚣张到以下犯上，皇上就不会要她的命。而萧天耀要是倒了，她就是做得再好，皇上也断然不会留她。

靠着马车发了一会儿呆，林初九就犯困了，寻了个位置直接睡觉。

从萧王府到皇宫的这一段路着实不短，林初九睡得香甜，直到马车停下才醒过来。

“明明我的警觉心还在，怎么就屡屡让萧天耀得手呢？”林初九不解地拍了拍自己的脸，让自己看上去精神一些。

“萧王妃，请……”马车外响起太监独有的尖细嗓音。

伴随着这句话，是马车门被拉开的声音。林初九起身，扶着小太监的胳膊，踩着小凳下了马车。

太监侧身走在前面为林初九引路：“萧王妃，皇上此时正在清和殿等您。”

“走吧。”知晓事情与萧子安有关后，林初九更不在意了。

萧子安的情况她是知道的，他根本没有病，只要秦太医好好照料，不出三个月就能恢复如常。

这个时候，清和殿内，皇上、周贵妃，墨神医与秦太医都在。林初九进来时，只朝皇上行了礼，其他人则全部无视。

“免礼。”皇上一脸和气，指了指一旁的位置，示意林初九坐下。

“谢皇上。”林初九完全不懂客气，道谢后便在皇上的下首位落座。

殿内，原本只有皇上一个人坐着，现在又多了一个林初九。

林初九没有学什么在皇上面前只坐半个屁股的坐法。她平时怎么坐的此时就怎样，虽说不会刻意尊重，可也没有失礼。

皇上也不会在这种小事上为难林初九，等到宫人给林初九上了茶后，皇上便说道：“萧王妃，墨神医回来后，对你能医好安王一事赞不绝口。从秦太医口中，他得知你只用了银针刺穴便令安王痊愈，墨神医百思不得其解，朕今日召你进宫，就是想问问你，那一套银针刺穴可有什么诀窍？为何同样的针法用在别人身上，却只会要人命？”

墨神医居然拿活人做实验?

林初九没有回答皇上的话，而是一脸惊恐地望向墨神医，那眼神直接的，就是皇上想要忽视也忽视不了，更别说当事人墨神医了。

墨神医皱眉问道：“萧王妃，老夫可有什么不对？”只见他神情倨傲，高高在上，一如当日在萧王府时对林初九颐指气使那样。

林初九则冷着一张脸，不客气地反问道：“你有哪里是对的？”

“萧王妃这话什么意思？恕老夫听不懂。”墨神医的眉头皱得更紧，似乎不满林初九的怠慢。

“这么简单的话你都听不懂？我真怀疑墨神医你的医术是怎么学的，你的神医之名真的是名副其实吗？”墨神医还以为这里是萧王府，还是萧天耀要求他治病的时候吗？拽什么拽，神医很了不起吗？当他们用不上神医时，神医什么的连个屁也不是。

墨神医的脸当即沉了下来：“萧王妃，饭可以乱吃，话不可乱说。”

“我有没有乱说，你心里明白，稍微懂一点儿医学药理的大夫都知道，即使是同一种病，可因为人的体质不同，所需要的药量也是不同的。墨神医你行医这么多年，不会不知道什么叫一人一方吧？”

“老……”墨神医张口想要解释，可林初九却不给他机会，提高音量，继续说道：“你用我给安王医治的方法，在没有生病的人身上做实验，你不觉得愧疚吗？但凡有一点儿医德的大夫都不会拿活人做实验的！”

墨神医听到林初九越说越严重，急急打断她的话：“萧王妃切不可误会老夫，老夫此举是为了研究出更好的医治方法，造福更多的病人。”

这个解释很合理，可林初九根本不听墨神医的解释，看着墨神医的眼神就像是在看垃圾一般：“别把自己说得这么高尚，伪君子比真小人更可怕。你到底是为了什么你自己心里明白。”

林初九这番话并不是针对墨神医一个，而是她打心底反感那些打着为人类造福的旗号却不断迫害人类的行为。

“老夫要明白什么？老夫这些年来，研究出来的方法不知道医好了多少人的病。”墨神医一脸铁青，不接受林初九的指控。

“可你这些年为了研究新方法、新药方，又害死了多少人？我虽不知墨神医你私下都做了些什么，但从你今天所说的话中，我可以肯定你医好的人远没有你害死的人多。”墨神医研究出来的新方法，除了他自己外，根本不会教给旁人，而他一个人能医的病人实在有限。

“我……”墨神医脸色苍白，却不知如何辩解。

“墨神医，大夫本应该以治病救人为使命，而不是像你一样，为了满足自己的虚荣心，踩着他人的尸骨往上爬！”

林初九一脸鄙夷地看着墨神医，眼角的余光则扫向神色不悦的皇上，然后林初九又很不厚道地补了一句：“墨神医，我现在不仅对你的医术产生怀疑，也对你的人品产生怀疑。就依你这种不把人命当回事，不尊重生命的品格，你真的能尽心尽力为病人着想吗？”

“你胡说八道！”墨神医终于爆发了，指着林初九大喝道，“萧王妃，你别顾左右而言他，我们今天说的是你医治安王的手法。你扎下的穴位，有好几处是死穴，你当时的做法是极度危险的，一扎下去就会要人命！”

“安王死了吗？”

“没……”

“没死你问什么？莫不是想要知道原理？可是我为什么要告诉你？你是我什么人？有什么资格问我原理 ？”林初九犀利地反击，语气傲然，完全不复在萧王府时的软绵。墨神医似也没有想到林初九竟然会这么强硬，完全没有招架之力。

一连串的质问丢出去后，林初九并没有再逼问，而是收起锋芒，端起桌上的茶喝了一口，转而看向皇上，语气温和道："皇上，还有别的事吗？如果没有，我可以回去了吗？"

能让萧天耀刮目相看的女人，果然有其独特之处，是他低估了林初九。

皇上收敛心神，同样语气温和地道："有，子安想要见见你，你去见见他。"

光看皇上此时的神情，绝对想象不出其实他恨不得当场撕了林初九。

"是。"林初九顺从地起身，完全没有面对墨神医时的尖锐。

周贵妃一直将自己缩在角落里，不敢吭声，此时见到林初九起身，忙上前道："皇上，臣妾领萧王妃进去。"

"去吧。"皇上没有为难两人，语气更是难得地温柔。

林初九道谢后，便随着周贵妃往内殿走。墨神医张了张嘴想要说什么，可只是开了一个口就被皇上打断了："墨神医想必是累了，来人，扶墨神医下去休息。"

侍卫进来，半请半强迫地将墨神医拖了下去。秦太医悄悄地抬眼，不无思量地望去，直到墨神医消失在转角，秦太医这才收回视线。

萧王妃又给了他一条新思路，看来墨神医距离身败名裂是不远了。

两个主角走后，皇上也没有久留，当下便带着秦太医离开。君臣二人挥退下人，不疾不徐地往议政殿走去。

"那两人，你怎么看？"皇上开口。秦太医略一思索便道："墨神医不是萧王妃的对手。墨神医他……老了。"

皇上今天请林初九入宫，除了应墨神医的请求外，也有试探的意思。

皇上应了一声没有回话，可作为帝王心腹的秦太医却是明白，皇上这是放弃了墨神医。

没有皇上撑腰，又得罪了萧王，墨神医还能继续风光无限地做名满四国的大神医吗？

秦太医垂眸，掩去眼中的精光……

林初九进去时，安王早已醒了，见到周贵妃与林初九同时进来，安王的眼中闪过一抹亮光，苍白的脸上露出一抹浅浅的笑容："母妃，林……皇婶。"

安王双手撑起，挣扎着似要起来。林初九忙道："安王不必多礼，你身子虚，还是躺着的好。"明明年纪比人小，却还要端起长辈的架子，林初九有些不能接受。

"坐起来还是可以的。"萧子安执意起身。周贵妃上前帮忙，在他身后塞了一个大靠枕，似抱怨又骄傲地嗔道："这孩子一向如此，哪怕面对我也不肯失礼。"

"安王很好。"林初九顺着周贵妃的话赞扬道。却不想萧子安却因此耳根一红，不自在地道："哪有母妃说的那么夸张。"

林初九莞尔一笑，只当萧子安面皮薄，周贵妃却是心中一跳，她很了解自己的儿子，她的儿子可不是被人夸几句就会脸红的人。

周贵妃不禁抬头看了林初九一眼，只见林初九一身绛红色长裙，端庄又不失俏丽，姣好的五官配上那双自信而清亮的黑眸，再加上她沉稳自信的气质，怎么看都是一个优秀非凡的女子，能轻易吸引男子的目光。

再看自家儿子，看林初九的眼神既专注又认真，也许他现在还没有别的想法，可周贵妃可以肯定，她的儿子对林初九有好感。

这可不行！林初九是萧王的妻子，是子安的皇婶。

周贵妃见到林初九与萧子安相谈甚欢，脸色微变，可很快又收拾好表情，站起身来，不着痕迹地上前，拉着林初九的手道：“你看我，你都进来这么久了，我居然没有请你坐下。来来来，初九，我们坐下慢慢聊。”

“皇婶，实在抱歉，一时欢喜便忘了请皇婶坐下。”萧子安亦是一脸歉意，却没有尴尬和不自在，而是从容大方地道歉。

“没事。”她是来看望病人的，这屋里也没有她可以坐的地方，现在病人看完了，林初九也不打算多作停留，便道，“我就不坐了，安王身子还弱，需要好好休养，我在这里安王也无法休息，我先告辞了。”

面对安王母子感激的眼神，林初九受之有愧，可偏偏她又不能把秦太医和萧天耀卖了，只能尽量避开这两人。

萧子安听到林初九说要走，怅然若失，刚想要开口挽留。周贵妃却先一步道：“初九，你难得进一次宫，不如去我宫里说说话，正好也尝尝宫里厨子们的手艺。”

“改天吧。”林初九婉言谢绝，周贵妃也没有勉强，但执意要送林初九出宫。林初九拒绝不了，只得随周贵妃一同往外走。

安王看着两人渐行渐远的身影，脸上的笑颜似有几分黯然，好半天才收回眼神。

周贵妃很清楚萧天耀与皇上之间的关系有多么紧张，也很清楚她与林初九的各自立场，可她真的很感激林初九救了萧子安，所以，能力范围内她会帮林初九。

周贵妃将林初九送出清和殿便止步了，脸上的笑容不变，压低声音说了一句：“初九，你救了子安，我会记下你的情。我得提醒你一句，没事尽量少进宫。”这宫里看林初九不顺眼的可不止皇上一个。

周贵妃语气严肃，但脸上的笑容仍旧轻松随意，远远望去，就好像周贵妃在感谢林初九。

林初九神色不变，轻轻一笑：“贵妃娘娘请留步，我自己走就可以。”

“我让人送你。”周贵妃脸上的笑容深了几分，随手招来贴身大宫女，让她送林初九出宫，免得不长眼睛的人冲撞了林初九。

林初九倒也没有拒绝，她对宫里不熟，不想犯什么忌讳。

只是，林初九刚走出清和殿的范围，便被皇后身边的大宫女拦住了：“萧王妃，皇后娘娘有请。”

说完摆出一个请的姿势，摆明了不容林初九拒绝。

周贵妃的宫女面露不满，正想帮林初九拒绝，却被林初九挡住了：“带路。”皇后要见她，躲过今天躲不过明天。

“萧王妃……”周贵妃的宫女一脸为难。

林初九摇了摇头：“回去告诉周贵妃，就说我去了皇后那里。”既然皇后不介意此举让周贵妃知晓，就表示不会动她。

林初九随着皇后的人来到鸾凤殿，只是皇后并不在正殿，而是在花房。林初九又走了一段路，这才看到正在给牡丹花浇水的皇后。

皇后似乎不喜欢被一大堆人服侍，身边除了一个老嬷嬷外，就再也没有别人。

“萧王妃，皇后在花房等你，奴婢只能送你到这里。”大宫女屈膝行礼，不等林初九说话便退了下去。

林初九上前来，站在花房外，给皇后行礼：“给皇后娘娘请安，娘娘万福金安。”

“初九来了？”皇后转身看了一眼，没有让林初九久等，将水壶递给身旁的嬷嬷，拿过搭在架子上的白毛巾擦了擦手，然后便朝林初九走来，“快进来，看看本宫的花房如何？”

“谢娘娘。”林初九步入花房，四处看了一眼，笑道：“这些花真好看。”林初九承认她不懂花，她只能想到这个形容词。

皇后随手将毛巾放在一旁，语气温婉地道：“现在还算不得好，等到了冬天，外面一片雪白，花房里却是百花盛开，那才叫好看。给你看看前天开花的一盆魏紫，花形极美。”

说完，也不管林初九愿不愿意，便拉着林初九过去，笑盈盈道：“这才两天的工夫，这朵花就全开了，颜色更是极正，看着就让人喜欢。”

林初九对花不太了解，可也知道牡丹花中姚黄魏紫乃是珍品，不过林初九相信皇后让她过来绝不是看花这么简单。

林初九没有开口，只静静地听着皇后夸这朵花有多难得，多好看。

果然，皇后夸完花后，话锋一转：“这盆魏紫能开花，完全不在本宫的预料中。这盆牡丹本宫养了好多年都不见开花，本以为它没用了，前些日子便命人把它丢了，结果一个花匠心生不舍又把它搬了回来，没想到不久前居然长出了花苞，前两天还开了花，而且一开就是牡丹花中有魏后之称的魏紫。”

皇后嘴上说的是花，可林初九听明白了，皇后是在拿这盆魏紫比喻她。

她之前是得了皇后的庇护才能在林府和京中嚣张跋扈，可她却一直没有回报皇后，或者说她对皇后没有用处。之后，皇后便把她当成弃子塞给了萧王，却没有想到她一鸣惊人，不仅得了萧王的青睐，还医好了安王的病。

皇后这是对她不满了！

林初九淡然一笑，神色平静，既没有听懂后的不安，也没有听不懂的茫然。

皇后似浑然不知，让嬷嬷拿了一把剪刀过来，当着林初九的面，给那盆魏紫修剪起枝叶来："不管多名贵的花，总会有一些影响它美观的枝枝叶叶，这个时候就缺不得修剪一番。"

"咔嚓，咔嚓，咔嚓……"皇后动作极为熟练地剪掉几节枝叶，然后将剪刀递给林初九，"初九要不要试试？"

"我不会。"林初九老实地推拒，至于皇后会把这句话当成什么意思，那就不是林初九所能控制的了。

皇后并没有勉强，只道："有些东西我们得学，不会并不是理由。"

皇后举起剪刀，继续修剪那盆魏紫："想要这盆花达到自己想要的形状，就要有足够的耐心，本宫一向有耐心。可是……当这盆花剪坏了，本宫也不会心疼。"

"咔嚓！"皇后将那朵硕大的魏紫剪了下来，只听见"啪"的一声，那朵如同皇冠一样的牡丹花，直接摔落在林初九的脚边，花瓣碎了一地。

林初九没有动，只是平静地看着地上的碎花，无声一笑……

"你看看我，年纪大了，眼神就是不好，一不小心就剪错了。"皇后神色平静地放下剪刀，伸手摘下花枝上未曾开花的花苞，很随意地丢在地上，"可惜了这盆花，丢了吧。"

皇后转身，毫不在乎地拍了拍手。

林初九神色不变，脸上的笑容也没有减淡半分。

皇后完全不在意，笑着道："初九是不是不耐烦了？也是……你们年轻的女孩子，喜欢花的没有几个。"

"能陪娘娘，是我的荣幸。"林初九言不由衷地道。

"你这孩子，就是乖巧。"皇后一脸疼爱地在林初九额头上轻点一下，"时辰不早了，本宫就不耽误你出宫了。来人，送萧王妃出宫。"

该说的都说了，林初九要是还不明白，那也怪不得她……

林初九从头到尾都平静得离奇，似乎不受皇后的话影响，可只有她自己才知道，她背后已是汗湿一片。

她听出了皇后话中那森冷无比的杀意。

马车出了宫门后，林初九深吸了口气，这才平定自己那受了惊吓的小心脏："周贵妃说得没有错，皇宫这个地方真应该少来才是。"

进了皇宫，万一遇到医圣之心要她救谁，她又不能拒绝，到时候说不定又要陷入两难的境地。

回去的路上，依旧只有林初九一个人，但全然不似来时无聊得想睡觉，她此时正在琢磨皇后的意思。

林初九知道，皇后完全把她当成附庸品，在皇后看来，她医好安王的病就是背叛了她，皇后不高兴很正常，可皇后今天的警告太犀利太直接了，完全不像皇后平日的作风。而且这么做，除了让她反感外，对皇后有什么好处？

同样的问题，花房里的老嬷嬷也正在问皇后："娘娘，这么做除了让萧王妃反感外，对您一点儿好处也没有啊。"

"本宫不需要好处，有生存的压力，她就会努力变得更强大，本宫在等着她成长。"萧王的腿好了，林初九轻易也出不了皇城，想引林初九去找那些人，太难了。

现在的林初九，足够聪明，足够能干。那她不介意将林初九推到最高最耀眼的位置，待到那些人注意到她时，一定会主动来找她。

"就算为了本宫的小七，本宫也要好好地活下去。"皇后手指轻轻一动，又一朵牡丹摔落在地……

林初九回到萧王府时，萧天耀还是没有回来，至于他的去向?

曹管家没有说，林初九也就没有问。她从来都很清楚自己并不是这座王府的主人，她没有资格过问萧天耀的去向。

林初九一直到回房后，依旧在想皇后的话，可她怎么想也想不明白皇后为何要用这种让人反感的方法警告她。

林初九心里有事，再加上她一向不过问萧天耀的事，一觉睡到第二天才起床，发现身侧并没有萧天耀睡过的痕迹，不禁好奇地问了一句："王爷昨晚没有回来？"

秋喜听到林初九主动打听萧天耀的动向，眼睛一亮，忙道："回王妃的话，王爷昨晚确实没有回来。不过苏茶公子昨晚来过，说王爷有要事急着出城，让王妃不用担心，王爷明天就会回来。"

"呃……"她什么时候担心过萧天耀?

林初九没有解释，反正解释也没用，还不如随她们误会。

萧天耀不在府上，林初九相对就自由多了。萧天耀之前就与曹管家等人说过，她可以自由出府，林初九也不客气，找来曹管家，告诉他自己要出去走走。

"王妃……"曹管家一脸为难。

王妃什么时候出府不好，怎么偏偏选在王爷不在家的时候出府？这，这不是明摆着让他挨王爷的骂吗?

"怎么？不行吗？"林初九反问一句，声音不大，可曹管家却莫名地感到不安，总觉得拒绝了林初九，他一定会倒霉。

不对，王爷也会倒霉!

曹管家想也不想，直接说道："王妃你随时都可以出去，只是……"

"只是什么？"只要能出去，一点儿小要求林初九是可以答应的。

一口吃不成胖子，得慢慢来，她早晚有一天会拥有绝对的自由。

曹管家见林初九不反感，这才道："只是，王爷有过交代，王妃您出门时一定要带护卫。"虽然也会有监视的意思，可也真的是为了保护林初九。

毕竟，满京城也没有哪个府上的夫人成婚后还会往外面跑的，萧王爷对林初九真的很好很好了。

带护卫是林初九意料之中的事，当即很爽快地应下。

接着，在曹管家的安排下，林初九乘着一辆普通的马车出了萧王府，驾车的车夫就是保护她的侍卫，刚走出萧王府没有多久，那侍卫便道："王妃，我们被人跟踪了。"

这也是萧天耀不想林初九出门的原因，盯着他们萧王府的人实在太多了，林初九一出门就会有危险。

林初九今天没什么目的，只想出来熟悉一下京城的环境，可任谁一出来就被人盯上也不好受，林初九没好气地道："往大街上走，实在不行就往官府的方向走。"

想跟，那就好好地跟着跑，只要别嫌累就行……

秦太医昨天一直在宫里当值，晚上在安王的偏殿休息，直到今天上午才离宫。一回到府上，秦太医连衣服都没来得及换，便急急地去找银发老者，向他报告好消息。

"师父，皇上已经放弃了墨神医。"秦太医一脸激动地说道。

为了这一天，他们等了几十年……

"终于等到了。"银发老者鼻子一酸眼泪就涌了出来，"终于等到了这一天！"

银发老者双手捂脸，大声号哭，喜极而泣的身子直颤抖。秦太医忙上前去，半跪在老者面前，劝说道："师父，您的身体不能有太大的情绪起伏，您别激动。而且这是高兴的事，您别哭呀！"

"我高兴，我高兴着呢。"银发老者抹掉脸上的泪，渐渐平息自己的情绪，道，"你说得对，我不能太激动，我还要留着这个破身体让那个虚伪的小人露出真面目呢。"

银发老者眼中闪过坚毅的光芒："去我房里拿我的药箱出来，然后安排人秘密送去慈恩堂。"

药箱是银发老者唯一的贴身之物，而慈恩堂则是他本该待的地方。秦太医听到这话脸色一白："师父，你要走？"

"嗯。"银发老者点头，"我原本想利用安王的病为你铺最后一段路，可惜被萧王破坏了，师父现在也没有什么可以教你的了，你我师徒缘尽于此。"

"师父……"秦太医摇头哽咽，抓住老者的手，"你永远都是我的师父。"

银发老者却用力地抽了出来："你心里有我这个师父就行，我出了这个门，你就要当作不认识我。要是让皇上知道你和我的关系，他绝不会再信你。"

"师父，谢谢你，谢谢你……"秦太医知道师父教他是有目的的，让他进宫做太医也是为了帮他复仇，但这些都不能否认他师父为他所做的一切。

师徒二人临别也只有寥寥数语，秦太医万分不舍地将银发老者送了出去，银发老者则没有半分留恋，人到了慈恩堂后，便买通慈恩堂的两个小官吏，让他们送他去大理寺。

他要告状，告墨神医栽赃陷害，谋财害命，杀人夺妻……

第十九章　王妃最美时刻

林初九真的没有想到，她不过是趁萧天耀不在家，出门转了一转，居然就遇到了一件大事。

墨神医二十年前畏罪潜逃的大弟子突然出现，状告墨神医栽赃陷害，谋财害命，杀人夺妻。

墨神医的大弟子也就是银发老者，不仅在大理寺告状，还特意用血写了一份大状纸，高高举在手上，以便旁观者能够看清楚。

大理寺官衙并不在闹市，平时也没有多少人来往，可不知怎么回事，今天却有许多人经过，银发老者此举一出，立刻就被人包围住，不少人都挤在前面指指点点。

围观者大多是些普通百姓，不识字，见状忙问身边的人状纸上写的是什么，有识字的人便帮忙念了出来，可是……

“能说简单一点吗？听不懂！”不识字的人听不懂那些咬文嚼字的东西。

“这个人说，二十年前医死文昌学院院长的人不是他。二十年前，文昌学院的孟院长病危，请来墨神医医治，墨神医带着他一同前往孟家。查看孟院长的病情后，他们二人对如何医治孟院长有不同的看法。他提议慢治，以养为主；墨神医则主张下一剂虎狼之药，力求迅速激发孟院长的生命力。

“师徒二人争执不下，他为了证明自己所说的方法可行，求墨神医等一等，让他去找剂草药，当时墨神医都答应了。为此他特意去中央帝国求药，意外取得龙魄。可等他带回龙魄时，孟院长已经死了，而且外界传言是死于他手，他畏罪潜逃了。

“他不知道发生了什么事，心生怀疑，不敢直接去见墨神医，便回家去见妻子，想问问妻子知不知道发生了什么事。不想他的妻子与墨神医早已珠胎暗结，他的妻子暗中给他下药，并通知墨神医过来。

“墨神医不仅抢走他拼死得到的龙魄，还将他丢进狼群。要不是他当时在中央帝国得到一颗保命的药丸，他早就身死狼口了。可就是这样，他整个人也废了。”

伴随着书生的解说，银发老者撩起自己的裤脚，露出两截硬邦邦的木头。

这个时候围观的人才知道，原来银发老者大腿以下全部没了，是用两根木头打磨成腿的样子撑在那里，取掉两根木头后，老者就像一个木墩子似的坐在轮椅上。

人总是同情弱者，老考这般模样着实让人同情，先入为主的众人对老者的话就信了三分。

除了这份血书外，老者又拿出另一份血书。两份血书上的血迹暗淡发黑，一看就是许多年前写的。

另一份血书并没有诉说自己的冤屈，而是写满了墨神医这些年来的罪行。

解剖活人，拿活人试药，用人的鲜血养药，侵占弟子的成果……一件件，一桩桩，罄竹难书。

每年死在墨神医手底下的普通人不计其数，墨神医一向只医权贵不医普通百姓。偶尔善心大发医治普通百姓，也是为了拿他们试验新药。

墨神医的医术之所以这么高，时时有新药方出来，都是用一条条人命换来的。

如果说围观的百姓看完前一张状纸只会同情银发老者的话，那后面这张状纸则彻底激起了老百姓心中的怒火。

寻常老百姓在那些大人物眼里有如蝼蚁是不错，可别忘了蚁多也能咬死象。全天下的百姓有多少？而权贵又有几人？毫无疑问，墨神医的这种行为得罪了天下大多数人。

“简直是丧心病狂，这样的人医术再好也不能留！”

“必须千刀万剐啊，这样的大夫留着也是一个祸害！”

“为了自己的名声就拿我们普通百姓不当人，这种人怎么不去死？”

在一众讨伐墨神医的声音中，突然有人小声提了一句：“听说墨神医只有一女，现在被封为美人。墨神医此女，莫不就是他与弟子之妻苟合而生的？”

此言一出，立刻引来不少人的唾弃：“为人师者，却毫无师德，道德败坏，不配为人！”

“有其父必有其女，墨神医不是个好东西，他那女儿也好不到哪里去！”

……

众多的围观百姓越说越激愤，而等到大理寺官员赶来时，围观百姓的怒火早已被挑起，就是压也压不下去。

大理寺卿听到有人状告墨神医，本不想接这个案子，可听到此案竟关系到当年文昌学院的院长，当下就匆匆赶来，想要将消息压下去，却不想百姓已经热火朝天地议论起来。

大理寺卿果断接下状纸，命人将银发老者扣押下来，驱逐围观的百姓。

可不知为何，今天围观的百姓却一个个不肯离去，有几个更是大声叫嚣道：“大人，你们一定要秉公审理此案，我们会一直盯着看的！”

“大人，这个案子什么时候审理？我们可否前来旁听？”

“大人，此事我等定会告诉文昌学院，还有孟家人，还请大人还死者一个公道！”

大理寺卿听到这些话后，顿时头大如牛，可他也知道这宗案子不可能大事化小，小事化了，只得连连向百姓保证，官府一定会禀公办理，断然不会因为对方是墨神医就网开一面。

得到大理寺卿的承诺后，围观的百姓这才渐渐散去，三三两两聚在一起，仍旧是在讨论墨神医的丑闻。

林初九坐在马车里，只一眼就明白今天这些看热闹的人，顶多只有一半是真正的百姓，另一半则是事先安排好的，目的则是将此事闹大，逼得东文不得不处置墨神医。

文昌学院历史悠久，享负盛名，在四国都招收弟子，可他们并不属于四国中的任何一国，它是独立于四国之外的学院。

文昌学院的学子一向不入朝为官，只专心致志追求学问。文昌学院出了不少的大儒学者，有许多弟子直接被中央帝国招走，与中央帝国的关系极好。

正因为此，四国对文昌学院都格外礼遇，文昌学院的弟子在各国也备受推崇。墨神医的这宗案子，牵扯到文昌学院死去的孟院长，此事说什么都不可能草草结案。

大理寺卿接到状纸后便匆匆进宫，将此事禀报给皇上知晓，请皇上定夺。

皇上真是没想到有一天会有人去大理寺告墨神医，这种简单粗暴的方法，真的好像萧天耀的做法！

“查，查清楚到底是谁动的手脚。”听到有人状告墨神医，皇上首先想到的不是如何审理这个案子，而是查清楚谁在背后捣鬼。

此时大殿内静悄悄的，根本没有人回答皇上的话，可大理寺卿却觉得背后一寒。

皇上这个时候才有空理会大理寺卿，将状纸压在桌子上，思索片刻后说道：“按规矩审理此案，朕不希望听到文昌学院的人说什么。”

“臣，遵旨。”大理寺卿顿时便明白了，皇上这是要放弃墨神医，“皇上，墨神医人现在宫里，不知可否请他去一趟大理寺？”

“朕会命人送过去的，你且退下。”皇上无意与大理寺卿多说，有些事他需要先查一查。

墨神医这件事暴露得太巧了，就在他不需要墨神医，打算放弃墨神医时，就有人去大理寺状告墨神医，出手的人如果不是太了解他，那就是他身边的人。

大理寺卿刚走，宫人又来报道：“皇上，文昌孟家求见。”

“文昌孟家？来得可真巧。”一环扣一环，时机恰到好处，让人想不怀疑都不行。

“宣！”

文昌孟家人的来意自是不用多说，他们此时求见皇上，就是希望皇上能准他们与墨神医，还有他的弟子对质，他们要查清楚，当年孟老院长到底是因何而死。

孟家的要求合情合理，再加上孟家的声望摆在那里，皇上根本无法拒绝。皇上满口应下孟家的要求，并将孟家一行人安排在驿站。

林初九回去时，正好与孟家的马车擦肩而过，只是孟家人此刻来得匆忙，行事又低调，根本没有表露身份，林初九也不认识孟家人，就是正面碰上也不认识。

两辆马车在大街上相遇，林初九的车夫将马车驱赶至一旁，等到对方过去后才继续往前走。

林初九在外面转了一天，回去时已是傍晚时分，曹管家打从林初九出门就开始忐忑不安，生怕林初九出什么事，自己无法向萧王交代。

曹管家不仅让下人一直在门口守着，命令他见到林初九回来立刻回报，自己每隔半个时辰也要亲自过来查看，不断地祈祷着林初九早些回来。

可偏偏林初九出了门就像是脱缰的野马，眼见天都黑了，也不见人回来。

“王妃怎么还不回来？”曹管家今天第一百遍说起这话，守门的小厮低头不吭声。

曹管家在门口转了两圈，半天也没有往回走，就怕自己一进去林初九就回来了。

“王妃怎么还不回来？老天爷呀，可千万别出什么事啊，不然王爷一定不会放过我的。”曹管家在门口来回打转，小厮已经不发表意见了，反正曹管家再走两圈还会再说一遍的。

“王妃到现在还没回来，要不要派人去找找呢？”曹管家犹豫不决，抬脚便往府内走去，可走了两步又停了下来，“还是再等等吧，要是给王妃知道，她晚点回来我还派人去找她，指不定以为我是阳奉阴违不听她的话呢。”

曹管家打消念头后，便对着守门的小厮道：“你们盯着点，王妃一回来就立刻告诉我。”

“曹管家放心，王妃回来后，我们立刻就会禀报。”小厮重复着说了无数遍的话。

曹管家这才满意地进去，而曹管家进去后没过多久，林初九的马车就出现了，小厮见到林初九下了马车，马上就往府里跑，将消息第一时间告诉曹管家。

曹管家七赶八赶，终于在林初九回院子前截住了她，气喘吁吁道：“王妃，你可算是回来了。”不亲眼看到林初九平安回来，曹管家实在不安心。

“有事吗？”林初九见到曹管家如此急切的样子，不由得问了一句。

曹管家忙摇头：“没事，没事，老奴就是担心外面不安全，王妃你平安回来就好了。”

“天子脚下，治安好得很，曹管家你就放心吧。”林初九知道曹管家担心什么，可她也不能因为曹管家的担心就一辈子窝在萧王府不出去。

“王妃说得是，天子脚下，再安全不过了。”才怪呢，真要安全，王爷和王妃大婚那天就不会遇到刺客了。

当然，这话不好放在明面上说，左右大家心里明白就好了。

曹管家一脸殷勤地送林初九回院子，同时交代下人准备好热水、饭菜，确定林初九十分满意后，这才安心离去。

看着曹管家那般殷勤小心的模样，林初九不由得暗暗摇头：要是她每次出去，曹管家都这么忐忑不安，她怕是会不好意思再出门了。

在外面走了一天，林初九着实累了，在春喜和秋喜的服侍下，林初九沐浴、用膳后，只在外面走了两圈消消食，便上床睡觉了，对于萧天耀今晚会不会回来，林初九一点儿也不好奇，反正她第二天就会知道了。

早上起来时，林初九看到身侧没有痕迹的被单，知道萧天耀还没有回来。

林初九也不担心，萧天耀是谁？仅次于武神的存在，他要是有危险那旁人就不用活了。

林初九用完早膳后，跑出院子去找曹管家，想要打听一下墨神医的案子，可惜这件事现在由皇上盯着，曹管家知道的也不多，只说是文昌孟家的人来了。

“王妃，要不要我派人出去打听打听？”曹管家见林初九对这件案子很感兴趣，便主动提道。

林初九摇了摇头：“没有必要，等结果出来后告诉我一声就行了。”很明显墨神医这宗案子的背后有人在推动，那人既然做了就肯定不会让墨神医好过，她没有必要去凑热闹。

诚然，关注墨神医这件案子的人确实不少，秦太医便一直盯着此事，大理寺外面那些故意将案子宣扬出来的人便是由他安排的，可文昌孟家人就与他无关了。

当秦太医听到文昌孟家正好是在今天抵达京城时，不由得皱眉：这是巧合吗？

秦太医跟在皇上身边多年，他很清楚这世间没有这么巧的事。

可若不是巧合，那会是谁的手笔？萧王爷？不可能！

文昌孟家距离京城极远，萧王爷最近才知道此事，断然不可能在这么短的时间内便联络上孟家人，可要不是萧王爷，那会是谁呢？

皇上也很想知道，孟家人此时抵京到底出自谁人手笔？

皇上最早认为，墨神医这件事也是萧天耀一手主导的，孟家自然也是他的手笔，可探子查到的消息却表明事情与萧天耀一点儿关系也没有，而墨神医的弟子状告墨神医，确实与萧天耀有那么一点点的关系，但孟家人的出现绝对不是萧天耀的手笔。

孟家人之所以会来东文，是上门求墨神医为孟家大公子孟修远看病，可不想一进城就听说当年害死孟院长的人居然是墨神医。

孟家人怒极，这个时候自然顾不得看病，直接进宫要求皇上让他们与墨神医和他的弟子当堂对质。

皇上根本无法接受这个答案，他完全不相信这纯属巧合。

“再查！”皇上将探子所查到的消息，全部砸到密探首领的脑门上。

薄薄的几张纸，此时却像是有千斤重，密探首领顿时被砸得不敢吭声，脑门埋得极低，直到皇上说“滚下去”，密探首领这才如蒙大赦，慌忙退下。

皇上之前已经答应大理寺卿会将墨神医送过去，自然不能食言。不过在此之前，皇上需要先问一问墨神医上面的指控到底有几成真，几成假。

墨神医这个时候还不知道外面的事，听到皇上要召见他也不曾多想，还想着等皇上问完话，他便向皇上提出辞行。

安王的身体大好，他没有了留下来的必要。而且，自从那天收到一封疑似他弟子的便笺后，墨神医整个人就很不在状态，时不时就会恍神，想起一些不愉快的事。

墨神医在宫人的引领下，走到殿内，朝皇上鞠躬："参见皇上。"

这是皇上对墨神医的礼遇，免他行跪拜之礼。

皇上看着墨神医，面上无喜无怒，只扬起一份折子："墨神医，这是朕收到的折子，你自己看看。"

太监上前，双手接过皇上手中的折子，捧到墨神医面前，墨神医心中一跳，略有不安地接过折子，打开一看，脸色大变……

"这，这……这怎么可能？"那个孽徒果然没死，他就知道……

墨神医越往下看越心惊，一张老脸瞬间惨白得没有血色，折子还没有看完，人就"扑通"一声跪在地上，嗓音颤抖地道："皇，皇上……"

"墨神医，你只要告诉朕，这里面的指控有几成是真便可。"皇上轻描淡写地说道，完全不将墨神医的狼狈看在眼里。

墨神医的医术确实极好，即使他曾有过失手，皇上打算放弃他，可仍愿意像养一个太医一样养着他，可是……

现在不行了！

如果里面的指控全是真的，那墨神医就是医术再好，也不能留他了。

墨神医得罪的不仅仅是天下百姓，还有文昌学院。天下学子一样以文昌学院为首，而要让那些学子文人知晓皇上包庇墨神医，那他这个皇帝一定会被清流大儒所唾弃，以致遗臭万年。

"上面，上面的……"墨神医顿时双眼暗淡无神，一头白发也散乱开了，完全没有一丝的高人风采。

皇上看到墨神医这副模样，当即就猜到这上面的指控恐怕十成都是真的，或者还远远没有数清墨神医的罪行。

皇上不介意墨神医人品差，只要他有实力有价值就行，可偏偏墨神医得罪了不该得罪的人。

"罢了……你也不用再说，朕明白了。"皇上一脸惋惜地叹气，"如果你只是拿人试药，朕不会怪罪于你，可你医死孟院长的事，就是朕也保不住你。文昌孟家人已经抵达京城，他们要与你对质，你便见上一见吧。"

墨神医的瞳孔猛然间收紧，咬牙切齿地道："皇上，这是阴谋，这是阴谋！有人故意诋毁我，一定是有人故意陷害我，文昌孟家人不可能这么巧合地出现。"

"就算是有人陷害你又如何，上面的指控难道是假的吗？"皇上冷着脸剜向墨神医，那眼中满满的都是厌恶。

自己做事不够干净利落，留下这么大的隐患，还要怪人利用此事，简直是好笑。

“皇上，当年的事纯属意外。”墨神医想要开口求皇上救他，可是，骄傲了这么多年，他真的开不了口。

“是意外也好，巧合也罢，反正朕现在保不了你，而这宗案子一经查实，你就不再是名满四国的墨神医了。”如果墨神医不能证明自己是清白的，不能证明自己没有做过那些事，那么……墨神医就一定会声名扫地，没有人敢出来为他说话。

墨神医神色一凝，无力地闭上眼睛：“我……知道了。”

墨神医颤抖地从地上爬起来，以最后仅有的尊严，朝皇上作揖道：“皇上，我这一生所作所为，都只为著成墨氏医书。医书已小有所成，我怕是无法再继续下去，现在我想将此书献给皇上，希望皇上能让这本医书流传下去。”

墨神医从怀中取出一直贴身收藏的医书，双手呈上。

他希望，用这本医书换女儿一个平安的未来。

太监接过，小心翼翼地呈到皇上面前，皇上翻了数页，确定是医书并且是墨神医的笔迹后，便道：“墨神医你且放心，只要玉儿不犯杀头大罪，朕都会保她富贵无双。”

“谢皇上，皇上万岁万岁万万岁。”墨神医一心想要在死前为女儿寻得一个庇护者，现在也算是求仁得仁了。

皇上明显不想让此事闹大，墨神医在傍晚时便被悄悄带出皇宫，没有惊动任何人。墨玉儿甚至连外面的消息都不知道，更不用提知晓她父亲被带走的事。

萧天耀就是在这个时候回城的，一袭标志性的朱红锦衣，一匹黑得发亮的战马，远远的……守城的官兵就知道那人是萧王爷。

“快让开，萧王，是萧王，萧王要进城，通通让开！”官差上前，让排队进城者靠两侧站好，给萧天耀让路。

黑马红衣一出现在京城街头，京城的百姓就自发地给他让道，每一个看到这身影的百姓，都不由得发出一声赞叹。

时隔半年，再次见到萧王纵马游街，京城的百姓发现自己是如此的怀念。

“萧王依旧是如此的狂妄不羁啊。”茶楼上，一个着竹叶青锦袍，随性地倚在窗台上的男子，看着楼下那一闪而逝的红色身影感慨道。

他身后则是一个灰衣男子，低垂着头看不出样子。

仔细看会发现，笑倚窗台的男子，五官似乎比东文人更深邃，只可惜此时夜幕低垂，看不真切。

萧天耀一骑绝尘直奔萧王府，中途不曾停留半刻，萧王府的下人早早便收到消息，将正门打开，萧天耀纵马跨入……

红色的身影一跨入门内，两扇厚重的大门就立刻关上，“砰”的一声，将外界无数道探究的目光阻隔在外。

萧天耀骑术精湛，完全不受府内房屋与景色的限制，速度不减半分，一路骑到马厩。

“好好照顾它。”轻轻拍马，纵身跃下，同时将怀中的包袱拎在手上。

包袱并不大，萧天耀拎在手上很不起眼，根本不会引人注意。

萧天耀大步朝书房走去。曹管家走过来时，已是满头大汗，可他却不敢停下来，一路跟在萧天耀身后：“王爷，你可回来了，王妃都问了你好几回了。”

“是吗？”萧天耀脚步一顿，唇角轻扬，露出一抹极浅的笑容，随即又像无事人一般，继续往前走，“本王不在的这几天，府上都发生了什么事？”

啊？

曹管家完全没有想到萧天耀会问到这个，别说出去三天，就是出去一个月，王爷回来也不会问这话，这是什么意思？

“说……”萧天耀脚步不停，语气冷冽。

曹管家一个激灵，脑中灵光一闪，忙道：“王妃前天被请进宫，回来时情绪不太对，可是没有说是什么事，小人也不敢问。昨天王妃出了一趟府，只在街上转了两圈，遇到墨神医的大弟子状告墨神医一事。今天一整天都没有外出，一直在等王爷回来。”最后一句话，是曹管家冒险加上去的。

“嗯。”萧天耀周身的温度瞬间回暖。曹管家暗自得意：果然，他说对了。

到了书房门口时，萧天耀停下脚步，转头对着曹管家道：“去叫王妃来，本王有事要找她。”

“是。”曹管家真恨自己跑不动了，这么露脸的活只能交给别人去办。

林初九今天没有外出，让秋喜寻了一本医书正独坐在窗旁看着，听到侍卫说萧天耀要见她，诧异地抬头问道：“王爷回来了？”

“是的，刚刚回来。”一回来就要见王妃，可见王爷对王妃真的是太好了。

“哦。”林初九放下书，起身便往外走，“走吧。”

“王妃，你不换件衣服吗？”秋喜看着林初九简单的装扮，便大着胆子提了一句。

林初九回头看了她一眼：“有必要吗？”

当然有了！女为悦己者容呀！

可是……这话秋喜不敢说，秋喜在林初九的注视下，弱弱地低下头去，再不敢胡乱开口。

林初九听到萧天耀一回来就要见她，并没有多惊喜，也没有恨不得立刻相见的喜悦，保持匀速，不疾不徐地往前院走去，和以往没有什么不同。侍卫暗自佩服林初九淡定的同时，又不免有些心急，生怕王爷等久了不高兴。

等林初九走到书房时，萧天耀早已沐浴更衣，一身清爽的在书房里等她。见到林初九进来，萧天耀不满地哼了一句：“慢死了。”

林初九只当没有听到，福身唤了一句“王爷”，便站在原地，等着萧天耀开口。

“坐。”萧天耀指向一旁的位置，待到林初九坐下后，这才道，“在宫里遇到了什么事？”

“宫里？”林初九不知道萧天耀怎么突然问这事，摇头道，“没什么。”也确实没什么，皇后不过是口头警告罢了。

萧天耀看了林初九一眼，见林初九确实不想说，便没有追问，只道：“以后，宫里的召见不想去就不去。”

“好。”皇上召见，她真能不去吗？

她又不是萧天耀，可以无视皇权。

“墨神医的事你别插手，文昌孟家的人来了，他们自然会盯着这个案子不放，你只要看结果就行。”看见林初九又是一副你说什么就是什么的乖顺样，萧天耀顿时就来气了。林初九看似软绵，实则根本没有把他的话听进去。

“好。”依旧是一个好字，温柔乖顺得让人无从下手。萧天耀顿时失去了继续说下去的耐心，朝她招手道：“过来。”

“嗯？”林初九抬头，眼中闪过一抹恼怒。

萧天耀在招小狗呢？

“怎么？本王的话你也不听？”萧天耀当即沉下脸色，室内的温度似有下降，林初九叹了口气，乖乖走到书桌前，可是……

这个位置萧天耀并不满意，他又招了招手，示意林初九到他身边，到他面前去。

去还是不去？这是一个问题，可人都走到这里来了，她能不去吗？

林初九很纠结。

“本王有东西给你，过来。”萧天耀又催了一次，语气严厉得完全不像是给人送东西，而像是在训斥不听话的孩子。

林初九咬牙走了过去，与萧天耀只隔半步的距离，萧天耀一伸手就能将人搂到怀里。可惜，萧天耀没有这么做……

萧天耀从左手侧取出一个药箱大小的盒子，随意地丢在桌上，不无嫌弃地道：“拿着。”

“什么东西？”林初九要说不好奇那是骗人的，可是萧天耀没有理会她，将东西丢出来后，便拿起桌上的笔，不知道在写什么。

萧天耀不说，林初九也就没有再问，抱起箱子就准备走，可是……

“好冷呀！”一碰，林初九就冻得缩回手。

啪。萧天耀将笔拍在桌上，墨汁溅在白纸上，可他却一点儿也不在意，转身对着林初九道：“笨蛋，不会先打开吗？”

“你又没让我打开。”泥人也是有脾气的好不好，萧天耀，你不要太过分！

“你什么时候这么听话了？本王也没有让你出门，你不是一样出门吗？”萧天耀冷嘲热讽道。

林初九皱眉反问：“你因为我出门的事就要生气？”

如果是的话，她只想说这个男人没救了。

“怎么？本王不能生气吗？”他一出门林初九就往外跑，他难道不该生气吗？

“你凭什么生气？我有自由进出萧王府的资格，不是吗？”林初九被萧天耀理所当然的语气刺激得火都上来了。这个男人是要说话不算话吗？

“允你自由出府，不是让你随时都能出去，你要出去仍要得到本王的同意。”林初九是有多笨才不知道外面有多危险？

北历、南蛮和西武对东文虎视眈眈，个个都盯着他双腿恢复的事，林初九这一出去，简直是给当人箭靶子。

“呵……”林初九不由得冷笑，“王爷，你在说笑话吧？得到你的同意才能出门，那还叫自由出府吗？”

“你很清楚本王有没有说笑。”萧天耀沉下脸色，语气强硬地说道。

“你……一点儿信用也没有。”林初九无比气恼地瞪着他，因为萧天耀一直坐着的关系，林初九第一次不用抬头看他，可就是这样，在气势上她也差萧天耀一大截。

面对萧天耀那幽深冰冷的眼神，林初九很快就招架不住了，移开视线，没好气地道：“算了，我不想跟你吵架。”

“本王什么时候跟你吵了？”他需要跟一个女人吵架？那简直是笑话。

“你说没有就没有，没别的事我就先走了。”萧天耀真的越来越不可爱了，林初九生怕自己一气之下就扑上去咬他，她转身就往外走，可是……

“站住！”萧天耀高声喊道，“本王让你走了吗？”

“王爷还有别的事？”林初九转身，神色淡漠地问道。

这男人，总有本事把她的好感一点一点磨掉。

本来因为安王的事，她对萧天耀已有改观，可现在她只想扑上去，咬死萧天耀！

招呼都不打一声便消失三天也就算了，凭什么一回来就要对着她吼，她又不是萧天耀的出气包。

“东西拿走。”萧天耀指着桌上的东西，林初九看了一眼，拒绝道：“王爷的礼物我受不起。”那么阴寒，她根本拿不出去的好不好？

“本王送出去的东西，从不会收回来。”他不接受拒绝。

“不收回的话，王爷尽可丢了，我不在意。”谁在乎谁就输了，她之前在乎萧天耀，所以输得一塌糊涂。现在她强迫自己冷心冷情，虽然……赢得并不高兴，可至少她出了那口恶气。

林初九继续往外走，可当她双手碰到门时，却感到一股强劲的力道将她带离，她根本碰不到门……

“王爷，你要干什么？”林初九不得不停下来。

“东西拿回去。”

“我说了，我不要。”林初九再一次拒绝，萧天耀没有多说，只是冷冷地看了她一眼，然后将桌上沾了墨汁的纸丢在一旁，提笔蘸墨，继续写了起来。

林初九等了片刻，见到萧天耀专心工作，再次去拉开门，可同样的事情发生了，她还是没有碰到门便被一股莫名的力道推开了。

林初九烦躁地转身：“王爷，让我出去。”

萧天耀没有搭理林初九，甚至连个眼神也没有。

“王爷……我要出去。”林初九再次提高音量，可萧天耀依旧不理她。

这个时候别说林初九了，就是圣人也要抓狂：“王爷，你到底想要怎样？”简直是让人受不了。

“东西拿着。”他来回三天两夜，就为这么一个东西，林初九说不要就不要，怎么可能？

“你简直是……”林初九就没有见过像萧天耀这么霸道的人，他不接受拒绝，更不管别人喜好。

萧天耀说完这话，又继续忙自己手头的工作，根本不理会林初九。

林初九没的选择，深吸了口气，压下心中的烦躁，这才上前。只是这一次她没有去碰盒子，而是忍着寒意将木盒打开。

“这，这是什么？”一直冒着白烟的冰？

盒子里面只有一块冰，可又比冰的颜色更浅，寒气也更重。

林初九不明白萧天耀给她一块冰做什么！

“寒冰。”萧天耀放下笔，将写好的纸放在一旁等它干。

“寒冰？给我有什么用？”这么冷的东西，她连碰装它的盒子都接受不了，更不用提用手去拿寒冰了。

“笨蛋。”萧天耀用看白痴的眼神看着林初九，然后挥开林初九，丝毫不在意寒冰的寒气，直接用手取了出来，“重点不是寒冰，而是寒冰里面的东西。”这么笨，林初九真是林相那只老狐狸的女儿吗？他很怀疑。

晶莹剔透的寒冰，看似透亮，可实则以肉眼去看，根本看不到它里面有什么。

萧天耀将寒冰取出来后，林初九也没有发现有什么好特别的，直到萧天耀将寒冰一分为二，林初九这才发现，在寒冰中间居然有一颗拳头大小，乳白色的果子。

那枚果子静静地躺在寒冰上，冒着白烟，一看就知道这不是凡品。

萧天耀没有解释，只道：“吃了它。”

“这是什么？”林初九本能地问了一句，却不想引得萧天耀极度不满：“怎么那么多为什么？本王还会毒死你不成？本王要你的命需要用毒吗？”

“我只想知道，我吃的是什么！”林初九当然清楚萧天耀不会毒死她，可多问一句也没有错吧？

萧天耀没有回答林初九的问题，而是说道：“一盏茶内不吃完，它便会化。”林初九爱吃不吃。

“我……吃！”真的没有见过比萧天耀更加讨厌的男人。

林初九用手指捏起白果，白果寒气十足，只一碰林初九就觉得自己的手指都冻僵了，她不敢多停留，飞快地往嘴里一塞，本以为喉咙会冻伤，可不想白果一入口瞬间就化成了水，她还没有尝出是什么味道来，便吞了下去。

“味道如何？”萧天耀恶劣地问了一句。林初九老老实实地摇头：“没有吃出来味道。”

“牛嚼牡丹。”萧天耀一脸嫌弃道，“五十年才能孕育一颗的寒果，你吃完后居然连味道都不知道，简直是暴殄天物。”

林初九自动忽略前面的话，惊讶地问道：“五十年才一颗，这么珍贵？”

“哼……”萧天耀高冷地哼了一声，指着门口道，“现在，给本王滚！”

看到这个女人就烦，早知道就不去为她抢什么寒果，简直是浪费他的时间。

萧天耀就差在脸上写上“本王很生气”五个字，其实林初九很想说几句好话哄哄他，算是感谢他送的寒果，可是……

萧天耀却不给林初九机会，她一开口萧天耀就叫她闭嘴，然后又一次让她滚出去。

“王爷，我们……”能不能好好说话?

“闭嘴，本王没空理你。”萧天耀将刚晾干的信纸装入信封后，又拿起一旁的卷宗看了起来。卷宗看完，又在桌上敲了两下，召唤出一个黑衣人。

“王爷。”黑衣人也不避讳林初九的存在，单膝跪在萧天耀的面前。

总之，萧王很忙，忙到连个眼神都没有空给林初九。林初九也不想讨人嫌，转身便往外走。

那什么寒果又不是她想要的，是萧天耀强塞给她的，别奢望她感谢萧天耀。

从书房出去后，林初九还在那里生气，越想越觉得萧天耀这人实在太讨厌了，简直让人不知道说他点什么好。

刚走出萧天耀的院子，就遇到行色匆匆的曹管家，不由得问了一句：“曹管家，你怎么了？”

“王妃……”曹管家刚才走得急，没有注意到林初九，听到林初九的声音才停下来。

“怎么了？”林初九见曹管家神色不定，不由得又问了一句。

“王妃，想请你帮个忙……”曹管家一脸为难，想说又不敢说。

“什么事，你说吧。”林初九觉得萧王府的人真的很奇怪。他们明明不把她当回事，可在某些小事上，又纠结于她的身份。

曹管家犹豫片刻，还是说了出来：“有个受伤的侍卫，伤口烂了，我正想去找大夫。”

吴大夫不在府上，府上倒是有其他的小大夫，可他们也不敢乱动，因为对方伤在眼睛上，一个不好就会把眼睛给刮伤。

曹管家不是不想找林初九，可林初九的身份摆在那里，他真的不敢和王妃开口。

“伤口烂了？情况很严重吗？我去看看。”林初九不等曹管家开口，主动说道。

“谢谢王妃。”曹管家一脸欢喜，忙将情况说给林初九听，“陈三伤了左眼，眼球也划伤了。平时换药都很小心，可不知道怎么回事，他的伤口突然就烂了，他起初也没有当回事，谁知伤口越烂越严重，府上的大夫看了之后不敢下手，怕伤了眼睛。”

林初九越听脸色越凝重，不过在没有看到伤口前，她也不好说什么，只道：“你让人去帮我把药箱拿来。”

上次带进宫的药箱，林初九并没有将药拿出来，一直稳稳地放在那里，这次正好派上用场。

“是！”曹管家高声应了一句，忙让人去取林初九的药箱，自己则带着林初九先行过去。

路上遇到流白和苏茶，双方打了个照面，苏茶很客套地问了一句林初九要去哪里，不等林初九开口，曹管家就急急地把事情说了出来。

“这么严重，要我们帮忙吗？”苏茶热心地开口问道。

他绝不会承认，他是因为上次没有看到林初九给人处理外伤的手法，心痒想去看。

林初九出声婉拒：“不用麻烦苏公子，苏公子来找王爷想必是有要事，不敢耽误王爷的正事。”

苏茶还想争取一下，却被流白拉住了：“王妃有什么事，尽管吩咐我们。”流白绝对是真心话，只不过……

听的人没有放在心上。

苏茶一进书房，就发现书房的气氛不对，不由得后退一步，让流白先上。

流白比苏茶慢了一步，等到他反应过来时，人已经走在前面。

“有事？”萧天耀看到两人，神色却没有缓和半分。

眼角的余光扫向书桌上的寒冰，流白猜到萧天耀的不高兴应该和林初九有关，可是……

猜到了，他又能如何?

“有，有……有事，荆池失手了，威海镖局的海少主跑了。”流白真的很想哭，为什么他每次说不好的消息时，都遇到萧天耀心情不好。

“没用！”果然，听到这个消息萧天耀更不高兴了，“派人去找，本王不希望有任何意外。”

斩草不除根，春风吹又生。

“是。”流白除了应是，真不知道自己还能说什么，“荆池那里怎么办？”

萧天耀没有回答，而是问道：“荆池怎么会失手？”

“据说是荆池收到他师弟糖糖，就是唐十二的信，说他迷路了，等着荆池去救他。荆池只好丢下海少主，去找他师弟。”这个理由流白都不好意思说出来。

在京城外，那么小的一片林子里，唐十二居然还会迷路，简直是奇葩。

“第二次了。”萧天耀很不高兴，上一次虽说有林初九提前离开的原因在，可荆池没有及时出现也是失责。

“告诉荆池，他又欠本王一次。如果再有第三次，他以后就别想再做杀手。”

“我会转告给荆池的。”至于荆池听到后有多愤怒，那就不是他需要考虑的事情了，流白又道，“除了威海镖局的少主，其他人已全部处理，东西一样不少地找了回来。”

先说坏消息再说好消息是流白的习惯，不过萧天耀听到好消息也没有多高兴，只是说道：“派人立刻送过去。”

“是。”流白说完，后退一步，将位置让给苏茶。

苏茶要说的事与墨神医有关：“墨神医的事我已经让人宣扬出去了，很快四国都会知道墨神医的为人。另外，墨神医在南蛮拿活人做试验的山谷我也找到了，只等时机一到就可以暴露出来。”

有萧天耀出手，墨神医绝无翻身的可能性，就算皇上放过了墨神医，他也无法在江湖上和四国立足。

“文昌孟家会出现在京城，从现在查到的消息来看确实是意外。孟家大公子天生失语，寻了许多大夫也没能医好。

“而因为孟院长之死，孟家与墨神医之间闹得很不愉快，孟院长之子孟先生曾说过，孟家绝不再请墨神医和他的弟子看病，可这次为了他儿子的病，他正准备低头去求墨神医。

“听闻墨神医在京城，孟先生便带着孟家大公子亲自来求墨神医，可不想一进京就听到那个消息，孟先生气极，直接进宫要说法了……”

求医的事，自然就不了了之。

苏茶特意提起孟家进京求医一事，当然不是说说而已，他是希望……

“能让王妃给孟家大公子看看吗？”苏茶说完这句话，立刻就跳到流白身后，不去看萧天耀。

然后，可怜的流白就被萧天耀瞪了一眼。

流白郁闷极了，他很想把苏茶拉出来揍一顿。可现在天耀明显很生气，他实在不敢闹腾，只能生生地承受着萧天耀的怒火，不过……

“我也觉得苏茶的这个建议挺好的，王妃医术高超，不一定就比墨神医差。”流白这真的不是在坑林初九，也不是看好林初九，而是医好孟家大公子的好处太多了，要是林初九能做到，绝对能给萧天耀带来意想不到的好处。

流白觉得试一试也不会损失什么。

这一点萧天耀自然也知道，只是有些好处不是那么好拿的。孟家大公子的病要真是那么好医，孟家也不会舍下脸面来京城求墨神医。要知道，文人一向把名声和诺言看得比生命还重要。

苏茶隐约猜到萧天耀在担心什么，从流白身后走了出来，语气很认真地说道：“天耀，我知道你的担心。不过，我觉得这件事我们可以运作一下，只要让孟家主动上门来求就行了。”到时候就算医不好，两家也不会结仇。

“你说的运作，不外乎是宣扬林初九的医术，除此之外你还有别的法子吗？”萧天耀目光不屑地看着苏茶，完全不觉得这个法子哪里好了。

苏茶颇为委屈，道：“王妃的医术确实很好，我们说出去也没有什么。”

“太假了，你当孟家人都是傻子？”能一直掌握文昌书院，不受四国辖制，孟家比他们想象中的要难缠许多。

苏茶一想也觉得自己太想当然了，低头道：“好吧，是我思虑不周，这件事就当我没有提过。”

“这件事先搁下，等以后有机会再说。”萧天耀承认这件事有可行之处，但一定要顺其自然，就像林初九救北域莫家的大小姐一样。

苏茶忙点头，再不敢胡乱给萧天耀出主意，忙说起其他的事，以转移萧天耀的注意力。

半个时辰后，苏茶和流白说完正事，正准备告辞，就听到萧天耀突然问起：“那天，林初九在宫里遇到了什么？”林初九越是不肯说，这里面就越是有问题。

“宫里？哦……我想起来了，王妃在清和殿内的事查不到。王妃从清和殿里出来时没有异样，是周贵妃亲自送王妃出来的，王妃是在见了皇后之后才心事重重的。不过那天皇后与王妃在花房，皇后身后只有一个老嬷嬷，查不到她们说了些什么。”苏茶将自己所知道的全部和盘托出。

很明显这问题出在皇后身上，可除了当事人，他们根本不知道两人的谈话内容。萧天耀想到在清和殿内见到七皇子的事，不由得道：“查一查七皇子。”

“好。”苏茶虽然不知道萧天耀查七皇子一个孩子有什么用，可萧天耀交代的事，他只需要办成就行了。

“送这封信给莫清风。”萧天耀起身，顺手抓起桌上的信丢给流白。

“好，我这就去。”流白手忙脚乱地接住信，贴身放好，离开前问了一句苏茶，“你不是要找吴大夫吗？要不要一起去？”

“我还有事，你先走吧。”要是平时就算了，可今天嘛……他想去碰碰运气。

“你还有什么事？不是都说完了吗？”流白大大咧咧地问道。

正在净手的萧天耀也看了苏茶一眼，挑了挑眉。他不认为苏茶在他的王府还有什么他不知道的事要办。

苏茶本想偷偷去，可此时被流白在萧天耀面前捅破，也不敢隐瞒，只好说道：“之前你们不是说王妃给人包扎伤口的时候特别……不一样吗？我之前错过了，现在打算去碰碰运气，看看能不能看到王妃给陈三清理伤口。”

虽说真正看过后也不会觉得有什么，可他实在没有看过，而那些人又吹得神乎其神，苏茶就想满足一下自己的好奇心。

“我也没有见过。”流白偷偷看了萧天耀一眼，见萧天耀没有生气，便道，“我和你一起去吧，要错过了我们就去城外。”

“流白，城外可以明天去的，三更半夜出城不安全。”苏茶没打算带流白一起去，哪怕萧天耀没有发火。

“我的信今天就要送去。”你当他愿意晚上出城啊，偷偷摸摸怕被人发现不说，还容易遇到危险。

“我的事不急，明天去就可以了。”苏茶拍了拍流白的肩膀，“所以我们不同路，我先走了。”

苏茶快步离去，将流白丢在屋内，可有一个人比他更快……

萧王爷，已经往左拐了！

这是同路？

苏茶默不吭声，乖乖跟在萧天耀身后，流白本来也打算过去，可看到萧天耀走在前面，便默默地收回了脚步。

他没有苏茶聪明，不敢上前找死。

萧天耀真的没有打算去见林初九，可当他听到苏茶的话，脑子里便自动浮现出那个站在人前、专注而冷静的身影，心念一动人就走了出来，等他发现时苏茶已经跟了上来。

这种情况下，萧天耀还能收回脚步吗？

两人一前一后，一路沉默地来到侍卫养伤的地方。

此时天已大黑，不过萧王府处处有灯，虽不及白天可也能清晰视物，侍卫远远就看到走过来的萧王爷，一个个愣在原地，直到萧天耀走到他们面前时，这才急急行礼道：“参见王爷。”王爷怎么会突然过来？

“免礼。”萧天耀目不斜视，穿过天井，来到回廊，问了看守的侍卫，知道林初九现在哪里后，直接走了过去。

“王爷果然是来寻王妃的。”侍卫见萧天耀走了，忙朝着同伴挤眉弄眼，却不想鬼脸做到一半，萧天耀突然回头，那侍卫顿时吓得僵在原地，脸部依旧保持着扭曲的姿态，苏茶差点就笑了出来。

扑通！做鬼脸的侍卫则吓得直接跪下：“王……王爷恕，恕罪。”他真的没有想到自己居然倒霉到这等地步。

“起来吧。”萧天耀也没有为难他，继续往前走……

屋外的动静不小，曹管家听到声音忙出来查看，见到萧天耀与苏茶走过来，曹管家脸色微变，恭敬地唤了一句：“王爷，苏公子。”

“嗯。”萧天耀应了一声，脚步不停。苏茶则拉着曹管家问道：“王妃在里面？陈三的情况怎么样了？”

“王妃正忙着呢。陈三的伤口烂得很大，王妃说是碰到了铜锈。而且不止陈三一个人有事，有好几个人的伤口都在腐烂，不过严重程度不一样罢了。”曹管家说起此事，眉头皱了起来，“小人正准备去给王爷禀报此事，只是掺了铜锈的药还没有查出来，正在清点，这才晚了一步。”

苏茶一听就觉得这里面不对，一脸正色道：“怎么回事？”

“我们上一次买来的外伤药，里面掺了铜锈。”曹管家抬头看了萧天耀一眼，见萧天耀放缓脚步，知道萧天耀在听，又继续说道，“就是我们之前打算送去前线的药。那批药因为王妃拿出了新的药方，配制好后就将新药送过去了，之前配制好的便留了下来，结果在里面发现了铜锈。虽然分量不多，可对伤口的恢复极其不利。”

曹管家真心不知道该说这是庆幸还是什么……

这批掺了铜锈的药，要是送到前线去，那不仅救不了前线士兵，反倒会害了他们。

“立刻去查！”萧天耀脚步一顿，丢下这话后继续往前走。

“是。”苏茶已经知道，他又没法去看侍卫口中的“王妃最美时刻”了。

真的好伤心，早知如此他就跟着流白走了，明天也不用再跑一趟。

苏茶恋恋不舍地看了一眼，无限惆怅地转身离去。

萧天耀进去时，林初九还在给陈三清理眼睛处的伤。陈三左眼整个都烂了，眼球上沾到腐烂物，必须彻底清除。

眼睛是人体最为脆弱的部分之一，清除眼球上的腐肉是一个非常精细的活，饶是林初九有医圣之心帮助，也要万分小心才行，不敢有一丝分神……她又快又稳，每一刀都稳稳地从眼球上扫过，堪堪将眼球上的腐肉去掉，却不会伤及眼球半分。

萧天耀初进来后也被林初九的双手吸引了，那双手动作不快，可每一个动作都能吸引人的眼球，让人舍不得移开眼，可很快，萧天耀眼中的赞叹就被愤怒取代！

那个受伤的混蛋叫什么名字？陈三是吧？

他的头居然离林初九的胸口那么近，这是不想活了吗？

咔嚓。萧天耀紧握成拳，手指咔咔作响，强压下自己上前将人拉开的冲动。

他很清楚，一旦他这么做了，林初九绝对会跟他翻脸。

这女人就像猫，看似乖巧，实则高傲得不行，一旦惹毛她，一定会后果不堪设想。

虽然，他并不怕林初九发飙，可林初九身体不好，他……还是让着她吧。

是的，就是这样的，他才不是怕林初九生气，他是让着她！

萧天耀深吸了口气，压下心中想杀人的冲动，拉过一把椅子，直接在屋中央坐下。

萧天耀进来的那一刻，屋内受伤的士兵就准备给他行礼，可不等他们有动静，萧天耀就突然暴起，那样子就好像要杀人。

众人吓得根本不敢有动作，而等他们从萧天耀的威压中走出来时，萧天耀已经落座，周身散发着生人勿近的气息。

好可怕！

这个时候便没有人再敢开口，一个个老老实实或坐或躺，甚至连看林初九一眼都不敢，屋内静悄悄的，连呼吸频率都保持了惊人的一致。

屋内，唯一不受影响的恐怕就只有林初九了，林初九根本不知道萧天耀来了。陈三的伤不仅需要有一双巧手，一双利眼，还需要有全部的注意力，只要一个闪神就会伤到陈三的眼球，林初九此时根本没空去注意旁的事情。

时间一分一秒地过去，萧天耀进来时，林初九已经剔了陈三眼球处的腐肉，只剩下眼球上一个指甲片大小的腐肉。

可就是最后的这个小点非常费时，林初九足足花了两炷香的时间，这才将其一一剔除干净，最后收刀时，林初九长长地吐了口气："成了，你的眼睛保住了。"

即使是极力压抑着，可仍旧能听得出林初九很高兴。但萧天耀绝不会承认自己似乎也挺高兴的。

"真，真的好了？"林初九给陈三做了局部麻醉，陈三根本感觉不到痛，此时听到林初九的话，不由得伸手去碰，却被林初九挡住了："别乱碰，我给你拿镜子。"

转身便去药箱里拿镜子，却看到……

她看到了什么？

"王爷？"萧天耀什么时候来的？还这么大咧咧地坐在屋中央，这是来找茬的吗？

"嗯。"萧天耀很给面子地应了一声，可这一声透着浓浓的不满。

"你什么时候来的？"

萧天耀皱了皱眉，说道："不久前。"

"哦。"林初九点头，这才发现自己手上还拿着工具，忙放在一旁，然后对着萧天耀说道，"王爷，我现在很忙，有什么事我们回头再说，行吗？"

"别自以为是，本王不是来找你的。"萧天耀眼眸轻抬，看了一眼便收回，连姿势都不变。

呃……林初九脸上的表情一僵。曹管家生怕林初九生气，忙补了一句："王爷是来查铜锈的事。"

"哦……那我就不打扰王爷了。"林初九有些奇怪，查铜锈的事需要萧天耀亲自出手吗？而且也不是坐在这里就能查出来的呀？

不过，林初九这个时候真的很忙，满脑子都是其他受感染的病人，也没空再去管萧天耀的异常。

手脚麻利地给陈三包扎完后，林初九突然发现她忘了一件事……

林初九直到给陈三包扎完，才发现她居然忘记给陈三拿镜子，让他观察伤口。

林初九真诚地道歉："实在对不起，我忘了给你拿镜子。现在伤口包扎好了，下次换药的时候看行吗？"真不能怪她记性不好，完全是萧天耀的错，要不是他突然出现，她也不会丢三落四。

陈三直接吓蒙了？

王妃给他道歉，他真的没听错？

“王，王妃……不，不用看了。”陈三已经忘了反应，呆呆地答道。

林初九松了口气：“你不在意就好了。”习惯性地拍了拍陈三的肩膀，林初九好心安慰道：“好好休养，伤口很快就会好。”

对林初九来说，这不过是鼓励病人的一个小动作，是跟着她师父养成的小习惯，并没有别的意思，可是……

萧王爷和陈三不知道呀！

陈三再次傻掉，可他还来不及感动，就感觉一股瘆人的寒气扑面而来，陈三本能地哆嗦了一下，慌忙避开林初九的手：“王妃，我，我会好好养伤的。”前提是，你离我远一点儿。

粗神经的林初九察觉到不对，可等她回头，萧天耀已恢复正常，她什么也没有发现。

林初九收拾好药箱，又叮嘱了陈三几句，转身去为其他人的伤口做清理。

幸亏萧王府最近受伤的人不多，再加上之前买的药还没有用完，只有屋里这十几个人用了掺了铜锈的新药，不然林初九真的要累死。

清理伤口、重新缝合，比处理新伤的工作量更大。饶是如此，林初九医好一个人的伤，医圣之心也只给她一点儿贡献值，简直小气到家。

好在林初九也不计较这些，按伤势从重到轻一一处理，等她忙完已经到了子夜时分，又累又饿的林初九坐在木椅上完全不想动，发现萧天耀还坐在原地，林初九点了点头没有说话。

人家又不是来找她的，她凑上去干吗。

林初九不动，萧天耀也不动。曹管家一大把年纪，不仅要陪这两人熬夜，还要看这两人闹别扭，实在心力交瘁。

等到许久，也没有看到这两人有谁主动开口的意思，没有办法的曹管家，只好上前对林初九道：“王妃，小的安排软轿来接您？”

半夜三更让人起来抬她？

“不用了。”林初九忙摇头，“你让人送我回去就好了，我能走。”她虽然累，可还没有娇气到那个地步。

“可是……”您这个样子，真的能走吗？

曹管家很怀疑。

“我可以。”林初九深吸了口气，站起来，将药箱收拾好，“让人给我提药箱。”

曹管家立刻安排了两个小侍卫过来，小侍卫进来给萧天耀和林初九行礼后，将药箱提起，乖觉地站到林初九身后。

林初九走之前，很有礼貌地给萧天耀打了声招呼：“王爷，我先走了。”

可惜，萧天耀根本没理她，甚至连个眼神也不屑给她，林初九也不觉得尴尬，带着侍卫就往外走。

曹管家看着枯坐了一个晚上的萧天耀，正犹豫要不要上前，就见萧天耀突然站了起来，一句话也不说就走了。

曹管家默默地将半张的嘴合拢……

主子们闹脾气，他们这些下人就倒霉了。

林初九累得不行，在春喜和秋喜的服侍下泡了澡，迷迷糊糊地爬上床，至于自己怎么上床的，什么时候睡着的，林初九完全不记得，只知道这一觉睡得异常满足和香甜，只是……

她身上怎么这么臭？身上没有脏东西，就是湿乎乎的一身汗，味道很不好闻，就好像大夏天三天没洗澡一样。

“这是怎么回事？”林初九百思不得其解，后退一步看了看自己身侧，发现身侧并没有萧天耀睡过的痕迹，这说明这一身酸臭和萧天耀无关了？

身上除了酸臭外，并没有别的不适。林初九调用医圣之心为自己检查了一次，发现她的身体不仅没问题，甚至体内的毒素还有所减轻。

“怎么感觉像传说中的洗髓？”林初九先是一愣，心里还在想着，没听说医圣之心有这个效果，随即就想到萧天耀给她吃的寒果。

“原来是好东西。”林初九心里酸酸的，说不出是什么滋味。

虽然萧天耀的态度奇差无比，却不能否认寒果的效果。

萧天耀，也算有心了：“回头去谢谢他吧。”

林初九翻身下床，秋喜和春喜听到声响，敲了敲门，得到林初九的允许才进来服侍。

两个丫鬟见到林初九的样子，都吓了一跳，可却聪明得什么都没有说，默默地上前收拾床单和被子，打水给林初九沐浴更衣。

一番折腾下来，等到林初九用完膳能出门时，已是一个时辰后，她本想去找萧天耀，却被曹管家告知，萧天耀被皇上召进宫了。

皇上此时召萧天耀进宫，自然是为了墨神医的事。

虽然一直没有查到证据，可皇上却认定墨神医的事会暴露出来，与萧天耀脱不了干系。

墨神医这件事已经闹得非常难堪，要是再闹下去就无法收拾，他这个邀请墨神医进宫的皇上，面子上也不好看。

皇上今天召萧天耀进宫，就是为了敲打他，让他适可而止，只是……

皇上注定会失望，因为萧天耀的命令早就下达下去了，他绝不会为皇上而更改。

皇上明里暗里说了许多警告萧天耀的话，也摆明了不会保墨神医，让萧天耀适时收手，反正现在的罪名，也足够置墨神医于死地。

萧天耀没有吭声，不管皇上说什么他都只是应“嗯”，看上去就是完全不反驳皇上的决定，一切由皇上说了算。

皇上见萧天耀如此听话，心里不免高兴了几分，为了表示自己对萧天耀的重视，皇上将萧天耀留下来用午膳。

萧天耀看了皇上一眼，没有拒绝，他很期待，皇上听到墨神医在南蛮的药谷暴露出来，脸色会有多难看。

皇上要是知道南蛮的事情暴露出来，变脸是必然的，但不是现在。

先不说萧天耀的人还没有动手，就算真动手了，南蛮的消息也不会这么快传过来，皇上想要知道这件事，肯定还要等上一等。

午膳，在一片死寂中用完，萧天耀完全没有与皇上一同用御膳的惶恐与不安，用完饭后他也不管皇上有没有吃好，直接放下碗筷，起身，离席，完全没有把皇上放在眼里。

皇上差点翻脸，可想到他刚刚要求过萧天耀收手，这个时候翻脸肯定会引来萧天耀的不满，当下也只好忍住。

用完膳后，皇上不想再见萧天耀的那张冰脸，随手打发他出宫。

"臣弟告退。"萧天耀转身就往外走。

一出殿门就看到急匆匆往殿内冲的兵部尚书，眼见兵部尚书就要撞上来，萧天耀足尖一点，轻巧地避开了。

兵部尚书见到自己差点就要撞上萧王，嘴上赔了一句不是，却没有停下来，而是继续往殿内冲去。现在，有比赔罪更重要的事。

萧天耀没有生气，嘴角反倒扬起一抹诡异的笑容。

没想到那些人已经动手了，皇上肯定要变脸！

"嘭"的一声，皇上一拍桌子直接站了起来："你说什么？粮草被劫？颗粒不剩？"

"是，是的。"兵部尚书趴在地上，几乎快要哭了出来。

简直是祸从天降。

"到底是什么人，这么大的胆子，连朝廷的粮草也敢劫？"皇上的手紧紧地握成拳头，脸色铁青，显然是气得不行。

"是鬼山的匪徒，他们事先得到我们运送粮草的路线，便提前设下埋伏，将粮草全部抢走了。"在皇上强大的威压下，兵部尚书恨不得自己能晕过去，可偏偏他的身体太好了，根本晕不过去。

"鬼山的匪徒？他们好大的胆子！"听到这帮匪徒的来历后皇上的脸色更不好看了。

他曾多次出兵围剿鬼山匪徒，可却一次也没有成功。鬼山易守难攻，最重要的是鬼山地如其名，走进去就像是遇到鬼打墙，没人带路的话，进了鬼山根本出不来。

"皇上，皇上……"兵部尚书吓得趴在地上，身体不断地颤抖，可还是小声地说了一句，"前线粮草吃紧，我们需要安排人手再次为前线运粮。"他们东文不缺粮，可要将粮草运过去却不是一件容易的事情。

"再次运粮？你能保证不被鬼山匪徒再抢一次？"皇上几乎可以肯定，鬼山的匪徒之所以会出手抢朝廷的粮草，和萧天耀绝对脱不了干系。

前脚墨神医刚煽动江湖门派，抢了萧天耀的粮草与伤药。现在朝廷的粮草就被鬼山的匪徒抢了，要说不是萧天耀做的，皇上死都不信。

“这，这……不如，不如派萧王去剿匪？”兵部尚书灵光一闪，想到刚刚在屋外遇到的萧天耀，忙道。

皇上却是怒火高涨：“蠢货！”他现在根本不想让萧天耀接触兵权，这个蠢货居然提议让萧天耀去剿匪。

要去剿匪就得要兵，而兵权到了萧天耀手里，还能再收回来吗？

“臣……愚钝，请皇上恕罪。”兵部尚书忙磕头求饶，皇上没有理会他，而是让太监召左、右相和户部尚书、监察院御史入宫议事。

萧天耀看着匆忙出宫的侍卫，勾唇一笑，可这笑意却不达眼底。

他和皇上的账，会一一清算。

回到王府，萧天耀问的第一句话就是：“王妃可有找过本王？”过了一晚上，那个笨女人总该明白寒果的效用了。

要是不来道谢，他回头就去掐死那女人！

“有，王妃一起来就找了王爷，得知王爷进宫后，王妃便去照看伤患。”曹管家快步跟在萧天耀身后，将林初九的动向一一汇报。

见到萧天耀依旧是毫无表情，曹管家拿不准自家王爷的心思，便大着胆子问了一句：“小人这就去请王妃过来？”

本想讨好一下王爷，却不想萧天耀想也不想就拒绝了：“不必了。”他等那个笨女人自己找上门来。

苏茶在屋内等了萧天耀许久，此时听到书房外的脚步声，苏茶就知道是萧天耀回来了，便先一步将门打开。

萧天耀大步走进来后，曹管家知道王爷与苏茶有要事要谈，连忙退下。

苏茶关上门后，看着坐在书桌后方的萧天耀，一脸凝重地说道：“王爷，吴大夫那里出事了。”

“说。”萧天耀眉头微皱，显然是不满。

“新的一批药草被人掺了毒物，等到发现时已经晚了。”苏茶说完这话，立刻低头，根本不敢去看萧天耀。

“让本王收手，你却动手。果然……你能坐稳皇位。”萧天耀双手放在扶手上，身子微微往后仰，一脸的不屑。

“王爷，那我们现在怎么办？”前线受伤的士兵越来越多，他们又损失了一批药草，短时间内根本补充不上。

“抢！”萧天耀轻敲扶手，那双幽深的眸子如一潭死水，没有一丝的情绪变化。

苏茶一脸震惊，吞了吞口水，才道：“抢皇上的？”

“嗯，让魔宫的人做好准备。”萧天耀下达命令时，连眉头也不曾皱一下。

“这样会不会暴露我们与魔宫的关系？”苏茶最担心的还是这一点。

“不会。”皇上刚刚被抢了一次，再次被抢只会怀疑是他在搞鬼，却不会想到别处去。

“好，我去安排。”苏茶神色凝重地点头，临走之前又说了一句，“对了，上次那批药的来历已经查出来了，是天藏阁动的手脚。”

天藏阁一连数次被萧天耀羞辱，要不报复回来怎会甘心？

“天藏阁，真是不怕死！”萧天耀的眼中闪过一抹杀意，不过很快就消失不见了。

有人要倒霉了。

苏茶在心底，默默地为天藏阁特使祈祷一句，祈祷他不要太惨。

苏茶正准备走，倏地听到侍卫在屋外禀告道：“王爷，王妃求见。”

然后，苏茶发现萧天耀周身的杀气，以肉眼看得见的速度消失了，屋内的温度似有回暖。

这简直就是……重色轻友呀！

苏茶张嘴欲说，可还没有开口就听到萧天耀赶人道：“还不走？要本王亲自送你吗？”

“我……我这就走！”苏茶真的很想留下来看热闹，可是……

他不敢呀！

第二十章　萧王的狂

林初九是来找萧天耀道谢的！

不管怎么说，萧天耀为她找来的寒果，确实对她的身体有益，于情于理她都该来道谢。

林初九进来后，正想着要怎么开口才会不那么生硬见外，就见萧天耀下巴轻抬，无比傲慢地说道："如果是来道谢就不必了，本王不接受没有诚意的道谢。"

我也没说是来道谢的呀？

林初九看着萧天耀，没有说话……

"怎么？真是来道谢的？你认为本王会稀罕你的一句谢谢？"萧天耀再度开口，依旧刻薄得让人讨厌，于是，林初九心中的那么点感激之情瞬间没了。

"你想要我怎么做？"萧天耀直接，林初九也只好直接一些。

"不怕本王卖了你？"萧天耀微微靠后，一脸嘲讽地看着林初九。

"你把我卖了也卖不到几个钱的。"林初九静静地站在那里，并不受萧天耀的恶语影响。

"还算有自知之明，本王现在没时间与你废话，没别的事就出去，本王很忙。"萧天耀一脸的不耐烦。

到底谁在说废话？

林初九倒是想要直接走人，可想到萧天耀没有说出来的条件，只得再问一句："你要我做的事呢？"

"你又能帮本王做什么？林初九，别太高看自己，不过是一枚寒果罢了，权当本王赏你的。"

这口气……真不是一般的让人讨厌。

林初九深深地吸了口气，真心觉得自己的脾气越发地好了，连礼也不行，气呼呼地往外走。萧天耀摇了摇头，什么也没有说。

晚上，如同以往一样，萧天耀抱着林初九入睡，只不过和最初的时候相比，两人靠得更近了……

萧天耀的腿伤好后，不管是东文、南蛮、西武还是北历都盯上了他。当萧天耀拆了天藏阁后，大家都在等萧天耀会怎么对付那些抢到他头上的江湖门派。

当那几个抢了萧天耀粮草的门派被灭门的消息传来后，众人震惊之余，又觉得本该如此。

“这才是东文战神该有的魄力和骄傲。”

“犯我者，必诛之！萧王这话不只是说说。”

“北历此次危险了。”

……

消息出来后，有人在庆幸之余又不免有些感慨：“幸亏当时没有听信墨神医的话啊。”

“为了还一个人情就把全门派的命搭上，真的不值得。”

“墨神医，不是我帮不了你，实在是你做得太过分了。”

墨神医的案子出来后，有些人本念着当初的人情，打算帮墨神医说情，可看到萧天耀那凌厉的手段后，九成以上的人都打消了这个念头。

不是他们不帮墨神医，而是实在帮不起，也不敢帮。

墨神医的其他众弟子到处求人，刚开始还有几家说考虑考虑，现在凡是听到对方和墨神医有关，立刻就闭门不见。

“不是我等不帮，实在是墨神医做的事情有悖天理，我们真的没想到墨神医竟然是这样的人。”曾经欠了墨神医的人情，满口应下在能力范围内会帮助墨神医者，此时一个个转而指责墨神医。

哪怕，现在官府还没有定墨神医的罪！

墨神医倒是有几个心腹弟子，这些人一连奔走几天，却一点儿收获也没有，不免有些气馁，再想到那位在宫里什么也没有做的墨玉儿，就更加没了动力。

他们这些弟子都在为师父奔走，作为师父的女儿却什么也没有做，她对得起师父吗？

“连玉儿小姐都不为师父去求皇上，我们去求有什么用？”有几个年纪轻的，一连挨了数日的白眼后，心里已经不平衡了。

年纪较大的原来还会劝，可现在已不知如何劝说了，甚至他们自己也无法说服自己，只是沉默地望向皇宫的方向。

事实上，这些人都错怪墨玉儿了，不是墨玉儿不去求皇上，而是她根本不知道发生了什么事情。

上次在清和殿闹了一场后，皇上便命人把她关了起来，她再也没有出去过，一直被皇上关在殿内，她在宫里又没有自己的心腹，外面就是闹翻了天也传不到她的耳朵里。

今天是墨神医、银发老者和文昌孟家人对簿公堂的日子，不过这一次审案并没有对外公布，普通百姓无法旁听，萧天耀倒是可以来，只是……

他前一天问了林初九，结果林初九对此一点儿兴趣也没有，于是萧天耀也就不来了。

秦太医倒是想来，只是他没有立场来，他只能默默地站在离大理寺最近的地方，等待结果出来。

银发老者很早就被带上堂来，因为他的残疾，他可以一直坐在大堂上；而文昌孟家来的是孟家声誉最高的孟先生，大理寺卿哪敢怠慢，一早就准备好了椅子。

于是乎，除了两排的官差外，在公堂上唯一站着的人，就只有墨神医了。

虽然墨神医被带到大理寺只有两天，可这两天对墨神医来说却如同二十年一样的难熬。干净整齐的头发此时干枯凌乱，那一把长胡子上也不知道是粘了些什么，看上去油腻腻的脏乱。

而最让人觉得可怕的则是他露在外面的肌肤，本来的墨神医虽然满头白发，一看就知道年纪不小，可脸部和手部看上去却依旧富有弹性，就像不会衰老一样。

可短短两天，墨神医完全变了一个样，脸上和手上的肉好像一瞬间凹陷了下去，皱巴巴的皮肉黏在脸上和手上，老态龙钟，狼狈样毕露。

大理寺卿曾见过墨神医，那时候的墨神医姿态高傲，神情凛然，完全是高高在上的神者存在。没想到，不过是两天的工夫，就老了这么多，不由得在心里叹了口气：造孽果然会遭报应！

啪！大理寺卿一拍惊堂木，宣布案子开审。

银发老者侧头看向站在身旁的墨神医，脸皮微抽，露出一个阴冷的笑容：“师父，二十年后，我们终于再见了。”

墨神医没有说话，神情萎靡，没有一丝生气。

银发老者欣赏够了墨神医的狼狈后，这才道：“师父，那我们就说说二十年前孟院长之死吧，想必师父不会忘记的。”

孟先生一身青色长袍，从进来后就一直静静地坐着，耐心地等待着这对昔日的师徒今日的仇人，将二十年前的事一一道来……

二十年前的事，很多事情墨神医早就忘记了，可文昌孟家这件事，墨神医却是记得清清楚楚，一些小细节都如在昨日，历历在目。

当银发老者将当年的事情一一复述时，墨神医一句话也没有说。

银发老者的话即使和真相有些出入，距离真相也差不多……

当年，墨神医并不想医孟院长的病。因为孟院长的病很棘手，他没有把握医好，根本不想砸自己的招牌。

可是他欠孟院长学生的人情，当时那人以人情请他出手，他不得不出手。

他并没有拿孟院长试药，实在是孟院长的身体太差了，不一定能等到他的大弟子带药回来。

再加上二十年前的他，名声远没有现在这么大，性子也没有现在这般沉稳。那时候他一心追逐名利，再加上那个女人已经有了他的孩子，拿孩子威胁他娶她，于是……

他冒一个大险，他在大弟子离开的那天，给孟院长服用了他所准备的猛药。

当时，他已经决定了，孟院长要是好了，那就是他的功劳，凭此方他定能名声大噪，到时候就是真娶了那个女人，旁人看在他医术高超的分上，也会原谅他生活中的小瑕疵。

而孟院长要是死了，那就把大弟子推出去，让他背黑锅，也能以照顾弟子之妻的名义，将那个女人留在身边。

药灌了下去后，孟院长丢了命。接下来的一切，便按墨神医的计划，将一切线索都引向了银发老者，最后得出银发老者畏罪潜逃的定论。

虽说墨神医当时将罪名推得一干二净，可孟家还是迁怒了墨神医，认为是墨神医将品性不良的人带入他们孟家，这才害得孟院长早逝。

孟家从那以后，就不再请墨神医看病，哪怕那个时候，他们发现家中大公子无法说话，也没有去请墨神医医治。

银发老者并不知道墨神医当时的想法，他只将当年自己所知道的一一说了出来，为了证明自己所说不假，他还拿出墨神医当时写好的药方，甚至连孟院长当时吃剩的药渣还在，只是二十年过去了，哪怕银发老者保存得再好，药渣也很难辨认。

不过，药方上的字清晰可见，孟先生只一眼就知道这是墨神医的笔迹，甚至上面的药材名孟先生都一清二楚，因为他的父亲就是死在这剂药之下的。

“没错，墨神医当时也说过，我父亲就是死在这剂药之下的。”孟先生是一个儒雅的学士，平时极少生气，可此时握着药方的手却是青筋毕露。

他父亲病得确实很重，可要不是这一剂药，他父亲根本不会死得那么突然，根本不会含恨而终。

那个时候，他们找上墨神医时也说清楚了，如果医不好就请尽量延长他父亲的性命，让他父亲看到长孙出生。可墨神医为了他的私心，硬生生令他父亲含恨而终。

此时孟先生看到这一张药方，怎么都控制不住自己了，极尽嘲讽道：“墨神医，你的医术再高也无法掩饰你人品上的缺陷，我这辈子最后悔的事，就是请你为家父看病。”

人证物证俱在，墨神医无法辩驳，他当下便认下这个罪，朝着孟先生深深地鞠了个躬，一脸自责地道：“孟先生，当年的事是我不对，这些年来我一直愧疚不安，希望你能原谅我。”

“原谅？以德报怨，何以报德？天网恢恢疏而不漏，我相信东文的律法会还我孟家一个公道！”文昌孟家是名门大族，名士之家，可这不表示他就是圣人。

大理寺卿听到这话后，立刻道：“孟先生请放心，我们一定会秉公办理此案。”

案子继续往下审，说完孟家的事后，孟先生不再说话，银发老者与墨神医之间的硝烟味却是十足的激烈。墨神医在孟家这宗案子上认罪认得爽快，可其他的指控他却一样也不认。

什么与徒弟的妻子通奸，残杀弟子，拿人试药，拿人炼药，墨神医通通不认，并以人格发誓，他绝不会做出这样的事。

墨神医义正词严地说，他因孟院长之死愧疚了二十年，而且他是大夫，在他心中人命是无比重要的，他绝不会做那些罔顾人命的事。

当年孟院长那件事，也不是因为他拿孟院长试药，而是他太想救活孟院长了，最后孟院长出事，他心里害怕才把罪名推到徒弟头上，而他的徒弟也一直没有回来……

因为墨神医之前的认罪态度极好，面对银发老者的指责默不吭声，大理寺卿和孟先生对墨神医也少了几分偏见。再加上银发老者没有证据，其他的指证还真落不到墨神医头上。

案子就这么僵住了，银发老者一口咬定墨神医做了这些罔顾人命的事，可却拿不出证据。

“我虽然有种种不好，可是我做的事我认，不是我做的事我绝不会认。”墨神医应下害死孟老爷子的罪后，整个人好像又活了过来，就好像心中最大的包袱已经放下，他君子坦荡不惧世人。

这一刻，饶是孟先生也不免相信墨神医的话。

“小人，卑鄙，无耻！”银发老者这才察觉到墨神医的企图，当堂便吐了口血。

卑鄙，真的很卑鄙……认下一条不轻不重的罪，虽然名声没了，可那是二十年前的事。人无完人，现在的墨神医医术越发地好了，已经没有医死人的消息传出来，世人就算再计较，过个一两年也就淡忘了。

墨神医无视银发老者的指责，挺直脊梁站在公堂上，暗淡无光的脸色似乎又恢复了几分光泽，隐约又有几分世外高人的飘然风采。

这两个鲜明的对比，使得大理寺卿的态度不由得便倒向他，而银发老者却是一再咆哮，大理寺卿面露不耐，重重地拍打惊堂木，让银发老者肃静。

“苍天不公，苍天不公呀！”银发老者不敢再闹，却低垂着头喃喃自语。

他终究还是低估了墨神医的阴险，也高估了官府的力量。他本以为官府会派人去查，结果官府根本不查，全部要他拿证据，他一个残疾的老人，去哪里寻找其他的证据？

他为了找到孟院长之死的证据，就找了二十年呀！

没有证据，空口指证并不能治墨神医的罪，不过墨神医身上还背了一条医死人的罪名，大理寺卿也不敢放了他，依旧将人押了下去。

墨神医在离去前，再次朝着孟先生作了个揖：“听闻先生携令公子进京求医，我虽不才，可医术尚可，还请先生给我一次机会，让我能弥补自己当年所犯的过错。这一次，我必不会令先生失望。”

一揖到底，墨神医一脸恳求地望向孟先生。

其他的罪都没有证据，他完全可以不认，只要官府公布他无罪，那么之前世人对他指责得越凶，之后就会越同情他。

至于孟家这件事？

只要孟家肯让他为大公子医治，就表示孟家原谅了他，旁人也只是说说而已，过个一两年也就淡了。

孟先生听到墨神医的话，有那么一刹那其实他心动了。墨神医的人品确实很糟糕，可他的医术在四国当中却是最好的，如果说在四国中，有谁有可能医好他儿子的病，那恐怕便只有墨神医了。

可要是他同意让墨神医医治，那他们孟家就不能再追究二十年前的事，至于对墨神医其他的指控？

孟先生相信，只要他们孟家不予追究，对墨神医的其他指控就一定会变成莫须有，到时候身败名裂的反倒是指控他的银发老者。

银发老者也听到了墨神医的话，离去前回头看了两人一眼，那一眼充满嘲讽与鄙夷。墨神医却像是无事人一般，只静静地站在那里，等待着孟先生的答案。

他有九成的把握孟家人会答应，因为放眼四国，除了他之外，再无人有能力医好孟公子的失语症。

其实孟先生很想说不，可一想到他的儿子至今无法说话，拒绝的话便怎么也说不出口；可要是让他答应，又像是吞了苍蝇一样的恶心。

孟先生叹了口气，道："这件事，让我再想想。"

墨神医见好就收，没有步步紧逼，而是从容大方地离去……

公堂上所发生的事情，普通百姓不知道，可皇上和萧天耀一定会知道。皇上知晓墨神医认下孟家的罪，却否认其他的罪证后，不由得笑了出来："他倒是精明，这么做也好。"

一味承认的确不行。孟家的事证据太多，孟家人又在这里，墨神医要是一味否决，反倒会越扯越深。

至于其他的？

只要萧天耀不插手，皇上相信那些事永远不会暴露出来。

"既然他有能耐翻身，你就照看一二。"皇上对大理寺卿下令道。

于是，在大牢里的墨神医立刻便享受到了特别的优待。虽然看上去老了许多，可却干净整洁，维持着他自认应有的气度。

萧天耀并不在意墨神医承不承认银发老者的指控，现在墨神医推得越干净，等事情暴露出来后他就会跌得越惨。反倒是孟家的事，让人无法掌控。

苏茶不无担忧道："孟家要是应下墨神医的请求，让他为孟公子医治，那事情暴露出来后，孟家会很难看。到时候，不管是为了自己，还是为了还墨神医这个人情，孟家都会出手帮墨神医。"

"所以，不能让孟家应下。"萧天耀再清楚不过打蛇不死反被咬的道理，既然对墨神医出了手，那他就绝不允许墨神医有翻身的可能性。

“孟家短时间内应该不会答应的，南蛮那边我会加快速度，这两天就能曝光出来。只是消息传来，还需要等一段时间。”南蛮与东文相隔甚远，就算是消息传过来，至少也要十来天的时间。而这十来天的时间，也足够墨神医翻身了。

萧天耀轻敲桌面，片刻后，说道：“将墨玉儿戴有毒发簪，害本王医治失败，险些毁了本王双腿的事，透露给孟家。”

苏茶眼前一亮：“孟家听到这个消息后必然会犹豫。”

“只要他们犹豫不决，事情就好办了。”萧天耀闭上眼眸，唇角微微上扬，露出一抹危险的笑意……

林初九自从上次出门后，就再也没有出去过，这几天一直忙着照顾伤员，见那几个人的伤势已渐趋平稳，林初九便打算出门走走，顺便也为自己补补货。

林初九没有和萧天耀打招呼，直接让曹管家准备马车。

“王妃，王爷知道吗？”曹管家心中暗暗叫苦。

王妃怎么又要出门呀！

“不知道，你去和王爷说一声就是了。”自从上次找萧天耀道谢不成反被他奚落后，林初九就没有再见过萧天耀。

当然，晚上不算。哪怕是相拥而眠，林初九也是完全不知情的。

“这……”曹管家一脸为难，衷心地希望林初九去说，可林初九却只当没有看懂，“快去问吧，我等着出门呢。”

曹管家无奈，只得硬着头皮去问，本以为会惹来一顿冷眼，不承想萧天耀很爽快地应下：“带上护卫即可。”

“小人这就去安排。”有了萧天耀的同意，曹管家还有什么好担心的？

依旧是上次跟林初九一起出去的护卫，林初九见到后点了点头，登上马车。

护卫问了林初九要去哪里后，直接将人送到京中最大的药店。当然，护卫不会告诉林初九，其实这家药店是萧天耀开的。

店家的主人听说萧三妃要来选药材，忙将人请到后间，问清林初九要买什么药后，一一取了样品给她看，林初九见到药材品相不错，价格也合理，当场就定了下来，让掌柜的送到萧王府去。

买了药后，护卫问林初九还要去哪里，林初九犹豫片刻后还是报出了慈恩堂。

她师父曾跟她提起过慈恩堂，说慈恩堂里的孩子要是养得好，是一大助力。她有的是银子，养一批孩子完全不成问题。

护卫以为自己没有听清楚，又问了一遍后才相信林初九说的真是慈恩堂，于是眉头紧锁。

慈恩堂真不是贵人们会去的地方，护卫不明白林初九怎么会想去那里，本想劝说一句，可林初九说完就上了马车，护卫只好朝慈恩堂驶去。

慈恩堂是朝廷开设的专门用来收养弃婴的地方，慈恩堂在东文各县城皆有，但要说最气派的自然当数京城的慈恩堂总部了。

京城的慈恩堂虽不处在闹市，可却也只与京城最繁华的朱雀大街隔一条胡同。

胡同并不宽，至少马车无法通过，护卫将马车停在朱雀大街外，说道："王妃，前面就是慈恩堂了，马车进不去。"

"我们下车走过去。"林初九走下马车，正欲随护卫往胡同里走，可是……

还没有抬步，医圣之心突然提醒她有病人需要她救治。

"病人情况危急，请紧急救治。"医圣之心又一次给出提醒，林初九站在原地，脸色很难看。

侍卫等了半天也不见林初九迈步，不由得问道："王妃，我们还去慈恩堂吗？"

"去，但不是现在……"林初九气得直磨牙，愤愤转身，去寻找医圣之心所说的病人。

此时，人流熙攘的朱雀大街上，一家叫作百年药店的门口围了不少人，那些人说什么林初九听不到，但她可以肯定，定有事情发生在那里。

没有任何犹豫，林初九朝人群走去。护卫虽想阻拦却被林初九瞪了一眼，侍卫顿时吓得慌忙后退，默默地跟在林初九身后。

"这两个孩子真可怜，爹死了，娘又跟人跑了，连个能遮风挡雨的屋子都没有，孩子病成这样才被人发现。"

"周小子，你快起来吧，你弟弟的病没救了，你还是省点钱给他买点儿好吃的吧，让他走得安心。"

"是呀，周小子，刘大夫说了医不好，你再求他也没有用。"

……

林初九在护卫的帮助下挤到前面，看到一个衣衫褴褛的少年正抱着一个还算干净的孩子跪在百年药店门前。那孩子的脸上不知道长了什么，红肿流脓的，看上去非常吓人，围观的百姓也不敢靠近。

"大夫，求求你救救我弟弟，我会赚钱还您的，求求你救救我弟弟。"少年紧紧地抱着孩子，不断地磕头恳求药店的人，可药店里却没有一个人出来看。

"大夫，求求你了。"少年的声音透着绝望，眼神呆滞，像是丢了魂。

就在这时，有一个中年男子从药店走了出来，一脸无奈地说道："周小子，我真的医不了他，你弟弟的病拖得太严重了，身子又太虚，没有人参是保不住命的。"

对于大夫来说，几乎每隔一段时间都会遇到因为没钱医治而使得病情越来越重最后没得救的病人。大夫固然有同情心，可却同情不了那么多人。

周姓少年听到大夫的话后，眼中有了一丝神采："刘大夫，你先给我弟弟用人参行不行？钱我一定会还你的！"

刘大夫没有说话，药店的小二不无嘲讽道："还？你拿什么还？卖了你也买不起一片参！”

“我……”周姓少年死死地咬着嘴唇，唇角滴血却不觉得痛，仍旧死死地咬着，极力压抑自己，不肯让自己哭出来。

周姓少年紧紧地抱着怀中的孩子，缓缓起身，却因为身体太弱，起到一半时又跌了下去，林初九忙伸手扶住他：“小心！”她是担心他怀里生病的小孩摔出去。

“刘……”周姓少年抬头，本以为是药店的大夫，却见到一个年纪不大的姑娘，刚燃起的希望顿时变成失望，往后缩了缩身子，“谢谢姑娘，我身上脏。”

林初九并不在意少年的自卑，指了指他怀中的孩子，说道：“我能救你弟弟。”

“什么？”少年猛地睁大眼睛，看着林初九，不敢相信地问道，“姑，姑娘，你刚刚说什么？”

“我说，我能救你弟弟，你让我看看他行吗？”即便没有医圣之心的提醒，她要看到这个病人也会救的，对孩子她一向心软。

“你真的能救我弟弟，你没有骗我？”少年身体颤抖地看着林初九，一直强忍着的泪水在这一刻终于落了下来。

“不骗你，我是大夫，真的能救你弟弟，你放下来让我看看他。”林初九从少年怀中接过孩子。

少年这一次没有拒绝，而是松开手任由林初九将孩子抱走。

“主子。”护卫见林初九居然动手去抱一个脏孩子，不由得出手挡住。

要让王爷知道，不得杀了他？

“放手！”林初九沉下脸色，没有面对少年时的客气。

“主子，您身份……”尊贵两个字，在护卫对上林初九的冷眼后，被硬生生地咽了下去。

王妃一出门就像是变了一个人似的，一点儿也没有在王府里时那么好说话。

“你的责任是保护我，而不是干涉我的事。”什么人都能干涉她的事，她这个王妃还算是主子吗？

“是。”护卫低头，后退半步。

周姓少年还有其他围观的观众，顿时被这一幕给吓傻了，一个个看着林初九，眼神中透着敬意与惶恐，不由自主地便往后退。

这位姑娘，好像是他们得罪不起的大人物吧？

“我的马车在那里，我们过去。”林初九抱着小孩子，发现这个看上去三四岁的孩子轻得可怕，也不叫护卫帮忙，自己抱着便朝马车走去。

“哦哦哦……”周姓少年呆了一下，这才踉跄跟上。

围观的群众倒是想继续看热闹，可当他们看到林初九身后的护卫后，便谁也不敢再上前，一一散开了。

“公子，我们也回去吧。”人群后，一身着蓝布粗衣的小厮，对着一位身着月牙白长袍的年轻公子说道。

只见那位公子身材颀长，面冠如玉，气质高洁，让人一见难忘。最让人惊艳的是那双眼，璨若星辰，明亮而幽邃，只看一眼就令人无法挪开目光。

这样的人走在人群中必然是焦点，而事实也是这样，因为他的出现，此时大街上的行人不由自主地便停了下来，偷偷打量他。

年轻的小姑娘们则一脸娇羞地想看又不敢看，路人小贩也不敢放肆地打量，生怕亵渎了他。

这位公子就是文昌孟家的大公子孟修远，他路过朱雀大街时，看到那对跪在药店门口求医的兄弟，本想看看自己能不能帮上忙，却没想到有一个人比他更快一步。

孟修远看着抱起少年朝马车走去的林初九，脸上露出一抹淡然的笑容，眸光轻扫，看了一眼打量他的人们，没有露出不耐与厌烦，而是浅浅点头，转身朝一旁的茶楼走去。

众人的视线一路尾随，直到孟修远走进茶楼，看不到他的身影，这才恋恋不舍地收回。

这就是孟家大公子孟修远，他不需要说话，只要往人群中一站，便是那样的卓尔不群，夺人眼球。

林初九抱着孩子上了马车，护卫与周姓少年自觉地在马车外等着，林初九见状便放心地从医圣之心里取出药包。

周姓少年看上去衣衫褴褛，可生病的孩子却很干净，哪怕他此时全身长了脓包，衣服也是干干净净的，可见这个孩子被照料得极好。

孩子身上的脓包是中毒所致，然后引起高烧不退，严重脱水。不过不是什么厉害的毒，应该是在家里被蜈蚣或毒蜘蛛给咬了，没有及时医治，这才使得情况越来越严重。

不过，既然人到了林初九手上，那自然不会有事！

林初九给小孩子解毒，又给他喂下退烧的药丸，最后才为他清理伤口处的污秽物。

小孩子似乎很难受，不断地扭动身子，可林初九只要说一句："乖乖不要动，很快就好了。"小孩就放松下来，只是嘴里哼哼着……

等到林初九做好这一切，已是半个时辰后。此时马车外的护卫和周姓少年都等急了，可谁也不敢打扰林初九，只是死死地盯着马车门，等着林初九出来。

车门"哗啦"一声打开，护卫和周姓少年同时瞪大眼睛，看到林初九出来后，护卫暗暗松了口气，周姓少年则是急切地问了一句："姑娘……"

"叫夫人，我家主子已经成亲。"护卫淡定地纠正。周姓少年则自然地改口："夫人，我弟弟他怎么样了？"

少年虽然急切却不莽撞，哪怕他知道林初九身份不凡，也没有露出怯态，一点儿也不像普通人家的孩子。

"暂时没事了，我回头让人给他送一些药来，他现在需要好好休养。"烧还没有退，余毒也没有清，但现在林初九却无法再给他用药，需要等到明天才行。

“谢谢夫人，夫人的大恩大德我无以回报，此生我周和安任凭夫人差遣。”少年双手抱拳，一句话就把自己给卖了。

林初九摇了摇头：“不用了，我救你弟弟并不是为了要你报恩。你们住哪里？我让人送你们回去，明天也好给你们送药。”

“我……”周和安低垂着头，不知如何回答。

林初九一看就明白了：“没有住处？”

“我把房子卖了，凑了银钱给我弟弟治病。我明天抱着弟弟来这里等夫人，可以吗？”周和安一脸希冀地看着林初九，生怕林初九会拒绝。

“你弟弟现在需要好好休养，你没有住处带着他怎么办？”林初九看着面前的少年，索性好人做到底，“我让人帮你们在客栈订一间房，你们兄弟二人暂时住着，等你弟弟病好了再想办法吧。”

“夫人，这不行。”周和安忙拒绝，低着头道，“我，我们已经欠你很多了。”

“反正都欠了，欠多欠少又有什么关系？等你长大后，赚了银子一并还。”从简短的对话中，林初九就知道面前的少年并不是好吃懒做之辈，他是年纪太小，还无法承担养家的重担。

“谢谢夫人，夫人放心，我现在就能赚钱，我一定会还夫人银子的。”周和安没有再拒绝，不是他好享受，而是他弟弟的情况确实不适合住破庙。

“走吧，正好我也需要换一身衣裳。”好在马车里都有备用的衣服，不然她只能回家了。

考虑到周和安兄弟二人都是孩子，所以林初九给他们找了一家还算不错的客栈，帮他们付了一个月的房钱和饭钱，最后还给周和安留了一点碎银，让他等孩子醒后买点好东西给孩子补补。

周和安很不想收，可看着瘦弱惨淡的弟弟，周和安红着眼睛，当下便收了下来，这一次少年没有说谢谢。

有些恩情，不是一句谢谢就可以还清的。

林初九借着客栈的房间换了一身干净的衣裳后便离开了，速度之快就好像身后有恶狗在追。

没办法，林初九真怕走两步又遇到一个要救的病人，那她今天就什么也不用做，一路当圣母了。

饶是林初九跑得飞快，可路上还是遇到了一个摔伤的大娘，在医圣之心的强制要求下，林初九将大娘扶了起来，并帮她将扭伤的腿包扎好。

在大娘的一再道谢下，林初九僵笑着离开……

这日子没法活了。

明明她之前出门一个病人也没有碰到，怎么今天就这么走运，接二连三都碰到病人呢？

难道是因为她之前坐在马车里的原因？

好像真是这样，她之前坐在马车里从周和安兄弟身边经过时，医圣之心没有提醒。直到下了马车，这才收到医圣之心的提醒，难道马车有阻隔病人求救信号的功能？

如果真是这样就好了，不然她以后都不敢出门了。

回头去试试。

“主子，前面是慈恩堂。”护卫见林初九心不在焉，忙出声提醒。

“哦……”林初九收敛心神，看着不远处的慈恩堂，心里说不出是什么滋味。

师父说她看似强硬，实则最心软不过，见不得人间疾苦，她这样的人最适合学医了。

以前，她对师父的话嗤之以鼻，可现在她信了。还未走近慈恩堂，她就觉得心里难受得紧。

刚走近便听到一阵“哇哇”的哭声，听声音不止一个孩子，而且还有几个声音明显是哭岔气了。

怎么没有人管？

林初九眉头微蹙。护卫悄悄看了一眼，在心中暗暗道：他就知道会是这样。

没人受得了慈恩堂，没看到这里左右都没有人住吗？

慈恩堂的孩子没日没夜地哭，这根本不是人待的地方。

护卫只等着林初九转身往回走，却不想林初九居然继续往前走，还踏上了台阶……

只是，刚踏上台阶，林初九便突然抱着头叫了一声：“啊……好痛！”

“王妃，出什么事了？”护卫的叫声在这一片杂闹的哭声中显得异常明显，可此时的林初九却没空理会他，因为……

她的脑子里全是医圣之心的提醒，一个接一个，完全不停歇。

“救命！”林初九真想喊救命，求医圣之心放过她。

这么密集的提醒，对她来说简直是一种折磨，可偏偏她无法控制。

“王妃，你没事吧？”护卫急得不行，可却又不敢碰林初九。

“死不了……”林初九咬牙切齿，不断深呼吸，借此平缓自己的情绪。

一炷香后，医圣之心终于不再响了，却给她列出了一张密密麻麻的表，让她开始救治病人。

病人……

是的，一踏入慈恩堂，医圣之心就收到许多的求救信号，全是慈恩堂的孩子。

“去里面看看怎么回事？”林初九指着哭声传来的地方，有气无力地说道。

“是。”护卫知道林初九身边还有一个暗卫，便放心地进去了。

慈恩堂正厅无人，左右两侧有两间房间，哭声就是从那里面传过来的。护卫打开门后，铺天盖地的骚臭味扑鼻而来，差点把护卫给熏死。

好不容易适应了里面的味道后，护卫憋着气走了进去，却见昏暗的房间里全是小孩，甚至有尚包在襁褓里的小婴儿，也有能爬的孩子，这些孩子被随意地丢在地上，无人看管。

走进来后，发现屋内的味道更加难闻，那种混合着婴儿奶味的怪臭味，让人作呕。

护卫只看了一眼，就忙不迭地退了出去："王妃，里面有好多孩子，全部丢在地上。"他刚刚扫了一眼，角落里还有几个一动不动的孩子，也不知道是死是活。

"难道就没有人照顾吗？"林初九眉头紧皱，推开护卫走了进去，闷臭味扑面而来，饶是林初九早有准备也被熏得一连退后趔趄了数步。

屋内又暗又潮，还有一股发霉的味道，完全不是人待的地方。

"这么糟糕的环境，这是要这些孩子的命吗？"林初九忍着恶心走了进去，推开窗子，让空气流通，让阳光照进来。

阳光洒入室内，有几个孩子立刻止住啼哭，好奇地看着四周，也有孩子适应不了这光，哭得声音更大。

光线照亮，屋内的情况一目了然。只见一个非常狭小的房间被塞了二十几个孩子，孩子有大有小，就这么躺在地上。

孩子身上的衣服和襁褓已经脏得看不出颜色，地上有着一块块的黄色物，像是孩子的大便或者呕吐物。

"难怪有那么多的病人。"在这般恶劣的环境下，别说是孩子，就是大人也受不了，不得病才怪。

另一间房间的情况也一样，护卫看过后回来问林初九："王妃，我们现在怎么办？"这些孩子……没有看到也就算了，要是看到了谁能忍心不管？

"让人去王府取我的药箱来，再带一些干净的棉布。顺便把王府得空的下人全部带来，这些孩子需要紧急救治。对了，再带一些婴儿能吃的东西，他们应该很饿的。"

"是。"暗中保护林初九的人，立刻回了王府去办林初九交代的事情。

林初九则很不嫌脏地将屋内的孩子一个个抱了出来。

这些孩子虽然一直在哭，可被林初九一抱住便不哭了。

慈恩堂的正厅还算空旷，除了木桌外什么也没有，林初九不敢将孩子放在桌上，只能再次将他们放在地上。

护卫也帮忙，一手一个地将屋内脏兮兮的孩子全抱了出来，这些孩子到了屋外后，大部分都不哭了，只有几个哭得更狠了，小脸憋得青紫似是连哭都哭不出来，看得护卫眼眶都红了。

太可怜了，真的太可怜了。

"王妃，屋内还有四个孩子死了。"护卫的声音很低沉，哽咽之情无法遏制，抱着孩子的手又紧了。

"我这里也有两个。"林初九将死去的孩子抱了出来，轻轻放在桌上，情绪低落。

护卫学着林初九将死去的孩子放在桌上，动作轻柔，好像他们是易碎的瓷娃娃。

"慈恩堂的人到底在做什么？他们就是这样照顾孩子们的？"护卫看着这满地的孩

子，心里说不出来是什么滋味，只是很难受。

有两个能爬的孩子，小心翼翼地爬到林初九脚边，怯怯地拉着她的裙角，脏污的小脸上写满了渴望：他们饿了。

林初九忙弯腰将人抱起："现在说这些有什么用，你去外面看看能不能买到吃的，这些孩子都饿坏了。"

"可是……"护卫一脸的迟疑。

他要是离开的话，现在就只有林初九一个人在这里，遇到危险怎么办?

"算了，现在出去买也买不到合适的东西，我们先帮这些孩子把头发剪了。你去看看哪里可以烧水，先烧一些热水过来。"林初九也知道护卫为难，而且她也不敢保证暗中有没有人跟着她，要是护卫走了，她出了什么事，那这些孩子们会更可怜。

"是。"护卫不敢再违背林初九的命令，可他也不敢走远，只在后面寻了一圈，没有发现柴火之类的，便很快回来了。

这个时候，林初九已经拿出剪刀，将身边几个孩子又乱又脏的头发剪掉，露出头上面一个个的红疙瘩。

在那么糟糕的环境下，小孩子身上或多或少都有内毒，身上长湿疹、脓包再正常不过，所以林初九才会把他们的头发剪掉。

在给孩子剪头发时，林初九发现被遗弃的孩子中，有好几个都有明显缺陷。三十几个孩子里，有三个兔唇，有两个眼睛似乎有问题，还有手脚发育存在缺陷的……

完全健康仍被遗弃的则大多数是女孩子，她只看到一个健康的小男婴。小婴儿应该是刚被遗弃没几天，身体很虚弱，引发了肺疾，是这一群孩子中情况最糟糕的一个。

林初九身上只有一个小药包，里面放了一些常用药，偏偏没有带能医治肺疾的药，看了一眼身后的护卫，林初九不敢冒险去医圣之心里面取药，只能等萧王府的人送药来。

这些孩子，她没有遇到就算了，遇到了，她林初九绝不会冷眼旁观。

她从来没有忘记，在她年少无法自保、被家人放逐、丢在城外的庄子自生自灭的时候，是师父拉了她一把。

要没有她师父当年的帮助，就没有现在的她。看到这群无助的孩子，林初九就想起年少的自己。

她无法冷眼旁观……

番外　年少的我

出身皇家是幸，也是不幸。

幸运的是，他比所有人的起点都高，在旁人努力朝目标奋斗的时候，他已经站在了他们一生都不可以达到的终点。

不幸的是，皇家出身的他，在拥有至高无上权力的同时，必然要牺牲一些，比如亲情，比如童年。

在宫里，身为皇子得帝宠，是幸运也是不幸。

幸运的是，有皇上护着，他能得到这世间最好的一切。最好的师父，最好的学习条件，最好的见识。

不幸的是，被帝王独宠的皇子，必然会成为其他皇子嫉妒的对象，成为一个活箭靶，一个众皇子欲率先除去的对象。

萧天耀占据了所有的幸运，也占据了所有的不幸。他幸运的是出身皇家，幸运地拥有帝王的宠爱，同样也不幸地失去了亲情，成为众兄弟嫉妒、欲除之而后快的对象。

而更不幸的是，他是皇上的老来子，在他还未长大时，那个将世间最好的一切捧到他面前的皇上就死了，而后他的母妃也死了。

他成了无父无母的孤儿，独自一个人生活在偌大的宫殿中。要不是身边服侍的人都是他父皇、母妃留下来的亲信，他很有可能会死在宫中。

新皇是他的兄长，从一干兄弟中厮杀出来的皇子，绝对不是普通人。但，所有人都没有想到，他坐上了那个位置后，第一个对付的人，不是与他一同竞争皇位的人，而是宫中最年幼的皇子，一个与他儿子差不多大的弟弟。

哪怕过了数十年，萧天耀依旧记得那一天。

那一天，他为母妃送葬，但接下来的事情，简直太离奇了……

一个皇子，一个身边有无数高手保护的皇子，在送葬的路上被人掳走，是个人都觉得这是笑语，便是剧本也不敢这么写，但现实就发生了。

他在送葬的路上被人掳走，那一年他五岁。在对方要杀他的时候了，他跑了，失足滚下山，被人捡走了……

如若是剧本，接下来发生的事，必然是他遇到隐世高人，学得一身本事归来，但现实是，他被人剥掉身上的华服锦衣，换成粗布麻衣，卖给了拐子。

五岁的小孩落入拐子手里，绝不是一件幸事，但对萧天耀来说这却是幸运。拐子见不得光，他们行走在黑暗地带，把一切都藏在黑暗中，他的身份也随着藏了起来。

那些想杀他的人，查不到他的踪迹，便认定他死了，于是他在黑暗中活了下来。

拐子做的是人口贩卖的生意，他们不会养废人，而五岁的他与废物无异，什么事都不会做，甚至照顾不好自己，但他有一个优点，那就是他长得好。

恶人之恶，普通人永远无法想象，至少五岁前的他，就无法想象，这世间居然有人会对孩子下手，……

他当时与另外十个孩子，被卖给一个老头，那老头好稚子，不分男女，专门建了一座大宅子养着这些孩子，也就是那时，他第一次知道了什么叫人间地狱，也第一次知道，世间恶人之恶。

他发誓，他绝对，绝对不能让自己落到这样的境地。

而后，他悄悄煽动其他的孩子，跟着他一起“反抗”，一起逃离这里。

是的，逃离！

那时的他虽然习过武，但他太弱小了，他能做到的就是逃走。

他的煽动很成功，有半数以上的人同意，另外那群人面露犹豫……

当时，他也没有多想，只当他们胆小怕事，左右他们逃走后，肯定会找人来救他们。

当年的他，就是如此的天真，在宫里长大的他，天真地认为宫外的人与宫里的人不同。而且，大家都是孩子，大家都落得如此境地，彼此定会相互扶持，哪怕做不到互帮互助，至少不会坑害对方。

现实，又给了他狠狠一击。

有人告密了，他们“周密”的逃跑计划被泄露出去了，他们还未走出那个院子，就被人发现了，而后便是单方面的虐打！

在大人面前，他们这群孩子弱小得如同蚂蚁，面对那些高壮粗鲁的护卫，他们连还手的机会都没有了。

当场，有三个孩子被活活打死，他们这些人也被打得全身是伤，只剩下最后一口气，像是拖死狗一样被人拖了回来。

逃跑失败，全身是伤的他们，没有得到其他孩子的帮助，相反他们被人排挤了，甚至有些孩子还恶毒地踢打他们，抢夺他们的吃食，因为他们“特立独行”的做法，让他们也受了责罚。

当然，还有几个孩子得到了优待，他们都是告密者，现在的监视者，专门负责监视他们。

重伤无药，与他一起逃跑的孩子陆陆续续死去，他们的尸体被拖了出去，后来就剩下他了。

他以为他也会死，但他的好长相，让他得到了优待。在所有逃跑的孩子一一死去，只剩下他一个人的时候，那群小孩找到管事，说他长得好定能得到老爷的喜欢，这么死了太亏了。

那群小孩毫无顾忌地当着他的面，商量怎么把他推出去，怎么让他活久一点，怎么用他拖住那群恶心的大人……

那时，年仅六岁的他，知道了什么叫人性之恶。从那以后，他把善良埋在心底。

他沉默地接受医治，沉默地养好身体，看上去与其他孩子一样认命了。很快，他就被人打扮得干干净净，送到了那个所谓的老爷面前。

那一夜，他第一次动手杀人，不止一个，而是整个院子！

他杀了人，而后把整个院子都烧了。

大火冲天的那一刻，他从院子里走了出去，听到了身后凄厉的惨叫声，但他没有回头……

人生没有回头路，他也不喜欢回头，他只想往前走！